文学人生课

世界文学名著里的人生智慧

胡山林 著

河南人民出版社
·郑州·

图书在版编目(CIP)数据

世界文学名著里的人生智慧 / 胡山林著. -- 郑州：河南人民出版社, 2025.1. -- (文学人生课).
ISBN 978-7-215-13507-9
Ⅰ. I106
中国国家版本馆CIP数据核字第2024FH5090号

河南人民出版社 出版发行
(地址：郑州市郑东新区祥盛街27号 邮政编码：450016 电话：0371-65788058)
新华书店经销　　　　河南锦华印务有限公司印刷
开本　710 mm×1000 mm　　1/16　　　印张　21.5
字数　241 千
2025年1月第1版　　　　　2025年1月第1次印刷

定价：47.00元

让文学走向大众 融入生活

（代序）

王立群

胡山林教授退休前是我们河南大学文学院文艺理论教研室的老师,在几十年的教学生涯中,他根据社会和学生需求以及个人学术兴趣,在专业基础理论课之外,开设过几门以提高学生专业技能与综合素质为宗旨的选修课和通识课。

20世纪80年代中期,最早开设的课程是"文艺欣赏心理研究"(后来成书《文艺欣赏心理学》),讨论欣赏兴趣、欣赏能力等接受心理。讲课过程中,学生们提出希望他讲讲"怎样分析解读文学作品"的问题。山林老师意识到,对于文学院学生来说,这是一个非常重要的课题,因为分析解读文学作品是文学院学生必须掌握的基本技能。为了满足学生需求,他沉下心来备课。经过几年努力,1992年开设了"文学欣赏导引"课,主要讲授文学欣赏的角度、原则和方法。这是一门基础性、入门性的专业理论课,旨在培养学生分析解读文学作品的能力。这门课一直开到现在并成为全校公选课。

这之后,山林老师又开设了"文学与人生"课,从人生视角解读文学,借助文学透视人生。这门课由文学院开到全校,又讲到社会上各类培训班。由于"文学欣赏导引"和"文学与人生"都关乎学生综合素质的提高,适用于文理工等各个专业,所以这两门课的教材经过改编修订,被清华大学出版社列为"高等院校人文素质教育系列教材"和"21世纪通识教育规划教材"相继出版。

长期的文学教学实践使山林老师意识到,文学是人学,是关乎灵魂的事业,所以文学既是文学院学生学习的专业课,同时也应该是惠及大众、惠及全社会的课,文学应该在社会精神文明建设、提升全民文化素质中发挥应有的作用。于是山林老师逐渐形成了自己的教学理念,或者说职业理想、职业愿景,那就是:让文学从大学文学院的课堂上解放出来,走向大众,融入人生,滋养每个人的心灵。

为了这个理念或愿景,山林老师付出了尽其所能的不懈努力。首先,在学校和社会上讲授文学的同时,他著书、写教材,从理论上倡导文学大众化,向社会大众普及文学欣赏知识(如《文学欣赏导引》《文学修养读本》等),传播文学的思想精华;撰写论文呼吁"人生视角解读文学,借助文学透视人生","人生"应该成为解读文学作品的独立视角之一。其次,他把自己的理论主张落实到研究和写作实践中。这就是在教学之余、退休前后持续不断地撰写分析解读文学名著的文字。目前"文学人生课"书系,就是这方面成果的集中体现。由于山林老师在理论与实践方面普及文学的实绩,经全国社会科学普及理论研讨与经验交流会认定,他被评为全国优秀社会科学普及专家。

阅读文学作品对于提高个人的人文素养、提高社会的精神文明水平都具有重要意义。这一点已经成为大众共识。但是,在具体实践中也遇到一些实际问题。例如,古今中外文学作品汗牛充栋,洋洋大观,这么多,人们该读什么呢?文学作品尤其是长篇小说篇幅浩大,如今人都很忙,耗不起时间怎么办?还有,读进去出不来,读完一片茫然,不知所云,不读白不读,读了也白读怎么办?

以上这些阅读中常见的普遍性问题,在"文学人生课"书系中基本上都得到了解决。首先,本书系遴选古今中外文学殿堂中被公认为"名著"的作品进行解读。名著都是具有较高思想艺术价值和知名度,包含永恒主题和经典人物形象,经过时间过滤经久不衰、广泛流传的文学作品。这就初步解决了读什么的选择问题。其次,丛书的写作体例一般是先概括叙述作品故事梗概,介绍人物的命运故事,之后从中提炼具有超越性和普遍性的人生意蕴,即对当下仍然有启发借鉴意义的"人生启悟"。这样基本上解决了"耗不起时间"和"不知所云"的问题。

山林老师在写作时设定的读者对象是大中小学生和广大文学爱好者,所以"文学人生课"重点分析文学名著的思想意蕴,有意避开了过分专业化的知识介绍和写作技巧的详尽分析。这对于非专业的大众读者来说,节省了时间,满足了想从阅读中受到思想启悟的精神需求。

"文学人生课"书系的出版,从大的方面说,有益于助推全民阅读,构建文学与大众的桥梁。在党中央的倡导下,全民阅读上升为国家发展战略,自2014年以来已连续多年写入政府工作报告;2021年,《中华人民共和国国民经济和社会发展第十四个五年规划和2035年远景目标纲要》明确提出"深入推进全民阅读,建设书香中国"。全民阅读的对象广泛,而文学作品尤其是经典名著是重点选项。不过,文学名著是作家精心打造的精神产品,其思想精华不是快餐式浅层阅读所能发现并转化为精神滋养的。这时候就需要文学从业者利用自己的专业知识对作品作一些必要的分析解读,在感同身受中把作品的思想精华提炼出来与读者交流。换句话说,文学名著与大众之间需要一座桥梁,"文学人生课"书系就具有这样的桥梁作用。

在文学接受群体中,大中小学生是一个特殊群体。他们正处于心智成长的重要阶段,此时大量阅读文学名著不仅仅是应付考试的需要,更重要的是通过广泛的课外阅读开阔精神视野,提高综合素质,促进心智成长。文学名著读与不读、读得多与读得少,对于一个人的精神成长是绝对不一样的。相信"文学人生课"会对学生的课外阅读有所帮助,符合当前新文科建设、应用文科建设的方向,试行学术大众化、大众化学术之路,是有价值有意义的教学改革实践。

作为大学教师,完成课堂教学和课外辅导也就算尽职尽责了。但是,如果能够把自己的本职工作与国家发展战略结合起来,自觉主动承担社会责任,为国家发展战略、为社会文明建设尽自己的绵薄之力,那就更好了。自古以来拥有家国情怀,以天下为己任就是读书人的优秀传统。"文学人生课"着眼于为社会服务,就是上述传统的继承。

"文学人生课"从人生视角分析解读了大量文学名著,但是,文学殿堂里的好作品何其丰富,本书系里涉猎的无非是无边大海中的几个小岛。从这个角度看,解读文学作品是一项永远做不完的工作,是需要众多文学从业者共同完成的课题。为此我呼吁更多同仁积极热情地投入这项工作,薪火相传地永远做下去。这项工作,首先是让自己获得审美享受,丰富精神世界;其次是对大众、对社会精神文明建设有益。于公于私功莫大焉,何乐而不为?!

在市场经济条件下,出版这类非快餐式的图书,未必有明显的经济效益。但河南人民出版社把社会效益放在第一位,前几年出了《文学修养读本》等,现在又出版这套丛书,这种社会责任感是值得肯定和赞赏的。

"文学人生课"书系让人略感不足的是,"人物谱"系列有外国,有中国古代、现代,但缺少了中国当代。当代名著和当下读者距离更近,读起来更亲切。如果有机会,希望能补齐这个圆环。

2024 年秋　于北京

(王立群:河南大学文学院教授、博士生导师,全国高等学校教学名师、河南省突出贡献教育人物、央视"百家讲坛"主讲人)

前　言

对于文学名著的分析解读有多种角度,如社会历史,伦理道德,心理学,女性主义,文化,审美,语言,等等。本书主要采用人生角度,基本宗旨是:人生视角解读文学,借助文学透视人生。

何谓人生视角?

解读文学作品的传统视角是社会政治,因而"人生"与"社会"常常混为一谈,"社会"遮蔽了"人生","人生"淹没于"社会"的汪洋大海中。

其实这是错误的,因为"人生"与"社会"有交叉更有区别。就其交叉来说,人生离不开社会,社会也离不开人生,二者相互渗透融合。就其区别来说,"社会"具有特定的时空性,时过境迁,社会生活内容也随之而变。正所谓此一时彼一时,三十年河东三十年河西。

而"人生"则不受特定时空限制,具有永恒性、超越性和普遍性的特征。永恒性是时间维度,超越性和普遍性是空间维度。换句话说,人生问题从时间上看无始无终,从空间上看无边无际。如生老病死、人生意义、人本困境、命运真相、人性奥秘、感情与理智的冲突等,都是人生基本问题。它超越时代、超越社会、超越阶级、超越民族、超越贫富贵贱、超越男女老幼,只要是人,就都不得不共同面对的问题即人生问题。

"人生"与"社会"的关系，打个比方说，人类的生存活动是一张网，网的经线是"人生"，纬线是"社会"；经线永远贯穿始终，纬线却不断变换色彩，这就有了每个时代每个社会每个人各不相同的生命内容。

为什么要采用人生视角？

首先，"文学是人学"是人生视角的理论依据。"文学是人学"是文学理论界公认的著名命题。命题精辟而准确地揭示出文学与人生的关系：文学是写人的，人是文学表现的对象。世界上所有学科中，没有哪一门学科比文学距人生更贴近。

文学是人学，更深层的含义是，文学是人的精神之学，灵魂之学。文学史就其本质意义上来说是人类的灵魂发展史。人之为人，不在别的，而在于人有思想，有精神，有灵魂，而人的思想、精神、灵魂是无形无相看不见摸不着的。怎么办？到文学中去寻找，去观看。德国人说，文学是让看不见的东西被看见。因而透过文学把握人，是再好不过的选择。

其次，文学作品是作家人生体验的艺术化。人生视角解读文学，借助文学透视人生，文学有这种功能吗？毫无疑问，当然有。关于文学的性质，众说纷纭，但基本的共识是，文学作品作为精神产品，与其他精神产品（如社会科学各门类）的最大不同，在于它是人类对自身生命体验的产物，是人的生命体验的艺术化，是以形象形式呈现于读者面前的人生感悟和体验。正如美国美学家苏珊·朗格在《艺术问题》一书中所指出的：一切艺术样式，从深层看无不是人生体验的形式化、符号化；艺术作品其实就是人的"生命形式"，它们各自以自己的模式与人的生命形式相对应，是人的生命形式的客观对应物。

既然文学是人学,文学作品是作家人生体验的艺术化,那么与此相对应,读者也就应该从人生视角解读作品,读者对作品的欣赏与接受,其实质也就是借助艺术作品对人生的透视与体验。

让文学名著的生命活起来

如上所述,人生问题具有超越性和普遍性,你所遇到的人生问题,古代人和外国人都遇到过。他们是怎么想怎么处理的,有什么经验和智慧?这些都写在作品中,因而读起来一点都不感到陌生。读者惊讶地发现,啊!原来我的问题就在文学作品中,心有灵犀一点通。这时候,沉睡在字里行间的生命一下子就活了起来。名著之所以不朽,奥秘就在这里。

汲取智慧,了悟人生

人生在世几十年,转瞬即逝,因而想活得更好,活出价值和意义。怎样活得更好?这需要对人生有比较深入的反省和认识。把人生看清楚想明白了,也就具有人生智慧,知道怎样活了。正如古希腊哲人苏格拉底所说,未经省察的人生不值得过。

人的幸福快乐与金钱、物质、地位没有必然联系,而与人生智慧有必然联系。而获得人生智慧有两条途径。直接途径是在生活中摸爬滚打,遍尝酸甜苦辣而后开悟。但人生短暂,穷尽一生又能经历多少?!况且,就是亲身经历了,谁敢保证就一定能开悟?!枉活一生,到死仍糊糊涂涂、浑浑噩噩的人多着呢!间接途径是读书。书的范围很广,文学名著是最佳选择之一。

文学是一个无限广阔的世界,借助想象,读者在这里分身有术,一会儿是皇帝,一会是乞丐,随时变成各种人,体验不同的人生,不知不觉多活了多少辈子,于是开悟,从此知道应该怎样活。

助推全民阅读,构建文学与大众的桥梁

近年来全民阅读已经提高到国家发展战略的高度去号召,去提倡,而全民阅读的对象广泛,其中文学作品是重要选项。文学作品是作家精心打造的精神产品,其精华不是走马观花的浅层阅读所能发现并转化为精神滋养的。于是需要对文学作品,尤其是名著,作一些必要的分析解读,在感同身受中进入文学殿堂,汲取精神滋养。换句话说,文学名著与大众之间需要一座桥梁,本书意在以自己的阅读体验搭建这座桥梁。

笔者以文学理论教学为业,职业愿景是,让文学从大学中文系的课堂上解放出来,走向大众,融入人生,滋养每个人的心灵。文学当然是一门专业性很强的学科,但同时又是一门可以走向大众的学科。如果说其他学科走向大众尚有不便,但文学可以超越这些局限。本书从人生视角解读文学,有利于文学走向大众,为全民阅读推波助澜。

需要说明的是,文学名著是无边无垠的汪洋大海,本书研读分析的只是世界文学小岛上的若干朵鲜花(中国文学及世界文学中的其他鲜花,目前只能望洋兴叹),相当于个案解剖。篇目不同,但解读视角相同,意在通过个案分析,让文学名著中的人生智慧得以彰显,化为当下人的精神营养;同时倡导一种适用范围很广、充满生命活力、具有普遍意义的解读文学作品的新视角,即人生视角;学会这个视角对文学作品就会有新发现,文学就永远不朽!

文学是人学,文学是关乎灵魂的事业,文学与每个人心灵相通。愿以这本小书于冥冥之中与读者朋友隔空对话。

目录

出征与回乡:人类永恒的心灵张力场
  ——荷马:《奥德赛》/ 1

理想主义者历经磨难后的自嘲与调侃
  ——塞万提斯:《堂吉诃德》/ 10

平民思想家严酷无情内心剖白中蕴含着成长宝典
  ——卢梭:《忏悔录》/ 18

凝聚大师一生思想与艺术探索的结晶
  ——歌德:《浮士德》/ 34

良心就是上帝
  ——雨果:《悲惨世界》/ 49

利己主义野心家于连死了,但心魂仍在世间游荡
  ——司汤达:《红与黑》/ 63

梦想在人欲横流的浊浪中逐渐幻灭的心路历程
  ——巴尔扎克:《幻灭》/ 78

物欲横流时代的灵魂诉求
  ——巴尔扎克:《改邪归正的梅莫特》/ 92

怎样的活法才是明智的
  ——从巴尔扎克的《欧也妮·葛朗台》说起 / 101

在理解接受人生缺憾中感受体验生活之美
  ——从福楼拜的《包法利夫人》说起 / 113

人生从来不像意想中那么好,也不像意想中那么坏
  ——莫泊桑:《一生》/ 122

世态人心的描摹与透视
  ——莫泊桑:中短篇小说 / 133

虚名浮利,追之何益
  ——萨克雷:《名利场》/ 148

我是谁
  ——从史蒂文生的《化身博士》谈起 / 163

婚外恋的困境
  ——列夫·托尔斯泰:《安娜·卡列尼娜》/ 181

沉沦犯罪后心灵复活超越时代的精神价值
  ——列夫·托尔斯泰:《复活》/ 199

癌症病人濒临死亡时的生命之思
  ——列夫·托尔斯泰:《伊凡·伊里奇之死》/ 216

对幸福问题全方位的诗性思考
  ——梅特林克:《青鸟》/ 224

行善受困好人难做的困境如何解决
  ——布莱希特:《四川一好人》/ 233

金钱对良知的考验
  ——迪伦马特:《老妇还乡》/ 239

将一切无价值的撕破给人看
  ——马克·吐温:中短篇小说 / 243

四面八方看《城堡》
  ——卡夫卡:《城堡》/ 257

别因为脚下的六便士而忘了天空的月亮
  ——毛姆:《月亮和六便士》/ 269

以冷静的头脑在不断试错中探寻适合自己的人生之路
　　——毛姆:《人生的枷锁》/ 282
人生有无意义
　　——从毛姆的《人生的枷锁》说起 / 288
思索存在的奥秘
　　——米兰·昆德拉:《不能承受的生命之轻》/ 301

附录一
　　"人生"应当成为文艺研究的独立视角之一 / 318
附录二
　　文学艺术与终极关怀 / 321

后记 / 326

出征与回乡:人类永恒的心灵张力场
——荷马:《奥德赛》

如果要找一个贯穿荷马两大史诗的主要人物,那一定就是奥德修斯。在《伊利亚特》中,奥德修斯是中心人物之一;在《奥德赛》中,他是唯一的主人公。由此可见奥德修斯在荷马史诗中举足轻重的地位——荷马要借重他传达自己对人生的思考和发现。换句话说,在奥德修斯身上,凝聚着史诗的某种核心意蕴。从接受角度看,理

《奥德赛》故事的封面

解了奥德修斯,或许是进入荷马史诗艺术殿堂的一个重要途径。

一、出征与回乡是奥德修斯故事的核心

《奥德赛》主人公奥德修斯的故事丰赡繁复、极尽曲折婉转之妙,难以尽述。但是,如果拉开距离登高俯瞰,将奥德修斯的生平事迹大而化之,则基本上可以用两个关键词加以概括:出征与回乡。也就是说,奥德修斯的故事其实就是一个男人(英雄)出征与

回乡的故事。《伊利亚特》写了奥德修斯的出征——为了民族与国家的利益和荣誉,他以国王身份率部加入希腊联军,在战场上英勇善战、足智多谋,联军采用他的木马计获得了战争的最后胜利。奥德修斯作为一个男人、一个统帅,为希腊民族建立了不朽的功勋。《奥德赛》写的是奥德修斯的回乡——诗人以一万二千多行的篇幅叙述了他征战胜利后历经十年,战胜重重艰难险阻终于返回梦寐以求的故乡的故事。

出征与回乡,都是奥德修斯的心结,都是他的愿望、他的精神支点。作为一个男人(且不说他是一个国王、一个统帅),当国家和民族利益需要他保卫的时候,他当然会热血沸腾,毫不犹豫地响应征召,全力以赴为之而征战,直至慷慨捐躯也在所不惜。国家、民族、人民、百姓、社会,再大点,全人类,这些宏大的存在,始终是作为个体的人存在的依托和背景,作为个体的人的利益在这里得到保护;反过来,从权利和义务对等的原则出发,当生存的依托背景的利益受到威胁需要保卫的时候,作为个体的人应当离开自己的小小家园,毫不犹豫地为之出征作战。

这是人类文明的基本原则,久而久之,积淀于人的意识结构就成为人类的文化无意识,即责任感和使命感。在这一点上,奥德修斯表现得很出色,他出色地完成了他的责任和使命,也赢得了荣誉与尊严,他是一个令人尊敬的英雄,他的形象永远矗立在世界文学史和人类文明史的殿堂里。

那么出征胜利之后呢?胜利之后他没有在他乡逗留,而是渴望回到他所依恋的家园,于是立即开始了回乡的历程。在回乡的旅途上,狂暴的打击挺得住,温柔的诱惑留不住,他意志坚定、毅力非凡,目标只有一个:回家。艰险历尽,他终于如愿以偿。

奥德修斯为什么那么执着地要回乡呢?首先,从生存层面看,故乡有他的宫殿、财产、亲人、奴隶,他可以安逸地尽情享受物质生活;其次,或许更重要的是,故乡没有战争,不必冒着生命危险攻城略地,和敌人搏斗拼杀,也不必费尽心机躲避来自内部阵营人际间的争斗与倾轧,不必活得战战兢兢、如履薄冰。《奥德赛》在提到主人公时反复说他"足智多谋",从另一角度看,他必须煞费苦心,这使他身累心也累。然而在故乡却不必这样。故乡有爱情、亲情和友情,有宁静、和谐与温暖。在故乡,不仅身体可以得到休息,更重要的是心灵可以得到放松。一句话,故乡是生他养他的地方,是他生命之根,是魂之所归、心之所安的地方,故乡是身体的家园,更是心灵的家园。

二、出征与回乡都是奥德修斯的心结和精神需求

出征与回乡,两种心结、两种精神需求。相比起来,前者是社会性需求——作为社会的人要在社会中赢得地位、赢得尊重,必须承担起社会责任,必须建功立业,从而获得社会的承认和荣誉。这是一种生存需求、理性需求、外在需求。而回乡,却是一种发自内心深处的感情需求、感性需求、内在需求,这是一种原始的、自发的本原性需求。所谓灵魂归宿、心之所安,就是这个意思。

出征与回乡两种心结的关系,从外在看是历时性的,以时间上的先后交替为特征;从内在看是共时性的,以同时共存为特征,它深隐于心理结构之中,无法从现象、行为上观察出来,而只能从心理分析中看出来。

以奥德修斯为例。他出征十年,回乡十年,出征和回乡分为前后两个阶段——这体现为两种心结的历时性关系。出征与回乡的共时性关系表现为,回乡的愿望并不产生于胜利之后,而是产生于出征之时。有"出",就意味着有"回",出征的时候就产生了有一天胜利回乡的愿望。只不过这种愿望这时是潜在、隐蔽的,甚至是无意识的。直到胜利之后条件成熟,潜隐的愿望才得以显露出来。

值得注意的是,奥德修斯回到故乡,只是他"出征—回乡"某一人生阶段的结束,而不是他整个人生历程的终结。好不容易回到家乡,刚与亲人大团圆的奥德修斯,席不暇暖,又立即告诉夫人还要"出征":"我还没有胜利经过所有的考验;今后还有大量长期而严峻的艰苦工作,那些我也必须完成。"(杨宪益译,《奥德修斯纪》,上海译文出版社1979年版,第298—299页)

为什么?因为当他到阴曹地府寻找伙伴并且打听归程时,"神"已经对他的命运做了"预言",要他回乡后还要到很多国家去漫游,到不知道大海为何物的地方去完成新的使命——也许是由航海转向农耕。这样一生不断地开拓生命空间,直到老年将会过得很舒服。也就是说,出征—回乡—再出征—再回乡,奥德修斯的一生将永远走在"出征—回乡"轮回的路途上。

荷马对奥德修斯生命历程的这一安排,让我们联想起贯穿西方文化的一种精神——浮士德精神和近代存在主义哲学,奥德修斯其实就是浮士德精神和存在主义哲学的原型与源头。

三、"出征—回乡"人生模式具有跨越时空的普遍性

对奥德修斯的心路历程,如果不作过分拘泥的理解,从象征的意义上,笔者认为"出征—回乡"的人生模式具有跨越时空的普适性和普遍性,可以理解为所有时代、所有人的心结,即永恒而普遍的男人心结。这一心结既体现于古希腊先民奥德修斯身上,也体现于遥远的东方文明的发源地中国古人身上。

让我们以中华文明一个具有世界意义的代表人物孔子为例讨论这一命题。

孔子出生于公元前551年,正值中国历史上的春秋时期。当时周王朝式微,诸侯国纷纷崛起、相互征战,天下大乱,民不聊生。孔子对时局忧心如焚,试图以最大努力恢复社会秩序。为了实现安邦治国的政治理想,孔子率领弟子周游列国推销自己的政治主张。然而他的美好理想和以"仁"为中心的治国主张却得不到统治者的理解。他周游列国,四处碰壁,甚至被人围困,弄到没有饭吃,一行数人饿得爬不起来。孔子没有从政的机会,空有抱负而无从施展。就这样,他仍不改初衷,一直在努力,不能从政就改为"为政",即通过教育培养人才逐渐改变社会,影响政治。

孔子专心致志从事教育,在教学条件极为落后的古代,以个人之力培养了弟子三千,这在当时条件下是很伟大很了不起的事情,可见他为了拯救社会的理想付出了多么巨大的努力。明知个人力量有限却从不放弃不懈的努力,司马迁把孔子的精神概括为"知其不可为而为之"。这是一种伟大的精神,它体现了坚定的意志和顽强的毅力。这种精神深深地根植于中华民族的心理结构中。

孔子为社会安定而不辞劳苦地奔走,"惶惶若丧家之犬",其实是身累心也累的。但这是知识分子("士")的社会责任感,所以他做得心甘情愿。但是私心里他也是向往安宁平静的。有一次他问他的四个学生平生有什么志愿。子路、冉有表示要从政治国,公西华表示想从事外交礼仪方面的工作(其实也是从政),而曾皙说他向往的是暮春三月,换了春装,和五六个青年人、六七个小孩子一起,在沂水边洗洗澡、游游泳,在祭坛上吹吹风,然后唱着歌儿回家去。对前三人的志向,孔子要么微笑,要么不置可否不予评论,唯独对曾皙的志向反应迅速,长叹一声说:"你说得真好啊!我和你一起去吧!"孔子的这一声长叹("喟然叹曰")泄露了他内心的秘密:他真正喜欢、真心向往的,还是一种日常的、放松的、惬意的、艺术化的生活。这才是他的心灵归宿和精神家园。

孔子为国家为社会四处奔走,相当于"出征",而他真心向往的田园牧歌式的生活,相当于回归精神的故乡("回乡")。一个是理性使然,一个是情感使然。看来,出征与回乡也是孔子精神世界的两极,两极撑起了他的心灵张力场。他既没有因为向往安宁平静的心灵家园而放弃社会责任,也没有因社会责任而泯灭内心的向往,孔子一生就游移于这一张力场之中。

孔子之后,儒家另一位重要人物孟子,关于如何处世做人,曾提出过一个著名原则:穷则独善其身,达则兼善天下。这句话,后人一般喜欢把次序颠倒过来,改为"达则兼济天下,穷则独善其身"。两种说法意思相通:在社会上处世做人,如果有条件有平台有机会,就尽其所能建功立业,为天下人服务;如果没条件没机会施展自己的抱负,就回归自我,守护好自己的心灵家园。孟子的话里也隐含着出征与回乡的心结。孟子提出的这一原则,影响中国知识分子几千年,至今仍然为人尤其是读书人所津津乐道。

中国文学、文化史上还有一个著名人物陶渊明,他青年时代怀有建功立业的雄心壮志("猛志逸四海,骞翮思远翥"),曾经几次出仕,先后担任过江州祭酒、镇军参军、建威参军、彭泽令等官职。在"大济苍生"的政治理想支配下,陶渊明是留恋官场的,他要积极寻找建功立业、兼济天下的机会。机会来了就入仕,仕途不顺就归隐。于是他仕而归,归而仕,在五次反复中实践了儒家"知其不可为而为之"的政治信念。但由于当时战乱频仍,政权昏暗,陶的政治理想无法实现,加之他厌恶官场的黑暗与束缚,于是在四十一岁那年彻底死心,毅然弃官归田,过起了躬耕隐居的生活。回归田园的陶渊明有一种身心解放、重获自由的轻松感("久在樊笼里,复得返自然")。归隐后的陶渊明,写出了许多描述美好田园风光和抒发自己恬静闲适心情的文学作品,最著名的如《桃花源记》;另外也写了一些抒发政治理想和关心政局的诗歌,说明他虽然回归田园但对政治始终没有忘怀。陶渊明的一生,以切身的实践画出了一幅出征与回乡、行为和心灵两相重合的路线图,让我们清晰地看到了他精神世界的张力场。

孔子、孟子、陶渊明,都是中国文学、文化史上的典型代表人物,历来作为楷模被后人效仿,他们的思想和行为深深地影响着中华民族的处世和做人,作为文化遗产至今还流淌在中华儿女的血脉中。

四、出征与回乡心结的外在和内在原因

通过以上分析,我们看出一个饶有趣味的现象,时间和空间相隔遥远的东西方民族,竟然有相同相似的心结和愿望,有相近相通的精神结构。可见,人同此心,心同此理,在心灵深处,不同民族不同时代的人与人之间是相通的。

时空遥远的东西方民族有相同相似的心结和愿望,绝对不是偶然的,而是有深层内在原因的。这就是,东西方民族乃至于所有人面临相同的生存处境,有着相通的心灵结构。这个相同的生存处境就是,每个人作为个体都毫无疑问地生存于某一国家和民族所组成的社会共同体中。每个人既是个体的、又是社会的;既有自然属性、又有社会属性。作为社会的一员,每个人都要对社会承担相应的责任,为社会做出应有的乃至于最大的贡献,社会也视其贡献大小给予相应的地位、声誉和尊敬。这是文明社会得以运转的道义保障。这样就有了个体响应社会征召积极参与社会活动的"出征"。"出征"就意味着战争、拼搏、奋斗、挣扎,意味着要遇到各种想不到的艰难险阻,要有巨大的付出,甚至于牺牲。"出征"

的过程显现出人的价值,意义庄严而悲壮。但"出征"也让人感到身累和心累,于是作为个体的、自然的人,又真心地向往回归故乡,回归安宁和平静,回归爱情、亲情和友情,回到身心俱安的地方。这就是出征与回乡心结的外在原因和内在原因。

由于人的基本生存处境和人性结构古今相通,具有超越时空的永恒性,所以出征与回乡的心结和行为模式至今没变,仍然是现代人的心结和行为模式。

需要说明的是,如果出征与回乡的心结在漫长历史长河里仅属于男性的话,随着文明的进展,现代社会里女性和男性一样参与到社会事务中来,共同承担了社会责任、社会义务,女性也需要走向社会通过拼搏、竞争之类获得自身的价值和意义,赢得自己的生存条件和生命尊严,所以出征回乡的心结也属于女性——真正的男女平等了!

五、对现代人生活的启示

洞悉了人类心灵的这一秘密,对现代人生活的启示意义是多方面的。首先,它给予社会管理者的启示是,在鼓励和征召个体积极参与社会事务的同时,还要考虑和照顾到个体的心灵生活,让个体的心灵能够"诗意地栖居"。千万不可仅仅把个体驱赶到生存竞争的战场上,要求其竞争、拼搏、厮杀、牺牲,而全然不顾其内在的精神需求。人是有灵魂的动物,忽视了灵魂,人就不再是"人",而仅仅是"物"(一般动物)。

其次,对于个体的启发是,响应社会的征召"出征"是每个人应尽的责任和义务,能为社会尽一份力是个人的人生价值和意义之所在,能为社会付出和奉献对于个人是一种幸福,所以心甘情愿、乐在其中。但千万不要把参与社会事务当作攫取功名利禄的机会,被功名利禄所异化,否则就会得到了名、利、权却丧失了自我。作为个体,应该是一边在为社会服务中忙碌着,一边还要照顾好自己的心灵家园,莫忘为自己的心魂找到安放之地。

出征与回乡是永恒的人类心灵张力场,怎样在这一张力场中找到平衡,这是人生的智慧。活得好与不好,或者说会活与不会活,全靠你自己的掌控了! 幸福就在你手里,这句话是实的不是虚的。

理想主义者历经磨难后的自嘲与调侃
——塞万提斯：《堂吉诃德》

《堂吉诃德》是文艺复兴时期西班牙著名作家塞万提斯的传世名作,在世界文学史上具有崇高地位,对世界文学产生了极为深远的影响。

作品故事梗概如下:

堂吉诃德本是西班牙拉曼却地区的一个穷乡绅,他酷爱骑士小说,竟然变卖土地遍搜天下此类书籍,终于走火入魔,满头满脑全是骑士行迹,而且全都信以为真,敬佩、羡慕之至。他感到自己也应该像骑士那样肩负神圣使命,闯荡天下,匡扶正义,除暴安良,于是断然决定做游侠骑士。他骑上自己家皮包骨头的老马,取名堂吉诃德,模仿骑士传统把邻村一个从没有见过面的养猪姑娘定为心上人,决心终生为她服务,还找了个邻居桑丘作他的侍从。

一切齐全,堂吉诃德离开家乡闯荡天下。在他眼里到处都是

堂吉诃德保护巴西里奥

妖魔鬼怪,都是冒险的机会。他把风车当作凶恶的巨人,把羊群当作军队,把被押送的苦役犯当作受迫害的骑士,把理发师的铜盆当作魔法师的头盔,把旅店当作城堡,把旅店里的皮酒囊当作巨人头,把傀儡戏舞台当作战场,结果闹出无数荒唐可笑的事情。

堂吉诃德打抱不平的结果不但对人无益,还处处给人带来灾难,自己也吃尽苦头。就这样,他过了半生游侠梦,临死才清醒过来,对人说自己过去是疯子,以前痴迷崇拜的那些骑士小说都是胡说八道,只恨自己悔悟太迟,来不及读可以启发心灵的好书。他告诉外甥女不许嫁给骑士,否则不得继承他的遗产。

堂吉诃德,沉思他对领袖巨人的伟大攻击

关于《堂吉诃德》的思想意蕴,作者自己说是为了讽刺当时流行的骑士小说,要让天下人都讨厌它,从而"把骑士小说的那一套扫除干净"。作品发表后,果然如作者所愿,骑士小说真的奇迹般地消失了,作者的创作意图实现了。

打击骑士小说,是作者的主观动机,也是作品的客观效果。但是《堂吉诃德》的思想意蕴仅仅如此吗?当然不是。作品一旦发表,就成为一个客观的精神存在,就有了独立于作者的艺术生命。作为一个独立的精神实体,它生存于不同的时间和空间,与各不相同的接受者对话,从而激发出各不相同的理解。这些各不相同的理解,其实都可以视为作品的思想意蕴,或者说是其中的一部分。

目前我国流行的外国文学史教材及有关论著对《堂吉诃德》的理解大体上是这样的:作者把堂吉诃德荒诞离奇的游侠经历与16世纪末17世纪初的西班牙社会现实结合起来,以犀利的讽刺笔锋对西班牙的上层统治阶级进行了无情的鞭挞和嘲骂,对人民的苦难寄予深切的同情。公爵夫妇是上层统治阶级的代表,通过对他们行径的描写,揭露了封建统治阶级外强中干的本质和在彬彬有礼的外表下掩饰着的阴险、凶残的本性。作者还比较真实地反映了人民活不下去、官逼民反的真情,诅咒当时的时代是"可恶的时代"。至于堂吉诃德,是一个带有悲剧因素的喜剧人物,他身上集中了各种美德,反映了社会的进步要求,是文艺复兴时期人文主义作家心目中的理想人物。

以上论断是从社会、政治角度看问题,所以一般是从阶级分析入手。有人从哲理角度分析,认为堂吉诃德身上反映了人类历史发展进程中所必然要经历的一些深刻矛盾,如精神与现实的矛盾、主观与客观的矛盾、书本与实践的矛盾、精神与物欲的矛盾、知识分子与工农兵商的矛盾,等等。

有人从历史和宗教角度分析,认为面对邪恶势力和愚昧势力的强大,堂吉诃德把自己当作"救世主",把自己个人的力量想象得比环境的力量还大,自愿捐躯受罪来匡扶正义,多少接近于基督式的宗教英雄。在他身上既体现了骑士道精神中具有的崇高一面,又代表了骑士精神中的可悲一面。

如此等等。

总之,随着时代的发展,人们的学术视野越来越开阔,读者从各个角度全方位地观察《堂吉诃德》,对它的理解越来越全面,越来越深刻。但是,这并不意味着已经穷尽了对这部伟大作品的认识。歌德说过,优秀作品是无论如何探测也探不到底的。《堂吉诃德》就是这样一部经得起永远探讨的作品。

笔者从人生视角进入作品,认为作品的主要意蕴是:理想崇高但在现实生活中却屡屡失败的理想主义者的自嘲,或曰自我调侃。

说堂吉诃德性格中具有理想主义气质,应该是没有争议的,因为这一点在作品中表现得太突出鲜明了。他身为一个穷乡绅、平民百姓,游离于社会政治生活之外。本可以安享悠闲平静的田园生活,但骑士小说中的英雄传奇,激发出他救国救民的伟大豪情,他立志效仿古代游侠闯荡天下、救济世人。在这一崇高理想的支配下,堂吉诃德开始他的游侠生涯,结果处处碰壁,闹出说不完的荒唐滑稽的笑话,最后以彻底失败而告终。

堂吉诃德的失败是必然的,他的理想脱离社会实际形态,脱离正常人的思维,完全游离于人情世故之外,所以是一厢情愿的空想、幻想。在堂吉诃德这里,主观与客观、理想与现实是完全分裂的,结果必然导致动机与效果的错位。

一边是伟大崇高的理想与动机,一边是处处碰壁的现实与效果,这一悲剧性的对立,堂吉诃德在为理想奋斗的过程中始终没有意识到,所以一直充满热情,意志坚定,百折不挠,屡败屡战,直到临死前才明白过来,意识到自己行为的荒诞与滑稽,这才有了所谓的清醒。清醒后的堂吉诃德承认自己以前是疯子,头脑发昏,干了傻事。

一边是伟大理想与动机,一边是彻底失败的现实与效果,这一悲剧性对立在堂吉诃德这里当然有其个别性和偶然性——他因读骑士小说入迷,把艺术当现实,以幻为真!然而,走出堂吉诃德的故事面向普遍而广阔的人生,我们发现:上述悲剧性对立并不只存在于堂吉诃德身上,而是发生在许多人身上;这一对立也并不是个别的和偶然的,而是具有普遍性和必然性。只不过对立的具体内容可能与堂吉诃德不一样,但就其悲剧的性质而言,却是一样的。

例如《堂吉诃德》的作者本人,就同样陷于上述悲剧性对立之中。据史料介绍,塞万提斯出生于一个贫穷的医生之家,小时候没有受过很好的教育,但有机会读了很多骑士小说,头脑里形成了非常狂热的为国捐躯的理想。他参加了无敌舰队,投入了抗击土耳其侵略的战争。在战争中他表现出足够的勇敢,但是他的身体并不强壮,武艺也不高强。在和土耳其两军对阵的时候,他迫不及待地首先跳上敌人的军舰,而后继者没有跟上来,他被包围,身负重伤,左手残疾。这是他第一次英勇参战。接着他又参加了占领突尼斯的战役和其他一些著名的海战。

在这些战役中,塞万提斯屡立战功,得到元帅的嘉奖。可是当他拿着元帅的保荐书,做着即将成为将军的美梦时,在归国途中遇到海盗,被俘后被卖到阿尔及利亚,在那里做了五年苦工。一个做着将军梦的人沦为了奴隶。他两次试图逃跑,却没有成功,后来一位神父募捐了一些钱,把他赎了回来。当他回到自己国家的时候,很不幸,他的国家已经忘记了这位英雄。他连一个普通的工作都得不到,好不容易在无敌舰队里找到了一个军需职位。一次,他下乡催征粮食,被乡绅诬陷入狱,出狱后改做税吏。他把收上来的税存在银行里,偏偏这个银行倒闭了,塞万提斯第二次入狱。

从监狱出来之后,塞万提斯穷困潦倒,一文不名。此时他已经人过中年,百事不成,万般无奈之下开始了《堂吉诃德》的写作。第一部作品发表取得了巨大成功,但并没有因此改变他的命运。他不懂和出版商打交道,几乎所有的钱都落入出版商手中。为了打击伪造的《堂吉诃德》,他在极度愤慨的情绪之下开始写作第二部,由于劳累和营养不良,完成后即一病不起。

一个胸怀远大理想却一生倒霉的人,当他回首平生的时候,会有怎样的心态呢?他或许会像屈原那样"虽九死而未悔";或许像艺术人物堂吉诃德那样"一生惑幻,临殁见真",彻底否定自己;然而更多的似乎是心情复杂,感慨万千——承认失败又不甘心,既后悔又不后悔,口头上激愤地否定自己而内心却可能恰恰相反。具体表现为自我嘲笑自我调侃——我这人啊,简直是一个疯子,一个傻瓜,一个活该倒霉的人。如果用一个艺术形象去表述,即活活一个堂吉诃德。

自我嘲笑自我调侃,笔者感到这比较接近塞万提斯创作《堂吉诃德》时的心态。塞万提斯创造了堂吉诃德但不等于堂吉诃德,堂吉诃德只是他表达自己情感的"意象",他的情感的"客观对应物"。堂吉诃德的精神中寄托着塞万提斯的理想,堂吉诃德的"清醒"中暗含着塞万提斯的自嘲。但堂吉诃德的自我否定并不意味着作者对自己的否定。现实表现是:他虽然在生活中"屡败",却依然"屡战",直到临终前还在与世界抗争——抱病写完《堂吉诃德》第二部。

关于堂吉诃德与塞万提斯的精神联系,作品的译者杨绛先生曾有过深入的分析。她说:"也许塞万提斯在赋予堂吉诃德血肉生命的时候,把自己品性、思想、情感分了些给他。这并不是说塞万提斯按着自己的形象创造堂吉诃德。他在创造这个人物的时候,是否有意识地从自己身上取材,还是只顺手把自己现有的给了创造的人物,我们也无从断言。我们只能说,堂吉诃德有些品质是塞万提斯本人的品质。"

这里所说的"有些品质",笔者以为主要是理想主义和英雄主义情结。共同的精神品质使作者与人物心心相印,息息相通。这样,就使角色身上流淌着作者的精神血脉:"塞万提斯或许觉得自己一生追求理想,原来只是堂吉诃德式的幻想;他满腔热忱,原来只是堂吉诃德一般疯狂。堂吉诃德从不丧气,可是到头来只得自认失败,他那时的失望和伤感,恐怕只有像堂吉诃德一般受尽挫折的塞万提斯才能描摹。"

事实正是这样,塞万提斯从自己辛酸的人生体验出发准确描摹了角色堂吉诃德,或者说,他写堂吉诃德其实是在写自己,他笑堂吉诃德其实也是自我解嘲、自我调侃。所以他对堂吉诃德既同情又怜悯,既赞扬又嘲笑。他一边笑着讲故事,一边心中在流泪,正所谓"满纸荒唐言,一把辛酸泪;都云作者痴,谁解其中味"。从本质上说,《堂吉诃德》是表意小说而绝非写实小说——虽然其字里行间也描摹了西班牙当时的社会状况。作者是在借堂吉诃德之酒浇自己心中之块垒,所以笔者认为《堂吉诃德》是作者自我解嘲自我调侃之作。

塞万提斯自我解嘲自我调侃的心态,被自作品发表至今的读者很容易地理解了、接受了。读者以堂吉诃德为镜子照自己、照别人,每当发现自己或别人身上有着超出常人的崇高理想和热情却屡屡失败无可奈何之时,总是首先想到堂吉诃德,称自己是堂吉诃德式的人。这样的自我评价中包含了对《堂吉诃德》精神实质的理解,也包含了对作者内心深处的相通。"堂吉诃德"已成为上述心态的共名符号。

如果《堂吉诃德》仅仅是作者的自我解嘲自我调侃,那么其价值和意义也就十分有限。事实是,塞万提斯说自己的写作目的是打击骑士小说,骑士小说早就如其所愿消亡了,然而《堂吉诃德》却依然辉煌;我们过去总是说作品价值在于揭露、批判了当时的统治阶级,准确描写了当时的社会状况,如今,当时的"社会"早已不复存在,然而堂吉诃德的故事却依然有魅力,原因何在?

道理很简单,因为《堂吉诃德》中有一些超越阶级、超越社会、超越民族从而具有普遍性、永恒性的精神价值。这个精神价值,我以为就是成功地提炼出了一种"心态",即壮志未酬的理想主义者回首往事时的自我解嘲与自我调侃。

理想主义者自我嘲笑自我调侃的心态源于残酷的现实——理想的崇高与现实的失败。残酷的现实源于人类永恒的根本困境:理想与现实的对立、冲突与距离。这一困境永远摆在人类面前,给人类以折磨也给人以激励。从某种意义上看,人类的历史(包括精神史),其实就是与上述困境相周旋的历史。人们永远在追求理想,为理想竭尽所能,百折不回,直至鞠躬尽瘁,死而后已。但理想的高远总是可望而不可即,总给人以挫败感和失落感。无奈中的人们只好自我解嘲自我调侃,但解嘲和调侃中又不甘心认输,不真心放弃,真正是剪不断理还乱,才下眉头却上心头。理想,既是欢乐的源泉也是痛苦的源泉。

理想与现实对立的困境不灭,理想主义者自我解嘲自我调侃的情结不灭,《堂吉诃德》也就不灭。三者相伴相随,直至永远。

平民思想家严酷无情
内心剖白中蕴含着成长宝典
——卢梭:《忏悔录》

卢梭画像

《忏悔录》是卢梭的名作,也是西方文明史上三大驰名《忏悔录》(另两部的作者是奥古斯丁、托尔斯泰)中影响最大的一部。《忏悔录》其实是卢梭的自传,分为上下两部,从出生(1712年)一直写到1765年流亡至圣皮埃尔岛为止。作者以自身行迹为线索贯穿、映现出整个社会面貌。《忏悔录》内容丰富,是研究卢梭思想和艺术的经典文本。《忏悔录》以思想、艺术和风格上的重要意义奠定了长久受人景仰的崇高地位,推动和启发了19世纪法国文学,无论在政治思想,还是在文学内容、风格和情调上都开辟了一个新的时代。

全面评价《忏悔录》既非本书主旨,笔者亦无此能力。这里,只从人生视角,择其要者,谈一谈阅读文本时的几点人生感悟。

一、坚守神圣纯洁的真实,严酷无情地剖析自己

卢梭在给朋友的信中曾说过这样的话:"我把一生都奉献给神圣而纯洁的真实,我的情感从未玷污我对你(真实)的挚爱,利害与恐惧也从未腐蚀或败坏我对你的敬意,只有当我手中的笔担心自己是出于复仇的目的时才拒绝描绘你。"读《忏悔录》,笔者感到此话不虚。阅读时感受到的最大震撼,就是卢梭严酷无情的自我解剖,是他惊世骇俗的诚实与真实。卢梭赤裸裸地为读者、为世人展示出一个真实无欺的自我。

严酷无情地剖析自己,裸露真实无欺的灵魂,是卢梭创作《忏悔录》的宗旨和宣言。作品开篇,作者就庄严宣布:"我现在要做一项既无先例,将来也不会有人仿效的艰巨工作。我要把一个人的真实面目赤裸裸地揭露在世人面前。这个人就是我。"(黎星、范希衡译,《忏悔录》,人民文学出版社1982年版,第1页。下引此书只注页码)

卢梭的宣言贯穿于全书的字里行间。在书中他不断地坦承自己不同时期的缺点、弱点、丑行。如,孩童时期嘴馋,撒谎,偷吃水果、糖果或其他食品,还恶作剧地向邻居家的锅里撒过尿。十多岁时被送到制造钟表的店铺里当学徒,由于不满师傅的暴虐专横,自己曾痛恨的恶习进一步发展:"我就这样学会了贪婪,隐瞒,作假,撒谎,最后,还学会了偷东西——以前,我从来没有过这种念头,可是现在一有了这种念头,就再也改不掉了。"(第34页)

再大一点,卢梭到一个贵族家里当仆人。有一次,他看上了一条美丽的小丝带,于是就偷过来占为己有。被发现后他异常害羞,慌乱中竟一口咬定说是女厨师给他的,一个善良无辜的姑娘被诬陷,名誉受损还为此丢了饭碗。

再长大些,卢梭到了青春期,他承认自己开始有了手淫的恶

习。他说这种办法拯救了我这种性情的青年人,而且对于那些想象力强的人还有一种很大的吸引力,换句话说就是可以随心所欲地在想象中占有喜欢的所有女性。这就等于承认手淫之外还有"意淫"。他还有"可耻又可笑"的裸露癖——他曾在黑夜中游荡于偏僻街区,向妇女裸露自己的臀部,从中获得愚蠢的愉悦。

除此之外,卢梭还承认自己为了混口饭吃而背叛了自己的宗教信仰——由新教改奉了天主教;为了自己的利益,在朋友勒·麦特尔最需要他帮助的时候抛弃了他;和自己的监护人,被他称为"妈妈"的华伦夫人有长达十四年的情人关系;多次为肉欲所驱使,与多个女人发生过两性关系;为生活所迫,遗弃了自己亲生的五个孩子……

卢梭如此残酷地解剖自己,揭露自己的丑行,确实如他所说,前无古人,后无来者。他兑现了自己的诺言:"当时我是什么样的人,我就写成什么样的人。当时我是卑鄙龌龊的,就写我的卑鄙龌龊。"他向上帝保证,自己把内心完全暴露出来了,和你(上帝)亲自看到的完全一样。

当然,卢梭的诺言中所承诺的"真实",还包括自己的善良忠厚和道德高尚("当时我是善良忠厚、道德高尚的,就写我的善良忠厚和道德高尚")。问题是,写自己的阳光面容易写阴暗面难。而且对于自己的阴暗面暴露得如此彻底,实在让人震撼!根据人性,人们灵魂深处的秘密,尤其是与社会文明相悖的秘密,人们都是尽量隐瞒、掩盖、遮蔽,从不往外披露,从不自我揭短的。这是人之常情。但卢梭的伟大在于,勇敢突破了人性禁忌,蔑视人之常情,做了别人不敢做不愿做的事,所以让人敬仰!

卢梭为什么如此坦诚地揭露自己?原因是为客观情势所迫。卢梭出身平民,依靠自学和努力奋斗闯入思想界和文学界。他的一系列追求自由、反抗专制的大胆言行,让专制社会对他恨之入骨。他的书出版后被下令焚烧,并要被逮捕,他被诬为"疯子""野蛮人",遭到紧追不舍的迫害,无奈之下卢梭开始了逃亡生活。他所到之处都被围剿,教会发表文告宣布他是上帝的敌人。除了官方和教会的迫害,更深重的打击是来自友军的攻击。1765年一本题为《公民们的感情》的小册子,对卢梭的个人生活和人品进行诬蔑,尽量把他加以丑化。面对被抹得漆黑、成为千夫所指的危险,卢梭迫切感到有为自己辩护的必要,这才有了名垂千古的《忏悔录》。

《忏悔录》插图

在《忏悔录》中,卢梭追求绝对的真实及把全面完整的自己呈现给天下。你们不是说我丑恶吗?我就把我的丑恶裸露给你们看。虽然有诸多缺点、弱点、错误,但卢梭有充分的理由相信自己比那些攻击迫害他的正人君子高尚纯洁、诚实自然。所以他在作品的开卷就向敌人发出挑战:"不管末日审判的号角什么时候吹响,我都敢拿着这本书走到至高无上的审判者面前,果敢地大声说:'请看!这就是我所做过的,这就是我所想过的,我当时就是那样的人……请你把那无数的众生叫到我跟前来!让他们听听我的忏悔……然后,让他们每一个人在您的宝座前面,同样真诚地披露自己的心灵,看有谁敢于对您说:我比这个人好!'"(第3—4页)——好一个坦荡大气的卢梭!他的气势把攻击诬蔑他的小丑们一下子震住了,没人敢出来应战,卢梭胜利了。

围绕卢梭的风风雨雨,时过境迁,一切都显得不重要了。但

《忏悔录》的精神价值依然不朽,依然焕发光彩。原因是,作品蕴涵的人生道理至今仍有意义,仍然给我们以启发。

首先,卢梭让我们借助他"这一个"真实的、立体的人,进而对人、对人性有了全面而深刻的认识。换句话说,《忏悔录》可以作为人学的一个标本。

对于这一点,卢梭自己有清醒的认识。在"前言"中卢梭对读者说:"不管你是谁,只要我的命运或我的信任使你成为这本书的裁判人,那么我将为了我的苦难,仗着你的恻隐之心,并以全人类的名义恳求你,不要抹杀这部有用的独特的著作,它可以作为关于人的研究——这门学问无疑尚有待于创建——的第一份参考材料。"

说得不错!从这份人学参考材料中,我们看到了人、人性的复杂。人啊,无论思想和行为,谁都不是单纯单一的,而总是善恶并存,美丑兼备,具有两面性、多面性的。中国古人对此早有清醒的认识:人非圣贤,孰能无过;金无足赤,人无完人;山中无直树,世上无直人。也正如卢梭所说:"没有可憎的缺点的人是没有的。"既然如此,我们就不要迷信那些被描绘得通体透明,没有一点缺点、错误的人。这样我们就打破了对于人的迷信,就回归于对于真实的人的把握。借用南非黑人总统曼德拉的话说就是,无论我们怎样尊崇一个人,也不要把他神化,因为我们都是血肉之躯。

其次,卢梭勇敢解剖自我的精神不仅值得敬佩,更值得学习和效仿。关于这一点,道理自明,兹不赘述。

再次,《忏悔录》还提醒我们,永远要有自我反省自我改造的道德自律意识。人有弱点、缺点、错误不可怕,只要勇于反省、勇于忏悔、勇于改正,就一直走在自我完善的正道上。如卢梭,虽然有那么多缺点和毛病,但这不是别人揭发出来的,而是他自己反省自已揭露出来的。他能这样做,说明心中有足够强大的向善的正能量。缺点、错误出现在他的回忆中说明已经是过去时,他已经克服和战胜了这些困扰他的缺点和错误。这就是虽然我们看到卢梭有那么多缺点和毛病,但我们依然觉得他是个善良正派人的原因。这里的转换机制是他在负能量前加的是负号(-),即对否定之否定。不承认自己有毛病本身就是毛病,承认自己有毛病,反倒是心理健康的人。

最后,人性中的弱点是不可能一次性克服,从而一劳永逸的,而是需要时时警惕时时克服的。每个人自我完善的历程是永远的、无止境的,人永远走在自我完善的路途上。

二、坚守道德底线,不做不该做的事

卢梭自己说过,他的灵魂剖白,既包括正面的也包括负面的。但某些读者出于猎奇心理和说不上高雅的趣味,往往只看到、只记住了其负面,而忽视了、忘记了其正面。这有失公道。卢梭从小生活在底层,没人管教和约束,他要学坏的机会很多,很容易变成流氓无赖街头混混儿。然而他竟然奇迹般地一步步成长为一个影响世界、影响人类历史的思想家。这里的奥秘很多,其中重要的一条是,他始终坚守道德底线,坚决不做不该做的事。换句话说,在他的灵魂深处,正面的价值观和道德观始终居于主导、主宰地位。

这样的例子很多,为节省篇幅,聊举几例。

二十岁那年,华伦夫人外出,她的女仆麦尔赛莱由于长期得不到她的消息,有意回家乡弗赖堡去,有人提议一路上由卢梭陪送。"由于她天生胆小,一路上她最关心的事就是到晚上我们必须睡在一个房间里。显然,这种亲密的安排,对于在一起旅行的一个二十岁的小伙子和一个二十五岁的姑娘来说,很少能保留在这一点上。"（第 161—162 页）这是人之常情，是对两个年轻人，尤其是对男孩子卢梭的巨大诱惑和严峻考验。然而事实是，他们两个人"正是停留在这一点上"。卢梭说，由于我过分单纯，一路上我心中不但没有搞点风流艳事的打算，甚至根本没起过这样的念头。就这样，规规矩矩安安分分，卢梭把麦尔赛莱从安纳西送到了弗莱堡。

如果说青年时期的卢梭还比较单纯、拘谨、老实，不敢越雷池，那么中年和成名之后呢？事实是，中年和成名后的卢梭依然坚守道德底线，坚持不做那些不该做的事。

1743 年，卢梭三十一岁，出任法国驻威尼斯公使的秘书。在此期间，卢梭说自己有过一段未遂的情史。事情是这样的：他的朋友卡利约很风流，往别人包定的姑娘家里跑厌了，决定自己也包一个。因为他和卢梭形影不离，他提议和卢梭合包一个姑娘。卡利约找来找去找到一个十一二岁小姑娘，她的狠心母亲正在设法把她卖出去。他们两个一起去看她。卢梭说，他一见这姑娘，肺腑都感动了。他极为同情这对母女，给了母亲几个钱，同时负责供养她的女儿。为了培养她谋生的技艺，给她买了一架小钢琴，为她请了教唱的老师。他们每天晚上没事的时候就到小姑娘那里和她天真无邪地谈谈，从中获得了美好的情趣。卢梭说："不知不觉地，我的心就依恋上了那个小姑娘，但是那是一种慈父般的感情，毫无肉欲掺杂其中，以至于这种感情越深挚，我就越不能在这里面掺进肉欲的成分。卢梭设想他和女孩子未来的关系："我感到，将来这孩子长大了，我要是接触她，一定会毛骨悚然，和犯了乱伦罪一样。……我敢担保，不管这可怜的孩子将来长得怎样美，我们绝对不会成为她的童贞的破坏者，而相反地会成为她童贞的保护人。"（第 364 页）

在巴黎,他曾经给一个年轻的贵族夫人当家庭教师。这个年轻贵妇性情高傲,喜爱空想,卢梭说和他相近,而且美得惊人,有点像华伦夫人。卢梭说她"对于我有着很大的吸引力",因而"搅得我心绪十分不宁"。"但是,我给我自己制定的、并且决心不惜任何牺牲予以遵守的那些严格的行为准则,保证了我不打她的主意,不受她的魅力的诱惑。整整一个夏季,我每天跟她面对面坐三四个钟头,一本正经地教她做算术,拿我那些无穷无尽的数目字去讨她的厌烦,没有对她说过一句风流话,也没有向她送过一个秋波"。(第403—404页)

众所周知,法国是个浪漫的国度,卢梭在这样的国度、这样的文化氛围下成长、生活,多年是单身汉,又有才华,体格健美。他要是想追求风流韵事,应该是很容易的。但卢梭说自己在女人面前经常失败,原因"就是因为我太爱她们了"。他的解释是:"由于我爱得太真诚,太深挚,反倒不容易得手了。从来没有过像我那样强烈却同时又这样纯洁的热情,从来没有过这样温柔、这样真实,而又这样无私的爱情。我宁肯为我所爱的人的幸福而千百次地牺牲自己的幸福,我看她的名誉比我的生命还要宝贵,即使我可以享受一切快乐,也绝不肯破坏她片刻的安宁。"(第85页)

把感情、爱情看得至高无上,尊重女性,爱护女性,这是他的道德底线,所以他不做突破底线的事,是他的德行、他的人生观和价值观所决定的。

三、听从内心召唤,自由选择人生每一步

卢梭一生坎坷不幸。首先母亲死于难产,即卢梭一出生就没有了母亲。十岁时,父亲遭冤枉被迫离家出走。年幼的他由姨妈安排,和表兄一起在一个神父那里受过两年教育,之后他就开始了

自己养活自己的苦难历程。

卢梭说,在我差不多还是小孩子的时候,大人们送我到本城法院书记官那里当"承揽诉讼人"。大人们觉得这是一个有用的职业,但我对"承揽诉讼人"这一雅号讨厌透了。卢梭说,我人格高尚,决不想用卑鄙手段去发财。况且,业务枯燥无味,还得像奴才一样听人驱使,这与我热爱自由的天性极端不合。每天怀着憎恶的心情去上班,消极怠工的结果就是被赶出了那家事务所。

之后,卢梭被安排去钟表零件镂刻店当学徒。对于这行手艺,卢梭并不讨厌。但遗憾的是师傅脾气粗暴,为人苛刻,不允许卢梭有丝毫的个人兴趣。当师傅发现卢梭私下里干了自己喜欢却是违禁之事后便给以痛打,这使卢梭对本来喜爱的工作感到苦不堪言,于是产生反抗心理。有一次,卢梭和朋友出城玩耍晚归被关城门之外,第二天回来又遭受到了严厉惩罚。卢梭终于下定决心出逃,当时他才十六岁。十六岁,既无亲友可以投靠,又无技艺养身,出逃明显是一种冒险。但为了自由,也顾不了那么多了。

卢梭对于这次出逃时的心情是这样描述的:"当我由于恐惧而计划逃跑的时候,心里有多么凄惨,但是在一旦实行这一计划的时候,心里反而觉得十分惬意。"为什么呢?因为"我自以为已经获得了的独立是使我精神振奋的唯一一种心情。可以自由地支配我自己,做自己的主人了,于是我便以为什么都能做,什么都可以做得成"。(第49页)一句话,摆脱束缚,是卢梭的内心召唤;获得自由,是卢梭不顾一切甘愿冒险的唯一原因。

流浪中几经周折,卢梭来到古丰伯爵家里当仆从。古丰是王后的宠臣,是一家显赫贵族的族长。古丰和他的儿子一眼看出了卢梭的才华,从不把他当仆人对待,而是给他以足够的尊重。卢梭得知,这家有意谋求大使并希望将来当上大臣,于是很想预先培养一个有才华、有能力的人，以便完全依附于他们，日后忠心耿耿地为他家效劳，而他们选中的人就是自己。就一般情理而论，这对于一无所有的穷小子来说，当然是求之不得的好事。但卢梭意识到这种安排必须一切依附主人家，这就势必丧失独立人格，而且要求屈从的时间也太长了，这让喜欢自由的卢梭受不了。

与远大前程相比，他宁可选择与活泼快乐的伙伴一起去旅游。他说:"有一个年纪相仿、趣味相同的好脾气的朋友做旅伴，而且没有牵挂，没有任务，无拘无束，或留或去全听自便，这将是多么美妙啊！一个人，要是为了实现那些缓慢、困难、不可靠的野心勃勃的计划而牺牲这样的幸福，未免太愚蠢了。即使这样的计划终于实现，不论何等辉煌，也比不上一刻青春时代真正自由的快乐。"（第110页）就这样，卢梭为了享受自由的快乐，把世人认为的远大前程毫不吝惜地抛弃了。

如果说上述选择还不免带有孩子气的话，那么当他相对成熟之后，他依然会为了自由而放弃世人所谓的好职位。

二十一岁时，华伦夫人为卢梭在宫廷中谋得一个土地登记员（文书）的职位。卢梭说这是他有生以来第一个收入稳定而体面的工作，多年的流浪奔波，使他特别珍惜这一工作机会，很快就上班了。但是，两年之后他又厌烦了。他说，每天八小时简单重复的工作让人讨厌，而且是和一些更讨厌的人一起整天关在办公室里，让人感到烦闷和厌倦。他渴望自由，渴望做自己喜欢做的事。这时候他对音乐正入迷，于是他千方百计缠着华伦夫人要求辞职。无奈，华伦夫人只得同意。他欣喜若狂，立即跑到上司那里，"好像做一件英勇的事业那样骄傲地向他辞了职，既无原因，又无理由，更没有借口就自愿离开了我的职务，其高兴程度和我在两年前就职时一样，或者比那时更要高兴"。（第211页）

离开收入稳定而体面的工作去做不靠谱的音乐教师,一般人觉得不可思议,但卢梭没有犹豫,他说对自己的选择十分满意,而且从来没有后悔过。就是晚年,"当我以理性的天平来衡量我一生的行为时,我对此也从不后悔"。(第212页)原因很简单,教音乐是自由职业,是自己喜欢做的事,不受任何约束。

四、喜欢清贫而独立的生活,对金钱珍惜而不追求

卢梭所生活的18世纪,贵族阶级腐败没落,奢侈豪华,沉浸在寡廉鲜耻、纸醉金迷的淫靡之中。而卢梭从社会底层一路走来,始终保持着普通大众自然纯朴的本色,喜欢过清贫而独立的生活。在充满虚荣和浮华的社会氛围中,卢梭始终保持了纯朴清高的生活态度,将贫富贵贱置之度外。他说自己"一生中任何时候,从没有过因为考虑贫富问题而令我心花怒放或忧心忡忡"。长期的底层生活,养成了他独特的人生观和价值观。他从不羡慕荣华富贵,从不追求显赫闻达,不喜欢城市生活的浮华喧嚣,悠然神往乡间的纯朴宁静,即使在他成名之后,其志趣依然不变。在那样的时代、那样的社会、那样的氛围中,卢梭的生活态度和志趣,绝对是一种异类,所以,除却思想上的叛逆,仅仅这一点就招致贵族社会的攻击和谩骂。

因为喜欢过清贫而独立的生活,卢梭对金钱始终表现出超然的态度。他说:"我不但从来不像世人那样看重金钱,甚至也从来不曾把金钱看作那么方便的东西。"他视金钱为烦恼的根源,他说自己怕金钱甚于爱美酒。

当然,卢梭对金钱的态度并不意味着不知道金钱的重要,故作清高,相反,经济上一贫如洗的他太知道金钱的重要了。他说:"我的不安定处境使我害怕。我热爱自由,我憎恶窘迫、苦恼和依附别人。只要我口袋里有钱,我便可以保持我的独立,不必再费心思去另外找钱。穷困逼我到处去找钱,是我生平最感头痛的一件事。我害怕囊空如洗,所以我吝惜金钱。"卢梭这里说得很明白,他之所以吝惜金钱,是因为贫困使他懂得"金钱是保持自由的一种工具"。(第39页)

"金钱是保持自由的一种工具",这话把金钱的价值和意义说得再精辟不过了。金钱是用来维持人的生存、保持自由的工具,超出这一目的,金钱就失去了其本来的价值和意义;超出此目的之外对金钱的渴求,用卢梭的话说,就成为金钱的奴隶。(第39页)

卢梭追求的是生存的独立,灵魂的自由,他从不让金钱限制了自己的自由,异化了自己的灵魂,所以卢梭终其一生从不刻意追求金钱。相反,只要他认为有碍于他的自由,他就毫不犹豫地放弃赚钱的机会。在《忏悔录》中,这样的例子很多。例如,在巴黎闯世界时他曾在一贵族家庭当秘书,由于主人的信任,又让他兼任财务出纳员,在主人外出期间,金库的管理全由他一人负责。这一职务相当劳累,但也有丰厚的经济收入。这对于一向缺钱花的卢梭来说,不能不说是一件好事。但卢梭认为这一职务与自己的性情、自己的生活原则以及才能太不相宜,毅然决然辞了职,过起了为人抄写乐谱、按页收费的清贫生活。

卢梭的这种选择在常人看来简直是不可思议的,但卢梭坚信金钱与物质给人带来的快乐是有限的,但精神自由给人带来的快乐却是无限的。两种快乐不同质,没有可比性,其中滋味如鱼在水冷暖自知,不可与他人言。

想过清贫而独立的生活,有时候也不容易。卢梭未出名时四处流浪,常常食不果腹,没人理睬;成名后却被慕名而来的粉丝包围,房间里总有客人,客人们以种种借口侵占他的时间,争相邀他做他们的座上客,而且带来或钱或物的馈赠,对此他一概拒绝。君子爱财,取之有道,不是自己劳动挣的一律不要。

更有甚者,他拒绝了皇家封赏。1752年,卢梭的歌剧《乡村巫师》在宫廷首演获得巨大成功,给国王路易十五留下深刻印象,于是国王想赐给他一笔养老的年金。这是世人梦寐以求的荣宠,是天上掉下的馅饼,没有人不为此欣喜若狂,但卢梭经过思考,坚决地拒绝了。他想的是,接受了年金,也就接受了王室的枷锁;有了年金,真理就完蛋了,自由就完蛋了,勇气就完蛋了,从此以后还谈什么独立和淡泊?一旦接受年金,对国王就只能阿谀逢迎,或者噤若寒蝉了。为了维护自己的生活原则,为了维护自己的独立人格,他决定要实际,不要面子,于是以健康为由逃走了。(第426页)

卢梭对金钱的态度是哲人的态度,体现了思想家对事物本质的洞悉,道出了金钱的价值和本质,值得所有人深思。以卢梭的睿智为镜子,就可以照出为金钱而发疯,置宝贵生命于不顾,甚至不惜违法乱纪、出卖灵魂是多么的荒唐可笑,多么的愚不可及!在如何对待金钱问题上,地位卑微的卢梭表现得淡定伟大,某些达官贵人表现得渺小可怜!

五、命运神秘莫测,能把握的只是自己的努力

卢梭出身于社会底层,十岁那年由姨妈安排,和表兄一起在一位清教徒那里接受过两年教育,之后就开始了在社会上流浪、闯荡的艰辛历程。这期间当过学徒、仆人、伙计、随从,像乞丐一样进过收容所,成人之后当过音乐教师、秘书、职业作家,直至成为影响法国乃至世界,名垂青史的思想家。从孤苦贫穷的流浪儿起步,卢梭自学成才,为世人创造了一介平民凭借个人奋斗改变命运的奇迹。

站在终点看起点,一路走来,卢梭经历了无数大大小小、曲曲弯弯的命运拐点才登上人生的巅峰;其中,任何一个拐点上偶然走了另一条路,就没有了现在的卢梭。可以说,卢梭的命运是无数冥冥之中偶然因素碰撞集聚——用佛家的话说即因缘和合的结果。

对此,卢梭自己在反思中也有过感慨。十六岁那年,他因忍受不了师傅暴虐无理的管教,在没有任何依靠的情况下毅然决定出走,从此开始流浪。卢梭说:"当我听天由命,远走高飞以前,让我考虑一下:假若我遇见的是一个比较好的师傅,我的前途该是什么样子呢?我觉得在某些行业里,特别是在日内瓦镂刻行业中当一名善良的手艺人,过那种平稳安定的、默默无闻的生活,倒是最合乎我的癖性,能够给我带来莫大的幸福。干这种行业,虽然不能发家致富,但是温饱有余。它可以限制我此后的生活中不致有很大的虚荣心,它可以给我充分的闲暇来从事一些有节制的爱好;这样,我就可以满足于我的小天地,既不想也不能僭越雷池一步。"(第47页)卢梭的意思是,如果师傅对他好一点,他可能就安分守己地干下去了。那样一来,世上就多了一个镂刻匠而少了一个思想家。

顺着卢梭这一思路想下去:如果卢梭一生下来妈妈没有死去呢?如果十岁时父亲没有和警察打架,因而没有离家躲难呢?如果卢梭从师傅那里出走后没有遇见彭菲尔神父(正是他介绍卢梭认识华伦夫人)呢?如果他没有遇见华伦夫人呢?如果他听从古丰伯爵的安排,在他们家里耐心干下去呢?如果他没有在拜访狄德罗的路上偶然看到全国论文大赛的消息,因而也没有机缘写《论科学与艺术》的论文,没有获奖没有从此成名呢?……就此打住了,这样的"如果"罗列下去没完没了。而其中任何一个"如果"没有出现,卢梭的命运链条上就脱落了一个环节,卢梭的命运就被改变了。然而,令人惊叹的是,这些链条竟然一个个环环相扣地出现了,因而卢梭也就成为现在的卢梭了。

命运之神变幻无穷,神秘莫测,神龙见首不见尾,你只知结果而不知原因。

那么,卢梭之所以成为卢梭,仅仅是靠命运之神的安排吗?当然不是!和卢梭一样不幸、一样在社会上流浪的孩子多了,怎么别人没成为思想家而偏偏卢梭成了呢?这就告诉我们,卢梭之所以成为卢梭,肯定不仅是命运之神的安排,而且还有卢梭自身方面的主观原因。

卢梭自身方面的主观原因,主要是他天资聪颖,而且最主要的,是他勤奋好学,永不放弃,永远努力。

卢梭早慧。他回忆说,打记事起每天晚上都和父亲一起读小说,两人兴致勃勃轮流读,往往通宵达旦。就这样,五六岁之时他就学会了阅读,从阅读中获得了娴熟的阅读能力和理解能力,从此养成阅读的习惯。孩提时,"谁也不督促我,我却喜欢学习,喜欢看书,那几乎是我唯一的消遣"。(第13页)

在当学徒期间,由于师傅的种种束缚,他对工作感到乏味,当他厌倦一切的时候,读书癖重新支配了他。他把师傅给的所有零花钱全用在了租书上,租来各种各样的书贪婪地阅读。"我在干活的案子上读,出去办事的时候读,蹲在厕所里读,我经常一连几小时沉醉在书籍里。我读得头昏脑胀,别的事儿什么也干不下去了。"(第45页)读书纠正了少年卢梭身上一些幼稚无赖的恶习。他说,凡是我所读过的书籍,在我的内心里,都比我的职业能唤起更高尚的感情。

卢梭到华伦夫人家后,生活安定,衣食无忧了,他把空闲时间全部用来读书。他的阅读兴趣广泛,算术、几何、绘画、音乐、植物学,无所不包。有一次,卢梭病了,为了使他更好地休养,他和华伦夫人在城市近郊租了一所房子。宁静的环境又激发起卢梭读书的欲望,他开始读科学、宗教、哲学方面的书。他把《科学杂谈》当作学习手册,反复读了上百遍。

他说:"虽然我的身体状况欠佳,或者说正因为如此,我觉得有一种不可抗拒的力量把我逐渐引向研究学问的道路上,而且,我虽然每天都认为已经到了生命的末日,但却更加勤奋地学习起来,就好像要永久活下去似的。别人都说这样用功学习对我有害,我却认为这对我有益,不仅有益于我的心灵,而且有益于我的身体,因为这样专心读书的本身对我就是一件乐事。"(第262页)虽然病状没有好转,身体日渐衰弱,但他读书的劲头没有削减。他认为努力学习直到生命的最后一刻是件美好的事,所以,"死亡的逼近不但没有削弱我研究学问的兴趣,反而似乎更使我兴致勃勃地研究起学问来,我不顾一切地积累知识,以便带到另一个世界去"。(第263页)

卢梭狂热的学习热情贯穿于他生命的整个历程。无论生活如何艰难困苦,只要一有机会他就会读书,读书已经成为他生命的必须,正如必须吃饭一样。经过终生不懈的努力,这才有了后来的卢梭。

卢梭成才的过程告诉我们,人生遭际或者说命运神秘莫测,我们无法把握,但是能够把握的,是我们自己持续不懈的主观努力。

行文至此想起流传甚广的一段名言:请赐给我勇气,去改变可以改变之事;请赐给我力量,去忍受可以忍受之事;请赐给我智慧,以分辨上述两者之差别。这段话说明古人早就明白一个道理,人生中有些事是个人无法掌握无法控制的,对于个人无法掌控的事情,就坦然接受、顺其自然。对于个人能够掌控的事情,一定要尽力而为。换句话说,你管不着的就算了,你管得了的要尽力;在可以掌握的范围内做命运的主人,在无法掌握的范围内做命运的朋友。卢梭的成才经验对所有人都有启发和借鉴意义。

凝聚大师一生思想与艺术探索的结晶
——歌德:《浮士德》

诗剧《浮士德》是歌德的代表作,其创作过程从青年时代起直到逝世前,历时六十年,可以说是他以毕生心血完成的一部杰作,是凝聚他一生思想与艺术探索的结晶,被文学史家称为(截至19世纪初)西方文学的四大里程碑之一(其他三部是古希腊的"荷马史诗",但丁的《神曲》,莎士比亚的悲剧)。

《浮士德》插图"教堂里的格雷琴"

《浮士德》取材于16世纪德国民间传说。据说浮士德在生活中确有其人,是跑江湖的魔法师,懂得炼金术、星相术、占卜等,死后留下许多传说,最早流行于德国,而后传遍欧洲,成为老少皆知的民间故事。1587年德国出版过一本《约翰·浮士德生平》的书,其中说他与魔鬼订立合同,活着时魔鬼满足他一切要求,死后灵魂被魔鬼送入地狱。这里的浮士德是贪图享受,用灵魂换取快乐的享乐主义者。文艺复兴后期英国人马洛用这一题材写了《浮士德博士的悲剧》,该剧一反旧说,把浮士德写成追求知识、征服自然、借助魔鬼之力献身社会理想的巨人,遗憾的是其结局未摆脱旧的窠臼,浮士德的灵魂仍被魔鬼劫往地狱。到了歌德,他创造性地利用了这个古老的题材,保留了马洛笔下浮士德积极进取的性格,但是结局变为战胜了魔鬼灵魂升天,因为他在不懈的人生追求中把自己铸造成一个审美的精神符号。

《浮士德》主题的传统解释

关于《浮士德》的主题思想,一般流行的文学史著作认为,全剧描写德国的资产阶级先进分子与德国现实之间不可调和的矛盾,其批判的锋芒指向上至宫廷、下至市民社会,包括教会和一切经院哲学在内的整个腐朽鄙陋的德国。全诗像当时的许多启蒙文学作品一样,具有反封建反教会的战斗性。歌德通过梅菲斯特用"海盗、走私、战斗"三位一体的方法开拓事业和无情地摧残山上老夫妻的行动,谴责了资本主义原始积累的残酷性。另外,诗剧的批判精神还表现在对资产阶级自身的种种不切实际的幻想的否定之中。其思想局限表现在,浮士德目睹现实的丑恶不是反抗它,更没有改造它;浮士德试图不消灭现存反动制度,依靠统治者的恩赐来建立乐土,这是一种幻想;浮士德始终以个人奋斗的方式开拓真理之路,不依靠人民,人民只是供他驱使的仆役;浮士德开拓海田表现了他的事业的掠夺性,违背了人道主义原则;等等。

以上是从社会、历史、政治视角对《浮士德》所作的分析,此处笔者不予评论。在这里,笔者想从人生角度切入,对作品的思想意义做一些有别于传统思路的探索。

仔细阅读文本,呈现在读者面前的一个非常明显的事实是,看不到人们熟知的对社会生活的客观描述,找不到一个与现实生活相对应的故事情节。全剧展现的是一个虚拟的、幻想的神话世界,里面充满了天堂地狱、天主恶魔、神怪灵异;故事是虚构的,情节是编织的,角色是想象的。背景在天界、人界、灵界中自由转换,时间在古代现代中随意倒错。贯穿全书的是作者的思想实验和精神游历。作者以敏锐的眼光和天才的智慧深入人性、人生的深处,有一系列无法言传的独特发现,这些发现无法借助现实事物加以传达,而必须通过奇思异想,创造一个个虚拟的艺术幻境作为象征意象,曲折隐晦地暗示出来。——顺便说一句,这也正是《浮士德》晦涩难读的原因。简单说,《浮士德》在艺术方面的特质是表意而非写实,是象征而不是直说。既然如此,我们的解读就应该从作品虚拟的艺术形象、艺术幻境出发,仔细体会其中的隐喻或象征意味,争取达到"作者得于心,览者会以意"的境界。

面对虚拟的象征意象,笔者从人生视角读出了以下几点。

关于人性的奇观

关于作者本人,各种材料都证实了一点,歌德是一个个性极为独特、性格内涵极为丰富的人。《歌德传》的作者艾米尔·路德维希曾这样概括青年时代歌德的性格:"既感情丰富又十分理智,既疯狂又智慧超群,既凶恶阴险又幼稚天真,既过于自信又逆来顺受。在他身上有多么错综复杂而又不可遏止的情感!"这种内心的复杂其实是一种人性的奇观,体现了人性的深刻度与复杂度。由对自己和别人的切身体验出发,歌德对人性十分敏感,认为其中奥妙无穷,决心用艺术的形式加以探索,这就成为他创作《浮士德》的动因之一。

关于这一点,同样对人性探索深感兴趣的我国作家残雪女士,在她专门研究《浮士德》和莎士比亚的新著《地狱中的独行者》(生活·读书·新知三联书店 2003 年版,下引此书只注页码)中,有过深入而独到的分析。她认为:"歌德在这部伟大的作品中要说的,是人性当中那个最为深邃的王国里的事。那个王国又是无边无际的,对它的探索,是一切优秀的诗人的永久的题材。"(第3页)"作者写下这鸿篇巨制的宗旨,便是用理性之光来照亮人心最幽深处的风景。"(第122页)

"人心最幽深处的风景"具体指什么呢?简单说即人的心灵世界错综复杂的矛盾与冲突,以及矛盾冲突间奇妙的纠结与组合。具体说来,在《浮士德》中,"艺术家要表现的,就是人自从作为人在宇宙间生存以来,他身上那种与生俱来的二重性,或者说生与死、有与无、冲动与意识、美与丑、犯罪与自审等等这个根本的矛盾,究竟是如何推动人性向前发展的"。(第125页)这种二重性,是最原始的人性结构,是纯艺术的源头,是歌德最为着迷的对象。"有各种各样的文学,其中最深邃的那一族选择了以艺术自身为探索的领域,这样的文学必然会进入原始的生命之谜。"(第122页)歌德的《浮士德》就是这样一部"进入原始生命之谜",照亮人的心灵深处奥秘的杰作。

先来看看文本中两个最为重要的角色浮士德和梅菲斯特。浮士德本来是一个长期钻在故纸堆中的书呆子,书中先辈们层层叠叠的观念形成的强大理性窒息了他内在的生命欲望。但后者并没有也不可能消失,而是蕴藏在深层时时想冲破压抑来表现自己。浮士德深为这种内心矛盾所苦,他说:

> 有两个灵魂住在我的胸中,它们总想互相分道扬镳;一个怀着一种强烈的情欲,以它的卷须紧紧攀附着现世;另一个却拼命地要脱离尘俗,高飞到崇高的先辈的居地。(钱春绮译,《浮士德》,上海译文出版社1999年版,第61页)

就在浮士德激烈的内心冲突中,魔鬼梅菲斯特出现了。魔鬼是谁?残雪认为,他是生命和意识的扭斗,他是浮士德的艺术自我,是浮士德心灵深处的魔鬼和精灵。简言之是浮士德性格中的另一面。当他出现在浮士德面前时,浮士德觉得似曾相识,而又那样陌生。浮士德厌恶他的专制与粗俗,却又向往他的预见与深邃,不知不觉离不开他了。梅菲斯特用原始冲动来激发浮士德,要求他用灵魂深处的"恶"和非理性开辟自己的活路。于是,浮士德在魔鬼的引导和激励下勇敢地投入了生活,开始了积极奋斗的人生。

总之,梅菲斯特是人性深处的矛盾体,是有与无、生与死、理性与非理性之间进行殊死搏斗而又处于统一之中的形象,是他将冲动给予了浮士德,使得浮士德成就了伟大的幻想事业。而梅菲斯特又是浮士德精神结构中的另一面——热爱生命,热爱创造,原欲冲动的一面,与僵死的观念、理念对立的一面。梅菲斯特与浮士德组成了一个人性格矛盾的二重性,而梅菲斯特自身又可分化为另一层次的二重性。二位主角的奇妙关系让读者看到了人性奇观的一个典型例证。

类似的象征隐喻贯穿全书,可以说,整篇《浮士德》就是在目不转睛地凝视这人性的奇观当中写下的,历经六十年酝酿的《浮士德》所怀的野心,便是想把奥妙无穷的人性的内在机制一层一层地展示于读者面前。细读全书,我们可以说作者的目标达到了。他让我们看到人性像是一个在阳光下不断旋转的蛋白石,每一面都由二重之光调和而成;如果将其剖开,其纹理层层深入,每一层又都是二重色调和构成。而且,更重要的是,歌德对人性的剖析并不是静态的,而是把每个人放在充满了刺激与诱惑的世俗生活中让其尽情表现,让人性中各因素(如原欲与意识、理性与非理性、善与恶、美与丑等)相互冲撞、相互转化。正是在这种相互对立和冲突中,歌德体会到人性的更深层的同一性并将其表现出来。歌德揭示出了人的内在精神世界的真相,从而让读者有机会看到了人性的奇观。

永恒的浮士德精神

《浮士德》没有首尾相连的情节,主要是通过中心人物浮士德的"经历"贯穿全剧。浮士德的"故事"开始于他的书斋生活:深更半夜,浮士德在痛苦地抒发心中的焦虑,以至于痛苦得直想死去。

是什么原因让浮士德如此痛苦,想死不想活呢?他说得很清楚,他感到活着没有意义。什么学问,成年累月的皓首穷经,什么都知道了,但生命的活力却被榨干了。你刚有一点点自己的想法,别人立刻警告你要克制,别胡思乱想。我想快乐,却被世俗指责;我想创造,又被俗念干扰;我生命的欲望时时在内心奔突,却不敢正面瞧一眼俨乎其然、冠冕堂皇的外部力量。我的生命已经苍白、干瘪,因此活着不如死了好。——也就是说,是生存的无意义把他逼到了绝路上。浮士德是个渊博的书生,他对生存的意义问题十分敏感,当他感到生存失去理由或根据时宁肯放弃生命。由此我们可知浮士德改变自己活法的愿望是多么强烈。

恰在这时,魔鬼梅菲斯特出现和他谈判打赌,答应把他从书斋中解放出来,情愿当他的奴仆,为他服务,尽最大努力帮助他实现他想实现的一切欲望。但条件是当他感到心满意足时,他就算输了,灵魂归魔鬼所有,来世为魔鬼服务。浮士德深谙生命的奥秘:人的欲望是永远也不可能满足的,一个欲望实现了,十个欲望产生了;一次欲望满足了,一千次一万次欲望唤起了,因此他自信自己永远不会满足也就永远不会输,于是毅然签下这个契约,从此开始了后半生尽情释放生命活力、永无休止的追求历程。

浮士德走出书斋,魔鬼引领他经历了五种生活,五种生活表现为他人生追求的五个阶段。首先,魔鬼用最为普通的世俗享受引诱他,把他带到市民社会,走进莱比锡一家地下酒馆。一群大学生正在花天酒地,其乐陶陶,但饱读诗书的浮士德对这种享乐不屑一顾。魔鬼又带他到魔女之厨让他喝下魔汤返老还童,并帮助他得到美丽少女玛加蕾特的爱情。为躲避玛加蕾特母亲的干扰,魔鬼指使浮士德让玛加蕾特送安眠药给母亲,致使其服用过量而死亡。玛加蕾特的哥哥与浮士德决斗被刺死。玛加蕾特悲痛致疯,并因溺死她与浮士德的私生子,入狱被判死刑。此时的浮士德认识到自己放纵情欲导致姑娘一家悲剧的罪孽,痛悔万分,从此否定纵欲的肉体享受生活而转向精神方面的追求。

浮士德在一个风景优美的地方短暂休息后,魔鬼又带他来到罗马宫廷,安排他当了朝中大臣,试图让他迷恋于权力的追求之中。皇帝无能,朝臣瞒上欺下,教会掠夺人民,军队四处抢劫,百姓怨声载道,国家财政枯竭,可是皇帝照旧寻欢作乐。为了挽救朝廷的经济危机,浮士德根据魔鬼的意见,怂恿皇帝发行纸币,随之带来虚假的繁荣。但皇帝荒淫无耻,竟异想天开,让浮士德召唤古希腊美人海伦供他欣赏。在魔鬼的帮助下,浮士德召来了海伦和帕里斯王子的灵魂。浮士德忌妒帕里斯对海伦之爱,随将魔术的钥匙触到帕里斯身上,精灵立刻爆炸消散,浮士德昏倒在地。看来,权力也不能让浮士德沉迷,他对海伦(古典艺术之美的象征)一见钟情,说明他更喜欢古典艺术之美。

浮士德渴望什么,魔鬼就必须帮助他得到满足。于是在浮士德的书房里,借助他的学生瓦格纳所造的精灵荷蒙库路斯,找来了海伦并让浮士德与之结婚,生下儿子欧福里翁。此子性格奔放不羁,洋溢着生命的活力,需要不断往上空飞翔,结果不幸坠落在父母的脚边摔死。海伦看到儿子死亡,听到儿子从地底发出呼唤母亲的叫声,也追随儿子于地下,只剩下衣服和面纱留在浮士德手中。随后海伦的衣裳又化为祥云,裹住浮士德飞向空中又把他送回现实世界。这象征着浮士德所追求的古典艺术之美只是一种幻影,它不可能成为现实,不可能成为浮士德留恋驻足的地方。

美的追求幻灭后,浮士德感到一切脱离实际的幻想都是徒劳无益的,应该脚踏实地地面对现实做一些有利社会之事。魔鬼带着浮士德乘云出现在高山上,浮士德看到下面的大海,顿生填海造田,为天下百姓建立一个理想王国的念头。适逢国内发生叛乱,浮士德在魔鬼的帮助下平息了叛乱,皇帝赐给他一块海边的封地。从此浮士德开始了他的伟大事业。此时的浮士德已年至半百,双目失明。但他壮心不已,不断催促魔鬼加快工程进度。面对如火如荼的辉煌大业,浮士德沉浸在未来人民安居乐业的美好想象中:

> 我愿看到这样的人群,
> 在自由的土地上跟自由的人民结邻!
> 那时,让我对那一瞬间开口:
> 停一停吧,你真美丽!
> 我的尘世生涯的痕迹就能够
> 永世永劫不会消逝。——
> 我抱着这种高度幸福的预感,
> 现在享受这个最高的瞬间。
> (浮士德向后倒下,鬼怪们将他扶起,放在地上。)

对这段话,传统的理解是浮士德在自己的事业中感到满足了,陶醉了,因而输给魔鬼了。细读文本,感到这样理解似乎是不准确的。因为浮士德对这个"最高瞬间"的享受并不是现实的而只是想象的,只是对"这种高度幸福的预感"。他只是说"那时",让我对"那一瞬间"开口说满意。"那时"还只是一种未来时。也就是说,只要他所预期的理想境界没有真正地实现,他就不可能真正满足和陶醉,他还会继续不懈地努力奋斗。看来,魔鬼高兴得太早了,浮士德没有真输,魔鬼也就无所谓胜利。所以当魔鬼等候着要攫取浮士德的灵魂之时,天帝命天使下凡把浮士德的灵魂接往天国。

以上是《浮士德》情节的主干,一般文学史书将其归纳为五场悲剧:知识(书斋生活)、爱情(世俗生活)、从政(官场生活)、美(追求艺术)、事业(建立人间理想国)。情节之间没有现实的逻辑关系,而只是作者的一种心理实验。

通过心理实验,歌德象征性地传达了对人生意义的理解——人生是一个过程,人生的意义不在于任何一个具体的、现实的目标的实现,而在于每时每刻都必须重新开始的永无穷尽的向上追求中。每一个具体的现实的目标都是有限的,如果执着于其中就会导致生命的停滞,就等于生命的死亡,因而必须自强不息,永远追求。"这样一种没有退路的生活有它非常可怕的一面,所以一开始,浮士德就必须将自己的灵魂抵押在梅菲斯特手中。此举的意义在于,让浮士德在每一瞬间看见死神,因为只要一停止追求便是死期来临。这种生活的可怕还在于:它内部包含了致命的矛盾。创造的成果总是抓不住,一瞬即逝,留下的只是令人嫌弃的肉体,而又唯有这肮脏猥琐的肉体,是人的创造灵感所依赖、所寄生的地方。被梅菲斯特如催命鬼一样逼着不停向前冲的浮士德,所过的就是这样一种双重可怕的生活。"(残雪,《地狱中的独行者》,生活・读书・新知三联书店2003年版,第51—52页)而这,也就是生命的真相,人的生存的真相,浮士德将这一真相传达得淋漓尽致。浮士德自强不息、永远追求的性格内涵被提炼抽象为"浮士德精神"。

关于浮士德精神,具有多重的象征意义。

首先,它是作者歌德本人心路历程的艺术化。实际生活中的歌德,是一个天性好动,喜欢创造,热心体验各种生活,永无休止地追求的人。浮士德每一阶段的探索都和歌德本人生活经历,尤其是精神生活的发展有着若隐若现若即若离的关系,都渗透着歌德的人生体验和思考。所以论者一般都视浮士德为歌德心路历程的象征。

其次,浮士德的性格代表了上升时期资产阶级先进知识分子顽强奋斗、积极进取的精神,所以人们又把浮士德的心灵史视为近代欧洲三百年资产阶级精神发展史。

再次,我们更感兴趣的是,从终极角度看,浮士德的形象具有超越个人、超越时代、超越阶级、超越民族、超越任何时空的性质,即他的心灵史也可以视为整个人类的心灵生活史。

之所以这样说,是因为它内在的精神实质更符合人的本能、人的天性。人的生命、人的精神的本质特征就是发展、变化、运动,因而必须永无休止地追求,在追求中释放生命的能量,让生命在追求中得到自我实现。一旦停止发展,就意味着生命到了尽头。当然,作为个人,抑或人类,可能有沉沦或堕落的时候,但生命要求运动要求发展的内在本质,终会自然生长出来,克服沉沦和堕落而继续前行。

歌德深谙人性这一弱点,他借天主之口说:"人类的活动劲头过于容易放松,他们往往喜爱绝对的安闲。"怎么办?歌德借助天主,安排永不安分、永远充满活力的梅菲斯特来做浮士德的伙伴,以刺激他内心深处的生命活力。这种安排,表面上看起来浮士德和魔鬼是两个人,而实质上正如我们前面所分析,他们其实是一个人。魔鬼不是别的,正是人天性中永不知满足的一面,与惰性相对立的另一面。所以,浮士德精神其实正是人类自己的精神。从这个意义上说,浮士德是德意志民族的集体无意识,也是全人类的集体无意识。

正是这个原因,浮士德形象一经创造出来,立刻引起读者的广泛注意和普遍喜欢,人们从他身上好像看到了自己的影子,从此浮士德作为一个经典形象走进德国人、欧洲人,现在是全人类的心中。在此之前,人们也在努力、也在奋斗,但都是自发的、盲目的,是生命本身的意志。自从有了《浮士德》,人们才一下子清醒了,明白了作为人就应该像浮士德那样活着,作为生命就应该永无穷尽地运动、发展。这,就是生命的意义、生命的价值。

浮士德形象对后世影响深远,浮士德精神早已深入人心。人生的意义在于永无穷尽地追求已基本成为当今世界人们的共识。浮士德精神作为一种象征符号已经载入人类文学史、精神史和文明史,激励人们永远拼搏、永远奋斗、永远追求向上。

非宗教的宗教境界

浮士德永远在追求、追求、追求,无穷无尽,那么他到底要追求到什么地方呢?到了哪儿才算到达目的地而不再追求了呢?换句话说,他的追求有没有一个终极之地呢?细读文本,发现既有又没有。说有,是指凡是追求总要有一个目标;说没有,是因为这个目标不是一个固定的地点、固定的东西,而只能是终极。而"终极"的特点是既无"终"也无"极",它只是一种境界,一种类似宗教的境界,或者说是非宗教的宗教境界。这个境界既是浮士德追求的对象,同时也是作者思考、寻求的对象。

关于歌德创作《浮士德》的动因,作家残雪指出了过去人们不大注意的一点,那就是作者试图建立一种非宗教的宗教境界。她说:"在这个剧的始终,宗教的情结紧紧纠缠着不信教的作者。也许从一开始,作者想要做的就是建立起一种同宗教具有同样高的境界的、却更符合人性的博大理想。这个理想的宗旨就是要让人按照本来的样子去追求自己的生活。"但人本来究竟是什么样子呢?没有人知道,人们只能根据自己的愿望在想象中进行创造了。"人要进行这样的创造,就必须脑子里有种绝对的虔诚,有种超脱一切的模糊信念,这种类似宗教的境界,就是人的向善的最高理性,它的存在否定着现有的人生,它来自冲力中的'无'。也许它永远造不出理想化的人生,也许它最终不过体现为一种企图,一种渴望,但在不懈的努力中,理想模式的结构确实已经在灵魂中呈现,作者的终极目的不就是这个吗?"(第129页)

这种非宗教的宗教境界,说到底是一种理想的精神存在。它存在于哪儿呢?它存在于人们追求的彼岸,也可以说它存在于人类前行的地平线上,你能看见它却永远走不到它;虽然走不到它,它却永远存在着。你只要向往它追求它,它就存在;反之,如果放弃了向往和追求,它就不存在。这就是说它存在于每个追求者的心上。正如当代作家史铁生所说:"人可以走向天堂,不可以走到天堂。走向,意味着彼岸的成立。走到,岂非彼岸的消失?彼岸的消失即信心的终结、拯救的放弃。因而天堂不是一处空间,不是一种物质性存在,而是道路,是精神的恒途。"

在《浮士德》中,正式"故事"开始之前,先有一场"天上序曲",讲天主和魔鬼梅菲斯特的争论。魔鬼认为人类很渺小,本性黑暗,只会按照原始本能生存,比任何野兽还要显得粗野,从不理会上帝交给他们的天光(理性),因而他自信有能力引诱任何人走入魔道,占有他的灵魂,包括那个老是想入非非、雄心勃勃的浮士德。天主认为人的本性是向善的,虽然人性贪图享受,在奋斗时常有迷误,但"善人虽受模糊的冲动驱使,总会意识到正确的道路";只要人能坚持一直向善的追求,他的灵魂最终会得到拯救。于是天主接受魔鬼的打赌,同意他去诱惑浮士德。这才有了在魔鬼的激发、引诱下浮士德的不断向善的追求历程。

当然,浮士德的追求之路不是直线的、平坦的,而是不断地犯错误(迷误)又不断地忏悔、超越,在一次次精神的自我否定中盘旋上升,在生命的历程上大踏步行走。

促使浮士德一路前行的动力是什么呢? 一是推动力——每个人所具有的压倒一切的生命力和顽强到不可思议的意志力;二是吸引力——即类似宗教的宗教境界,那个终极之美,或者说是人向善的最高理性。人在尘世间勇敢地行走,遭遇一切,认识一切,彼岸和终极之美自然而然地在他头脑中出现。任何的放弃与懈怠都意味着跌回这个他要否定的人生,同时也意味着灭亡。"这样的宗教,是需要人用行动追求出来的宗教,或者说人一追求,终极之美就现身。人所信仰的是内心深处那股神奇的力和力当中包含的高贵意志。产生这种信仰是一种再自然、再符合人的本性不过的事,作者通过《浮士德》要将这一点说到底。"

众所周知,宗教总要信仰一个神,一个超验的能够主宰人的命运,负责惩恶扬善、因果报应的人格神。你信仰它并终生行善,死后就能被接到天堂或西方净土。但随着文艺复兴和启蒙运动,尤其是近代科学的发展,这种神死去。但人的精神需要一个至高无上的目标以代替神,那么,歌德在《浮士德》中建立的非宗教的宗教境界,即可以视为这种神。为了与传统的宗教相区别,人们也常把后一种神称为宗教精神。世界上所有宗教的根本要旨都在于对人的精神的拯救,是靠神对人的拯救,是"他救";宗教精神也是对人的精神的拯救,但是却是人依靠自己的精神力量对自我的拯救,是"自救"。这是宗教精神与宗教的最根本的区别。

不知道走到哪里去,却义无反顾地一直顽强地走,这就是非宗教的宗教境界,或者说是宗教精神的显著特点。这种境界,被后来法国著名雕塑大师罗丹熔铸于一尊经典的雕像——《行走的人》之中。这个"人"没有头颅,没有双臂,只剩下结实的躯干和跨开的大步,活像一个有了生命的汉字——人。对于这幅雕像,雕塑家熊秉明先生作过精彩的阐释:

"行步的人"所表现的正是这一种精神状态,人超越自然力而岸然前行,任何自然的阻力都抵挡不住的主体精神力量的显现。

"行走的人"迈着大步,毫不犹豫,勇往直前,好像有一个确定的目的,人果真有一个目的吗?怕并没有,不息地向前去即是目的,全人类有一个目的吗?也许并没有,但全人类亟亟地向前去,就是人类存在的意义。雨果说:"我前去,我前去,我并不知道要到哪里,但是我前去。"

大迈步的动态!走在风云激荡日夜流转的大气里。残破的躯体;然而每一局部都是壮实的、金属性的,肌肉在拉紧、鼓胀,绝无屈服与妥协。

它似乎并不忧虑走向何处,而它带有沉着和信心前去。

我们不知道它的表情,它是微笑的,忧戚的?睥睨一切,踌躇满志？泰然岸然？悲天悯人？都无,都有。准备尝一切苦,享一切乐,看一切相,听一切言,爱一切爱,集一切烦恼——而同时并无恐怖,亦无障碍——直走到末日,他自己的,或者世界的。

且有一半已经毁灭,已经消逝,已经属于大空间,属于无有,属于不可知,属于神秘。人的行走已跃级到宇宙规律的运行。

天行健。

悲壮的,浩瀚的如《贝多芬第五交响曲》的雕像。

《行走的人》体现的是一种人生态度,一种豪迈的、雄健的、高昂的人生态度,一种面向虚无义无反顾毅然前行的决绝的人生姿态,一种伟大而又高贵的人类精神——浮士德精神,非宗教的宗教精神。

总之,歌德以其对人性、对人类精神生活的深刻理解,在基督教的人格神死去之后,以天才的智慧为人类的精神天空树起一尊非宗教的神。这是人类的理想之光,朝着它前进,人的精神就不会沉沦,不会堕落,就等于获得了救赎。这时,救赎人的与其说是上帝,不如说是人类自己。这,也正是歌德的意思。所以他在《浮士德》的结尾,借天主之口留给世人两句广为传播的名言:

凡是不断努力的人,
我们能将他搭救。

良心就是上帝
——雨果:《悲惨世界》

若干年前读雨果的文学名著《悲惨世界》(李丹译,人民文学出版社1977年版,下引此书只注页码),读得心动神摇,情感之海波翻浪涌,久久不能平静。米里哀主教"毫不利己,专门利人"的崇高境界,让我敬佩之至;芳汀、珂赛特母女的悲惨命运,让我无限同情;德纳第夫妇的卑鄙无耻,让我咬牙切齿;然而,让我心灵受到极大震颤、至今不读原著仍能清晰回忆起来的,是主人公冉阿让仁爱慈善的一生,尤其是他舍己为人昭雪冤狱时那场暴风雨般的心灵激战。那是我所见到的最为真实、最为激烈、最为复杂、最为深刻的心灵之战。在这里,我看到冉阿让是怎样一步步"直赴天国所在的深渊",又怎样从黑暗无边的深渊一步步走向无限光明的天国。

《悲惨世界》插图

脑海中的风暴惊心动魄

关于这场"心灵激战"的性质和意义,雨果自己有极为深刻的认识。在"脑海中的风暴"这一小节的开头他写道:"我们已经向那颗良心的深处探望过,现在是再探望的时刻了。我们这样做,不能没有感动,也不能没有恐惧,因为这种探望比任何事情都更加惊心触目。精神的眼睛,除了在人的心里,再没有旁的地方可以见到更多的异彩、更多的黑暗;再没有比那更可怕、更复杂、更神秘、更变化无穷的东西。世间有一种比海洋更大的景象,那便是天空;还有一种比天空更大的景象,那便是内心的活动。"(第273—274页)正因为雨果对人的心灵世界的神秘复杂有如此清醒的认识,所以他对冉阿让的这场心灵之战深感兴趣,投以极大的热情。可以说他是以一种庄严肃穆的心情来下笔的。他用了将近一卷(五万多字)的篇幅,写得极其温柔细腻而又惊心动魄。详细叙述这场激战是不可能的,而任何概括都不能尽传其微妙和精彩。为了让没读过原著的读者有一个大概的了解,也为了我们评述的方便,无奈之下,只能以拙笔简要叙述一下其全过程。

心灵激战的全程记录

这场心灵之战的背景是这样的:冉阿让,一个纯朴善良、老实本分的农业工人,为了七个嗷嗷待哺的外甥,万般无奈之中打破橱窗偷了一块面包,结果被当场抓住并被判五年苦役。由于一再越狱,罪上加罪,苦役加至十九年。出狱后他想回到社会重新做人,然而苦役犯的身份让所有人都拒绝他,鄙视他,他心中充满了仇恨,发誓要报复这个不公正的社会。后来,米里哀主教满怀爱心接待了他,然而他却以怨报德,当夜又偷了主教家的银器。被抓住后主教不但不责备他,反而又把别的东西也送给他。主教口口声称他为兄弟,说:"我赎的是您的灵魂,我把它从黑暗的思想和自暴自弃的精神里面救出来,交还给上帝。"(第131页)主教的宽恕,彻底感化了他,他决心洗心革面,做一个像主教那样的人。此后他来到海滨小城蒙特猗,改名为马德兰,依靠自己的发明办起了工厂,从事贸易,几年间成为百万富翁。他乐善好施,广泛救助穷人,赢得全城人的拥戴,被选为市长。这时的冉阿让,是个社会上成功内心里幸福的人。他"卜居在

《悲惨世界》插图

蒙特猗,一面追念那些伤怀的往事,一面庆幸自己难得的余生,可以弥补前半生的缺憾;他生活安逸,有保障,有希望,他只有两种心愿:埋名,立德;远避人世,皈依上帝"。(第273页)

然而,天有不测风云。忽然有一天,他从警察沙威口中得知一件令他震惊的事:一个叫商马第的老头因偷苹果被逮捕入狱,在监狱里被同室囚犯指认为旧犯冉阿让。偷几颗苹果在小孩子是顽皮行为,对于成人是一种小过失,对于苦役犯却是一种犯罪,为此可能要判终身监禁。冉阿让心里明白,这是一桩冤案。他感到晴空中忽然来了满天乌云,雷电即将交作,大祸即将临头。怎么办?他的反应是——"他最初的意念便是去,跑去,自首,把那商马第从牢狱里救出来,而自受监禁;那样想是和锥心刺骨一样苦楚创痛的;随后,那种念头过去了,他对自己说:'想想吧!想想吧!'他控

制了最初的那种慷慨心情,在英雄主义面前退缩了。"(第274页)

想去自首又退缩了,这只是最初的一闪念的心理活动,对这一心理活动,叙述人(隐含作者)的分析是:"他久已奉持那主教的圣言,经过了多年的忏悔和忍辱,修身自赎,也有了值得乐观的开端;到现在,他在面临那么咄咄逼人的逆境的时候,如果仍旧能够立即下定决心,直赴天国所在的深渊,义无反顾,那又是多么豪放的一件事;那样做,固然豪放,但是他并没有那样做。……最初支配着他的是自卫的本能作用。"(第274—275页)总之,面对如此严峻的局面,他还来不及深思熟虑,在深入思考之前他尚不能做出任何影响命运的重大决定。惶惑之中他暂时取了一个所谓"自全方法"——最好亲自去看看审判的经过,到时候看情况再做决定。于是他订下了第二天准备去阿拉斯的车子。

夜里,黑暗无边,他闩上门独自一人开始了心灵的交战。

开始,他想骗自己。他自知自己有罪(偷主教东西、抢夺扫烟囱的孩子),他承认监牢里应该有一个自己的位子,这是无可避免势所必至的事。但在这时候他有了一个替身,那个叫商马第的人活该倒霉,从此他就可以利用商马第的身子去坐牢,而假冒马德兰的名生存于社会,从而也彻底摆脱了沙威这条恶狗的怀疑和窥伺了。这样安排没有什么不妥,因为一切的发生与自己无关,"假使有人遭殃,那完全不是我的过错。主持一切的是上天。显然是天意如此!我有什么权利扰乱上天的安排?我现在还要求什么?我还要管什么闲事?那和我并不相干。多年来我要达到的目的,我在黑夜里的梦想,我向天祷祝的愿望,安全,我已经得到了。要这样办的是上帝。我绝不应当反抗上帝的意旨。……决定了,听其自然!接受慈悲上帝的安排!"(第278—279页)

但是,这样决定之后心里"反而感到不安"。他仿佛觉得有人在看他。有人,谁呢?"他想要摒诸门外的东西终于进来了,他要使它看不见,它却望着他。这就是他的良心。""他的良心,就是上帝。"(第276页)

上帝或者说是良心,其实是他内心深处的另一种声音,这种声音迫使他"说他所不情愿说,听他所不情愿听的话";迫使他"屈服在一种神秘的力量下面"。(第279页)

在上帝的逼视——良心的自审下,冉阿让意识到自己的"既定办法"是荒谬的:"'听其自然,接受慈悲上帝的安排',纯粹是丑恶可耻的。让那天定的和人为的乖误进行到底,而不加以阻止,噤口不言,毫无表示,那样正是积极参加了一切乖误的活动,那是最卑鄙、丧失人格的伪善行为!是卑污、怯懦、阴险、无耻、丑恶的罪行!"(第280页)

冉阿让严厉地自我审判,把它上升到人生目的和意义高度来看。他承认自己生在人间,确有一种目的。那是什么呢?难道仅仅是隐藏自己的名字为了一己之安危吗?当然不是。他认为真正的远大的人生目的应该是:"救他的灵魂,而不是救他的躯体。重做诚实仁善的人。做一个有天良的人!难道那不是他一生的抱负中和主教对他的期望中唯一的重要事情吗?"(第280页)他感到自己试图通过隐姓埋名斩断过去的历史是在做一件丑事,是最丑恶的贼!他偷盗另外一个人的生活、性命、安宁和他在阳光下的地位!他正在做杀人的勾当!他杀人,从精神方面杀害一个可怜的人。这样的人生无疑是罪恶的人生,卑鄙可耻的人生。

相反,如果前去自首救出了那个蒙冤之人,恢复自己的真面目,尽自己的责任,重做苦役犯冉阿让,那才真正是洗心革面。外表是重入地狱,实际上却是走出地狱!或者说是身入了地狱而心却出了地狱。看来他必须决心断送世俗的幸福才能拯救自己的灵魂。

这是极为惨重的牺牲!叙述人感叹道:"多么悲惨的命运!这是最伟大的牺牲,最惨痛的胜利,最后的难关;但是非这样不可。悲惨的身世!他只有走进世人眼中的羞辱,才能够达到上帝眼中的圣洁!"(第281页)

经过一番灵魂的自审,上帝之光照亮了他的心魂,他终于下决心前去自首,尽自己的天职救出那个人。这时候,"他异常恐惧,但是他觉得善的思想胜利了"。"他觉得他接近了自己良心和命运的另一次具有决定性的时刻;主教标志他新生命的第一阶段,商马第标志他的第二阶段。严重的危机以后,又继以严峻的考验。"(第282页)这种考验是人生的又一次抉择:或者外君子而内小人,或者内君子而外小人(圣洁其中而羞辱其外)。他经受住了这一考验,经过艰苦的思想斗争,他选择了后者。

从善的决心是下了,但并不意味着已经铁定不移,义无反顾了。因为事关重大,所以下决心后仍然免不了犹豫。海水流走可以流回,上帝摇荡人的心灵正如海水。

冉阿让决定自首后想到,那个可怜的妇人芳汀该怎么办,由芳汀又想到他所眷顾的全城人该怎么办。想到这里他感到好像有一道意外的光照亮了他的心:"哎哟,可了不得!直到现在,我还只是在替自己着想!我还只注意到我自己的利害问题。我可以一声不响也可以公然自首、隐藏我的名字或是挽救我的灵魂,做一个人格扫地而受人恭维的官吏,或是一个不名誉而可敬的囚徒,那是我的事,始终是我的事,仅仅是我的事!但是我的上帝,那完全是自私自利主义!那是自私自利主义的不同形式,但是总还是自私自利主义!假使我稍稍替旁人着想呢?最高的圣德便是为旁人着想。"(第284页)而为旁人着想的结果是:有我在就有全城人的幸福,我走了全城人就可能陷于灾难之中。我不去自首,害的仅仅是一个人,而惠及的是千万人;我自首了,救出了一个人而害了千万人;另外,我去不去自首,仅仅是个人的良心问题,而牵涉到的却是千万人的现实生存。为了救一个犯罪的人竟不惜牺牲全体无罪的人,这样的事太残忍、太不该了!"假设在这里面,对于我来说,有种坏行动,我将来会有一天受到自己良心的谴责的,可是,为了别人的利益,接受那种只牵涉我个人的谴责,不顾我灵魂的堕落,仍旧完成那种坏行动,那样才真是忠于谋人,那样才真是美德。"(第286页)两害相权取其轻,结论是明显的——为了大多数人不去自首。

冉阿让对自己所想感到满意,认为终于找到了真理,找到了办法:"我已经下了决心。由它去!不必再犹豫,不必再退缩。这是为了大众的利益,不是为我。"(第286页)

找到了不去自首的强大精神支柱,他心里高兴极了!他决心以马德兰的名义生活下去,他开始销毁能证明他是冉阿让的所有证据。

然而,正当他这么做的时候,他心中另一种声音又喊了起来:"冉阿让,当你留在欢乐和光明中的时候,那边将有一个人穿上你的红褂子,顶替着你的名字,受尽羞辱,还得在牢狱里拖着你的铁链!你于心何忍!你这无赖!你这无耻的东西!在一片欢呼赞颂你的声音背后,一种谁也听不见的声音将在黑暗中诅咒你,只有这种诅咒你的声音能够直达上帝!"

那声音起初很微弱,后来越来越洪亮,越来越惊人,让他毛骨悚然,心惊胆战。两种意见,两种声音,势均力敌,各不相让。两种意见对于他好像都是绝路,他彻底陷于精神的绝境了:"无论他怎样做,他终究回到他那缥缈心情底里的那句痛心的、左右为难的话

上：留在天堂做魔鬼，或是回到地狱做天使。"（第291页）

"怎么办，伟大的上帝！请告诉我该怎么办？"

他费了无穷气力才消释了的那种烦恼重新涌上他的心头。他的思想又开始紊乱起来。他的思想转了几个圈又回到了游移不定的状态。他并不比开始的时候有什么进展。

对于冉阿让的绝境，叙述人给予了深刻的理解和同情，并且也给予了最高的敬仰。叙述人拿冉阿让与耶稣基督相比——"这个不幸的人老是在苦恼下面挣扎。距这苦命人一千八百年前，那个汇集人类一切圣德和一切痛苦于一身的神人，正当橄榄树在来自太空的疾风中颤动的时候，也曾经把那一杯在星光下面显得阴森惨暗的苦酒，推到一边，久久低回不决呢。"（第291页）

精神陷于绝境，可是现实中的他却不能无所行动啊！他的心灵搏斗了一夜，终于还是不知怎么办。天亮时，他头一天订好的去阿拉斯的小车来催他，迷茫中的他身不由己地上路了。这时的他，"完全没有打定主意，完全没有下决心，完全没有固定，一点没有准备。他内心的一切活动全不是确定的。他完完全全是起初的那个样子"。（第297页）

他为什么去阿拉斯？他想去看看情况。但"实际上，说句真话，他还是最欢喜能够不去阿拉斯"。可是他去了。"车子愈前进，他的心却愈后退。"（第297页）一路上，他遇上了种种障碍，如车子坏了，马累了走不动了，天高路远走不到了，等等。每次遇到困难无法走的时候，他内心都感到一阵极大的快乐，他想这不是我不去，而是现实困难实在去不了。——"假使他不再走远一点，那已经不关他的事。那已经不是他的过失，不是他的良心问题，而是天意。"（第303页）但每遇困难他又千方百计不遗余力去解决，唯恐稍有一点不尽心而良心受谴责。当困难得到克服又能顺利前进时,又立刻汗流浃背,极度懊丧。就这样,一路上他一方面希望往后退,一方面又逼着自己往前走,终于在艰苦跋涉十四小时之后于晚上八点到达阿拉斯。

在阿拉斯,他已经非常疲累,但良心却又逼着他自己立刻去找法院;他希望商马第的案子已经审结,但因种种原因偏偏让他正赶上审理此案;法院里坐满了人已经无法进去,他本可以心安理得地走掉,但他却又利用自己市长的身份想尽办法进到法庭里;在法庭里,没有人认识他,他完全可以装糊涂,但正是他主动走出来承认自己就是冉阿让;人们不相信高尚的马德兰市长以前竟是一个苦役犯,就连以前同狱囚犯也认不出他了,又是他自己通过往事的回忆,以铁的事实证明自己就是真正的冉阿让。

就这样,从上路的那一刻起,他每走一步都有后退的愿望和机会,但又正是他堵死了自己的退路直至把自己逼上绝境,逼进监牢。

冉阿让心灵朝圣对现代人的启示

冉阿让把自己的肉身逼进了人间的地狱,然而他的灵魂却升上了神界的天堂。这是一段完整的心灵朝圣之旅,其中闪射出的精神之光,将为一切在黑暗深渊中挣扎的人引路,将使一切渴望踏上但尚未踏上心灵朝圣之旅的人从中获得宝贵的启示。

首先,心灵朝圣的前提是心中有"圣",这个"圣"即上帝,或曰神。上帝或神,在中国文化背景下往往被理解为高居天堂手握生杀予夺大权,掌管人间吉凶祸福的人格神,所以人要想获得幸福,必须讨好他,巴结他,给他烧香磕头,向他祈祷甚至行贿。这实在是一种极大的误解。雨果写得明白——他的良心,就是上帝。(第276页)因此,上帝就是每个人心中神性的自我,或曰自我中的神性。

康德说:"有两种东西,我们愈时常、愈反复加以思维,它们就给人心灌注了时时在翻新、有增无减的赞叹和敬畏:头上的星空和内心的道德法则。"康德所说的"内心的道德法则"即心中的上帝。

这种意义上的神和上帝,从性质上看,其实是一种至高无上的精神信仰,一种绝对的道德律令。因为它是一种精神存在而不是一种实体,所以你信它,它就有;你不信它,它就没有,它存在于人的信仰中。人心中有这个信仰和没有这个信仰是大不一样的。有,就意味着人的生存有了理由,有了根据,有了目标和方向,它让人"心有所系"。这就是所谓人生的意义,所谓灵魂的寄托。

冉阿让在这场心灵激战中,一路犹豫又一路坚定,一路迷茫又一路清醒,就因为他心中有一个"神"。"神"在谁也看不见的地方呼唤他,指引他,在冥冥之中为他导航。在他心里,"神"是无形的,但威慑力却是强大的。只要有"神"在场,无论你有多少犹豫和不情愿,最后都要听从它的指令。

接下来的问题就是向着这个目标不断追求,即有向往的意识,向往的渴望,向往的行为。当然,由于这一目标的高远,你一时可能达不到,或永远达不到,这不要紧,目标的意义就在于它是"目"中之"标",在于它可以引领出一个追求的过程,换句话说即在于引领你去追求。中国古人说"高山仰止,景行行止;虽不能至,心向往之"就是这个意思。

前面我们说,对于"神圣",你信则有,不信则没有,它存在于人的信仰中。现在我们可以补充说,对于"神圣",你追求则有,你放弃追求则没有,它存在于人的不懈追求中。那么追求到什么地方才算到了目的地?我们说神圣不是一个固定的所在,它没有可以量化的距离,它就存在于人的行为中、过程中。你真心诚意地追求着,神圣就与你同在,你一旦放弃追求,它就弃你而去。

"神圣"作为精神目标是高远的(不高远不足以为神圣),它与现实的人与人的现实有着绝对的距离,因此追求的过程绝对是漫长的、艰苦的。人追求的出发点是脚下的现实,而脚下的现实可能是一个无底的深渊。这里蕴藏着虚伪、自私、卑鄙、怯懦、丑恶等各路魔鬼,它们根深蒂固,来自原"恶"。在你朝圣的路上,它们时时刻刻都可能出来干扰、破坏、阻挠,随时都可能把你拖回深渊。正如雨果在作品中所写的:"人心是妄念、贪欲和阴谋的污池,梦想的舞台,丑恶意念的渊薮,诡诈的都会,欲望的战场。你在某些时候,不妨对于一个运用心思的人,望穿他那阴沉的面容,深入皮里,探索他的心情,穷究他的思绪。在那种外表的寂静下面,就有荷马诗中那种巨灵的搏斗,弥尔顿诗中那种龙蛇的混战,但丁诗中那种幻象的萦绕。人心是广漠辽阔的天地,人在面对良心、省察胸中抱负和日常行动的时候,往往黯然神伤!"(第273页)正因为雨果对人心灵中深渊的复杂有清醒的理解和认识,所以他笔下的这场心灵之战才有异乎寻常的真实性和震撼力。他笔下的冉阿让,绝对是一个一心向善的好人,但是,即使是这样一个人,一个受到主教感化、决心像主教那样终身为善的人,在考验面前仍免不了进进退退,摇摇摆摆,反反复复,何况其他人呢?!

朝圣路上的反复和摇摆,对于"人"来说是正常的,可以理解的。因为"人"与"神"之间本有着巨大的距离,从"人"走向"神"可能要付出巨大的牺牲,包括名誉、地位、金钱等现实的精神和物质利益。牺牲是痛苦的、困难的,但正因为痛苦、困难才显示出神圣的意义,否则,如果从"人"到"神"一步可以迈到,那还叫什么神圣!

精神朝圣是一种内在的心灵活动,没有人看见,没有人监督,没有人逼迫,完全是自愿地于"灵魂深处爆发革命",所以在这场圣战中要想获得胜利,必须具有坚强的意志和绝对高度的自律。冉阿让的胜利,靠的就是他每时每刻的绝对自律。他灵魂中有两个自我,神性的自我与世俗的自我时时刻刻都在冲突、对抗、搏斗,世俗的自我时时都在寻求逃避,但神性的自我代表上帝的眼睛,它明察秋毫,使世俗的自我无所遁逃。冉阿让在朝圣路上,每一步都想打退堂鼓,而且时时也都有退路,但每一步他都把自己的退路堵死,这才一步步走向了天国。这是一场听不见喊杀声的战斗,却是激烈无比的厮杀,许多人忍受不了它的残酷,往往败下阵来。只有少数人经受住了它的考验,获得了胜利。

冉阿让的朝圣历程还让我们看到,所谓"天国"所谓"神圣",并不是一个孤立、纯粹的光明所在,而是就在它的对立面——心灵深渊之中,所以人们挣脱深渊的过程其实就是走向天国的过程。或者说要想进入天国,必须敢于"直赴天国所在的深渊"。天然的圣洁不是真正的圣洁,真正的圣洁是临深渊而不陷,出淤泥而不染。

就笔者个人阅读兴趣而言,我认为雨果对冉阿让这次(书中还有不少次)心灵朝圣过程的描写是全书中最为精彩的部分。恕我孤陋寡闻,我以为这大概是在此之前的世界文学史上绝无仅有的最有灵魂深度的艺术描写。在这之前的文学艺术中当然也有对于人的灵魂的深刻剖析(如莎士比亚、歌德等),但就其深广度而言,似乎稍逊一筹。

雨果对人的灵魂生活的关注,对后世影响深远,如托尔斯泰、陀思妥耶夫斯基等心灵描写的圣手,无不从雨果著作中受益。雨果以及后来的托尔斯泰等人对人的心灵生活的洞察,让我们看到了基督教在西方人精神生活中的地位,看到了基督精神对文学艺术创作的内在影响。这一影响深刻而普遍,以至于成为西方文学中最重要的一种文化精神。正如论者所说,重视人的精神与灵魂,重视对彼岸价值世界的追求,强调理性对原欲的限制,是希伯来——基督教文学之文化价值观念的主导倾向。这种尊重理性、重视灵魂生活、崇尚自我牺牲和忍让博爱的宗教人本意识,与古希腊——罗马文学张扬个性、放纵原欲、肯定人的世俗生活和个体生命价值的世俗人本意识,共同构成了后世西方文学之文化内核相辅相成的两个层面。

走出文本反思这场惊心动魄的灵魂之战,我们清醒地知道这是作家雨果为拯救世故人心而精心设计、导演的精神戏剧,这里体现了作家的良苦用心。当然,用"上帝"作为资本主义制度的救世良方,试图借此消除资本主义的社会罪恶,无疑有些可笑。以现代人的政治常识,中学生就可以嘲笑它、否定它。然而,我以为它的价值不在社会政治层面上,而主要在精神生活层面上。

任何时代任何社会里的任何人,身在俗世,心灵总不免有沉沦或走进深渊(或干脆就在深渊中)的时候,沉沦或身处深渊的人免不了心灵的纠结和斗争。这时候想一想冉阿让,会让我们的灵魂世界投射出一片阳光,在心灵的天平上,自然会加重一些为善的砝码,有助于我们做出向善的人生选择。社会不可能指望人人都成为冉阿让,但应该呼吁人人都钦敬冉阿让。让人人都去模仿、效法冉阿让是不现实的,但鼓励人们学习、向往、汲取冉阿让的心灵朝圣精神却是应该的。有这样一个圣者与你一路同行,在你心灵陷入迷途之时,他可以随时校正你的人生方向。

时代已经进入了所谓的"后现代",再来谈冉阿让式的心灵朝圣、灵魂救赎,还有意义吗?当然有。而且正因为"后现代"文化忽视灵魂、蔑视神圣、精神迷茫,才更需要讨论灵魂救赎,更需要朝圣精神与凡俗沉沦相抗衡。人,只要还是人,就绝对少不了精神的支撑,精神的超越;否则,如果仅仅只有物质和肉体,与一般动物何异?!

利己主义野心家于连死了，但心魂仍在世间游荡
——司汤达:《红与黑》

《红与黑》是司汤达的代表作，是被公认为开了 19 世纪法国现实主义小说先河的经典名著。然而 1830 年发表时，公众对它的反应却相当冷漠，初版只印 750 册，后来依据合同又勉强加印了几百册，之后就如泥牛入海，销声匿迹。遭此冷遇，司汤达并不沮丧，他对自己作品的价值充满自信。他乐观地说："我将在 1880 年为人理解"，"我所想的是另一场抽彩，在那里最大的赌注是做一个在 1935 年为人阅读的作家"。

《红与黑》插图

事实印证了司汤达的预测，而且比他的预测还要乐观。《红与黑》发表近 200 年来，世界各国著名作家、批评家很少有不提到它的。他们发表评论，高度肯定它的价值，肯定它在世界文学史上的不朽地位，使它当之无愧地跻身世界文学名著之林。作为经典名著，它至今仍是最受文学爱好者欢迎的文学读物之一，而且可以

肯定，其不朽价值将随历史流传下去。

那么，是什么原因让《红与黑》具有永恒价值，被一代又一代读者所喜欢呢？

所有的研究者都首先注意到了作品的认识价值，都一致肯定作品深刻地反映了法国大革命以后的社会大动荡，写出了王政复辟时期错综复杂的政治和社会面貌。这从小说副标题"一八三〇年纪事"即可确认这一点。人们称司汤达开了现实主义先河，凭的也是这一点。这一价值当然是毫无疑问、毋庸置疑的，然而，作品描绘的社会历史早已时过境迁，人们为什么还喜欢它呢？这里必然有超越社会历史的价值在。笔者以为，这个超越社会历史的价值即其中的人生意蕴——作品描写的人心及人生问题至今仍在，作品反映的人生追求与人生困惑仍在，作品蕴含的人生智慧仍值得今人汲取与借鉴。

从精神实质看，于连就是司汤达

《红与黑》的故事围绕主人公于连展开。于连是法国小城维里埃尔一家小锯木厂主的儿子，凭着聪明才智，被市长聘为家庭教师。其间与市长德·雷纳尔的夫人产生恋情，事情败露后由神父介绍进了省城神学院。神学院里派系斗争复杂龌龊，聪明过人的于连遭受打击和排挤，后经神学院院长举荐，到巴黎给保王党中坚人物德·拉莫尔侯爵当私人秘书，很快得到赏识和重用。与此同时，于连与侯爵女儿玛蒂尔德恋爱并私下结为夫妻。侯爵极为愤怒，调查于连的历史。在教会的策划下，市长夫人被逼着写了一封告密信揭发他，于连飞黄腾达的梦想瞬间化为泡影。于连在极度愤怒狂躁中开枪击伤市长夫人，而后拒绝众人的营救，拒绝忏悔，终被判处死刑。

作品的故事并非司汤达凭空原创,其素材是当时现实生活中的两件真人真事。一件是1828年10月《司法公报》上公布的格勒诺布尔家庭教师安托万·贝尔德枪杀这家主妇的事;一件是他在《罗马漫步》中谈到的巴黎木匠拉法格企图杀死用金钱勾引他妻子的资产者。这两件案情引发司汤达的注意,触发了他的灵感,于是他将两件事合而为一,经艺术加工而成小说。

只有骨架没有血肉,只有轮廓没有细节,只有外形而无内在心理的司法案件为什么能引发司汤达的关注,并由此创造出不朽的经典名著呢?这是因为,作者从案件中发现上层阶级的人已经失去了伟大感情和行动能力,而在下层阶级里却保留了这一切。这与作者多年的感觉和思考有内在契合之处,与作者的思想性格、理想愿望有契合之处,于是作者借体附魂,把自己的人生观和价值观融入其中。换句话说,司汤达是借他人之口说自己的话,借他人的人生舞台,上演自己的心灵戏剧。

《红与黑》插图

据史料记载,司汤达十七岁参军,三次随拿破仑远征欧洲,亲身参加过多次战役。他始终忠实地追随拿破仑,在军中备受重用,对拿破仑的战功钦佩之至,奉拿破仑为人生榜样。在拿破仑的激励下,司汤达有强烈的飞黄腾达的欲望。他明确宣称自己是自我中心主义者,在他的心目中,"利己"是人的本性,谋求个人幸福是人生的最高目的和人类一切行为的唯一动机。为荣誉、地位、财富和爱情而奋斗,是人生在世无可争议的"伟大事业"。在他的《自我中心主义者的回忆》中有这样一段话:"社会好比一根竹竿,分成若干节。一个人的伟大事业就是爬上比他自己的阶级更高的阶级去,而那个阶级则想尽一切办法阻止他爬上去。"

然而,随着拿破仑的失败,心高气傲的司汤达失去了上升的通道。对此,他没有像其他人那样灰心丧气,而是寄希望于下层青年。他知道下层青年中蕴藏着巨大的改变现状的能量,他期待着新的革命的发生。他打算写一部表现下层青年的书,借此表达自己的思想。两桩真实案件的出现激发了司汤达的灵感,于是有了《红与黑》的出现。在这部书中,司汤达把自己的思想、性格,以及人生观与价值观熔铸于主人公身上——内心充满激情,渴望改变现状;敏感、多疑,有时过分自尊;讨厌虚荣浮夸,崇尚热情,精力充沛,意志顽强;渴望建功立业,出人头地,跻身社会最高层。司汤达把这一切思想品格和理想愿望都赋予于连,让于连成为他的替身。所以,从精神实质上看,司汤达就是于连,于连就是司汤达。

野心的正当与可怕

说到于连,人们首先想到的第一个关键词就是野心。这首先是因为作者在提到于连时经常用"野心"一词来描述他。于连出身微贱,但聪明过人,少年时就有出人头地的强烈愿望,做过无数有关英雄伟人的美梦。他渴望像拿破仑那样凭借战功,年仅三十而成为显赫的将军。然而生不逢时,封建王朝的复辟堵死了平民上升之路,平民上升的唯一途径就是献身上帝,当手握重权的主教。于是于连把人生目标又设定为当主教。这就是于连的所谓野心。

将军或主教并非贵族的专利,中国古代尚且有"王侯将相宁有种乎"的观念,更何况于连时代的法国已经经过"自由、平等"思想的启蒙。所以平民想当将军或主教,毫无疑问具有正当性与合理性。如果把这种愿望叫作野心的话,那么这种意义上的野心不含贬义。

具体到于连,他属于法国大革命以后成长起来的一代知识青年,在王政复辟时期,是被排斥在政权之外的中小资产阶级"才智之士"的代表,这类人受过资产阶级革命的熏陶,为拿破仑的丰功伟绩所鼓舞,早在心目中粉碎了封建等级的权威,而将个人才智视为分配社会权力的唯一合理依据。他们大都雄心勃勃,精力旺盛,在智力与毅力上大大优越于在惰怠虚荣的环境中长大的贵族青年,只是由于出身微贱,便处在受人轻视的仆役地位。对自身地位的不满,激起这个阶层对社会的憎恨;对荣誉和财富的渴望,又引诱他们投入上流社会的角斗场。这就是说,平民想当将军或主教是他们的权利,在当时的社会背景下,客观效果上是反抗贵族特权、破除社会不公、推动社会进步的动力,是合乎时代潮流的力量。由此看,于连的野心具有正当性与进步性。

但是,于连的野心,就其主观动机来说,没有为社会、为大众服务的意识,而全是为一己之私。他想当将军是要出人头地,成为众人仰望的明星,从而摆脱卑贱的社会地位,让虚荣心得到满足;他想当主教是因为主教既有权又有钱(他看到一个四十岁左右的神父可以轻易击败一个德高望重的老法官,并有三倍于拿破仑手下著名将军的收入)。时代变迁,既然没有机会再当"红"(将军军服),那就转而选"黑"(穿上主教的黑道袍),于是他不顾一切踏上实现野心的拼搏之路。

本书前面讲过的卢梭,也是一介平民,甚至比平民还不如,是个无家可归的流浪儿。他也在艰苦奋斗,他的奋斗固然首先是为了改变自身命运,但他同时也有为社会、为大众利益服务的明确意识。他说:"至于我,这个各种灾难的牺牲品,注定要留在社会上,以便有一天能给任何热爱公众幸福,热爱正义……的人做个榜样。"从这个角度看,于连的动机、境界远远没有卢梭的高尚。

由于缺乏公共意识,纯为一己之私,所以于连的野心让人感到可怕。他明明白白地说:"在我们称为生活的这片自私自利的沙漠里,人人都为自己。"(郝运译,《红与黑》,上海译文出版社1990年版,第307页,下引此书只注页码)这就是于连的人生观!这其实是法国版的"人不为己,天诛地灭",典型的自我中心和利己主义。

在作品中,我们看到诸多对于于连利己主义表现的描写。在市长家,他为了显示自己的勇气,显示对贵妇人的征服,完全不顾善良的雷纳尔夫人处境的危险与精神的恐惧,直接通知她某天凌晨两点他要到她卧房去。离开神学院到巴黎前,他想会见雷纳尔夫人,再次不顾她的处境,无视她面临的巨大风险,众人环伺之下在她卧房一天一夜。总之,于连在采取行动的时候,首先考虑的是自己而完全不顾及对他人可能造成的伤害,是彻底的自我中心主义。

于连因出身卑微,一生仇恨贵族,仇恨特权,但是一旦有机会,他便会充分利用特权为自己谋利。于连在侯爵府当秘书,得到主人赏识,主人为他谋得一枚十字勋章,于连的虚荣心得到极大满足。他感到自己在主人面前有了面子,有了资本,于是说话比以前多了,胆子比以前大了。他原来所在的城市维里埃尔贫民收容所所长的职位出现空缺,这是一个可以敛钱贪污的肥缺,于连立马想到为自己当木匠的父亲谋取这一职位。侯爵为笼络于连的心,愉快地表示同意。趁着侯爵高兴,于连乘胜加码,请求将该市彩票经销处主持人的位子赏给德·肖兰先生,侯爵又满足了他的要求。可是很快于连就发现,此位子应该给提前提出申请并且德高望重的格罗先生,他知道自己把事情做错了。他对自己的莽撞感到惊讶,但他立刻对自己说:"这算不了什么,如果我要发迹,还得干出许许多多不公正的事才行,而且还得善于用富有感情的漂亮话来掩饰它们。"(第263—264页)

请看,这还没有掌权呢!仅仅是利用主子赏识自己这点面子,就开始为亲朋好友谋利,知道错了也不改正,而且公然承认自己有权后还会干更多坏事,干完再用漂亮话掩饰它。如此无耻不是和恶魔一样嘛!他本来极力反对特权,因为特权导致社会不公,使他处于卑微的地位;但自己稍有机会便利用特权,在想象中大肆使用特权。他公然双标,自我打脸,自己否定自己,走向了自己的反面。

在侯爵家的客厅,有一次于连和人谈到大革命时期杀人的事情,他毫不隐讳地说:"要达到目的,就得不择手段;如果我不是一个微不足道的人,而是有几分权力的话,我会为了救四个人的生命而绞死三个人。"说这话时,"他那双眼睛显露出坚定的信念和对世人毫无价值的见解的藐视"。(第279页)好家伙,于连的心残忍得让人毛骨悚然。

中国老百姓说,谁变蝎子谁蜇人;《红楼梦》中说孙绍祖,"子系中山狼,得志便猖狂";鲁迅说,一阔脸就变。于连就是这种人。这种人极端自私,野心越大,对社会的危害越大。于连如果掌权,肯定是无恶不作的贪官,危害社会的恶官。所以,人民大众必须高度警惕于连这种极端利己主义的野心家。这种意义上的"野心"就是不折不扣的恶念。

于连"成功"的秘诀

于连出身卑微,却接连赢得两个贵族女性的芳心,其中的玛蒂尔德是巴黎最显赫贵族家的千金小姐,是巴黎社交界的明星。那么,是什么因素导致于连获得"成功",换句话说,于连"成功"的秘诀是什么呢?原因多多,其中一个重要因素,借用作品中反复出现的一个概念,即"性格力量"。

如在侯爵府,精通拉丁文的院士向于连介绍说,这个家庭里的人绝不是具有性格力量的人,玛蒂尔德小姐一个人所有的性格力量,抵得上他们所有人,她牵着他们的鼻子走。(第285页)于连也为自己具有的"性格力量"而得意。在玛蒂尔德小姐向他表示偏爱之后,于连心里美不自胜:"我的天主,她多么美丽啊!她那双蓝色的大眼睛望着我的时候,使我感到多么喜爱啊!今年春天和去年春天多么不同啊!那时候,我在那三百名恶毒而肮脏的伪君子中间(指在神学院——引者注),过着不幸的生活,全靠着性格力量才勉强支持下去。"(第290页)

那么于连的"性格力量"包括哪些因素呢?透过作品描写可知,大体包括以下几个方面:

知识。在普遍缺乏知识的愚昧人面前,有点知识就是莫大的优势。于连凭借着出色的记忆力,能把拉丁文《圣经》背得滚瓜烂熟,仅凭这一点,就让市长及夫人,让整个小城对他佩服得五体投地。

才能。于连当家庭教师,能把市长家的孩子们教好;当侯爵府秘书,能把账目和公文处理得井井有条,这就是才能。有能力就有尊严,有成就就有地位。凭

《红与黑》插图

着这点才能,于连征服了聘用他的人,让所有了解他才能的人对他刮目相看。

思想。在侯爵府社交圈里,玛蒂尔德小姐是中心,众多贵族青年围着她转,卑躬屈膝地向她献媚以求她的一顾,但她对他们就偏偏地不屑一顾,因为他们浅薄无知,缺乏见解,没有思想。他们所缺的,正是于连所有的,所以于连获得了她的敬重和青睐。高傲的玛蒂尔德甚至忍不住当面由衷地赞赏于连:"您是一个智者,您像一个哲学家那样,像卢梭那样,看待所有这些舞会,所有这些晚会;这些疯狂的事儿使您感到惊奇而又不能诱惑您。"(第269页)

高傲。由于出身卑微,于连知道要想在贵族圈里混下去,并且获得他们的尊重直至征服他们,奴颜婢膝肯定不行,必须反其道而行之,即保持自己的高傲。高傲是于连的护身符,是他征服高傲的法宝。他贫穷缺钱,但当他不得不离开小城去神学院学习时,却拒绝了雷纳尔夫人诚心诚意赠给他的钱。他越这样,夫人越高看他。在侯爵府,人人都以和夫人在一起吃饭为荣,他却极为厌烦,请求自己到小摊上吃便饭。他这种表示让心地高傲的玛蒂尔德小姐对他另眼相看。极端高傲的小姐一开始并不在意他,但当她发现他与众不同,主动想和他见面、和他说话的时候,他却故意躲着不见她。他内心深处爱她爱得要命,却故意装作不在乎她。终于,他以他的高傲征服了她的高傲("他藐视别人,也就是因为这个缘故我不藐视他")。

勇敢。于连把征服贵族视为自己的职责,而要完成这一职责,可怜的小人物必须勇敢。勇敢是被逼出来的。他常常以雄鹰自比,以拿破仑为人生榜样。于是,尽管他实际上胆怯得浑身战栗,也要强迫自己晚上十点钟一定要把雷纳尔夫人的手抓在手里,而且决不能让她抽回去。在侯爵府,玛蒂尔德为了考验于连的胆量,命令他在明亮的月光下用梯子爬到她的房间去。于连害怕得要死,犹豫不决,但最终他按她的要求做到了。当晚她就委身于他,不过过后就后悔了。她哭着对于连说"我恨我委身于第一个来到的人",于连觉得受了羞辱,竟摘下墙上的古剑要杀死她。于连这一切看似鲁莽的行为最终征服了玛蒂尔德。她请求于连做她的"主人",自己将永远做他的奴隶,表示要永远服从他。

野心。由于于连是卑微的小人物,一般人不会想到他会有什么野心。但一旦发现他具有才华同时又怀着巨大的野心时,他的形象在女人的心里就立马高大,以至于膨胀到没边没沿。雷纳尔夫人是最早发现于连才华和野心的人。她本来是他的主人,但他的野心让她"一转眼又像钦佩主人那样钦佩他。他的才华甚至高到使她害怕的地步。她相信她在这个年轻的神父身上一天比一天更清楚地看到了未来的伟人。她看到他成了教皇,她看到他成了像黎塞留那样的宰相"。(第 92 页)当然,雷纳尔夫人这样看他,我们可以以她文化低、见识浅作解释。但身在巴黎,阅人无数,见多识广的玛蒂尔德,在一步步了解于连之后,也感觉于连将来会是一个大人物。她在写给她父亲的信中这样介绍于连:"不管从怎样低的起点开始,我相信他将来会飞黄腾达。跟他在一起我并不害怕默默无闻。如果发生革命,我能肯定他将扮演主要角色。"(第 416 页)什么角色呢?她认为他可能是下一个丹东,或下一个罗兰。丹东和罗兰都是法国大革命时期的主要领导人,资产阶级政权成立后,丹东曾任司法部长,罗兰曾任内政部长。玛蒂尔德把于连视为出类拔萃的人物,于是对他崇拜得五体投地。

野心退席,领悟到幸福的真谛

于连单枪匹马,冲锋陷阵,终于在上流社会获得一席之地——

玛蒂尔德和他私订终身,侯爵为维护自身脸面,为于连谋得骑兵中尉职位。于连得意忘形,刚刚当了两天中尉,就幻想着最迟在三十岁时统率一支军队。然而,乐极生悲,登高跌重,正当他在狂妄的野心勃发中陶醉的时候,拉莫尔侯爵私下调查他得到的一封信,揭露了于连的历史,彻底摧毁了他的美梦。于连盛怒之下,枪击被胁迫写信的雷纳尔夫人,被捕入狱,成了等待死刑判决的罪犯。

于连的人生断崖式跌落,一下子坠入谷底。坠入谷底,野心破灭,于连开始逐渐清醒,从野心里产生的那些希望一个接一个地让"我将死去"这句话从心里拔除。拔除了野心之后,"他看清了他的心灵深处,等到真实情况像牢房里的一根柱子一样清清楚楚地出现在他眼前,他想到了悔恨"。(第435—436页)

悔恨什么呢?首先悔恨不该对雷纳尔夫人下毒手。他现在才真真切切地感受到,他一生中爱过的两个女人中,只有雷纳尔夫人才是他的真爱,才是他的情人,而玛蒂尔德只是他的妻子——表面上的妻子,他和她之间只是相互征服相互战斗的畸形关系。虽然玛蒂尔德为救于连愿倾其所有,使尽了浑身解数,但他却把玛蒂尔德的行为视为发疯,他也自称为疯子。总之,他从玛蒂尔德处感受到的只是"征服"的快乐,是虚荣心的满足,而非正常男女之间柔情似水亲密无间的情爱。相比之下,他感到雷纳尔夫人给予他的是慈母般纯净的爱,他对她怀有的是"尊敬和儿子般的无限热爱",他感到他和她在一起的日子才是真正幸福的日子。他怀着无限深情对前来探监的夫人说:"从前,当我们在维尔吉的树林散步的时候,我本来可以是非常幸福的,但是狂热的野心把我的心灵拖入想象的国土。我非但没有把离着我的嘴唇如此近的这条可爱的胳膊紧紧搂在心口上,反而让未来把我从你身边夺走;我进行数不清的战斗,我为了建造一个庞大的未来必须进行这些战斗……

不,如果您不到这个监狱里来看我,我到死也不会知道什么是幸福。"(第482页)

领悟到了什么是真正的幸福,所以他坚决拒绝雷纳尔夫人为挽救他的生命打算做的所有努力,他无比珍惜临死前和夫人在一起的日子。他无限深情地祈求她:"让我们在这短促的生命还剩下的很少几天里过得幸福吧。"

于连虽然也爱玛蒂尔德,但骨子里对她不信任,所以他不惜冒犯她也要提出,他死后,求她将孩子送给雷纳尔夫人抚养,夫人让他放心,夫人是值得他临终托孤的人。

《红与黑》插图

与上述悔恨相联系,于连也悔恨这么多年误入迷途,始终不懂生活,不懂人生价值所在,不懂什么才是真正的幸福。

在监狱,夜深人静,"等到只剩下他一个人的时候,不用担心有人来打扰他,他可以完全沉湎在回忆里,回忆他过去在维里埃尔或者维尔吉度过的那些快乐的日子,感到一种罕有的幸福。在那段飞快地逝去的时间里发生的事,哪怕再小,对他说来,都具有一种不可抵抗的新鲜感和魅力。他从来没有想到过他在巴黎获得的胜利,他对它感到厌倦"。(第450页)

他不是对巴黎的生活痴迷留恋吗?怎么突然"厌倦"了?原因是新的处境,即将要死亡的命运,迫使一颗狂躁不安的心突然安静下来,迫使他"用新眼光看待所有的事物"。所以,"他不再有野心。他难得想到德·拉莫尔小姐。悔恨占据了他整个心灵,德·雷纳尔夫人的影子常常出现在他眼前,特别是在夜深寂静的时刻"。他对自己说,原来以为那封信永远毁掉了他未来的幸福,"谁知从写那封信的日期算起,还不到半个月,我已经不再想到当时我念念不忘的事……两三千法郎的年金收入,平平静静地生活在一个像维尔吉那样的山区里……当时我是幸福的……只不过我并不知道我有多么幸福!"(第438页)

一个野心勃勃在上流社会杀伐征战,习惯于以征服为成功标志的人,终于悟到那样生活的空虚和无价值,终于返璞归真,崇尚平凡、朴实、宁静、有爱的人生。如此巨大的反差,是可能的吗?当然是可能的,因为它符合人的认识规律,符合生活的辩证法。

人啊,当身处平凡朴实、和谐宁静的生活时,他可能感觉平淡平庸,无聊乏味,所以向往世俗的喧嚣、虚荣的辉煌。但是,当他在丛林中打打杀杀感到疲惫不堪,或者被失败挫折折磨得要死不活的时候,反过来又会羡慕平静平淡之美。平静平凡平淡之美,不是身处其中的人所发现的,而是身处惊涛骇浪,被激烈动荡折磨得遍体鳞伤的人看出来的。由此看来,这里又是一个人生的"围城"——城外的人想冲进去,城里的人想冲出来。这就是生活,就是生活的规律。这种现象,老百姓叫"灯下黑",文雅的说法叫"生活在别处"。遗憾的是,于连到死才明白,有点晚了。

野心家于连死了,但心魂还在世间游荡

作家史铁生曾提出过一个绝妙而深刻的命题——我永远不死。这里的"我"不是某一个具体的、肉体的人,而是泛指所有人。因为世世代代的生命都是"我",都是以"我"而在、而问、而思,从而建立起意义的。肉身终要毁坏,而心魂一直都在人间飘荡。比如我——史铁生,之所以为史铁生,并不因为肉身(他的肉身时时在变,哪个才是他呢?),而是因为我曾有过的行为,以及这些行为背后我曾有过的思想、情感、心绪。这才是我,这才是我这个史铁生而不是别的史铁生。就是说,史铁生的特点不在于他所栖居过的某一肉身,而在于他曾经有过的心路历程,据此,史铁生才是史铁生,我才是我。

《红与黑》插图

史铁生怕别人想不通,打了一个绝妙的比喻:一棵树上落着一群鸟,把树砍了,鸟儿也就没了吗?不,树上的鸟儿没了,但它们在别处。同样,此一肉身,栖居过一些思想、情感和心绪,这肉身火化了,那思想、情感和心绪也没了吗?不,它们在别处。在哪儿呢?在世世代代千千万万相接相续的人身上,你那些思想、情感和心绪将会在别人心上重现,你完全可视这些人的生命为你的再生。

以史铁生的上述思想为根据,我们可以说,于连死了,但在他身上曾有过的思想、欲望、情感、心绪并没有死,而是在一代又一代的人身上相接相续。从这个意义上说,于连永远不会死。

我们这样说,绝对不是纯思辨的玄虚的推理,而是有现实的根据。无论哪个时代,社会上的人总是分为不同层次的。身处下层的人,尤其是有知识、有能力的年轻人,总是不希望社会阶层固化,总是想通过自己的努力上升到高端阶层去。这种情形,剥掉具体的社会历史内容,就其愿望而言,就和于连相通。笔者多年在高校工作,曾认识一位来自农村的学生,他说自己读文学作品不多,但对《红与黑》却反复读过五六遍,直到对其中的情节、细节滚瓜烂熟。问其原因,答曰:不甘于身处底层的处境。他欣赏于连,他想像于连那样奋斗,从而改变自己的命运。人同此心,心同此理。这个学生的愿望具有一定代表性。

行文至此,忽然想到鲁迅先生一句话:"曾经阔气的要复古,正在阔气的要保持现状,未曾阔气的要革新。大抵如是。大抵!"伟哉,鲁迅!一句精练至极的大白话,道尽了古今中外社会变动的深层秘密,道尽了纷繁复杂社会现象下的心理动机,也间接解释了于连的性格及行为动机。

身处下层的人想通过努力交流、上升到上层,从而改变自己的命运,这一愿望是合理的、正当的。一个健康的社会,应该始终保持社会阶层互相交流变动的渠道畅通。从这个角度说,有于连那样的愿望,完全是可以理解的。但是,同时需要提醒的是,于连式极端自我中心、极端利己主义的野心也是要不得的。后来者要引以为戒,认真吸取于连的教训,避免重蹈他的覆辙。当人们为占领高端而拼命时,往往会忘乎所以,不顾一切,最容易误入歧途,及至撞到南墙头破血流时悔之晚矣。所以,提前听一听于连野心破灭后的反思,接受于连的沉痛教训是十分必要的。

梦想在人欲横流的浊浪中
逐渐幻灭的心路历程
——巴尔扎克:《幻灭》

《幻灭》插图

巴尔扎克的著名长篇小说《幻灭》,以细腻的笔触、生动的情节描绘了主人公吕西安怀着青年人的美好梦想,在人欲横流的浊浪中逐渐幻灭的心路历程。追逐梦想是无论哪个时代的青年人的共性,但梦想能否实现却不一定。成功与否的关键何在?读一读吕西安闯荡社会的惨痛经历,蓦然发现他的人生教训仍未过时,仍然可供当下追梦中的青年人认真思考和借鉴。

巴尔扎克视《幻灭》为自己作品中居首位的著作

巴尔扎克的小说,我国读者最熟悉的是《高老头》和《欧也妮·葛朗台》。这两部作品确实是巴尔扎克的代表作,但是巴尔扎克的艺术宝库博大精深，其中珍品不可胜数，其他值得一看再看的经典之作还多着呢！例如《幻灭》，就是作者十分看好并给以高度评价的一部作品。作者在给他的女友(后来成为他的妻子)韩斯卡夫人的信中，曾把《幻灭》称为"一部光彩夺目的作品""我的作品中居首位的著作"，认为这部小说"充分表现了我们的时代"。在《幻灭》第三部初版序言中，巴尔扎克明确宣称这是"风俗研究"中"迄今最为重要的一部著作"。

《幻灭》(傅雷译，人民文学出版社 1978 年版，下引此书只注页码)的中心内容，是两个有才能、有抱负的青年(吕西安、大卫)历经磨难，最终梦想破灭的故事。

作品从第一部的构思到三部全部完成，前后历时八年，这在巴尔扎克创作史上是罕见的。之所以耗时八年，除了各种具体的琐碎原因外，主要是因为作家在这部作品中更多地熔铸了自己的人生体验。最初写这部书时需要多大规模，作者自己也不知道。写完第一部(《两个诗人》)他感到需要有第二部，写完第二部(《外省大人物在巴黎》)发现还需要增写第三部(《发明家的苦难》)。他有越来越多的生活体验想往外传达，有越来越多的哲学性思考要告诉读者。

熟悉巴尔扎克的研究者发现，《幻灭》这部小说几乎集中了作者本人最主要的生活经历和人生体验。或者说作品中几个主要人物的遭遇，作者大部分都经历过，人物的激情、幻想和苦难，作者几乎全部体验过。例如他在大卫·赛夏的故事里，融入了自己办印刷所、铸字厂、研究造纸技术和受债务迫害的惨痛经验；在吕西安的遭遇里，叙述了自己在文坛、出版界亲身感受到的污浊和混乱。他把自己从生活和创作中总结出的各种信念和主张赋予大尼埃·大丹士；同时还把自己从惨烈的社会拼杀中发现的"冷酷的真理"

借助罗斯多和伏脱冷之口表达出来。因此,在体现作家本人的思想和直接的生活感受方面,《幻灭》比其他小说具有更大的代表性。

吕西安的性格

全面分析《幻灭》的思想内容不是本文的主旨,这里主要想讨论一下主人公吕西安的人生之路及其可能带给我们的启示。

吕西安出身寒微,父亲是药房老板,母亲虽是大革命断头台上侥幸逃生的贵族后裔,却与特权和财富无缘。故事开始时,吕父已死,吕家沦落为小城贫民。为了生存,母亲受雇伺候病人,妹妹为人洗衣,全家靠母女俩微薄的工资和一点房租勉强度日。一家人尽量节俭,把不多的钱几乎全花在吕西安身上。吕西安呢,风华正茂,热爱科学,酷爱诗歌,擅长写作,而且长相俊美,人见人爱。至于他的性格,叙述人的介绍是:轻浮,莽撞,勇敢,好幻想,爱冒险,地位低下但自命不凡。(第22页)他羡慕奢侈浮华的贵族生活,一心一意要到贵族社会闯一闯。

就在这个时候,他的美貌和才华引起了贵妇人巴日东太太的青睐,吕西安心花怒放,二人一拍即合,产生了所谓的爱情。但是阶级的壁垒无形中在他们之间树起一道高墙。巴日东太太提拔他,鼓励他,给他以贵族式的"教育":天才没有父母没有兄弟姐妹,为了建立伟大事业不能不自私,不能不牺牲一切,包括家庭;天才只向自己负责,可以不择手段,蔑视法律,为达目的不惜拿一切冒险。

这些议论正好迎合吕西安隐藏的邪念,进一步败坏了他的心。在强烈的欲望鼓动之下,他认为不择手段是理所当然的。在贵妇人的诱惑和鼓动下,吕西安更加心痒难耐,恨不能一步登天。他完全体会到，交上好运对个人的抱负有怎样的帮助，他幻想拉住贵妇人的衣襟挤进上流社会去。

但同时，他又喜欢他家朴实安静的生活和高尚的情感：才华横溢的朋友、妹夫大卫那么慷慨地帮助他，必要时连为他献出生命都在所不惜；母亲受了屈辱仍旧那么高贵，对儿子满心慈爱；乐天知命的妹妹纯洁可爱，对哥哥充满手足之情。家人对他的百般呵护让他感到无比幸福。"反复无常的性格很快地使他想起过去的纯洁，用功，平凡的生活，看到今后无忧无虑，更美满的生活。贵族社会的喧闹逐渐消失。"（第104页）有时大卫故意试探他，要他在淳朴的家庭乐趣和上流社会的乐趣之间选择一下，他表示愿为家庭的幸福牺牲浮华的享受。大卫十分高兴，带全家下乡游玩，在草地上野餐，在树林中散步。每当这时候，吕西安就忘了在贵族府上的享用和上流社会的筵席，复归为淳朴。但是一看到贵族的豪华，忍不住又心旌摇荡，想入非非。"吕西安就是这样的性格，从恶到善，从善到恶，转变得一样容易。"（第56页）

后来，由于与巴日东太太的"恋爱"在贵族社会闹得沸反盈天，以至于巴日东先生不得不与人决斗。巴日东太太在小城待不下去了，打算到巴黎投靠亲友。吕西安一贫如洗，完全没有跟往巴黎的条件，但由于抵抗不了"成功"的诱惑，终于携全家所有积蓄，跟着巴日东太太到了巴黎。

吕西安在巴黎漂泊的心路历程

在巴黎，吕西安无依无靠，两眼一抹黑，只好紧紧追随巴日东太太。在这里他看到了更加豪华的生活和身份更高的贵妇人。"吕西安逗着反复无常的性子，马上想投靠这个有权有势的后台，觉得最好是占有她，那么功名富贵，样样到手了！"（第162页）但是，那是一个讲门第、讲身份、讲金钱、讲实利的社会，而吕西安一无所有，当然被人瞧不起，他虽经百般努力，对贵族低三下四，受尽屈辱，极力奉迎，但还是很快被贵族社会所抛弃。他满怀仇恨，像一条野狗一样四处徘徊，最后只得流落到巴黎的下层社会。

吕西安住进了穷苦青年聚居的拉丁区。在这里，青年们不怕穷苦，朝气蓬勃，充满自信而自得其乐。刚到这里的吕西安行动拘谨，生活很有规律，"他对高雅的生活有过惨痛的经验，把活命之本送掉之后，拼命用起功来"。（第177—178页）白天他在图书馆刻苦钻研历史，晚上回到又冷又潮湿的房间专心修改自己的作品。他过着一般外省穷小子的生活，纯洁、无邪，只管想着前途，一本正经，对简单的伙食感到满足，视娱乐和消遣为邪念。一旦偷懒，立刻想到家人，家人像护身神一样守护着他的纯洁，他的日子过得艰苦而充实。这期间，他曾怀着希望找书商想卖掉自己的书稿，书商把价钱压得不能再低，吕西安失败而归。

在拉丁区，他遇到了立身处事完全相反的两种人。一种是以大尼埃·大丹士为代表的"小团体"，一种是在报界混得如鱼得水的埃蒂安纳·罗斯多。两种人完全不同的人生观和价值观给了吕西安以完全不同的影响。

吕西安生活如此艰难，成功之路如此遥远，他有点受不了，想投身热闹且容易成功的新闻界。但他的这一想法遭到"小团体"朋友们的批评。

所谓"小团体"，是一群生活艰苦、情操高尚、志趣相投的青年学子自发形成的友谊团体。这里有自然科学家，有青年医生，有政论家、艺术家，全是好学、严肃、有前途的人。这里的人互相理解、互相尊重、互相帮助、互相鼓励，为了真理可以激烈辩论但从不争吵，几乎每个人都秉性温和，宽容大度，从不知忌妒为何物。这里物质方面的极端穷苦和精神方面的巨大财富成为奇怪的对比,污浊的生存环境和他们之间纯洁的友谊形成巨大的反差。吕西安对这批朋友无比佩服,为自己能够被这样一个团体接纳而心情激动,感到无比幸福。正如叙述人的评价:在"那寒冷的阁楼上就有最理想的友谊。——在荒凉的巴黎,吕西安终于在四府街上遇到了一片水草"。(第202页)

对于吕西安想投身报界的想法,"小团体"的朋友们直言不讳表示反对。他们认为报界是一个地狱,干的全是不正当的、骗人的、欺诈的勾当,你闯进去就休想清清白白地走出来。朋友们知道吕西安的弱点,担心他抵御不了恶劣风气的诱惑。为了说服他,朋友们苦口婆心劝他耐住寂寞做学问,告诉他天才就是要有耐性,要有超人的意志,一个人要伟大就不能不付出代价,成功就必须准备接受各式各样的考验。朋友们善意而严肃地警告他:"为了感情犯的错误,不假思索的冲动,做朋友的可以原谅;可是有心拿灵魂,才气,思想做交易,我们绝对不能容忍。"(第210页)

就在吕西安犹豫不决之时碰上了报馆记者罗斯多。罗斯多同吕西安一样也是外省漂泊到巴黎谋生的穷青年,而且和吕西安一样渴慕光荣、权势,受着金钱的吸引。罗斯多本来也想依仗文学写作撞开一条门路,却遭到惨败。因此对于吕西安想通过文学写作扬名文坛的想法,罗斯多认为幼稚可笑。如今出版商看的是作者的名声,书的销路,无名小卒根本不被理睬;而文学界内部互相倾轧,对待新人比出版商更蛮横更冷酷,对于新的竞争者恨不得一脚踩死你。罗斯多痛心地告诉吕西安:我本是好人!心地纯洁,当初到巴黎的时候热爱艺术追求光荣,抱着许多幻想,后来发现完全不切实际,为生活所迫这才投身报界,报界虽然黑暗却容易成功。他劝吕西安到报界闯一闯。

罗斯多这番真诚的坦白,尖刻的剖析,像暴风雪般打在吕西安心上,冷不可挡。那些匪夷所思、骇人听闻的新闻界内幕让他深为震撼。但受着贫穷的煎熬和野心煽动的吕西安已经顾不了那么多,此刻,哪怕前面是地狱,他也非跳下去不可。他向罗斯多表示:"我一定要奋斗,不管在哪个阵地上。""我非打胜仗不可!"至于"小团体"朋友们的劝告,他已完全当成了耳旁风。

　　随后,罗斯多带吕西安去拜访出版界大亨道利阿,在那里他进一步了解了这里的内幕。成百上千的作家消耗生命,为之坐到深更半夜,绞尽脑汁建造起来的精神大厦,在出版商眼里不过是一桩赚钱或赔钱的生意。书店老板只管你的书好销不好销,而不管其他。而且越是好书越不好销,做真正的艺术家就必须准备长期受冷落。况且即使好书出版之后还必须有人捧,这就让评论家、报纸操纵了作家和书的命运,作家要向评论家、向报纸屈膝低头。"一个优秀的诗人拍一个记者马屁,亵渎艺术,正如娼妓在丑恶的木廊底下卖淫,侮辱女性。"吕西安认识到了这一切现象的实质:"整个的谜只要一个字就可道破,就是钱!"(第251页)吕西安感到自己孤独无依,要想成名必须尽快挤进这个社会,必须学会利用这个社会既定的游戏规则,这才下决心投身新闻界。

　　就这样,吕西安下海了,毅然决然义无反顾地下海了,在罗斯多的引荐下,他与报馆签订了合同,其实也就是签下了卖身契。在报馆,他看到这里其实是一个不折不扣的灵魂交易所,报纸利用人的隐私大敲竹杠,报馆老板不花一文钱买下一份周报三分之一的股份,还净赚一万法郎,报馆老板既无学识又无才能,文化程度只够写"护首油"的广告,居然利用别人代写的文章当上一份副刊的主编。这里没有真实的新闻,没有责任和良心,是"贩卖思想的妓院"。一桩桩见不得人的勾当让吕西安开了眼界,解放了思想。

他的灵魂开始麻木起来。他开始在报界翻手为云,覆手为雨,信口雌黄。一部好书今天说好明天说坏,全凭老板的需要,而老板的需要即他的利益。以吕西安的才华,只要卖掉灵魂,没有什么做不到的,他很快在新闻界大出风头,把一个美丽动人的女演员养为情妇,开始过起奢侈浮华的生活。他不忘旧日仇恨,利用报纸攻击曾经冷酷抛弃他的情人和情敌,让上流社会对他恨之入骨。

为了收服风头正劲的吕西安,贵族社会以在皇上面前为他争取贵族头衔为诱饵,拉拢他离开自由党而投靠保王党。跻身贵族是吕西安朝思暮想的美梦,贵族看准了这一点,投其所好,一下子击中了他的要害,于是他举手投降,转投于贵族门下。从此吕西安卷入了党派之间的恶斗,成为政治斗争的一名打手。等到吕西安失去进步党支持之时,贵族社会突然变脸,再次把他遗弃,让他里外不是人,成为谁也瞧不起的一条狗。失去了依附的社会组织、社会势力,经济上也断了所有来源,他奢侈的生活无法支撑,情妇于艰难困苦中死去。吕西安重新变得一贫如洗。在巴黎待不下去,他只得灰溜溜地返回家乡。

在家乡,妹妹一家靠大卫的小印刷厂过着安分守己的日子,他们倾其所有供吕西安出去闯荡,但他不但没能使他们幸福,反而把全家拖入无边的苦海。吕西安在巴黎一文不名时,为还债曾冒用大卫之名,签了三千法郎的期票,为此大卫负债被追逼、被起诉,没有办法只好躲藏起来。这时候,受过吕西安攻击的旧日情敌夏德莱当上了州长,并娶了巴日东太太。吕西安幻想通过他们帮助大卫,然而未能成功。大卫遭到企图夺取他的造纸技术专利的印刷厂厂主戈安得兄弟的告发而被捕。吕西安眼看着自己给家人带来了深重灾难而无力救助,痛苦万分,企图以自杀了结这走投无路的人生。恰在这时,他遇上了化装成西班牙教士的伏脱冷。

伏脱冷,一个老于世故,深谙社会人生秘密的混世魔王,一眼看破吕西安涉世未深的幼稚与天真。他劝吕西安不要急于轻生,要振作精神继续活下去。为了活得更好,不要盲目瞎撞,一定要对社会做透彻的研究,掌握处世的秘诀。于是他为吕西安讲了一通属于他的历史课和道德课。他为吕西安讲的处世道理,归纳起来主要有如下内容:

为了成功必须不择手段,要得到一切就得不顾一切。在社会的战场上所有人都不讲道德,你要讲道德就是幼稚,就必然失败。你要把人当作工具来使用,凡是地位高的你要充分利用,把他们当上帝一样膜拜,等他们对你的奴颜婢膝付出了代价,再离开他。对付人要像犹太人一样的狠心,一样的卑鄙。为了自己的利益,可以忘恩负义,不讲情面。为达目的,一定要把全部意志、全部行动,一齐放上去,即要有百折不挠的毅力,这样社会就会听凭你的支配。当你定下一个辉煌灿烂的目标,你一定要藏起你的手段和步骤,学会严守秘密,即躲在暗中干坏事。他批评吕西安过去的行动完全像小孩儿,教导他应当做大人,做猎人,暗暗地埋伏在巴黎的交际场中等机会,别爱惜人格和尊严……

这一套说教冷酷自私,骇人听闻,然而无一不切中社会的要害,无一不符合社会生活的实际。这正是一切社会恶人成功的秘诀。刚刚从社会污泥中滚爬出来的吕西安听起来感到恐怖又感到新鲜,感到魅力无穷而又无法接受,他称这一套为极不道德的强盗理论。伏脱冷承认是强盗理论,但不是自己发明的,而是一切暴发户的理论,一切王侯将相等所谓成功者的理论,是他们不说在口中却始终在行动中奉行的理论。

伏脱冷的一席话挑动了吕西安的心弦——"都是最要不得,最会同恶念起共鸣的心弦","已经把他倾向堕落的心深深打动了"。他结合自己的人生经历,深感伏脱冷的话有道理,以前自己的失败全是因为幼稚、不成熟,换句话说还不够卑鄙,不够毒辣,不够心狠。于是,"吕西安受着玩世不恭的议论的迷惑,尤其觉得自己被一条铁腕从毁灭的路上拉回来,对人生有了留恋的意思"。(第605页)"吕西安重新看到了巴黎,当初因手段笨拙而放下的缰绳又拿在手里了,他想报复了!促成他自杀的最有力的原因,巴黎生活和外省生活的比较,他完全忘了。"(第613页)

就这样,接受了伏脱冷教诲的吕西安,彻底洗去了少年时的幻想,消除了以前的幼稚和单纯,埋葬了最后一点羞恶之心,又燃起了征服社会的野心。他奉伏脱冷为"上帝派给他的保护神",在伏脱冷人生哲学的指导下,重回巴黎旧战场。

吕西安重回巴黎后在新的人生战场上的搏杀,巴尔扎克在另一部名著《烟花女荣辱记》中有详细交代,此处不赘述。

吕西安留下的人生启示

回望吕西安的人生经历,我们思绪翻腾,感慨万千。吕西安由一个充满理想、追寻梦幻的热血青年最后沦落为不顾一切博取名利的野心家,其中原因相当复杂:主观的,客观的;个人的,社会的;时代的,社会的;必然的,偶然的。导致他走向堕落的某些原因(如贵族阶级的排挤与偏见,资产阶级上升时期的社会体制、法规、道德的无序与混乱等)或许有其特殊性(特定的时空性),但排除这些特殊性因素,认真反思一下他走向"幻灭"的人生轨迹,发现有许多值得今人认真思考的人生启示。

我国青年大多熟知作家柳青的一段名言:人生的路是漫长的,但最关键的却只有几步。以此反观吕西安,他的人生路上也有关键的几步,让我们看看他是怎样走过来的。

第一步:踏入社会之前

踏入社会之前的吕西安,和大卫一样热情好学,对人生充满幻想。由于吕西安爱好文学,才华出众,所以他的理想之梦可能更强烈更浪漫,尤其是在受到贵妇人赏识之后。但这时的他同时也珍惜朴实、温馨、宁静的家庭生活。摆在他面前的有两条路:一条辉煌耀眼,充满诱惑充满艰险;一条安稳踏实,平平淡淡默默无闻。哪条路对青年人,尤其是对吕西安这样的青年人诱惑更大,不言而喻。吕西安选择了第一条,是对,是错,难以评说!也许我们可以说这是一个错误,但这是一个可以理解可以原谅的错误。请看一看生活吧,面对诱惑和艰险,有哪一个青年不想搏一下呢?!

怀着美梦踏入社会的吕西安还没踩上贵族的门槛就被抛弃了,他受尽屈辱,不得不回归社会底层从头做起。

第二步:在社会底层

这时候,吕西安的路应该怎么走呢?他又来到一个人生的十字路口上。摆在面前的又是两条路,即"小团体"的路和罗斯多的路。

"小团体"的代表人物大丹士告诉他,一个人要伟大就要坚守灵魂的高贵,在顽强努力中耐心等待,准备迎接各式各样的考验。罗斯多告诉吕西安个人苦斗的艰难和绝望,告诉他新闻界里的种种偷巧和实惠。这是完全不同的两条道路和两种不同的方法:一条是漫长的,清白的,可靠的;一条是危险的,布满暗礁、臭沟,会玷污他的良心的。"吕西安这时完全看不出大丹士的高尚的友谊和罗斯多的轻易的亲热有什么不同。他的轻浮的头脑认为新闻事业是一件对他挺适合的武器,自己很会运用,恨不得马上拿在手里。"于是,"他的天性使他挑了最近的、表面上最舒服的路,采用了效果迅速,立见分晓的手段",从此走入新闻界。(第233页)

一边是高贵的精神,一边是现实的利益;一边是清白的灵魂,一边是火热的情欲。二者不可兼得,怎么办?这又是一次严肃的选择、严肃的考验。选择决定人生道路,选择决定前途命运。我们知道吕西安选择了后者,那么其他人呢?和他做同样选择的人难道只是极少数吗?!

第三步:失败后

放弃清白的灵魂坚守而选择眼前的实际享受,可能成功也可能不成功。那么失败了怎么办(当然成功之后也有怎么办的问题,这里存而不论)?这里又是一个十字路口。

在这一十字路口上,或者总结教训,从自己的人生态度上反思一下,从过分注重功利、注重情欲满足的涡流里抽身出来,到宽阔的精神天地里呼吸一下自由空气,调整人生的航向,走一条全新的路;当然也有人心有不甘,对自己的失败耿耿于怀,认为自己的失败是因为恶得还不够,坏得不彻底,为了报复,转而以恶对恶以黑吃黑,更彻底地出卖良心——"我是流氓我怕谁"。用中国俗语说,即必须更彻底地实践"厚黑学"。

在这一次人生选择中,吕西安选择了后者。他奉伏脱冷为精神导师,开始了新一轮的人生征战,虽然也曾一度跻身上流社会,但最后阴谋败露被捕,在狱中自杀身亡,以彻底失败而告终。

吕西安失败了,败得很惨很彻底。我们可以说他败于不切实际的幻想,败于不可遏制的虚荣心,败于意志的薄弱、道德的沉沦,也可以说他败于社会的复杂与黑暗,败于人心的险恶与卑劣,更可以说他败于二者的交互作用。对于他的惨败,我们既感到活该又对他充满同情与怜悯。他是受害者又是害人者,他痛恨社会的水浑,但由于他的搅和,社会之水更浑。

巴尔扎克写书的目的是为当时及后世青年打预防针

巴尔扎克写《幻灭》,主观意图是清醒明确的:一是为时代画像,用手中之笔像投枪和匕首一样刺向报界那极为滑稽可笑的风气;二是为当时及后世在人欲横流的人世间奋斗(或者说挣扎)的青年人提个醒,提前打个预防针。

19世纪初的巴黎,在资产阶级革命后发展迅猛,它的财富与权力、繁华与热闹对外省青年具有巨大的吸引力,他们都想去巴黎碰碰运气,到社会漩涡中淘一桶金。据书中人物大丹士的估计,每年从外省漂流到巴黎谋生的青年大约有一千到一千二百人,他们形成一个特殊的群体,借用现在"北漂族"的名号,他们即为"巴漂族"。巴尔扎克本人其实也是"巴漂族"的一员,他深知世情的复杂与险恶、生存的艰难与不易。他既恨社会人心之污浊,也惋惜某些青年人之容易堕落。他有太多太多的话要说。

通过对吕西安的人生道路的描绘,巴尔扎克让读者看到了巴黎与外省之间的种种联系,巴黎那种致命的吸引力,从一个全新的角度向读者揭示出19世纪青年的面貌;通过吕西安的"幻灭",作者想击破那个时代青年人那些最致命的幻想,即家庭对那些稍有才气却无坚强意志为之导向,也没有掌握防止走入歧途的正确原则的子女所抱的幻想。在《幻灭》第二部(《外省大人物在巴黎》)初版序言里,巴尔扎克更明确地说,塑造吕西安这一人物的目的,是想让人们从中学到这样一个道理:要得到高贵而纯洁的名声,坚忍不拔和正直可能比才气更为必不可少。

吕西安走了,他所生存于其中的时代和社会也一去不返了。

但一去不返的只是表层,而主宰那个时代和社会的人性及人的欲望还在,那个时代和社会的"人间喜剧"还在重演;具体到个人,吕西安的灵魂还在,他那躁动不安或者说欲火中烧充满活力的个性还在,还在一代代的后来人身上活着。那么,后来人能从吕西安的悲剧命运中反思点什么,从而提前注意点什么吗？但愿不要堕入黑格尔所说的认识陷阱:人类从历史中学到的唯一教训,就是没有从历史中吸取到任何教训。

物欲横流时代的灵魂诉求
——巴尔扎克：《改邪归正的梅莫特》

《改邪归正的梅莫特》(《巴尔扎克全集》第 20 卷，人民文学出版社 1989 年版，下引此书只标页码)是巴尔扎克艺术殿堂里一部不大著名的中篇小说，却是体现他人生观的一部重要作品。作者把它归在"哲理研究"部分，说明这是一篇讨论人生哲理的作品。

巴尔扎克

人——鬼——人的"二人转"

作品的故事梗概大致如下：

军人出身的银行出纳员卡斯塔涅，多年来谨小慎微，勤勤恳恳，忠于职守，深得老板的信任，他同时兼管账房后边密室内的文书工作。卡斯塔涅家有妻子，却又养了一位年轻貌美的情妇。他极其宠爱这个女人，为了让她过上奢侈浮华的幸福生活，在物质方面他一切全按巴黎最高档、最时髦的标准供她享受。他花尽了所有积蓄，为了维持这种生活他不得不大量借债，最后不得不铤而走险利用职务犯罪——模仿行长笔迹签下几张信用证，准备带情妇出逃国外，隐姓埋名过逍遥日子。他深知这是一桩严重的犯罪行为,为此内心感到惶恐不安。

正当他为自己的犯罪行为提心吊胆之时,巴尔扎克安排的魔幻人物——约翰·梅莫特——神秘地出现在他面前。梅莫特原为英国作家麦图林的小说《漫游者梅莫特》中的艺术形象,曾把灵魂出卖给魔鬼从而自己变为魔鬼。巴尔扎克小说中的梅莫特出卖灵魂后得到了他所期望得到的一切,但很快又厌倦了这一切。他想恢复自己原来的身份,为此必须收买一个人的灵魂,让他变为魔鬼来接替自己的位置。梅莫特以无所不知之天眼看上了卡斯塔涅,他看到困境中的卡斯塔涅为了物欲情欲的贪婪,正准备犯罪,换句话说正准备出卖灵魂。

这是一个极好的时机。梅莫特找到卡斯塔涅,首先向他炫耀自己神奇的魔力,试图让他服从自己:"谁有本事反抗我?你不知道我是万能的,尘世的一切都得服从我?……世界是为我服务的。我有能耐永远享乐并赐给幸福。我的目光能刺过墙壁,发现财宝,大把地捞取。"总而言之,他无所不能。(第384页)

为了让卡斯塔涅屈服,接下来梅莫特又进一步威胁他:"你是属于我的,你刚犯下一桩罪行。我一向在寻找伙伴,现在终于找到了。"(第385页)为了紧紧抓住卡斯塔涅不让他跑掉,梅莫特施展魔法让他看到情妇对他的无耻背叛,看到银行老板和警察策划抓捕他,看到他怎样被判二十年监禁并被钉上镣铐。卡斯塔涅万分惊恐,梅莫特趁机向他许诺,只要愿意出卖灵魂,就可以换取像上帝一样的权力,就可以抹掉一切犯罪的痕迹,黄金就可以滚滚流进他的腰包,不过前提条件是同意和梅莫特交换位置。

面对严重的威胁和巨大的诱惑,卡斯塔涅同意接受梅莫特的条件应该是情理之中的事。于是,二人互相易位,梅莫特"改邪归正"还原为人,卡斯塔涅出卖灵魂变为魔鬼。

变成魔鬼后的卡斯塔涅立刻面目全非:脸色铁青,像梅莫特那样又凶狠又冷酷,眼中射出阴森森的目光,憨厚的姿态变得专横而高傲。他对情妇说,我把灵魂卖给他,我感到我已不是原来的自己,他要走了我的本质,把他的给了我。从此,卡斯塔涅变得无所不见,无所不知,无所不能。

既然买到了可以随心所欲享福的权力,就要充分利用它。他拿这一权力首先用来满足口腹之欲。他举办一次相当于罗马帝国全盛时代的盛宴,宴会漫无节制,穷奢极欲,所有人都拼命大吃大喝,席面几乎就是在他足下颤抖的地球。他好比一个浪荡公子欢度最后一个节日,对什么都不加珍惜。"魔鬼交给他人类快感之库的钥匙,他大把地汲取,很快就摸了底。他一旦领会到这个巨大的权力,就立即实施,检验,滥用。"(第395页)

他利用手中权力尽可能地享受着他所能想到的各种享受,然而尽情享受的结果却没有给他带来预期的快感。——"他的味觉曾经变得异常敏感,在饱食过度时突然麻木。他对珍馐和美女已完全腻烦,觉得毫无乐趣可言,既不想吃,也不想再爱了。""过去认为等于一切的东西,如今等于没有。无边的欲望的诗篇往往被占有所扼杀,获得的事物难得同梦想符合。"(第395—396页)

也就是说,一切来得太容易,一切变得没意思;过去他无限渴求的财富和权力,如今对他已毫无意义。他掌握了随时获得幸福的最高权力,却为此权力而深感忧郁。总之,他对获得的一切厌倦了,他和他的前辈魔鬼梅莫特一样,产生了乐极生悲的感觉。他"突然发现人性的空虚,因为随着无限的魔力而来的便是虚无"。(第395—396页)

怎样摆脱这种"有"的过剩,或者说是"虚无"的困扰呢? 途径是重新回归于"无",重新向往"无"追求"无"。现实、现世中的一切已丧失了吸引力,于是"他憧憬某种无边的东西,地球已不能满足。他明显而绝望地感到有个光明的区域,他整日想展翅飞越过去。他内心焦躁,那些无法吃喝的东西强烈地吸引着他,使他又饥又渴"。(第396—397页)

到了这一步,卡斯塔涅才理解了梅莫特为什么面孔干枯嘴唇血红,因为他有渴求——渴求自己所没有的东西。因为已经被逐出了天堂所以特别向往天堂,于是迫不及待地与自己交换身份,让自己做了他的替身。梅莫特的做法让卡斯塔涅深受启发。既然他是因为收买了自己的灵魂而走向天国的,那么为何不像他那样也找一个替身呢?于是他来到证券交易所,那里聚满了欲火中烧两眼冒火随时准备出卖灵魂的人。在这里,他像梅莫特收买自己那样很快做成一笔交易,让别人当了魔鬼而自己也"改邪归正"了。

不用说,小说的故事情节是魔幻的、荒诞的,然而所蕴含的道理却源于生活,是真实的、深刻的。

一向以现实主义写实手法著称于世的艺术大师为什么忽然玩起荒诞和魔幻呢?因为在这篇小说中,巴尔扎克想传达的是对人生的哲学思考,过于写实的故事无法承载他的思想;过于写实的手法也容易对读者产生误导,以为这不过是一个生活中的真实故事因而放弃深层次的哲学思考。荒诞的情节具有"间离"(陌生化)作用,让人一看便知这不是一个"真实故事"而是作者"别有用心"创作的,于是跟着作者一起进入思考。

那么,巴尔扎克想要表达的哲理,或者说人生感悟是什么呢?

物欲的满足是一个"围城"

身处资本主义迅猛发展、生存竞争日趋激烈、物欲横流、道德沦丧的时代和社会,巴尔扎克看到了太多太多出卖灵魂而"成功"

的暴发户。这些人在物质享受方面穷奢极欲,然而这就是幸福?他们真的幸福吗?巴尔扎克认为,未必!幸福绝不像"金钱英雄"、暴发户们所理解的那么简单。为此,他写下了《改邪归正的梅莫特》,提出了他对幸福的理解,也就是他的劝世之言。

作品中的梅莫特和卡斯塔涅有着共同的心理轨迹:为满足贪欲沉沦犯罪(出卖灵魂变为魔鬼)——贪欲得到极大满足——极大满足后极度的精神空虚——渴望通过忏悔重新恢复为人(改邪归正)。

得到了渴望得到的一切而后又厌弃它,想方设法摆脱它,这是真实的吗?这是不是有点矫情?这是日常生活中一般人都会有的疑问。因为普通人的人生欲望没有得到过极度满足,也不可能得到极度满足,总是处于渴望状态中,所以对厌倦感到不可理解。这是世情常态。如果故事仅仅停留于这一层面上,那么就只好承认追求贪欲满足是合理的、可以理解的,看不出其中的荒诞。但巴尔扎克显然比一般人看得深、看得远,他看到了贪欲满足后的荒诞。为了让一般人能跟上他的思考,他打破生活常态,引进一个魔鬼,让故事在心理实验中进行,让启示在心理实验中显现。

在心理实验中,厌倦得到的一切,厌倦穷奢极欲的生活,不仅是可能的,而且是必然的,因为它以深刻的哲学规律为依据,符合生活和心灵的辩证法。

生活和心灵的辩证法告诉我们,幸福不是一种纯粹客观的状态,没有可以量化的外在标准,主要表现为一种主观的心理体验。没钱的人感到有钱买东西就是一种幸福,但亿万富翁因什么都可以得到所以连购物欲都没有;乞丐感到有东西吃就是一种幸福,皇帝想吃什么有什么却什么也吃不下;如果没有空气,仅几分钟人就会窒息死掉,空气对人的重要性可想而知,但世间没有人认为有空气呼吸是一种幸福。

总之,正如小说中所描写的,享尽快乐等于没有快乐;占有一切则一切都失去意义。幸福表现为一种满足感,而满足感是以缺憾为前提的,没有了缺憾的比照,就无所谓满足,也无所谓幸福。这就是"乐极生悲"的内在机制。这里的心理路线图是:不满足渴求满足,太满足导致麻木,转而又寻求不满足。人类永远走在"不满足——满足——不满足"这一循环往复的路途上。看来,所谓的满足其实也是一个"围城":城外的人想冲进去,城里的人想冲出来。

我国当代作家史铁生的著名散文《好运设计》讲透了上述道理。一般来说,人都希望有好命运,然而事实上无论谁对自己的命运都不满意。生活中没有,我们可以在心理实验室中搞一个理想化的设计:让一个人生在一个自由、平等、文明程度极高的知识分子家庭里,无衣食之忧,无大富大贵之家可能对人性的戕害,而且聪明、漂亮、健康,一路顺风到上最好的大学,读的是最让人羡慕的专业,成绩优秀,各种奖励铺天盖地而来,挡都挡不住。小伙子到了谈恋爱的年龄,优秀姑娘成群围过来,想要谁是谁。按理说,这孩子万事如意,该有的都有了,没有一样不顺心,没有一样不美满,简直幸福到家了。

然而事实上这孩子自己并不感到幸福,何也? 因为太顺了。例如爱情,试想,"你能在一场如此称心、如此顺利、如此圆满的爱情和婚姻中饱尝幸福吗? 也就是说,没有挫折,没有坎坷,没有望眼欲穿的企盼,没有撕心裂肺的煎熬,没有痛不欲生的痴癫与疯狂,没有万死不悔的追求与等待,当成功到来之时你会有感慨万千的喜悦吗? 在成功到来之后还会不会有刻骨铭心的幸福? 或者,这喜悦能到什么程度? 这幸福能被珍惜多久? 会不会因为顺利而冲淡其魅力？"——答案是显而易见的：没有痛苦和磨难就不能强烈地感受到幸福。所以，为了获得幸福，就必须不断地给他制造点磨难和痛苦。也就是——经常带他到城外去看看。

回过头来再说巴尔扎克的小说。透过满足的"围城"，我们感到作者似乎还揭示出人的精神生活深层的二律背反，或者说是悖论：出卖灵魂换来贪欲的满足，同时也换来了空虚的痛苦；没有满足时急于出卖灵魂，及至满足时急于赎回灵魂。对灵魂，人们好像既重视又不重视，有时重视有时不重视，人类到底咋回事？

幸福绝不仅仅是物质的占有，更主要的是精神的享受

通过梅莫特和卡斯塔涅的故事，作者还告诉我们他关于幸福的理解：幸福绝不仅仅是物质的占有，更主要的是精神的享受。

单纯的物欲占有往往导致精神上的虚无。在魔鬼眼里，所谓幸福仅仅是情欲的放纵、物质的占有，所以每当欲火中烧之时往往不顾一切地出卖灵魂，视灵魂为利害交易的筹码。卡斯塔涅如此，他的后继者亦如此。然而，灵魂是这样一种东西：当你拥有它时觉得它可有可无，当你失去它时觉得它无比宝贵。

例如变成魔鬼后的卡斯塔涅，知道女人唾手可得、会顺从他任何最任性的要求时，"他就极端渴望一种真正的爱，希望她们比实际上更钟情一些"；作为魔鬼已经谈不上信仰与祈祷，然而此时他渴望的正是"信仰和祈祷这两种起安慰作用的动人的爱"；他因为失去了天堂，因而愈加向往天堂。他的前辈梅莫特也一样。改邪归正后的梅莫特，"在天恩的感召下，他悔悟的泪水流之不尽，只有死亡才能加以制止。圣灵附在他身上，他灼热的肺腑之言无悔于先知之王"。临死时他的脸上"由于信仰而显得崇高。灵魂仿佛从每个毛孔渗出，光彩照人，用无限仁慈的感情暖人心房"。

(第398—399页)正是精神的渴求、灵魂的回归让他们恢复为人。

人有物质需求,更有灵魂诉求

梅莫特、卡斯塔涅二人的经历说明人性是复杂的:有向恶的一面,也有向善的一面。人和动物的区别在于,人不只有物质需求,更有精神需求,因而向往灵魂的归宿,寻找心灵的寄托。

巴尔扎克为梅莫特、卡斯塔涅两个魔鬼找到的灵魂归宿是"天国",是"上帝",是"神的力量",显示了巴尔扎克欲用"宗教"来拯世救人的愿望。

那么,巴尔扎克难道不知道"天国""上帝"的虚妄吗?当然知道!作品中他借人物之口说世界上"既不存在上帝也不存在魔鬼,这些都是迷信的蠢话,他们只在神怪小说或老太婆讲的故事中才会出现"。既然如此,巴尔扎克所谓的"上帝"之类,当然也就不同于端坐天堂惩恶扬善赐福于人类的人格神。那么巴尔扎克的"上帝"是什么呢?纵观他的作品和他的思想体系我们知道,他所谓的天国和上帝其实就是人的"良心",是纯洁向善的精神向往。正如同时代的雨果在《悲惨世界》中明确指出的,对冉阿让来说,良心就是上帝。巴尔扎克和雨果呼唤人的神性,试图唤起人们自我完善的精神自觉,从而达到社会的净化。

巴尔扎克这一套,如果作为改造世界的救世良方当然是幼稚可笑的,起码是不全面的。因为社会精神文明建设需要全面综合治理,其中包括发展经济,建设公平正义的社会体制,健全完善法制法规,国民道德教育,等等;但作为个体,精神上自我约束、自我提升、自我完善的意识也是不可少的。心中有所敬畏有所追求与无所敬畏无所追求是大不一样的。巴尔扎克看到了社会人心的弊病,想为沉沦物欲丧失人性的人指一条精神出路,告诉他们不要一味贪图物欲的享受,更需要照顾灵魂的安宁。这种努力体现的是深刻的人文关怀精神,这种人生观和价值观,任何时代任何社会都是需要倡导和普及的。人们常说优秀作家是社会的心理医生,是人类灵魂保健师,由此角度看,巴尔扎克是合格的。

怎样的活法才是明智的

——从巴尔扎克的《欧也妮·葛朗台》说起

法国文豪巴尔扎克的巨著《人间喜剧》包括九十多部作品,其中被我国读者最为熟悉的当为《欧也妮·葛朗台》和《高老头》。

《欧也妮·葛朗台》的主人公是欧也妮的父亲葛朗台老头。这老头的性格极为典型,给人的印象最为深刻,因为他是一个世所罕见、近乎变态的痴恋金钱的大财迷。

葛朗台本是个箍桶匠,靠着极为精明的算计,在社

《欧也妮·葛朗台》插图

会大变动的浑水里很快淘到了第一桶金,成了远近闻名的暴发户。腰缠万贯的他,有两个极为突出的特点:贪婪和吝啬。他家的生活极为寒酸:从来不买肉和蔬菜,全由佃农送来,面包也由女仆去做。为了节俭,每年十一月才准生火取暖,三月就得熄掉。葛朗台太太和女儿也像女工一样劳作。女儿想替母亲绣一方桃花领,也只能用睡眠的时间,还得找借口骗取父亲的蜡烛。葛朗台太太尽管给

丈夫带来三十万法郎的遗产,而丈夫给她的零用钱,每次从不超过六法郎。女仆在葛朗台家当牛作马三十五年,每年也只有六十法郎的工资。

在葛朗台眼里,什么也没有,只有金钱。他的弟弟破产了,请求他作儿子查理的监护人,希望他资助一笔钱让查理外出闯荡,葛朗台左思右想舍不得。查理为父亲的自杀哭得死去活来,全家人都跟着哭,而老头却说:"这孩子没出息,把人看得比钱还重。"女儿欧也妮出于同情,将自己的私房钱偷偷给了查理,老头知道后像被割了心头肉一样难受,一怒之下把女儿关进屋里,只准给凉水和面包。

他的暴怒吓得妻子大病不起。有人告诉他,妻子一死财产要重新登记,女儿将继承母亲的遗产。老头这才害怕起来,决定向女儿屈服,巴结她,诱哄她,以便牢牢抓住几百万家私。妻子死后,老头马上要女儿放弃继承妻子的遗产,只让她保留财产的虚有权;女儿对此一点也不懂,就在文件上签了字,老头这才放了心,紧紧拥抱女儿说:"你给了我生路,我有了命了;不过这是你把欠我的还了我:咱们两讫了。这才叫作公平交易。人生就是一件交易。"

临死前的葛朗台哪儿也不去,一天到晚守在密室里,两眼紧盯着他的金路易。此时的他最恋恋不舍的不是唯一的亲人——女儿,而是他终生积攒的财富。他嘱咐女儿要好好代他管理这笔遗产,等到她也灵魂升天后到天国向他交账。

由葛朗台的性格,上升到人生哲学高度,联想到人的活法——人到底应该怎样活,或者说人怎样活着才是明智的。葛朗台一生心无旁骛,执迷于金钱,为金钱生,为金钱死,金钱就是一切。这种活法,我们姑且命名为执迷派。

执迷派

类似葛朗台老头这种为金钱而疯狂的人,在当时(乃至于此后不同时代)的社会上,在巴尔扎克所创造的艺术世界里比比皆是。在小说《夏倍上校》(1832年)里,巴尔扎克借助律师但尔维之口,揭示了拜金主义者的普遍性:"我亲眼看到一个父亲给了两个女儿每年四万法郎进款,结果自己死在一个阁楼上,不名一文,那些女儿理都没理他!我也看到烧毁遗嘱;看到做母亲的剥削儿女,做丈夫的偷盗妻子,做老婆的利用丈夫对她的爱情来杀死丈夫,使他们发疯或者变成白痴,为了要跟情人消消停停过一辈子。我也看到一些女人有心教儿子吃喝嫖赌,促短寿命,好让她的私生子多得一份家私。我看到的简直说不尽,因为我看到很多为法律治不了的万恶的事情。总而言之,凡是小说家自以为凭空造出来的丑史,和事实相比之下真是差得太远了。"

巴尔扎克笔下的这批人,大多是疯狂的拜金族。他们一心想的是金钱,除了金钱之外,看不到任何东西;除了发财的快乐,体验不到任何幸福。这批人执迷的是金钱,与此相类,有的人执迷的是权势、地位、名誉、美色等。总之,人之所欲者皆可以成为执迷的对象,都可以让人失去自我,乃至于发疯。

葛朗台老头的形象之所以典型,就因为其具有极广泛的代表性和普遍性。读者稍加思索就不难发现,19世纪的欧洲文学作品,不,在全人类各个时期的所有作品中,像这样执迷地追求个人欲望满足的人不是触目皆是吗?滚滚红尘,芸芸众生,大多如此。有所区别的不过是执迷的程度深些或浅些,意志力强些或弱些,行动的力度大些或小些罢了。

平心而论,既然人生而有欲,那么人为满足欲望而努力而奋斗而追求,应当说合情合理,可以理解。但问题是对欲望不可过于执迷，过于沉溺，尤其不可过于执迷个人一己之私欲、物欲。过于执迷就会失去自由，失去自我，就会被异化为欲望的奴隶。

执迷派也可叫沉溺派，其所执迷所沉溺者，人之欲也。欲望——无穷无尽的欲望，尤其是物质的与肉体的欲望——乃执迷派一切活动的总目标、总枢纽、总根源，追求欲望的满足，乃执迷派一切人生活动的内在驱动力。

《欧也妮·葛朗台》插图

解脱派

执迷于世俗的各种欲望，为欲望而争，为欲望而斗，为欲望而生，甚至为欲望而死，欲望给人以无穷的生存动力，也给人以无穷的烦恼。欲望像一团熊熊烈火，把人烧烤得焦渴难耐，浮躁不安。因为人的欲望是无穷的，满足一个再生一个或十个，满足一次还想十次百次乃至无穷次，于是人们永远处在欲望不能满足的烦恼和痛苦中。

时间长了，终于有一部分人醒悟：欲望是痛苦之源，是人生的沉重枷锁，要想摆脱烦恼和痛苦就必须熄灭欲望之火，必须看破欲望之虚妄，看破人生所拼命追求的那些东西的无价值和无意义。

以上思想，上升为哲学即叔本华的虚无主义，上升为宗教是佛教,表现于文学作品则是古今中外普遍存在的劝世之作。例如,不大为人所知的契诃夫的短篇小说《打赌》。

《打赌》的故事梗概大致如下:十五年前的一个晚会上,俊彦名流们在高谈阔论死刑和无期徒刑的利弊。年轻气盛、财大气粗的银行家认为死刑比无期徒刑更道德,因为可以速死。年轻的律师认为二者都不道德,相比之下还是无期徒刑好一些,因为可以不死。银行家逞强好胜,一心想压倒律师,说"我敢打赌,你要是甘愿单独囚禁五年,我就付给你两百万卢布"。律师也不服输,回应说"如果你说话算数,我同意打赌,非但如此,我甘愿不光是监禁五年,而是十五年"。在激情冲动之下,这场打赌居然付诸实施了。

律师被关在银行家花园的一个小屋中。监禁期间不能与任何人有任何形式的交往,但可以读书、弹琴、饮酒、抽烟。在监禁的第一年,律师对孤寂生活感到非常痛苦,意志非常消沉,只是偶尔弹弹琴,读一些轻松读物,如长篇爱情小说等。第二年不弹琴了,书只读古典作品。第五年又听到音乐的声音,他要求喝酒。一年中他什么也不干,情绪极为低沉,时常哭泣。第六年的上半年,律师开始热心学习语言、哲学和历史。四年中他读了六百多卷书。打第十年后他在桌前静坐不动,除了《福音书》外什么书也不看。一个在四年中精通了六百卷高深学术著作的人,竟然浪费了将近一年的时间读薄薄一本浅显易懂的书。此后他又读了神学书籍和宗教史。最后两年读各种杂书。

十五年监禁终于期满,律师即将获得自由,银行家即将付出两百万。这时的银行家已今非昔比。由于他狂热的冒险,轻率的投机,逐渐使他的财产荡然无存。当年狂傲自负、刚愎自用的百万富翁已经成了二流银行家,眼看着输掉两百万就要变成乞丐。为了

免除破产和耻辱，他打算谋杀将夺去他财产的人。

　　淫雨霏霏的黑夜，银行家摸进花园小屋，看到十五年不见天日的律师已瘦成一具蒙着一层皮的骷髅，这会儿正一动不动低头坐在桌子旁。银行家想用枕头闷死他，忽然看到桌上放着一张纸，仔细一看是写给自己的信。信中写道：经过十五年的囚禁生活，他已彻底看破人生所追求的一切的虚妄——"神明在上，我可以问心无愧地告诉你，我轻视自由、生命和健康，以及你的书本里所赞美的世界上一切所谓美好的事物"；"为了以行动向你们证明，我是多么鄙视你们赖以生存的一切，我自动放弃两百万卢布，我曾经对这笔钱梦寐以求，视为天堂，现在我却弃如敝屣。我将于规定时间的五小时前出去，从而违背契约，剥夺自己得到这笔钱的权利……"

　　银行家看到这里良心发现，鄙视自己的卑鄙。他回到家里，涕泗滂沱，百感交集。第二天一早，看园人报告被囚的人已于天亮前爬出小屋走了。

　　为获取两百万赌资甘愿被囚十五年从而失去一切人生乐趣，包括青春和健康，但在赌资即将到手之时又自动放弃，这行为实在太离谱了，让人感到匪夷所思。但正因为如此，读者才明白契诃夫无意于"写实"，而意在"表意"，明白他想借助于精心编织的故事劝世的苦心：

　　痴迷于世俗追求的人们，醒一醒吧！你们所追求的所谓"人世间的幸福"都毫无价值;你们"已经失去理智,误入歧途",你们是在"抛却天堂,换取浊世"。为什么?因为这些东西都"如过眼烟云一样飘浮,如海市蜃楼一样虚幻";"你们可能聪慧、美好、不可一世,可是到头来死神一下子就把你们像地板下掘洞的老鼠一样从地面上扫除得无影无踪。你们的后嗣,你们的历史,你们所谓的不朽的天才,将要和地球一起烧为灰烬或是冻为冰块"。

律师的这些思想即佛家的色空观念。银行家只见"色"(当下、现象、物质)而不见"空",殊不知"色"即是"空","空"即是"色";只见"色"而不见"空"即为"迷",为"痴",为"愚"。

在中国文学史上,把上述思想演绎得比较精彩比较集中的,当数《红楼梦》中的《好了歌》和《好了歌注》。

好了歌

世人都晓神仙好,唯有功名忘不了!
古今将相在何方,荒冢一堆草没了。

世人都晓神仙好,只有金银忘不了!
终朝只恨聚无多,及到多时眼闭了。

世人都晓神仙好,只有娇妻忘不了。
君生日日说恩情,君死又随人去了。

世人都晓神仙好,只有儿孙忘不了。
痴心父母古来多,孝顺子孙谁见了?

好了歌注

陋室空堂,当年笏满床。衰草枯杨,曾为歌舞场。蛛丝儿结满雕梁,绿纱今又在篷窗上。说什么脂正浓,粉正香,如何两鬓又成霜?昨日黄土陇头送白骨,今宵红灯帐底卧鸳鸯。金满箱,银满箱,展眼乞丐人皆谤,正叹他人命不长,哪知自己归来丧。训有方,保不定日后作强梁。择膏粱,谁承望流落在烟花巷!因嫌纱帽小,致使锁枷扛。昨怜破袄寒,今嫌紫蟒长。乱哄哄,你方唱罢我登场,反认他乡是故乡。甚荒唐,到头来都是为他人作嫁衣裳。

跛足道人的《好了歌》列出了四种欲望所追逐的大目标:功名、金银、娇妻、子孙。人们强烈贪恋这四种人间好东西,连梦寐以求的做神仙的美事也愿意放弃。但这些东西有什么意义呢?没有任何意义,人们所追求的一切美好到头来终不过一片虚无——"白茫茫一片大地真干净"。穷困潦倒的读书人甄士隐一听便悟,借题发挥为《好了歌》作注,一口气罗列了十多种常见的由盛转衰、由色入空的人生世相,更是道破了人生的无常:一切都转瞬即逝,一切全靠不住。——对人生既然"悟"到这一步,也就彻底解脱,没有任何留恋了,所以甄士隐"注"罢便将道人肩上的褡裢抢过来背上,竟不回家,同着疯道人飘飘而去——离世出家了。

由执迷到解脱之路,在王国维看来有两条。一是觉自己之苦痛而悟,即亲身经历失望之境遇,遂悟宇宙人生之"真相",用王国维原话说即"以生活为炉,苦痛为炭,铸成解脱之鼎"。二是观他人之苦难而悟,如通过艺术作品中描写之苦痛而走向解脱。王国维把第二种解脱之路视为艺术(王国维名之为美术——引者注)之要务,艺术之目的。他认为《红楼梦》在这方面最有价值,所以他给《红楼梦》以极高的评价。这里我们还可以加上一条,即前述《打赌》中律师的解脱之路:由哲学而宗教。律师在宗教的天堂中找到了灵魂的寄托,超脱了他所厌恶的浊世。

解脱派否定了执迷派的欲望追求,自认为看破了人生,自以为精神获得了解脱,于是表现到日常行为上,或消极厌世,看一切全无聊、全没劲,从此隐入内心生活的玩味;或玩世不恭,把一切全不当真,一切全为了玩儿;或放弃一切努力,得过且过,顺水漂流,过一天少两晌;或沉湎于"物"与"肉"的享受,今日有酒今日醉,明日无酒喝凉水。总之,既然解脱了"执迷",放弃了对欲望的追求,一切也就全无所谓。

智者派

看破了人生难道是这样的吗?当然不是。事实上,解脱派对人生的所谓看破其实是浅薄幼稚的"破",或者说其看破并不是真正看破。那么,真正的看破应是一种什么样的态度呢?笔者认为,真正的看破应是智者派的态度。

智者派的态度,简单说即看破了人生的虚妄但仍追求,仍奋斗。只不过这个追求已不是单纯的对欲望对象的直接追求,而是在"自我实现"意义上的追求,是天人合一、宇宙规律("天行健,君子以自强不息")意义上的追求。智者派已超越了狭隘的功利目的,超越了一己之私利,超越了沉重的物欲、肉欲,而把兴趣转向了过程。面对虚无仍然进行绝望的抗战,用顽强不屈的积极奋斗去完成一个壮丽充实的人生过程。

如果嫌这样表述比较抽象,下面举一个智者的人生实践加以说明。

北京大学教授冯友兰先生,是著名的中国哲学史学者,成名于

20世纪三四十年代,二卷本《中国哲学史》和《贞元六书》使他名满天下,遂为一个时代的代表。中华人民共和国成立后,他屡经运动,饱经磨难,至"文革"结束时已年迈力衰,精力不济。以常人而论,应该安享幸福的晚年了。然而,年过八十的他却雄心未泯,还牵挂着一件大事,"那就是祖国的旧邦新命的命运,中华民族的前途"。于是他"重理旧业",决心再写一部中国哲学通史,把历年来的新思考表达出来。

当时他制定了一个写作七册本《中国哲学史新编》的计划,立志把中国哲学从传统到未来的来龙去脉讲清楚,把古典哲学中有永久价值的东西阐发出来,推动中国哲学的进一步发展,为振兴中华做出新的贡献。

接下来是旷日持久的艰苦劳作。在这期间,他经历了亲人相继伤逝的悲痛,又常常为各种疾病所缠扰,但他仍坚持了下来。由于视力逐渐全失,他只能听人念材料。他的听力又很差,可他却总是不厌其烦地一遍一遍地听。由于年高体弱,他只能每天上午工作,他力争不浪费这半天的每一分钟,甚至为了不因上厕所而中断工作,他上午几乎不喝水。多少年他没有休息过一个寒暑假。如果他有休息一段时间的时候,那一定是因劳累过度躺在医院的病床上了。

冯先生生命的最后几年身体状况日渐不佳,住医院的次数日渐增多。这时他想的仍然不是延年益寿,而是如何加紧完成《新编》的最后一册。他对女儿说,因为事情没有做完,所以还要治病,等书写完了,再生病就不必治了。因为心有所系,所以每次住院他总能渐渐好起来,接着再做事。

1990年4至7月间,冯先生写完第7册,并修改定了稿,一桩大业终于完成,一件心事终于放下,他没有遗憾了。秋天,再次生病住院,他再也没有起来,含笑告别了他所挚爱的人世间。

冯先生晚年的事迹正可以用两句中国古诗来形容:"春蚕到死丝方尽,蜡炬成灰泪始干。"他为哲学呕尽了心血,鞠躬尽瘁,死而后已。他如此的努力,如此的拼搏,为名吗?可笑!为利吗?荒唐!他不知道生命的虚无吗?怎么可能!那么他到底为什么呢?这就非"执迷"和"解脱"两派之人所能理解的了。

说到底,冯先生的人生态度是典型的智者的态度。冯先生论人生,曾有著名的四境界说:自然境界、功利境界、道德境界、天地境界。冯先生认为天地境界是人生的最高境界,进入这种境界的人不仅了解人在社会中的使命,而且了解人在宇宙中的地位和作用,对宇宙人生有完全的了解。宇宙的规律是"天行健",人是宇宙的一部分,与之相匹配的活法就应该是"君子以自强不息"。这种活法是对"天人合一"的最佳注脚。

这种人生态度是对宇宙规律的终极觉解,可以使人的生命获得最大意义,具有最高价值。冯先生以自己的人生实践进入了自己所说的"天地境界",完成了一代哲人、智者的完美形象。

由执迷派的追求到解脱派的放弃追求,再到智者派的追求,看起来好像完成了一个循环的圆圈,其实不然,这里的轨迹不是圆的相接,而是螺旋的上升。智者派和执迷派,从外表看,都在追求,甚至是执着地追求,但两种追求却完全不可同日而语。原因是二者对人生的"觉解"(冯友兰语)有天渊之别。

行文至此,笔者想起一段著名的禅宗语录:

> 老僧三十年前来参禅时,见山是山,见水是水;乃至后来亲见知识,有个入处,见山不是山,见水不是水;而今得个休歇处,依然见山是山,见水是水。

佛家总结的参禅悟道三阶段也可视为三境界,曾被许多地方所借用。如今借来解说人生态度三境界,大概也未尝不可吧!

在理解接受人生缺憾中感受体验生活之美
——从福楼拜的《包法利夫人》说起

在人类的情感生活,尤其是男女之间的情感生活中,不管主体是否意识得到,人们的内心深处总有一种隐秘倾向:渴望激情。表现这种倾向的文艺作品多至不可胜数,比较早也比较有代表性的人物形象恐怕要数福楼拜笔下的爱玛,即包法利夫人(《包法利夫人》主人公)。

渴望激情的爱玛

爱玛是外省一个富裕农民的独生女,她自幼在修道院附设的寄宿女校读书,受着贵族式教育。爱玛渴慕虚荣,喜好刺激,她爱海只爱海的惊涛骇浪,爱青草仅仅爱青草遍生于废墟之间,凡不直接有助于她的感情发泄的,她就看成无用之物,弃之不顾。浪漫主义小说和多愁善感的性格使她对婚姻充满了诗意的幻想,然而实实在在的现实生活却与她的想象相距甚远。她幻想中的丈夫应该无所不知、无所不能,能够启发女人领会热情的力量和生命的奥妙,然而她的丈夫查理·包法利先生却是一个极为平庸的乡下医生。"查理的谈吐就像人行道一样平板,见解庸俗,如同来往行人一般,衣着寻常,激不起情绪,也激不起笑或者梦想。"(李健吾译,《包法利夫人》,浙江文艺出版社1992年版,第38页,下引此书只注页码)查理不会游泳,不会比剑,不会放手枪,甚至没有动过看一场戏的念头。丈夫的平庸让爱玛非常失望,他婚后的生活凝滞、呆板,百无聊赖,沉闷空虚。

沉闷空虚中的爱玛,"恨上帝不公道,头顶住墙哭;她歆羡动乱的生涯、戴假面具的晚会、闻所未闻的欢娱、一切她没有经历然而应当经历的疯狂爱情"。(第60页)总之,爱玛灵魂深处一直期待意外发生,期待偶然事件的出现改变生活,期待她认为应当经历的疯狂爱情。"可是上帝有意同她为难!她就什么事也碰不到。"

后来,爱玛渴望的"疯狂爱情"终于出现了。她善良的丈夫看她整日闷闷不乐,无精打采,为了解除她的烦闷,从偏僻的小城镇迁到较繁华的永镇居住。在这里,深谙风月的土地主罗道耳弗看到爱玛年轻漂亮,便向她调情,她经不住诱惑,很快投入他的怀抱。她心花怒放,好像刹那间重返十八岁一样。她想得到的那种神仙欢愉,那种风月乐趣,终于到手。久经压抑的感情喷涌而出,欢跃沸腾,她兴奋地卷入激情的漩涡,一任其漂流。

热恋中的爱玛多次要求罗道耳弗带她私奔,但罗道耳弗不过是逢场作戏、玩玩而已,后来终于无情地抛弃了她。她大病一场,病好后依然不甘心平凡的日子,又陷入一场婚外恋情,并为此大肆举债,终至无力归还。高利贷商人一再催逼,爱玛遍借无果,万般无奈之下服毒自杀,为自己的"激情"付出了惨重的代价。

爱玛不是一个人,而是一类人

再一个"渴望激情"的典型人物,我想说一说20世纪90年代美国小说《廊桥遗梦》中的女主角——弗朗西斯卡。

弗朗西斯卡出生于意大利,后来到美国学比较文学,毕业后到温特塞特地区当了英文教师并嫁给了当地一位退伍军人。丈夫是一位农场主,他不喜欢她出去工作,因此她辞去了工作成为专职农家妇女。她有两个孩子,丈夫对她也很好,应该说她的生活很幸福,但她内心深处却有一种说不清的淡淡的遗憾。封闭的乡村生活让人感到沉闷和压抑。这里的生活方式枯燥乏味,没有浪漫情调,没有性爱,男女双方在巧妙的互相应对中过着同床异梦的生活。人们不谈艺术不谈梦,也不批评使音乐沉默把梦关进盒子里的现实。这里的话题只是天气、农产品价格、谁家生娃娃、谁家办丧事等非常实际的内容。用弗朗西斯卡的话说,即"这不是我少女时代梦想的地方"。

她与环境格格不入。在家里,她喜欢独处深思,或在厨房里读小说,或坐在前廊秋千上眺望远方,与丈夫之间缺少精神上的沟通和理解。丈夫的观念保守陈旧,反对一切变革。他对浴室内的妇女用品感到不舒服,用他的话说即"太风骚";他认为女人戴耳环太轻佻,认为性爱不体面而且很危险,因此在很长时期的夫妻生活中采取不动感情的最简单的方式,而且草草结束。这里没有自然亲密的性爱愉悦,有的只是最原始意义上的性的本能和种类的延续的观念。这一切让弗朗西斯卡感到不满足。她感到"在她身上还有另外一个人在骚动,这个人想要沐浴、洒香水……然后让人抱起来带走,让一种强大的力量层层剥光,这力量她能感觉到,但从未说出过,哪怕是朦朦胧胧在脑子里也没有说过"。

《包法利夫人》插图

总之一句话,她厌烦生活的沉闷和乏味,她"渴望激情"。她用叶芝的诗来表达自己的心情:"我到榛树林中去,因为我头脑里有一团火……"

后来,具有浪漫气质、自称是"远游客"和世界上最后一个"牛仔"的摄影家罗伯特·金凯出现于弗朗西斯卡的生活中,一下子点燃了她心中多年封闭着的那团火,于是激情喷发,他们疯狂地相爱了。虽然在一起的时间只有短短的四天,但弗朗西斯卡说"在四天之内,他给了我一生,给了我整个宇宙,把我分散的部件合成了一个整体";罗伯特也庆幸他们的结合,感到"在一个充满混沌不清的宇宙中,这样明确的事只出现一次,不论你活几生几世,以后永远不会再现"。

爱玛和弗朗西斯卡"渴望激情",从客观原因来说,她们都生活于保守闭塞的农村,她们的丈夫文化层次和精神品位都不高,都比较平庸,缺少情趣。那么,生活于繁华喧嚣、文化生活丰富、时时处处都充满了新鲜刺激的城市,尤其是现代城市,而且丈夫和妻子都有很高文化及精神品位,就不渴望激情了吗?未必!这里有一部长篇小说,书名恰好就叫《渴望激情》,讲的就是现代城市文化人渴望激情的故事。

故事中的男女主角都是高级知识分子。男的叫尹初石,报社摄影部主任;女的叫王一,大学教授。夫妻二人都很善良、文雅,互相尊重,互相谅解,互相关怀,互相帮助。双方都在尽力履行着自己的责任和义务。每天早上王一起来做早饭,这让尹初石感到隐隐的不安,心存某种感激。王一呢?每天上班下班,做饭洗衣服,孩子出生后更是如此,她从没觉得尹初石不关心她,他很周到也很体贴,更重要的是在夫妻生活中他很讲道理。他们从不吵架更不打架,他们的家庭平稳和睦,生活安定而宁静,连一点小的冲突也没有。平静的生活将他们的情感分别掩埋着,他们已经不了解对方的内心情感,因为情感没有碰撞就产生不了火花,彼此就不能互相感觉到。其实,在和睦和安定之中,两人都模模糊糊地感到似乎是缺了点什么。正如丈夫尹初石有一次向情人小乔说的那样:"我们结婚十几年了,她是个非常好的女人,无论做妻子还是做母亲,她都没什么过错。可悲的是我们的性情决定了我们的生活只能那样,像一潭不流动的水。我……我……我总觉得缺点儿什么。"缺点儿什么呢?简单说,缺点儿激情,缺点儿男女生活中浪漫而热烈的情感。

对于这一点,夫妻双方在发生婚变之后都意识到了。尹初石说:"我需要感情激情碰撞,我需要别的女人填补这块空白,王一不需要吗?也许她跟我在一起才使得生活死气沉沉,也许换个男人,她也会发现另一种生活,也许她更喜欢那种生活。"妻子王一在婚姻即将破裂前与丈夫的一番深谈中也同样省悟到了这一层:

"其实我一直很高兴嫁给了你。你是个好人,我觉得这比别的更重要。但是我也知道我们的生活中一直缺点儿什么。"

"缺什么?"尹初石问。

"你没发现,我们彼此间已经好多年不说'爱'字了?"王一问。

"是吗?"尹初石心里有个小小的震动。

"我应该承认,我知道我们缺的是什么,可我从没刻意去追求这种东西,尽管我也有机会注意别的男人。我一直以为女人在婚姻中不能什么都有,我有安宁和安全,这让我满足。我想,我可以从书上、电影里欣赏别的男女间热烈的情感,而我不需要。"

"可你从没对我说过这些。"尹初石说。

"因为我觉得悲哀,我从没激发起你的热情。你从没为我发疯。"

尹初石沉默着,他想说声"对不起",但又觉得此时此刻表示歉意不妥。

"认识康迅以后我才明白,"王一接着又说,"我才明白,这么多年里,我并不是不需要这种热烈的情感,只不过是没有适合的人引发它。"

事实正是如此。他们之间有尊重有关怀有谅解有忍让,但仅有这些是不够的,他们还需要激情。所以当他们遇到激情袭击的时候,无论谁都未能躲开,都做了激情的俘虏:首先是尹初石有了婚外恋,极大地伤了王一的心;然后是一个外籍教师真诚而痴迷地爱上了王一,王一也接受了他的爱情。一个和睦的家庭终于解体了。

生活总有缺憾

从以上三部作品四个人物我们看到,无论中国与外国,无论城市与乡村,无论性别与职业,无论文化层次高与低,走进恋爱与婚姻圈子里的人,在情感方面一个普遍的共同要求是——渴望激情。激情使人热烈奔放,神魂颠倒,充满生机与活力;激情让人的生命力得到尽情扩张与释放。激情是一首调子高昂激越的抒情诗,激情永远富有魅力。但是,就生活的一般规律而言,激情是感情激烈爆发的异常状态而非平常、正常、经常的所谓常态。人可以一时处于激情状态,但不可能永远处于激情状态。在漫长的人生历程中,可以间或出现激情状态,而不可能时时都出现激情状态。激情是对常情的一种补充,也是对常情的一种冲击或颠覆。激情的冲击力量往往是很强大的,必须用很强的理智力才能加以约束和控制,否则容易越轨,直至酿成人生大错。这样的悲剧,无论是在文艺作品中还是现实生活中,都是很常见的。

在我们叙述过的几个人物中,弗朗西斯卡处理得似乎比较好。在她那里,激情冲决了闭塞的心灵闸门而又没有泛滥成灾。当她与罗伯特疯狂地爱了四天之后,罗伯特提出要带她走,但她为了丈夫为了孩子即为了责任,终于没有走。她牺牲了感情保住了家庭,但也因此注定了三个人几十年间刻骨铭心的痛苦:她与罗伯特之间的思恋之苦,她丈夫感觉出来后的嫉妒和歉疚之苦。至于爱玛就不用说了,她的激情完全失去控制因而付出了生命的代价。即使如精神修养很高自制力很强的尹初石和王一,激情冲击的结果也让他们始料不及:尹初石的激情之源——情人小乔因受不了情感折磨之苦准备自杀,后因误会在激怒之中死于车祸;王一呢,面对情人、孩子、丈夫,无法选择,受尽心灵撕裂的折磨;尹初石被人痛打一顿几乎丧命,后来因无颜面对妻子和孩子,只得放逐自己,独自出走。不仅如此,他们的情变还不可避免地造成了灾难冲击波:小乔父亲受不了女儿之死的打击,一气之下中风去世;他们的女儿小约因受不了父母离婚的打击,小小年纪发誓要去当尼姑;痴爱王一的那个"老外",眼看无法抉择的王一,只得黯然离去。伤害造成了多米诺骨牌的连锁效应。

人啊,情感生活过于平淡、静如止水会让人感到空虚沉闷,了无趣味,因而渴望激情;激情让人沉醉给人幸福,但其盲目的力量往往难以控制,因而容易造成对人的伤害,也挺可怕。于是转而向往平淡,开始相信"平平淡淡才是真"。这就是说,平淡中人渴望激情,激情中人向往平淡,就像小猫一样,咬住自己的尾巴转圆圈。那么,人到底要的是什么呢?说到底,人什么都想要,但每一种东西里都是有利又有弊。人太贪心,尽做美梦,仅想取其利而想避其弊,但生活的辩证法偏偏不让你"圆满",偏偏给你留遗憾,让你不自在!这就是生活,生活总有缺憾。

理性对待缺憾才能发现人生之美

以上讨论的是情感生活,其实不仅仅是情感生活,泛而化之,天下万事万物都没有十全十美。别说十全十美,即使两全其美甚至都不可能,事物的基本法则永远是有一利即有一弊。换句话说,人生总有缺憾,没有人能够享有没有缺憾的人生,皇帝乞丐概莫能外。

人生总有缺憾,中国古人早有清醒明确的认识,并有诸多精妙的表述。如:不如意事常八九,可与人言无二三;人生哪能多如意,万事只求半称心;事若求全何所乐,人非有品不能闲;何须多虑盈亏事,终归小满胜万全;金无足赤,人无完人;不求尽善尽美,但求无愧于心;人生求缺不求满……当代名人余秋雨在他的著作《艺术创造工程》的扉页题词中说:只有不完满的人才是健全的人,只有创建中的人生才是响亮的人生。这些充满哲理的格言警句,都是圣哲贤人洞达人生后的感悟。

人生总有缺憾让人心有不甘。不过,再往深处想一步即可知,有缺憾才有美呀!因为美是以缺憾为背景、为底衬、为参照而被人发现的;没有了缺憾,一切圆满,再没有发展的余地,事物也就凝固,生命、生活就进入僵化死寂状态,就无美可言。

看来,真的是天地(大自然、宇宙、上帝、造化、道、存在……)不言而蕴含大美。它有缺憾就是给你留下发展、追求的余地,就是为了让你借助它来发现美、感受美、体验美、享受美。它的安排是最好的,你就接受吧!反过来说,你不接受也不行啊!与其感情上逆天痛苦地拒绝接受,何如在理性的引导下顺其自然愉快地接受?!

理智地接受缺憾并不意味着放弃对完美的追求,而是在接受缺憾中追求完美,在追求完美中接受缺憾,两点相互支撑、相互补充、相互成就,彼此消解了对方的片面性,形成一个富有深度的精神张力场。在这个张力场中游移,你的心灵就健全健康,你的生命就充满活力!

人生从来不像意想中那么好，
也不像意想中那么坏
——莫泊桑：《一生》

《一生》插图

众所周知，莫泊桑是短篇小说的圣手，殊不知他的长篇小说也同样精彩。他在短暂的创作生涯中一共写过六部长篇，《一生》是其中最早也是最杰出的作品之一。作品一经发表，立即受到读者的热烈欢迎，他从此名扬天下。

《一生》(盛澄华译，人民文学出版社1980年版，下引此书只注页码)写女主人公约娜"一生"的故事。约娜出身于旧贵族家庭，父亲德沃男爵高雅善良、崇拜卢梭，热爱大自然，尊重宇宙间一切生命的自然规律，主张人的自由发展。他希望自己的独生女约娜成为一个幸福、善良、正直而温柔多情的女性，从12岁起把她送进圣心修道院。为了让她远离人间丑恶，在修道院里，他让她过严格的幽居生活，与外界彻底隔绝，不让她知道人世间的一切丑恶，甚至不让她享受任何世俗的娱乐。他希望在17岁接她回来时，她仍然童真无邪、一尘不染，然后由他诗意地灌输给她人世的常情，让她在田园生活中自然成长。就这样,约娜在封闭的环境中按照父亲的意愿一天天长大。

作品开头,刚从修道院回家的约娜,第二天就冒着大雨,急不可待地与全家来到了濒临大海的白杨山庄。在美好的大自然里,约娜欣喜若狂,开始憧憬温柔浪漫的爱情,开始猜想自己的前途,设计自己的生活,满脑子关于未来幸福生活的美梦。不久,一位失去双亲的年轻贵族于连走进了她的生活。于连长相俊美,温文尔雅,礼数周全,风度翩翩,很快赢得不谙世事的约娜的芳心。交往不到半年,两人步入婚姻殿堂。

约娜夫妇外出旅游度蜜月。蜜月期间,于连对约娜温柔细腻的情感世界一点也不关心、不理解、不尊重,逐渐暴露出贪色、粗暴、自私、专横、吝啬等一向掩盖着的性格缺陷,这让天真纯洁的约娜深感失望。蜜月归来,于连进入这个家庭攫取了掌管财产的大权,从此趾高气扬,对人傲慢无礼、凶狠暴躁,他以一家之主的身份刻薄吝啬地对待家人和仆人,把约娜父母气得离开白杨山庄回了城里。从此约娜心灰意懒,对爱情、对生活失去热情,整天忧郁愁闷。她痛苦地想,难道人生就是这样的吗?难道一生就这样过吗?

后来,一向和约娜亲如姐妹的女仆萝莎丽突然生下私生子,约娜无比惊诧,问她和谁生的,女仆死也不肯说。一天夜里,约娜感到自己病得快要死了,急忙去找于连,发现于连正和女仆睡在一张床上。约娜痛不欲生,发疯一般跑到海边想跳崖自杀,被冻昏在冰天雪地里。约娜大病一场,神志昏迷好多天,她醒来后拷问女仆,才知道于连第一次到他们家,就和女仆有了私情。好心的男爵以价值两万法郎的土地作陪嫁,把萝莎丽嫁给了一位老实能干的青年农民。

约娜生了孩子,于连不但不高兴,反而表现出苦恼、冷淡,总之是一个自私自利的男人不愿做父亲的那种漠不关心。由于对丈夫十分失望,约娜把所有心思放在孩子身上,母爱表现得特别狂热和盲目。孩子在全家人的呵护,尤其是母亲的过分溺爱中一天天长大。这期间,丈夫于连又与邻村的贵族夫人发生暧昧关系,贵族夫人的丈夫知道后怒不可遏,乘他们在山上能活动的小木屋约会时,把小木屋推下了山,一对偷情男女也粉身碎骨。

这之后,约娜的母亲、父亲、姨妈相继去世,饱经命运打击的约娜一下子头发全白,成了孤苦伶仃的老太太。在这个世界上,她唯一的亲人就是她的儿子,她所有的人生乐趣和希望统统寄托在儿子保尔身上。但儿子特别不争气,从小讨厌学习,长大不务正业,整天和妓女厮混在一起,日子过得昏天黑地,他只知吃喝玩乐,尽情挥霍。约娜苦苦思念儿子,日夜盼望他归来,但儿子置若罔闻,从不理睬,只知一次次大笔大笔地索要钱财,直至把母亲榨取净尽,约娜只好卖掉庄园另觅住处。

就在约娜孤独寂寞、将要失去独立生活能力时,旧时的女仆萝莎丽感念约娜一家的恩情,在得知约娜的处境后,毅然回来照顾她。约娜到城里找儿子,遍寻不着,反倒为债主所逼,只好回家。回来后,约娜见到儿子写的一封信,告诉她他的情妇刚生下一女孩,马上就要死了,请求母亲代为抚养这个孩子。女仆立即赶往城里抱回了孩子,而且告诉约娜,她的儿子在安葬完情妇之后就回家来和母亲团聚。怀里抱着可爱的小孙女,屡遭命运残酷打击的约娜,重新感到了人世间的一丝温暖,有了一点活下去的乐趣和勇气。这时,女仆萝莎丽忽然很感慨地对约娜说:"您瞧,人生从来不像意想中那么好,也不像意想中那么坏。"(第246页)

有资料说,约娜形象中有作者母亲的影子,是作者以自己母亲的不幸命运为素材加工创造的,所以整个作品写得温柔细腻、情意绵绵、感伤动人。读者的心很容易随着作家的笔触沉醉于故事情境中,深入人物心灵,分享人物情感,关心人物命运,在幸福的沉醉中感悟生活、思考人生。

通过约娜的一生,作者到底想告诉读者一些什么呢?换个角度说,读者从阅读中想到了什么呢?

对约娜的生活幻想,作者既同情又批评

人生在世,人人都有向往幸福、追求幸福的权利,尤其是青年人。青年人的人生正待展开而尚未充分展开,面前呈现着无限可能性,因而人生的千般美好万般灿烂都会成为他们的诱惑,成为他们憧憬和向往的对象。约娜就是这样的青年人。她在封闭的修道院生活若干年,对人世间的一切全不了解,所以走出修道院的约娜就像一只刚刚放飞的笼中之鸟,看一切都新鲜,对一切都感兴趣,对未来充满幻想——"在这柔和的月夜里,她感到神秘的东西在战栗,不可捉摸的希望在悸动,她感到了一种像幸福的气息似的东西。"(第13页)她开始幻想未来的爱情,开始想象未来的那个"他"。他是谁?她当然不知道,"她只知道她会忠心耿耿地崇拜他,而他也会一心一意地喜欢她。在这样的夜里,在星光下,他们会一同出去散步。他俩会手牵着手,脸偎着脸走去,能听得见两颗心的跳跃,能感觉到紧贴着的肩膀的温暖,他俩会把自己的爱情和夏夜柔和的月色交织在一起。他们是那样地结合成一体,只凭相亲相爱的力量,就能渗透彼此内心最隐秘的活动"。(第13页)她对自己未来的现实生活的构想是:"她要和他一起在这里共同地生活,住在这俯瞰大海的安静的庄园里。她一定会有两个孩子,男孩给他,女孩子给自己。她想象孩子们正在那棵梧桐树和菩提树之间的草地上跑来跑去,做父母的得意地瞧着他们,互相交换着甜

蜜的目语。"(第 14 页)

面向月光下的大海,约娜越想越激动,一直想到黎明。黎明的光彩使她目眩,约娜欣喜若狂,在这光辉壮丽的大自然面前,一种醉人的快乐,一种无限的柔情,淹没了她那软弱的心。这是她的日出!她的黎明!她生命的起点!她希望的再现!她用双臂伸向光辉灿烂的空间,想要和太阳拥抱;她要说出、她要大声高呼像这黎明一般神圣的事物;但她只是木然凝固在这股无从表达的热情中。于是,她感觉两股热泪夺眶而出,她用双手抱着头,如醉如痴地哭了。

约娜对未来的构想和激情,令人感动!谁能说这是不应该的呢!这是一个少女应有的权利啊!写到这一节时,莫泊桑用的是饱含激情的抒情笔调。很明显,在少女天真烂漫的幻想面前,莫泊桑也感动了!

然而,幻想毕竟是幻想,不管你是多么合情合理,多么美妙动人,都必须经受现实的考验。而现实却往往是坚硬的,冷酷无情的,它决不因为你的单纯可爱而对你稍有照顾。在坚硬的现实面前,约娜一接触就碰壁了。在结婚初夜,约娜还不明白结婚意味着什么,她想的只是温柔的爱抚,结果却被野蛮粗暴地占有了。看着得到

《一生》插图

满足后仰天大睡的他,"她从心灵深处,感到了绝望,这和她梦想

中的爱情是多么不同啊！多年来的希望被打碎了,幸福成了泡影"。(第56页)

接下来是蜜月。蜜月期间,她对他无休止的肉欲要求感到嫌恶,对他从不顾及她的感情感到愤怒,"她感到她和他之间隔着一层帘子,横着一道屏障,她第一次发觉,既然是两个人,就永远不能从心底里,从灵魂深处达到相互了解,他们可以并肩同行,有时拥抱在一起,但并非真正的合二为一,所以我们每个人的精神生活会永远是感到孤独的"。(第64页)

爱情和婚姻让她失望,婚后的家庭生活同样让她失望。丈夫暴露出了更多的恶劣行为,最后竟至于为他的恶劣而命丧黄泉。对丈夫彻底失望的约娜,把生活的希望全部寄托在儿子身上。但儿子吃喝嫖赌,无恶不作,比父亲更邪恶,带给母亲的仍然是一连串的痛苦和烦恼。约娜可怜极了,自结婚之后就没有过好日子,灾难和不幸接连不断,使她蒙受一次又一次的致命打击。现实生活与她对生活的幻想之间,有着极大的反差。

莫泊桑设置如此巨大的反差似乎是在表明,对约娜的生活幻想,他既充满理解和同情,但同时又给以嘲讽和批评;也似乎是在告诉读者,你可以对生活抱有幻想,但千万要知道,幻想只是幻想而不等于现实。现实往往不像幻想那样完美,现实中肯定会有诸多令人意想不到的不如意,不管你高兴不高兴,你都必须接受它;对此你一定要有足够的精神准备,否则,一旦碰到灾难和不幸,就会像约娜那样心灰意冷、一蹶不振。

那么,是不是莫泊桑过于"残忍",为约娜安排的灾难和不幸太多,以至于让她显得如此悲惨可怜呢? 当然,可能是这样! 作为个案,约娜的命运或许有其特殊性和偶然性,调整一下情节安排,她的命运就可以不这么悲惨。但是,与理想、幻想、梦想相比,现实中存在着诸多意料不到的不幸和灾难,却是生活的铁律,即生活的必然。理想、幻想、梦想是主观的,随"意"的,是空的、虚的、软的,你爱怎么想就怎么想;而现实却是客观的、实在的、坚硬的,是不以人的意志为转移的。诚所谓"理想很丰满,现实很骨感"。理想、幻想与现实从根本上说不同质,所以无论如何不能把二者相混同。从这个意义上说,约娜的悲剧又是必然的。因为她对现实人生中冷酷的一面太缺乏起码的认识,太缺乏精神准备,太没有防御和抵抗的能力了。

这或许要归咎于约娜的父亲。她父亲把她从小送到修道院与世隔绝,本欲让她纯洁无瑕,结果事与愿违,反而害了她。由此可见,让孩子从小经受一点挫折和不幸,看到一些生活的污浊,知道一些人生的真相,对心智的成长不是一件坏事。过分纯粹的环境,会让人失去对病毒的免疫力,这样的人步入生活,走进社会,必然导致悲剧。

对人性的弱点,作者既失望又宽容

约娜的不幸,最初缘起于于连的贪色。新婚之夜的粗暴和蜜月期间无休止的纠缠,让约娜的感情受到极大伤害,因为他只知纵欲而不知尊重人、体谅人。这让约娜深为厌倦。更让人不能容忍的是,他从初次来到白杨山庄那天起,就无耻地占有了约娜的女仆。与约娜度完蜜月回来第一天晚上就又和女仆鬼混,直至让她生下孩子。这一切,单纯的约娜浑然不觉,直到有一天亲眼看见他们二人睡在一起,这才知道了丈夫对自己的欺骗。

事情败露,约娜请来神父,当着神父的面揭穿了于连的真面目。约娜父亲义愤填膺,大骂于连下流无耻,不是东西,发誓一定要用手杖打死他,一定要把女儿从他身边带走。此时,神父出来打圆场。他对约娜父亲说:"男爵先生,听我说句自家人的话,他也不过和大家所做的一样。忠实的丈夫,您倒认识过多少呢?……我敢打赌,您自己年轻时也胡闹过。我说,问问您的良心,这话对不对?"

这话一下子把男爵问愣了,他不知所措。因为神父的话触到了他的痛处:"的确,这话是真的,他也同样有过这类事情,而且绝不止一次,问题就看有没有机会;他也并没有尊重过夫妻之间的家庭生活;只要太太的使女长得漂亮,他也就丝毫没有顾忌了!难道因此他就是个下流东西吗?既然觉得自己这样的行为不算一回事,为什么对于连要这样苛刻呢?"(第115—116页)

神父认为男人好色是人性的弱点,只能宽容而不必过于较真,男爵想想也有道理,于是宽容了于连,鼓励女儿与丈夫重归于好。

约娜母女情深,约娜在母亲死后,一定要独自为她守灵。守灵之夜,她心中突然涌出一个亲切而古怪的念头,她要在这永别的夜晚,像读祷告书一般,把死者所珍爱的旧信来读一读。在她看来,这是为实现一种微妙而神圣的义务,这仿佛真正是一种孝心的表示,这会使她母亲在另一个世界里感到高兴。阅读母亲的旧信,她发现母亲一个深藏的秘密:年轻时有过情夫,他们疯狂而浪漫地相爱过。而母亲的情夫及其妻子,和自己父母竟是相熟的朋友。这一发现让约娜再次感到震惊,让她对人性的美好与坚贞,进一步产生了怀疑。

在男女关系上人性所暴露出来的弱点,体现在于连身上,也体现在约娜父母身上,而且据了解当地风俗民情的神父讲,此地男人对宗教的信仰不高,妇女们的品德不好,女孩子不先朝拜了大肚皮圣母是不会结婚的(指未婚先孕)。神父认为"这是可悲的事情,可是谁也想不出办法来,所以我们只好宽容一些人性的弱点"。

（第114—115页）

莫泊桑还用相当篇幅写了两个神父的对比。老神父了解人性，对其弱点采取了宽容态度，他治理地方十八年，人们日子过得很平静；小神父年轻气盛，对人性的弱点立志要残酷扼杀，毫不留情，结果闹得鸡飞狗跳四邻不安，最后以失败而告终。

通过上述一系列描写，尤其是对约娜父母隐私的暴露和两位神父的对比，莫泊桑想要表达的意思似乎是，人性的弱点那么普遍，因而让人感到失望；但正因为那么普遍，也应该给以理解和宽容。——从这里，我们可以看到莫泊桑的人性观，西方人的人性观，看到中西方文化的差异。

人生从来不像意想中那么好，也不像意想中那么坏

约娜自蜜月回来之后就开始意志消沉：温柔的蜜月已经过去，摆在眼前的将是日常生活的现实，它把无限的希望之门关上了，把不可知的美丽的向往之门关上了，从此再也没有什么可以期待，再也没有什么事情可做了，今天如此，明天如此，以后也永远如此，她对生活开始感到幻灭了。她感觉到了生活的灰暗和生命的孤独，她无可奈何地对父亲说："人生，可并不总是快乐的。"父亲回答说："孩子呀，这有什么办法呢，我们谁也无能为力。"（第91页）

后来，约娜从生活中经受了更多的不幸和磨难。母亲死了；丈夫死了；儿子误入歧途，恶魔一样地挥霍家产，完全置母亲死活于不顾；男爵在应付外孙债务时也死了。她对人生的幻灭感更深更浓。

约娜在不幸命运的接连打击下完全麻木了，逆来顺受了。她对任何活动都感到厌烦，她什么也不想做也不能做，她唯一愿做能做的是躺在床上不起来，一天到晚哀叹自己的不幸。她成了一个完全没有意志的人,她觉得自己碰来碰去都是厄运,她是天下最不幸的人。她把自己的不幸归结为运气不好——她对女仆抱怨说:"我呀,我的运气不好。所有倒霉的事情都落在我身上,我这一生都受着命运的打击。"(第211页)约娜从生活的悲观主义滑向了命运的悲观主义。

命运真的对约娜那么不公平,她真的像她自己所说的那样没有一点好运气吗?从约娜角度看当然是的,但从使女萝莎丽的眼光看则不尽然。当约娜再次抱怨运气不好时,萝莎丽就不平地嚷道:

"如果您必须为面包而工作,如果您不得不每天清早六点就起来干活,真要那样,您又怎么说呢?天下有的是这样的人,后来老得干不了活的时候,还不是穷死。"

约娜答道:

"你也替我想一想,我是多么孤单呀,我的儿子把我扔掉了。"

于是萝莎丽气极了,叹道:

"那又算得了什么呀!多少孩子在那里服兵役!多少孩子都到美国去谋生!"

在萝莎丽的心目中,美国是一个虚无缥缈的地方,大家到那里去发财,却再不见回来。

萝莎丽继续说道:

"迟早人总是要分开的,年老的人和年轻的人哪能永远在一起!"

最后她毫不客气地问道:

"要是他死了,您又怎么说呢?"

这时,约娜一点也回答不出来了。(第237—238页)

萝莎丽反驳(当然更是劝慰)约娜的话,朴实无华,却富有哲理。她的话告诉读者一个观察判断命运问题的最公正最合理的思想方法——换位思考;而且道出了命运问题上的辩证法:好运与坏运是相对的而不是绝对的;你认为是坏运的,换个角度可能被视为好运;你认为自己倒霉透顶,换个角度可能根本算不了什么,因为有那么多人比你更不幸呢!为什么不能换位思考,从另一个角度反思一下自己呢?当你从人生命运的总体格局中全方位地观察自己的时候,你可能会吃惊地发现,自己的人生,自己的命运,原来也就像萝莎丽感慨的那样:"人生从来不像意想中那么好,也不像意想中那么坏!"

"人生从来不像意想中那么好,也不像意想中那么坏"是全书最后一句话——作者用来点破主题的一句话;也是全书留给读者印象最深刻的一句话——即使把全书内容忘完了也不会忘掉这句话。这句话画龙点睛,高度概括了约娜一生的命运,但让读者感觉到的是,它同时也总结了现实生活中千千万万人的命运。

当然,这句话有其具体的语境,那就是,萝莎丽从城里抱回了约娜的孙女并告诉约娜她的儿子很快就会回来,约娜的命运有了新的转机,生活开始呈现出一点亮色。但是,去除这个具体的偶然因素,萝莎丽的话仍然成立,因为它本身饱含哲理,体现了生活的辩证法。正因为此,它几乎对每个人都适用,简直可以说是放之四海而皆准的普遍真理。一句简单平易的大白话,道破了人生多少秘密,让多少人从中受到启发,受到鼓舞,得到安慰。

世态人心的描摹与透视
——莫泊桑：中短篇小说

莫泊桑是19世纪后期法国杰出的批判现实主义作家,他一生写了350多篇中短篇小说和6部长篇小说。和他同时代的法国作家兼评论家法郎士说他创造的典型比任何人的种类都齐全,描写的题材比任何人都丰富,因此给他以"短篇小说之王"的美誉。

莫泊桑小说的题材以描摹、透视世态人心为主,即使以普法战争为题材的作品,也渗透着对战时世态人心的描摹与透视。全面分析莫泊桑的创作非本书任务,本文仅以几篇作品为例,看看他创作的特点与成就。

莫泊桑

《羊脂球》:上等人的下流心

《羊脂球》是莫泊桑的成名作,也是他的代表作之一。作品的故事梗概如下:1870年普法战争爆发,鲁昂城失陷后十个人同坐一辆马车出逃。十个人中,有著名奸商、暴发户鸟先生,大资本家、省议会议员卡雷·拉马东,贵族、省议会议员布雷维尔伯爵,以及他们三人的妻子。上述六个人是车上的基本队伍,是社会上每年有靠得住的收入、生活安定、势力雄厚一方面的人,同时也是信奉宗教、服膺原则、有权威的上等人。此外,还有两个修女、民主党人科尔尼代和一个绰号叫"羊脂球"的妓女。

在马车上,几位有身份的阔太太得知羊脂球的身份后,悄声辱骂她是卖淫妇、是婊子、是社会的耻辱。而这些阔太太的丈夫则用一种看不起穷人的口吻,炫耀性地大谈金钱与吃喝。天冷路滑车行极慢,车上的人都饿了,但他们没带吃的东西,只有羊脂球带了可吃三天的食物。羊脂球大方地邀请车上人都来分享,完全不计较之前几个上等人对自己的侮辱。食物被吃光了,人们高兴了,人们对羊脂球的态度也变化了——蔑视变成了亲昵,辱骂变成了夸奖,开始以"夫人"相称。

马车来到一个被普鲁士军队占领的小镇,普鲁士军官艳羡羊脂球的姿色,提出要她陪自己过夜,车才能放行。羊脂球愤怒至极,断然拒绝,于是一车人被扣留下来。车上的人都急坏了,为了让车早日放行,九个人挖空心思、想出各种冠冕堂皇的理由迫使羊脂球就范。羊脂球为了大家的利益牺牲了自己。普鲁士军官的淫欲得到满足,车被放行。一车人兴高采烈,但忘了放行的原因。这些人不但不感激这位可怜的姑娘,反而避而远之,之前的赞美和套近乎又变成了鄙视和唾弃。这一次,大家都准备了丰盛的食物,在车上大吃大嚼,唯独羊脂球因走得匆忙,什么吃的也没带。眼看羊脂球忍饥挨饿,其他人权当没看见,只顾自己快活。羊脂球缩在车的角落里伤心哭泣。

《羊脂球》的故事情节隐含着作者明确的道德情感,这种情感强烈地感染着读者,读者读完作品,会激愤地大骂,这群上等人怎么一个个都如此卑鄙无耻!怎么会在衣冠楚楚、冠冕堂皇下怀着一颗阴暗下流的心!

贵族、议员、资本家、暴发户,历来被社会视为上等人。这些人一贯地自视甚高,一贯地以道德优越感傲视小民百姓。然而实际上,他们的"上"无非是所谓的社会地位、财产之类极为外在的东西,而其内在灵魂却可能无比肮脏。这种德不配位的极大反差历来存在,但从来没有被如此触目惊心地揭露过,所以《羊脂球》一发表,立马引起震动,作者立马成名。作品产生的轰动效应绝非偶然,而是因为作家以敏锐的眼光发现了上等人的下流心,并以精彩的艺术形象表现出来,莫泊桑说出了前人没有说出的真话,读者认可他、记住了他。

《羊脂球》中这群"上等人"的表现让人恶心。恶心就恶心在:一是本来内心肮脏龌龊,却硬要装成道德君子,又是蔑视这个,又是鄙夷那个;二是动机阴暗卑鄙,却熟练地操作一套冠冕堂皇的语言伪装起来,道德调子唱得比谁都高。一群"上等人"要逼迫羊脂球主动献身,这无论如何是说不出口的,于是他们搬出了有史以来女人为国牺牲贞操的例子,甚至不惜利用宗教教义,把上帝搬出来为自己服务。这些例子不伦不类,国家是谁你是谁,为达私利,偷换概念,把自己打扮成国家和正义的化身。一群不折不扣道貌岸然的伪君子。

玩弄一套冠冕堂皇的语言掩饰阴暗卑鄙的灵魂,只是《羊脂球》中这几个"上等人"的伎俩吗?当然不是,而应该说是不分时代、社会、民族,也不分阶级和阶层,是所有伪君子的惯用伎俩。在这个世界上,只要还有伪君子在,这套伎俩就会继续使用下去。我们透过《羊脂球》中这几个"上等人"的嘴脸,看破了世上所有伪君子的下流心。

《项链》:对人生命运的思考和感叹

莫泊桑的著名短篇小说《项链》多年来被我国选入中学语文教材。关于它的意蕴,教材提示说是讽刺了小资产阶级的虚荣心和追求享乐的思想。应当说,这一理解有一定道理,因为小说确实用颇为夸张的笔墨表现了女主人公虚荣心的可笑与可怜。但是,作品的意蕴并非如此简单。细读文本(从作品角度),认真反思阅读体验(从接受角度),可以发现作品的意蕴其实是很复杂的。其中当然有"讽刺小资产阶级虚荣心"的因素,但如果把它定为作品的基本主题,恐怕不妥当。什么是主题?主题是贯穿全篇的中心思想。而"讽刺虚荣心说"只能解释主人公参加宴会前的部分,而不能解释后半部分,因此不宜视为主题。

通读全文,笔者认为作品的中心意蕴或者说主题应该是:对人生命运的思考和感叹。退一步,折中一点或许可以这样说:"讽刺虚荣心说"是作品的局部意蕴,"人生思考说"是作品的整体意蕴即主题思想(可解释全文)。

人生、命运,是人人共有、人人关心的永恒话题。因为它与人们的生存现实紧密相关,所以人们迫切渴望勘破它的真相,于是古往今来无数作家、艺术家为之苦思冥想,当然也引起了莫泊桑的深沉思考。具体到《项链》这篇小说,笔者认为作者对人生、命运的思考和感叹主要表现在以下几方面:

命运的不公平不合理性

命运的不合理主要表现为不公平。按"理"(理念、理想、理性)说,世上的每个人都是上帝的子民,上帝对他们应该一律平等、一视同仁,给予同样的命运。然而,事实却相反,上帝并不按"理"行事。一个人的命运从起始点——出生——就开始了诸多不公平。例如人一生下来就有了家庭出身、性别、相貌美丑、智商高低、健康程度等多方面的差别,而这些差别与人的命运有至关重要的作用。然而这一切因素在出生时就被决定了。如果生下来聪明漂亮健康,占有了各种被视为幸福的因子,倒也罢了;如果生下来就弱智丑陋残疾,那怎么办?如果你能证明我上一辈子杀了人或放了火,你让我怎么不幸我都认了;如果不能证明,你凭什么让别人幸运而让我不幸?好,质问得有理!然而你找谁说理去!上帝在一个人出生的时候就把这些先天的不公平强加给你了,"生你没商量",你愿接受得接受,不愿接受也得接受,你别无选择。这就是天生的不公平。上帝是不讲理的,命运是不公平的。所以史铁生曾无比沉痛无比悲愤地说,就命运而言,休论公道!

莫泊桑对命运的不公平性显然有着清醒的认识。《项链》第一段就是对这种不公平的感慨:"世界上有些既漂亮又迷人的姑娘,由于命运不济,出生在一个小职员的家庭里;她就是其中之一。她没有陪嫁,没有可以得到遗产的希望,没有任何可以让一个高贵而有钱的男子来认识她,了解她,爱她,娶她;她只好任人摆布,嫁给了教育部的一个小科员。"莫泊桑的意思是说,如果玛蒂尔德不是出生于一个贫寒之家而是出生在一个贵族家庭里,她的命运就不会是这样,也就不会发生后来的故事。——命运对她不公平!

命运的偶然性(或随机性)

什么是命运?简单说即一个人生命的运动轨迹、运动形式、运动方向,是生命在特定时空里的渐次展开。这一轨迹,从外表看环环相扣,好像自有必然的内在联系;但深究起来却发现,有时候在有的问题上,环与环之间有必然的内在联系,而在另一些时候另一些问题上环与环之间往往并没有必然的内在联系,其间起作用的往往是一些非常偶然的因素。偶然,成为操纵人的命运之神。

我们可以设想,如果玛蒂尔德不是出生于小职员家庭(人出生的时间、地点、性别、家庭等一切关乎人的命运的重要因素都是偶然的因缘和合而成的），如果她不是嫁给教育部的一个小职员而是嫁给了别的什么人，如果她没有得到那张参加舞会的请柬（一向很少发给普通职员），如果她没有丢失那串项链或失而复得，如果当初她还项链时向朋友说明真相或朋友亲眼过目发现她还回来的项链是真的（朋友借给玛蒂尔德的项链是假的，价值500法郎。玛蒂尔德还回去的是真项链，花了3.6万法郎），如果——如果上述诸多链条在一个地方错失、脱落（那完全是可能的），那么，玛蒂尔德的命运就不是现在这样了。然而，这一连串偶然都无可避免地发生了，环与环之间戏剧性地相连了，于是玛蒂尔德的命运就这样被决定了。正如作家史铁生所说，偶然——你说不清它，但是得承认它。事实正是这样。细想每个人的人生，谁的路上不是充满了许许多多的偶然呢！

命运的荒诞性

命运的荒诞性在西方现代哲学中指的是人的出生是人生命运的头等大事，对于如此重大的事情，父母竟然不征求一下当事人的意见，就把人给"抛"到这个世界上来了，实在是件荒诞透顶的事。西方人重视个人的人权，因此有如此观点。笔者在这里所说的荒诞性，主要是指命运的庄严神圣性与导致命运变化原因的微不足道性的巨大反差，让人啼笑皆非，是为荒诞。

"命运"两个字的分量在每个人心里都是沉甸甸的，每当听到这两个字，心中立刻生出一种神圣感、庄严感、肃穆感。然而，往往一个极其微小甚至极其荒唐极其不可思议的原因，就会将其颠覆，就可以使人生改变方向。当然，所谓改变方向，可以向好可以向坏或不好不坏，总之是命运被改变了。如史铁生小说《宿命》，写一个青年正在命运的巅峰上，忽然被汽车撞断了腰椎，从此跌入命运的低谷,究其原因竟是一声发闷的"狗屁"。在《项链》中,导致玛蒂尔德命运发生巨大转折的,是一串价格低廉的假钻石项链。狗屁和假项链颠覆了神圣庄严的命运,让人哭笑不得无话可说。"上帝"决定借你演一出荒诞剧,你别无选择,只有接受而已。莫泊桑对此大为感慨。他写道:"人生是多么奇怪,多么变幻无常啊,极细小的一件事可以败坏你,也可以成全你!"事实正是如此。总之,命运的庄严神圣性与导致它变化的原因的微不足道性如此悬殊,形成极大的反讽,让人感到命运的无常与荒诞。

命运的辩证性

为一串最多值五百法郎的假钻石项链,付出了整整十年的辛劳,玛蒂尔德幸耶?不幸耶?难以说清。用世俗的眼光看,她肯定是不幸的。因为这十年辛劳从道理上讲本来是可以避免的,是冤枉的,所以说是一场大灾难。但用超世俗的眼光看,也可以说她是幸运的。丢失了项链,出于虚荣,当然也可以说因为自尊,她不好意思当面承认,于是只好忍痛借钱,以极其高昂的价格买了串真钻石项链还给朋友。借债还钱,这是千古不易的道理。这样一来把她逼上了绝路,因而逼出了她的"英雄气概",逼她走出了精心编织的生活幻景,从而开始真实地面对严酷的生活。

为了还那笔巨债,她辞退了女佣,搬了家,租住一间价格低廉的屋顶陋室。她干起了繁重的家务活和厨房里的所有脏活,她完全像一个普普通通的下层妇女一样地劳动、生活,一分一分地攒钱、还钱。她丈夫心甘情愿地陪她艰苦奋斗。这样的生活过了十年,他们还清了全部债务,包括高利贷的利息和所有利上滚利的利息。她现在看上去老多了,她变成了一般穷人家庭里那种强壮健康的女人。

玛蒂尔德用辛苦的劳动换来了充实健康的生活,找回了真实的自我,活出了自己的尊严,净化了自己曾被虚荣心污染的灵魂。所以十年后她敢于坦然面对以前因贫穷一想起就令她自惭形秽的贵妇人,并主动与之打招呼。她不再有因贫穷而备受伤害的虚荣心,她不再因没有华丽的外包装而感到低人一等。她的心灵舒展了,自由了。这是多么大的变化啊!这一变化是她的"不幸"带给她的。也就是说,她的"不幸"转化成了她的"大幸"。她丢失了项链,却找回了健康的生活,赎回了高贵的灵魂。在命运的棋局上,没有绝对的幸与不幸,"祸兮福所倚,福兮祸所伏",幸与不幸常常是相对的而且是相互转化的。这就是命运的辩证法。

人生选择的严肃性

这里说的选择主要指价值观念、生活态度的选择。十年前的玛蒂尔德与十年后的玛蒂尔德,社会地位和物质生存境况没有实质的变化,然而她的精神面貌、心理感觉却有了本质的区别:十年前的她痛苦不堪,羞于见人;十年后的她坦然平静,颇有自豪感。原因何在?就因为她的价值观念变了,生活态度变了。十年前她生活于可笑可怜的虚荣心中,时时处处以上流社会的价值标准看自己,越看越痛苦,越觉得自己没法活;十年后她抛弃了以往的价值观念与生活态度,因而活得坦然自信,幸福充实。

看来,同样的生活境遇,用不同的价值观念去衡量就可以导致不同的生活态度、不同的生存感受。幸福是一种内心体验,人生的幸福与否,常常不仅决定于金钱与物质等外在因素,更决定于价值观念、生活态度等精神方面的内在因素。换句话说,人生幸福的前提,是要具有领悟人生意义的健康而高贵的灵魂。玛蒂尔德换了一种价值观,也就换了一种人生态度。她具有了一颗健康而高贵的灵魂,也就获得了一种靠得住的幸福。她的幸福来自内心,她自己感到幸福,那才是真正的幸福!

人生是复杂的,命运是多变的。为了更好地把握自己的人生和命运,为了更深刻地理解生命的价值和意义,理解什么才是真正的生活、真正的幸福,听一听莫泊桑的思考和感叹,应该不是多余的。

《我的叔叔于勒》:对势利之心的嘲讽与批判

《我的叔叔于勒》也是多年选入我国中学语文教材的名篇。于勒年轻时不务正业,被看成是流氓逐出家门。后来听说他在外国发了大财,他的哥哥菲利普日子过得穷困潦倒,于是一家人都渴盼于勒归来,想借助于他的金钱帮助家里脱贫解困。一家人出门短暂旅行,在船上见到一个酷似于勒的穷苦的卖牡蛎的人,经过打听,确认他就是他们盼望已久的于勒,于是像躲避瘟神一样赶紧逃离,唯恐被于勒认出来沾上摆脱不掉。

关于作品的主题,中学语文教材上说的是,作者运用对比的手法,描述了菲利普夫妇对待亲弟弟于勒前后截然不同的态度,画出了一幅资本主义社会里,贫穷则哥哥不认弟弟的悲惨景象,揭露了资产阶级人与人之间赤裸裸的金钱关系。

"揭露了资产阶级人与人之间赤裸裸的金钱关系",乍看也没什么不对,但细想却觉得这一说法大而无当,像一顶大大的帽子戴在了小孩子头上,没有切中作品内核,没有理解作者用心,因而是不准确、不恰切的。细读文本,笔者认为作品主题应该是,对势利之心的嘲讽与批判,理由如下。

首先,作品主角菲利普夫妇是资产阶级吗?所谓"资产阶级",顾名思义是占有资产的阶级,是富人而不是穷人。作品中的菲利普夫妇经济窘迫,十分贫穷,日子过得捉襟见肘,卑微寒酸,因而才有作品中种种可笑可怜的表演。如果他们是资产阶级,无论如何不会有作品中艰难困窘的表现。事实上,明眼人一看就知道他们是穷人、下层人,而绝对不是什么资产阶级。人物的身份定位首先就错了,因而所谓"资产阶级"云云,也就失去根据了。

其次,更为重要的是,作品的艺术处理本身暗含着、体现着、指向了对势利之心的嘲讽与批判。

先看结构。作品结构的最大特点是情节设置的鲜明"对比"。这一点,编写中学语文教材的人也看出来了,即"作者运用对比的手法,描述了菲利普夫妇对待亲弟弟于勒前后截然不同的态度"。在没见到于勒之前,盼星星盼月亮一样地盼他回来当救星;见到于勒后避之唯恐不及,近在咫尺不相认。作者为什么采用如此鲜明、强烈的对比,答案很明显,就是要出菲利普夫妇的洋相,通过他们卑微可怜的表演,揭露他们的势利之心——有钱是亲人,没钱是路人;有钱是救星,没钱是灾星;有钱渴盼归,没钱不相认。如此拙劣的表现,不是势利眼又是什么?!

再看叙述人的设置。作品用的是双重第一人称("我")。开头两小段是第一个第一人称——约瑟夫的朋友——的叙述:

> 一个白胡子老头向我们讨钱。我的朋友约瑟夫·达夫朗什竟给了他一个五法郎的银币。我感到很惊奇。他于是对我说:
>
> 这个穷汉使我回想起了一件事,这件事我一直记在心上,念念不忘,我这就讲给您听。事情是这样的:

以下是第二个第一人称——约瑟夫——的叙述,即中学语文课文的内容。

为什么要设置第一个"我"叙述短短的两小段?因为,这两小段暗含了约瑟夫对亲叔叔于勒的态度——同情、思念、感到对不起他,有愧于他,想补偿他。当年他父母亲认钱不认亲,对于勒冷酷无情,约瑟夫是不认可的,但他是小孩子又能如何?!但从此一直记在心上,直至见到和叔叔一样的乞丐,虽然自己钱不多,但慷慨地给了老头五法郎银币。这一超常的、在朋友看来不可思议的举动说明约瑟夫想借此补偿欠叔叔的情,说明他对父母的做法是反对的、不赞成的。换句话说,约瑟夫对势利之心是持批判态度的。

总之,第一个第一人称的设置,暗含着作者的态度。遗憾的是,编写教材的先生们囿于阶级眼光,一叶障目,不识泰山,没有体会到作者选用双重第一人称的苦心,因而没有领悟作者的用意是对势利之心的批判。

势利之心是一种普遍的人性弱点,具有这一弱点的人远远不限于"资产阶级"。中国古代有一句流传甚广的话——穷在闹市无人问,富在深山有远亲,说的就是这一弱点。

与"揭露了资产阶级人与人之间赤裸裸的金钱关系"相比,批判势利之心之说不但还原了作品本意,而且极大地拓宽了作品的意义空间。

如果是"揭露资产阶级……"读者会想,谁是资产阶级?仅仅让我们知道几个世纪之前遥远的法国有过这样的人,如今时过境迁,作品已经没有现实意义了。

如果是"嘲讽势利之心",读者会想,谁有势利之心?联系现实,观察生活,发现父母亲人朋友同事领导,认识的不认识的,或多或少、或轻或重,似乎都有一点势利之心;反省自己,或许也有势利之心。势利之心是一种庸俗低下的、不文明不高雅的道德情操,文明人必须时时注意克服它。这样一来,《我的叔叔于勒》至今还有现实意义,还在和每个人的内心生活发生联系,成为人们成长的精神滋养。

不同的视角,不同的主题,不同的意义空间,由此可见视角对于文学作品的解读具有多么巨大的意义。

《绳子》:真相未必总能大白

《绳子》的故事是讲农民奥什科纳去赶集,捡到一根细小绳子,正好被他的仇人玛朗丹看见,他感到很尴尬。不久,镇上差役报告某先生在赶集路上丢失了皮夹子,里面有钱和商业票据等,希望捡到的送交镇政府或失主。很快,镇长传唤奥什科纳,说玛朗丹检举他捡到了那只皮夹子。奥什科纳发誓没这回事,他要求搜查自己全身,结果证明确实什么也没有。但镇长和众人都不相信,他只好逢人便解释事件的全过程。几天后有消息传来说皮夹子找到了,奥升科纳高兴了,于是他逢人便讲皮夹子找到了,终于证明他的清白了。但众人带着诡异的笑容,明显的还是不相信。人们怀疑他迫于压力指使他人送还了皮夹子。奥升科纳跳进黄河洗不清,异常气愤,但终不能说服众人。懊丧至极、悲愤抑郁中奥升科纳得病死了,临终说胡话时还在辩解自己的清白。

《绳子》的故事既具有喜剧色彩,又有浓浓的悲剧色彩,让人于哭笑不得中陷入沉思,感觉好像读了一则哲学小品——篇幅短小,意味深长,其中蕴含着不少人生道理。

真相并非总能大白

真相大白,是人们的希望、愿望,是生活中一种理想状态,然而由于各种各样复杂的原因,真相并非总能大白。从概率论的角度看,能够大白的真相可能是少数,而始终未能大白的真相可能是多数。换句话说,世上总有冤死的鬼,世上总有弄不清原因、看不见内幕的事。《绳子》中奥升科纳的冤情仅仅是日常生活中一个小小的例子。

人们宁肯相信印象也不愿相信真相

农民们之所以不相信奥升科纳,重要原因之一,是人们对他太熟悉了。这是一个熟人的世界,大家都是乡亲,抬头不见低头见,彼此之间互相了解。在长年累月的接触中,奥升科纳留给大家的印象是"老滑头"。看来,奥升科纳在生活中好占小便宜,为人自私、狡猾已经在人们心中定型了,所以奥升科纳向乡亲们一遍又一遍解释事情的真相,辩解自己清白的时候,人们宁愿相信自己的印象而不愿相信他解释的真相。人们当面不客气地劝告他:老滑头,算了吧!那些喜欢取乐的人还专门拿他开玩笑,故意要求他讲绳子的事。

自作自受

佛教有句话叫"自作自受",是讲因果报应的,一般含贬义,意即自己做了坏事或蠢事,自己要承担后果。这句话用到奥什科纳身上,也是恰当的。因为乡亲们之所以不相信他,是因为他平时的为人,让人无法相信他。对此,他自己也知道:

他回到家,又羞又气,怒火和羞耻锁住了他的喉咙,憋得透不出气:使他特别感到苦恼的是,他具有诺曼底人的狡猾,人家指责他的事,他是做得出来的,甚至还会自鸣得意,夸耀自己手段高明呢。他模模糊糊地觉得他的清白无罪是无法证明的了,因为自己的机灵奸巧是无人不知的。

既然如此,那么他的不被人信任也就是自作自受,怨不得谁了。自己作的孽,一天天积累,终有一天爆发了。结果是,他的辩解越是复杂,理由越是巧妙,大家越是不相信他。沉重打击下,他的精神衰退了。

真相不能大白的原因往往是极为复杂的

真相不能大白这种事,具体到《绳子》中的奥什科纳身上,也许是个别的和特殊的,然而放眼整个人间,放眼历史,放眼生活本身,就可以知道,这种现象绝不是个别的和特殊的。生活中冤假错案经常出现就是明证。

现象与原因之间的关系,具体到某件事上,也许是简单的,但从哲学上看,往往是无限复杂的。一因可以产生多果,一果的形成可能有多种原因。换句话说,同样一个现象(结果),而导致它的原因却可能是多样的和复杂的,甚至是无限的。多样、复杂乃至无限,哪能轻易就能理清,就能明白的啊!况且,除了事物本身的复杂外,还有人为制造假象,故意把水搅浑呢!所以,遇到问题要遵循唯物辩证法的基本原则,具体问题具体分析,找到事物和现象背后千丝万缕、盘根错节的复杂联系,务必不能简单化。

《一家人》:利益面前亲情薄如纸

《一家人》的故事是:小职员卡拉望的母亲九十岁了,患有晕厥病。一天,孙女喊她吃晚饭时,发现老太太倒在地上叫不醒了。一家人手忙脚乱地按摩还是没有知觉,医生听了听心脏宣布说不行了。一家人开始准备后事,通知在另一城市的卡拉望的妹妹。在妹妹回来之前,卡拉望太太提出,要把老太太房间里带有镀金美女铜像的座钟和大理石面五斗柜搬到自己房里,以防妹妹回来争夺遗产。正等待亲戚回来时,老太太忽然醒过来了。卡拉望夫妇惊慌失措,正在这时,妹妹和妹夫回来了。老太太说,一下子晕厥过去了,不过你们说的做的我都听见了,这让卡拉望夫妇无比尴尬。老太太命令他们把座钟和五斗柜再搬回楼上去。卡拉望太太的如意算盘破灭了,而且在亲戚面前丢尽脸面。本来两家人关系就很紧张,这下子全爆发了,两个女人扭在一起,又打又骂,闹得不可开交。

一点点小小的遗产值得那样算计,值得亲戚间撕破脸面大打出手吗?以常情常理看当然不值得。但是,在他们心里,那毕竟是财产呀!为这一点点微不足道的财产,在母亲尸骨未寒之时就提前下手,说明在他们心里,财产大于一切、高于一切,子女对父母应有的孝心、兄妹之间的骨肉亲情,相比财产来,似有实无。

莫泊桑笔下类似主题的小说不止一篇。如,《老人》写一老人已进入弥留之际,他的女儿和女婿感觉他活不过当天晚上了,为了不影响眼下的农活,打算第二天把丧事办完,于是通知亲朋好友、左邻右舍第二天前来参加葬礼。可是,老人虽然奄奄一息但终不咽气。参加葬礼的亲友邻居都来了,女儿女婿异常尴尬,对于白白赔上一顿招待饭感到无比心疼。

财产、利益大于亲情,在财产、利益面前,亲情显得比纸还薄。此种世态人情,让人感叹,感叹亲情的脆弱、人性的丑陋。

是因为他们太穷,才如此看重财产、轻慢亲情的吗?有这原因,但不尽然。例证一,世上也有许多家庭虽然很穷,但亲情浓浓,甚至感人至深。例证二,世上那么多豪门贵族、百千亿万富翁家肯定不穷,不缺财产不缺钱,但这样的家庭在父母生前或死后,为争遗产拼死拼活,闹得天翻地覆的,不是也不少见吗?!

亲情和利益,一个精神,一个物质,人们都需要,当二者发生冲突的时候,你怎样取舍和选择,就看你的人生观和价值观是什么。但愿随着时代的发展、文明的进步,人们能够更多地珍惜亲情,把财产和物质看淡一些,活出一些高贵来。

虚名浮利,追之何益
——萨克雷:《名利场》

《名利场》是英国19世纪批判现实主义小说家萨克雷的成名作和代表作。俄罗斯著名文学批评家车尔尼雪夫斯基称赞他观察细致,对人生和人类的心灵了解深刻,富有幽默感,刻画人物非常精确,叙述故事非常动人。他认为当时欧洲作家里萨克雷是第一流的大天才。(杨绛译,《名利场》,人民文学出版社1957年版。下引此书只注页码)

"名利场"的含义是什么呢?在"开幕以前的几句话"中叙述人(隐含作者)说,领班的坐在戏台上幔子前面,对着底下闹哄哄的市场,瞧了半天,心里不觉悲惨起来。市场上的人,有的在吃喝,有的在调情,有的得了新宠就丢了旧爱;有笑的、哭的、抽烟的、打架的、跳舞的、拉提琴的、哄骗人的,到处都有强梁汉子,还有对女人飞眼儿的花花公子……这就是我们的名利场。

在这里作者说得明白,市场即名利场,而市场上的众生百态即社会现实,换句话说,名利场指的就是现实社会本身。据资料介绍,作者萨克雷从班扬的《天路历程》里发现"名利市场"这一说法时,快活得跳下床来,在屋里走了三个圈子,嘴里念着"名利场,名利场……"(第708页)因而借用来做了自己的小说名。

"戏台",意为拉开距离看人生,借助小说看人生。在这里,萨克雷看到的名利场上的戏剧(在巴尔扎克那里叫"人间喜剧")场面恢宏阔大,情节丰富而精彩。作者用全息微缩之法,把他观察到的世故人情艺术地呈现于自己创造的作品里。笔者无力全面转述,只说几点读后感吧!

虚荣心是名利场中人的通病

读完小说(以及西方其他作家同类题材的小说),给人一个强烈印象就是,这里面的人怎么那么虚荣,那么爱面子、讲排场、装样子。在名利场上,人们的一举一动,一颦一笑,全要顾及面子,全是为了面子。鲁迅曾说面子是中国人的精神纲领,其实这句话用到萨克雷笔下名利场中人身上,也是再合适不过的。

为了面子,名利场上的人花样多端,挖空心思,可以说无所不用其极。

欺世盗名,装点门面

生意人奥斯本发了财,但出身寒门不足炫耀,这成了他的心病。好多年前,老先生从贵族缙绅录里面看到奥斯本公爵的纹章和他家的座右铭——"用战争争取和平"——就一起盗用了,假装和公爵是本家。从此,他们家的所有东西都打上了盗用的纹章,包括信的火漆上打的戳子,也刻着假冒的纹章。

奥斯本的行为让笔者想起鼎鼎大名的法国文豪巴尔扎克。巴尔扎克的父亲出身于贫苦农民家庭,靠着机遇和个人努力,当过王家议会文书和军粮给养总管。他本姓巴尔萨(balasa),这样的姓在农村太多太普通了,没有任何值得炫耀之处,于是,他自作主张将姓改为"巴尔扎克"。到了作家巴尔扎克,还嫌出身不够高贵,于是他别出心裁,偷偷在自己的姓名中加了一个"德"字。众所周知,法国人姓氏中的"德",往往是贵族出身的标记,它后面的姓大多来自古代国王或皇帝封赏的采邑。然而大作家奥诺列·德·巴尔扎克姓名中的这个"德"字纯属杜撰,子虚乌有。由此可以看出,即使巴尔扎克这样的成功人士,也渴慕虚荣,也难以免俗(巴尔扎克是在三十一岁时靠着《舒昂党人》一举成名后才加上"德"的)。

巴尔扎克父子两代擅改姓氏,伪造家谱的行为,是要冒风险的。这件事,巴尔扎克生前就已成为朋友圈的笑柄,巴尔扎克本人对此讳莫如深。这样的风险巴尔扎克难道不知道吗?当然知道。但明知道有风险还要假冒,说明了什么?说明当时的社会氛围中家庭出身是何等的重要。这种风俗和氛围,是奥斯本老头和巴尔扎克父子伪造家谱的社会背景。

门第至上,身份第一

名利场中人,特别讲究身世,视门第为至高无上的荣耀,出身好就是享用不尽的无形资产,就是一块金字招牌。正如叙述人所说,在名利场上,一个头衔,一辆四匹马拉的马车,比一身的幸福还重要呢!(第80页)

作品中反复出现一个细节,有点身份地位的人家里都放一部《缙绅录》,里面记录着社会上名流世家的家谱。这部书是达官贵人以及发了小财的暴发户们社交生活的指南。男人们从中确定需要巴结趋附的贵人,女人们从中寻找嫁姑娘的对象。凡是门第高的,哪怕你是窝囊废,人家也高看你一眼,反之,哪怕你聪明能干有本事,人家也不把你往眼里放。

作品开头写利蓓加离开学校在爱米丽亚家暂时栖身。利蓓加聪明伶俐,但出身寒微——父亲是画匠,母亲是舞女,且双双亡故,现在是无依无靠的孤儿。为了让自己有个依靠,她看上了爱米丽亚的哥哥乔斯,而乔斯也颇为喜欢她。但是,爱米丽亚的未婚夫乔治却因为她的出身低而看不起她。他说,乔斯家的门第已经够低了,再加上她,还成什么话?我愿意我的亲戚是个有身份的小姐,而不愿是她,她应该明白自己的地位。就因为此,他横加阻拦,破坏了这桩姻缘。当然,利蓓加自有她让人讨厌的毛病,但乔治看不起她的理由不是因为她的性格缺点,而是因为她的出身。

乔治因为门第破坏了利蓓加的姻缘,而他自己的婚姻,同样因为门第而受到父亲的干涉。他父亲奥斯本和爱米丽亚的父亲是老朋友,老朋友关系好的时候把两个孩子的姻缘定下了。爱米丽亚清纯美丽,温柔和顺,人见人夸,痴迷地爱着乔治,乔治也真诚地爱着她。但是,忽然间,爱米丽亚父亲的生意失败了,成为穷人了,奥斯本老头就不认这门亲了。他逼儿子高攀一门贵族亲事,坚决与破了产的证券经纪人的女儿爱米丽亚断绝关系,除非她把十万镑嫁妆拿过来。他劝儿子多多结交上等人,只要儿子跟贵族子弟来往,他就肯给他钱花,否则一个子儿也不给。老头对贵族崇拜得五体投地。他把一本《缙绅录》翻得倒背如流,把其中的名字经常挂在嘴上,在女儿面前也忍不住提着勋爵的大名卖弄一下。每逢遇见有身份的人物,老头便卑躬屈膝,勋爵长勋爵短地叫得津津有味。结果,就因为儿子没按他的安排娶贵族小姐,他硬着心肠剥夺了儿子的财产继承权,儿子死后害得媳妇、孙子穷困潦倒没饭吃。

类似的例子在书中俯拾即是,不胜枚举。

死要面子,不顾里子

死要面子,不顾里子,最典型的莫过于第一女主角利蓓加和她的丈夫了。利蓓加出身寒微,但聪明伶俐,能说会道,长得又漂亮,结果迷住了主人家的小儿子罗登,二人秘密结婚,因此得罪了本来要把财富传给罗登的姑妈,罗登被剥夺了继承权。小俩口没有经济来源,又没有本事挣钱,那就安心过穷苦人的日子呗!但罗登放不下贵族架子,依然强撑着过豪华奢侈的生活——"名利场上的人一定都见过好些浑身是债而过得很舒服的人。他们无忧无虑,吃穿都不肯马虎。罗登和他妻子在布拉依顿的旅馆里住着最好的房间,旅馆主人上第一道菜的时候,哈腰曲背的仿佛在伺候最了不起的主顾。罗登一面吃喝,一面挑剔酒菜,做出旁若无人的气概,竟好像他是国内第一流的贵人。威武的相貌,讲究的衣服和靴子,恰到好处的暴躁的态度,和对于这种生活经常的练习,往往和银行里大笔存款的用处一样大。"

漂亮风光的面子是有了,可是面子下面、后面的里子却烂透了。为了支撑有面子的生活,罗登拉身边的朋友、熟人斗牌、打弹子赌钱,从中赢仨核桃俩枣补贴生活。这些小打小闹远不足以维持日常开销,怎么办?"罗登靠赊账过日子,倒很舒服。他的本钱就是他欠下的一大笔债。好些在时髦场里混日子的人,靠着浑身背债,比手里有现钱的人过得丰足一百倍。"

值得一说的是,像罗登这样要面子不顾里子的人不是他一个,而是一大群:"在伦敦街上走走的人,谁不能够随时指出五六个这样的人来?你得扳着脚走路,他们可是神气活现地骑着马。上流社会里的人个个趋奉他们,做买卖的哈着腰直送他们坐进马车才罢。他们从来不肯委屈自己,只有天知道他们靠什么活着。"

英法战争后,胜利了的英国人占领了法国,罗登夫妇两手空空地在巴黎过起了快乐又舒服的日子。利蓓加在上流社会出入,又时髦又出风头,连好些光复后的皇亲国戚都和她来往。许多在巴黎的英国时髦人也去奉承她,在灿烂豪华的新宫廷里,她也算得上有身份的贵客。

可是,风光的生活是需要用钱支撑的,而他们怎么办呢?作品专设一章"全无收入的人怎么才能过好日子"介绍他们的办法。主要是,罗登靠小聪明和狡猾的手段,在赌博中赢些不光彩的小钱;欺骗供他们食宿的旅馆老板,欺骗衣装铺子和首饰店老板,欺骗给他们养花的花匠和给他们养孩子的奶妈,所有这些为他们服务的人,他们欠下一屁股账一走了之。回到伦敦,又有一大群债主围着他们讨债。利蓓加满口花言巧语,施尽浑身解数与之周旋,逼得债主们不得不同意她的建议,结果,"她用了一千五百镑现款把债务完全偿清,实际上只还了全数的十分之一",说白了,这等于她用流氓手段硬是赖掉了所欠的债。

要面子,爱风光,是利蓓加的天性,她无法吸取教训改掉这一弱点。在后来的生活中,罗登的哥哥毕脱爵士带他们夫妇进王宫参拜过国王。进宫时利蓓加浑身珠光宝气,富丽堂皇,极其豪华,她深感得意,乐得直想祝福路上的行人。如此风光地争足了面子,可是她忘了,她那些风光的行头要么是从别人那里顺手牵羊得来的,要么是与她关系暧昧的大伯子和侯爵私下赠送的。叙述人此时忍不住嘲讽她——"有的时候她当真以为自己是个高贵的太太,忘了家里的钱柜空空如也,大门外等着要债的,自己非得甜嘴蜜舌地哄着做买卖的才过得下去,简直是个没有立足之地的可怜虫。"

炫富摆阔,俗不可耐

炫富摆阔,是贵族及有钱人家的通病,《名利场》里这样的人数不胜数。如奥斯本老头逼儿子乔治娶(但儿子却不想要)的富家女施瓦滋小姐,一厢情愿地迷上了乔治,她挖空心思想迷住乔治的心,但一无姿色,二无才艺,唯一办法是炫富。于是,"她费了好些钱买新衣服、手镯、帽子和硕大无朋的鸟毛。她用全副精神把自己打扮整齐了去讨好那制服她的人儿","老实的施瓦滋小姐穿了她心爱的蜜黄软缎衣服,戴了璁玉镯子,还有数不清的戒指、花朵、鸟毛,滴里搭拉的小东西挂了一身"。她本想以满身披挂赢得白马王子的心,结果,俗不可耐的炫富摆阔,反而让人生厌。

乔治对摆阔的施瓦滋小姐生厌,而他自己骨子里也和他讨厌的人一样令人生厌。他和爱米丽亚偷偷结婚后外出旅行,因为没有得到父亲的认可,手里没有多少钱。但他习惯了阔绰的生活,所以租住在体面旅馆的豪华房间里,桌子上的碗盏器皿光彩夺目,旁边五六个茶房等着伺候。他摆出公子王孙的神气,用最奢侈的食材招待客人。他一面喝酒一面挑剔,又不时吆喝着茶房,简直像国王一般。朋友劝他别太浪费,他答道:"我出门上路,一向非要上等人的享受不可。"

看到类似场面,让人不禁心生厌恶而又忍俊不禁。这些贵族和富人啊,灵魂里空空如也,满脑子吃喝玩乐,眼里只有金钱和财富,除了炫富摆阔、纸醉金迷,完全不知道世界上还有比粗鄙的物欲更高雅的精神享受。

金钱是名利场中人际关系的总枢纽

名利场中的人际关系,说复杂很复杂,说简单也简单。拨开虚情假意亲切热闹的表象,发现导致其亲疏远近恩怨情仇的总枢纽无非两个字:金钱,或曰利益。

《名利场》用大量篇幅写了克劳莱一家的故事。克家上一辈有同父异母三兄妹。老大是克劳莱小姐,终身未嫁,手里有七万镑的家私,而且存了五厘的年息。因为她无后,所以两个弟弟都盼着得到她的遗产。于是,家庭女教师利蓓加看到:"两个弟弟可真爱她——我还不如说真爱她的钱。这好人儿看上去很容易中风,怪不得弟弟们着急。他们抢着替她搁靠垫、递咖啡的样儿才叫有意思!她很幽默,说道:'我到乡下来的时候,就让那成天巴结我的布立葛丝小姐留在城里。反正到了这儿有两个弟弟来拍我的马屁。他们俩真是一对儿!'"(第96页)

为了在遗产争夺中多分一杯羹,兄弟俩一年到头你恨我我怨你,永远是吵吵闹闹没有个完。但自从克劳莱小姐下乡之后,两家从来不吵架。两家人你来我往,亲热异常。两兄弟谈天说地,客气得不得了,即使喝醉了酒都不敢拌嘴。为什么?因为"克劳莱小姐不准他们闹;她说如果他们两个得罪了她,她就把财产都传给夏洛浦郡的本家"。这样一来把两兄弟给镇住了。利蓓加幽默地说:"啊!金钱真是能够消愁息怒的和事佬!"(第98页)

不管老小姐对两兄弟态度怎样,两家人却一致低声下气地巴结她、笼络她。小一辈的时常写信问候她,或时不时地送些礼物表达心意。弟媳妇送去几只珍珠鸡,几棵极肥大的菜花,又不时地附一个漂亮的钱包呀、针垫呀之类,说是她亲爱的女儿们做了孝敬姑妈的,只求亲爱的姑妈在心上留个缝给她们。大弟经常亲自或派人送来桃子、葡萄和鹿肉给她,说是聊表寸心。

为在争夺遗产中占上风,两兄弟家明争暗斗,互挖墙脚,互相提防。弟媳妇收买老大家的女仆做卧底,时时刺探老大家的消息,唯恐他家占了便宜。老小姐不喜欢大弟而喜欢他的小儿子罗登,声言要把大部分遗产传给他。弟媳妇嫉妒得要命,暗中撮合罗登和没有地位没有财产的穷教师利蓓加秘密结了婚。老小姐一怒之下取消了罗登的继承权。为了进一步占上风,弟媳妇以照顾生活为名,亲自到老小姐家里当管家。她的强势把老小姐压迫得喘不过气,结果事与愿违,老小姐把大部分财产传给了老大家的大儿子,把弟弟一家气得要死不活。

老大家的大儿子毕脱爵士,如今有钱又有地,所以一向看不起他的弟弟罗登,开始对他另眼相看。罗登"自己是一个子儿也没有的,对于一家之主恭而敬之,不再因为他是个脓包而看不起他。他哥哥谈起怎么种树,怎么排水,他在旁边洗耳恭听;对于牛羊马匹怎样豢养,他也参加了意见……总之,当年犟头倔脑的骑兵现在变得低心小胆,成了个很不错的弟弟了"。(第424页)看来,金钱不但能当和事佬,而且能改变家庭成员的地位——把平等变为尊卑。

金钱影响、操纵乃至决定人际关系的事例,在作品中到处都是。你有钱,你我是朋友;你破产了,立马就是路人。你有钱,哪怕貌丑人笨,也是娶亲的对象;你贫穷了,哪怕你貌若天仙,人品极好,也拒绝结缘,直至赖婚。你有钱时,仆人围着你团团转,甘心为你效劳;你没钱了,立马对你变脸,甚至带着你的财产离你而去。总之,名利场中,钱是祖宗,钱是神主。有钱你就是大爷,没钱你就是孙子。势利!势利!整个社会,整个人群,几乎无处不势利。

荒诞是名利场上的常态

这里的荒诞是指善恶颠倒,美丑易位,好人不得好报,恶人得意猖狂。这种状况,莎士比亚在一首十四行诗中作过淋漓尽致的描述:"不平事,何堪耐!索不如悄然去泉台;休说是天才,偏生作乞丐;人道是草包,偏把金银戴;说什么信与义,眼见无人睬;道什么荣与辱,全是瞎安排;童贞可怜遭虐待,正义无端受掩埋;跛腿权势,反弄残了擂台汉;墨客骚人,官府门前口难开;蠢驴儿自命博士驭群才;真真话错唤作愚鲁痴呆;善恶易位啊,恰如小人反受大人拜。似这等不平何堪耐,不如一死化纤埃,待去也,呀!怎好让心上人独守空阶？"

这首诗前十三行都在悲愤激昂地控诉社会的不公,以至于激愤得想一死拉倒。莎士比亚控诉的"不平事"亦即"荒诞事",但后者的外延大于前者。透过莎士比亚的诗可知,人生荒诞,世事荒诞,由来已久,非常普遍。以至于到了现代,西方文学中出现一个专门表现人生荒诞的流派,叫"荒诞派"。其实早在荒诞派出现之前,荒诞现象早已是作家关注的对象。例如,在《名利场》中,荒诞就是名利场上的常态。

作品中的荒诞现象多多,限于篇幅,仅举一例以证之!

例如毕脱爵士,国会议员,"有爵位,有名气,有势力,尊荣显贵,算得上国家的栋梁。他是地方上的官长,出入坐了金色的马车。大官儿、大政治家还要对他献殷勤。在名利场上,他比天才和圣人的地位还高呢"。(第84页)地位和名声如此高贵,按常情常理常识,应该是德才兼备、德高望重之人吧!可事实上,他是一个不折不扣的小人。

我们看叙述人怎样揭露他:"好个名利场!我们且看这个人,他别字连篇,不肯读书,行为举止又没有调教,只有村野人那股子刁滑。他一辈子的志向就是包揽诉讼,小小的干些骗人的勾当。他的趣味、感情、好尚,没有一样不是卑鄙龌龊。"(第84页)

毕脱是远近闻名的大地主,家大业大,财富殷实,典型的阔老一个。然而,"英国所有的从男爵里面,所有的贵族和平民里面,再也找不出比他更狡猾、卑鄙、自私、糊涂、下流的老头了"。"他一毛不拔,向来不肯做善事。"他的手,在随便什么人的口袋里都想捞一把,只有他自己的口袋是不能碰的。他今天跟佃户嘻嘻哈哈一块儿喝酒,明天就能出卖他。他为人刻薄,在他手下的佃户,差不多没有一个不是一贫如洗。种地的时候,他吝啬得舍不得下种子,结果从来没有好收成。开矿、买股票等投机的生意他一件都不错过,光想空手套白狼。他的煤矿没有正常设备,被水淹没了。他卖给政府的牛肉是坏的,政府便把合同掷还给他。他采办花岗石,不肯多出钱请规规矩矩的工头,结果有四个工头卷了一大笔钱溜到美国去了。如此等等,不一而足。然而就是这样一个不折不扣的小人,却得意扬扬地坐在国会议员、地方大官的高位上。

像毕脱这种小人得志的现象,在当时社会上非常普遍。对此,叙述人(隐含作者)发议论说:"一辆自备马车和三千镑一年的收入不见得就是人生的最高的酬报,也不是上帝判断世人好歹的标准。咱们只看呆子也会得意,混蛋也能发财,江湖骗子成功的机会并不比失败的机会少……"(第387—388页)

毕脱这样的人不是一个,而是一批、一类,而且繁衍不息、不绝如缕。任何时代、任何社会、任何地方,都可以看见这种人的孝子贤孙。

虚名浮利,追之何益

洋洋洒洒六十多万字的长篇小说,大结局时叙述人(隐含作者)以这样一段感慨作结:"唉,浮名浮利,一切虚空!我们这些人里面谁是真正快活的?谁是称心如意的?就算当时遂了心愿,过后还不是照样不满意?"(第702页)

这段颇有深度的人生感慨,既是对书中人物命运的总结,也是说给读者听的人生教益。它指出浮名浮利的虚无,或者说无意义,因而不值得舍命去追求,人生总有缺憾,没有什么人的生活是十全十美万事如意的。

这样的人生教益是从书中所有人的人生,尤其是从第一女主角利蓓加的人生轨迹中提炼出来的。利蓓加出身贫寒,但性格倔强,聪明能干,为人做事有手段,有心计,有主意。面对花花世界的诱惑,她不安于自己的地位,千方百计想改变自己的处境,一心要攀高枝,爬到上流社会去,于是调动聪明才智,无论走到哪里都善于察言观色,花言巧语,巴结逢迎,为自己谋利。终于,阴错阳差,风云际会,利蓓加竟然不可思议地跻身于上流社会,不但出入于贵族宴会与舞厅,而且出入于法国和英国王宫,一时间成为贵族社交场上的明珠,风光无限,尽享了上流社会的荣耀。

然而,利蓓加一无家世根基,二无经济基础,她的荣耀全靠不光彩的手段得来。就好比沙滩上的高楼大厦,风浪一来,随时就会坍塌。果不其然,她与侯爵勾勾搭搭,情意缠绵之时被丈夫撞见,旋即传遍名利场,从此名誉丢尽,为众人唾弃,再次跌入底层,直至被迫出走异国他乡,过起乞丐似的流浪生活。

无限凄惨落魄之际,利蓓加遇到了闺蜜爱米丽亚的哥哥乔斯,真真假假的一串故事打动了乔斯和爱米丽亚的心,她在他们的帮助下重新回到正常人的生活轨道上来。乔斯死后,利蓓加获赠他的部分遗产和儿子所给的生活费,从此生活有了保障。回顾平生跌宕起伏的人生际遇,利蓓加感慨万千,修心向善。从此她热心宗教和慈善事业,经常上教堂。在所有大善士的名单上,总少不了她的名字。对于需要帮助的穷苦人,她是一个靠得住的、慷慨的施主。在为穷人开的义卖会上,她总有份,每回守着摊子帮忙。

利蓓加变了,而且是真诚地变了(从作者的笔调看,没有任何讽刺的意思)。对于这一变化,知道她底细的人可能觉得突然和不可思议——如爱米丽亚一家在义卖会上看见她后,慌慌张张地跑了。看到他们的反应,利蓓加"低下眼睛稳重地笑了一笑"(第702页)。这是意味深长的一笑、内涵丰富的一笑。从这一笑,我们可以看出她内心的成熟和淡定,不然何来"稳重地笑"?!这说明她已不在乎别人对她的看法,而只在乎自己的内心;说明她已经幡然悔悟,意识到昨日之追求皆属虚空,她已经与过去诀别,开始新的生活了。

利蓓加从底层起步,一步一步登上社会金字塔的顶峰,又跌入地狱似的深渊,最后又回归普通人的正常生活轨道。转了一个圈,又回到了起点上。早知今日,何必当初?但不一样,转了一个圈看似回到了原点上,其实是螺旋式上升了一个层次。转了一个圈终于悟到原来追求的东西的虚妄和无意义,悟到为他人行善的生活才是真正值得追求、值得过的生活。只有在这里,才能找到生命的意义,才能找到灵魂的归宿。

利蓓加的改变也许有点突然,也许有作家让她为自己代言的意思。但细想起来,也是有生活基础的。首先,利蓓加不是笨人,而是聪明伶俐有头脑有思想的人。她的思想和主意常常让她身边的人佩服不已。别的不说,屡经不利局面而从不沮丧,总能乐观坚强地面对生活,就说明她是有主见的人。这样一个人,回首过山车似的人生经历,发现一向苦心追求的东西原来是虚名浮利,像海市蜃楼一样容易云散,像泡沫一样容易破灭,不值得追求。这样的人生感悟,对于利蓓加来说,不是没有可能,而是完全可能的。其次,符合心理逻辑。虚名浮利,像流光溢彩一样迷人,天然地契合人性的弱点,对每个人都是巨大的诱惑。面对如此美好的东西,无论谁都想得到。得不到时心痒难耐,痛苦忧愁,乃至羡慕嫉妒恨。然而一旦到手,聪明人发现原来不过如此,富贵荣耀背后隐藏着无限悲凉、无限心酸。这样他们就会反思,原来的拼命追求,原来物质、精神乃至灵魂上的付出是否值得。于是生出"浮名浮利,一切虚空"的人生感慨。如此看来,虚名浮利原本就是一座"围城",城外的人想冲进去,城里的人想冲出来。

除利蓓加外,萨克雷还写了奥斯本、赛特笠、克劳莱等几个家族几代人命运的起伏变迁,让我们看到他们虽然一代又一代地追求虚名浮利,但没有哪一家、哪个人的人生是顺心得意、没有缺憾的。这样描写似乎是在印证他对人生的悟解:"时间像苍老的、冷静的讽刺家,他那忧郁的微笑仿佛在说:'人类啊,看看你们追求的东西多么无聊,你们追求那些东西的人也多么无聊。'"(第716页)

作品中的利蓓加幡然悔悟了,然而,利蓓加的精神子孙还在,他们能听懂萨克雷先生的教诲,从而吸取灵魂先祖的人生教训吗?

时移世易,名利场上风俗依旧

读《名利场》,字面上看到的是英国,19世纪、大贵族、富商大贾、小贵族地主、中小商人,衣服是那时的衣服,场景是那时的场景,事件是那时的事件。但是,透过这些表象,我们感到,在所有人物的胸腔里跳动的,是活在当下的今人的心。换句话说,故事的表层是彼时彼地,故事的内核是此时此地。时过境迁,一切外在的东西消失了,然而,一切内在的东西,如人性、人心、人情世故仍然没变,一切灵魂的戏剧仍在重演。

读《名利场》,一个强烈感受是,忽然活到19世纪的英国去了,或者也可以说,19世纪的英国人活到当下我们中国来了。读者看到,虽然四轮马车变为宝马、奔驰、路虎了,可是坐在车里的人追求虚荣的心还在,以金钱为中心的人际关系还在,荒诞的生活现象还在,人与人之间的钩心斗角、尔虞我诈还在,浅薄势利还在,社会上的吃喝嫖赌、坑蒙拐骗还在,利蓓加还在,斯丹恩还在,一句话,时移世易,名利场上风俗依旧。

这就是文学经典、世界名著的魅力!魅力在于,写出了人类生活的"公因式",写出了人性、人心中那些永远不变的东西,写出了古今中外人与人之间相同、相通的东西。因而,经典名著永远都不过时,经典名著超越时代、超越社会、超越阶级、超越民族、超越贫富贵贱,活在不同时代不同社会不同人的生活中、心灵中。

  经典名著之所以为经典名著,除了写出了生活的真实,写出了人类共同共通的东西之外,还在人生观、价值观方面给人以教益和指导。如《名利场》,作者在真实地描绘社会上的肮脏龌龊,人心中的卑鄙阴暗的同时,就是在揭露和批判它们。作者揭露丑是为了否定丑,是在化丑为美。这里的转换机制是"$-(-1)=1$"。作者在否定丑时不忘宣传仁爱,正如他自己所说,玩笑虽好,真实更好,仁爱尤其好。(第706页)萨克雷把暴露社会丑恶的小说家称为"讽刺的道德家",说他们的责任不仅在于娱乐读者,还要教诲读者;小说家应该把真实、公正和仁爱牢记在心,作为自己职业的目标。这是批判现实主义作品中的精神正能量。正是这些宝贵的"正能量"一代代往下传,内化为人类文明的基因,推进着人类文明的进步。

  《名利场》反映的生活已成为过去时,但《名利场》的精神价值仍然是现在时!

我是谁
——从史蒂文生的《化身博士》谈起

"我是谁"这一动人心魄的自我质问,强烈地表现了人类认识自我的迫切愿望。回顾历史,人类精神空间中始终回响着这一声音。古希腊太阳神阿波罗圣殿上的箴言"认识你自己",以及神话中的"斯芬克斯之谜",记录了原始初民自我追寻的心灵轨迹。至近代,"我是谁?我从哪里来?我到哪里去?"这一连串急切呼唤,更表现了人类自我认识的焦灼和不安。可以说,认识自我是人类觉醒以来文学和文化的一个永恒主题。

《化身博士》海报

为什么人类认识自我的心情如此迫切?因为人们在自我认识的过程中越来越发现"自我"不是单纯的、统一的,而往往是矛盾的、冲突的,甚至是"分裂"的,人们弄不清到底哪一个"我"是真正的"我",所以才有如此尖锐而持久的自我质疑。人们发现了哪些自我矛盾呢?让我们通过具体作品的阅读来讨论。

《化身博士》:本我与超我

《化身博士》(云南人民出版社1981年版,下引此文只注页码)是19世纪英国作家史蒂文生的名作。作品发表(1866年)之后曾引起当时社会的广泛关注,成为畅销书。20世纪40年代,美国好莱坞将其拍成电影,在欧美和我国受到观众热烈欢迎。小说和电影,都以神秘的色彩、怪诞的情节引人注目,被称为"拟科学小说"或"神秘小说"。笔者认为上述判断是不准确的。仔细阅读文本就会发现,作品所探讨的不是科学而是人心,是人的心灵世界的秘密,所以笔者认为应该称其为寓言小说或哲理小说。

《化身博士》的主人公是亨利·杰基尔,拥有医学博士、民法学博士、法学博士、皇家学会会员等头衔,勤奋踏实,热心科学研究,为人真诚善良,深受朋友与周围人的尊敬和爱戴。然而他反思自我,却感到自己有一个最坏的缺点,即"一种急不可耐的寻欢作乐的性格",甚至有作恶的冲动。也就是说,他性格中同时具有"善"和"恶"两面。社会的道德规范,他所接受的文明教育,决定他以"善"的面目出现在人们面前;但与此同时,他必须严厉地压抑心中之"恶"。

这种心灵分裂的双重生活让他痛苦不堪。后来他发明了一种药,喝下去后变形为另一个人。他把心中之"恶"放到这个人身上,这就是爱德华·海德。海德年轻、丑陋、充满活力,受原始本能支配生活,从不考虑什么道德,作恶不计后果。作品开头写他夜里出行,在伦敦街头撞倒一个八九岁的小女孩,不但不去扶她,反而若无其事地从孩子身上踩过去,完全不管她在地上尖叫。面对人们的指责,他漠然处之,签一张赔钱的支票拉倒。更有甚者,有一次因一语不合他竟然杀死了地位显赫、德高望重的参议员丹佛斯爵士,随后逃之夭夭。

作恶后的海德通过喝药,还能重新变回为杰基尔,继续过他有尊严的体面的社会生活。他就这样小心谨慎地维持着心理的平衡。但时间一长,这一平衡发生了倾斜,他常常不服药也能轻易地变成海德,但由海德变回杰基尔则需要加倍的药量。而这种药缺少原料难以配制,最后他在实验室穿着杰基尔的衣服以海德的面目死去。

从生活真实角度看,人物故事当然是荒诞的,既没有任何"事实根据",也没有任何"科学根据",而完全是作家想象和虚构的。作家之所以"编"出如此荒诞不经的情节,目的是为了寓意。即,他要用这样的情节寄寓对人性、人的心理的理解:"人事实上并非是单一的,而是双重的";"在每个人身上,善与恶互相分离,又同时合成一个人的双重特征"。(第75页)

史蒂文生以艺术形象揭示出的人的双重特性,与20世纪伟大心理学家弗洛伊德"人格结构"理论中的"本我"与"超我"相吻合。由此可见文学与心理学的天然联系。

弗洛伊德1923年在《自我与本我》一书中,认为人的人格由本我、自我、超我三部分构成。所谓本我,是心理结构中最原始的部分,完全处于无意识之中,其中充满着被压抑的本能、欲望和冲动,它来自生命本源的心理需求。这种需求在现实的社会生活中不可能不受到种种遏制和阻碍,被阻止了的本能冲动便压抑、郁结在内心形成一种潜在的"情结",这种"情结"便是导致精神病患的根源之所在。超我是一种文化无意识,它是社会规范、伦理道德、价值观念等在人的心理结构中内化的结果,属于后天的精神积淀。

超我是伦理化的自我,它代表一种约束力量,服从的是理想原则,它作为人类良知,居高临下地对"自我"的行为起着指导和监督作用。

本我与超我处于对立的两极上,本我凭本能力量按快乐原则顽强地要求发泄,超我凭道德力量按理性原则加以控制和压抑。二者互不相让,各自向着不同的方向伸展,但二者又各有所偏。如完全按本我行事,快乐是快乐了,但完全无视社会规范使人与动物无异,将受社会规范的严厉惩罚,根本行不通;完全听从超我的指令,总是按道德原则自我控制,人活得拘谨无生气,像个木偶。出来调和二者关系的是自我,当然也可以说本我与超我冲突的结果双方达成谅解即是自我。自我让本我和超我各自妥协,都作一点让步,既让人的生命之欲得到一些满足,又不要超过了社会规范的樊篱。自我遵循现实的原则,按社会理性要求行事。

以弗洛伊德的人格理论分析"化身博士",海德是本我的象征,杰基尔是超我控制下自我的象征。(在弗洛伊德这里,"本我"代表激情、冲动、本能,不与"恶"画等号,在史蒂文生这里"本我"即"恶")正如杰基尔在自我分析中说,每人身上都有善与恶的对立,在自己身上更为严重。"虽然我是一个不可救药的两面派,但无论怎样说我都不是一个伪善的人。我的两个方面都是极端真诚的。当我把自我控制丢在一边时,我是我自己,一头扎进可耻的寻欢作乐中;但当我在白天辛勤劳作,促进科学知识发展,或致力于减轻人们的悲惨痛苦时,我就变得更是我自己。恰好我的科学研究方向全部集中于神秘的超越问题,这正反映并清晰地说明了我自己心灵组成部分之间长年不断的搏斗。"(第75页)

这里,尽情寻欢作乐的"我"即本我,辛勤劳作致力于科学研究的"我"即超我控制下的自我。由于药物的作用,博士把性格中的本我外化为实体海德,他在尽情寻欢作乐中"体会到一种难以置信的幸福"。"我觉得自己变年轻了,身体轻快多了,精神上也更愉快了。我内心有一种令人眩晕的鲁莽冲动,混乱的感觉印象像风车一样在我的幻想中乱转,一切义务感的束缚都溶解了。我感到一种从未体验过的,但并非纯洁无邪的心灵的自由。当我在这新生命里呼吸一口气时,我就明白自己已变得十分邪恶,十倍的邪恶,好像已经把自己卖身为奴,奉献给了我的恶德。"(第77页)本我——在史蒂文生笔下即恶,在德行的眼光中当然是畸形、难看的,但是,因为它是"我"自身的一部分,所以"当我在镜子中看到这个难看的相貌,我并不觉得反感,相反,却有一见如故、相见恨晚的感觉:这人也是我自己,也是自然的,人性的"。(第78页)

释放本我带来快乐,但作恶却必然招来良心(超我)的谴责,甚至招来社会的惩罚。杰基尔在自白中写道:"我在伪装之下急不可耐地去追寻的那种赏心乐事,我已经说过,是很不名誉的。我不想使用更严重的罪名,在爱德华·海德手中,它们很快变成暴虐的化身。每当我从这种夜游中归来,我常对我这位代理人的罪恶行径感到吃惊。这个我从自己的灵魂深处召唤出来,并打发出去寻找欢乐的朋友,实在是一个本性凶残的家伙。他的任何行动,任何想法,都完全能够以自我为中心。他带着野兽般的贪欲寻欢作乐,而不惜给其他人以任何程度的痛苦和折磨。他像石头一般无情。亨利·杰基尔有时在爱德华·海德的行为前目瞪口呆。"(第81页)

就这样,一会儿想放纵,一会儿又不安,那么到底应该怎么办呢?杰基尔博士陷入了痛苦的两难选择之中:"如果将我的命运与杰基尔结合在一起,就必须从此洗手不干,放弃那些我一直偷偷享受、而最近期间可以肆无忌惮放手行事的癖好;但若与海德共命

运,则意味着我的无数兴趣和雄心抱负必全部告终,从此变成一个人所不齿的、亲朋不屑一顾的人。"(第 84 页)

读者注意,上面引文中出现了三个主体:海德,杰基尔,"我"。这三个主体恰好与弗洛伊德的人格结构相对应。这段话非常典型地道出了博士的两难困惑,既想顺应本我,又想服从超我。我们常说人活着很累,这个"累"不是指身累而是心累。累的根源即上述困境。正如弗洛伊德说,自我像个卑微而可怜的奴隶,要伺候两个主子——本我与超我。

两难困境仅仅是杰基尔博士的吗? 当然不是,它是所有人的,是人类的。杰基尔自己很明白这一点。他说:"我的处境固然特殊,但这场利弊权衡却是自有人类以来古已有之,屡见不鲜的;对每个由于受到诱惑而战栗的罪人来说,他们一样必须在诱惑和恐惧之间作一抉择。"(第 84 页)这里,杰基尔的认识代表了作者史蒂文生对人、人性、人的生存困境的认识。史蒂文生以艺术的形象,先于 20 世纪最伟大的心理学家,对人的心理作了深入骨髓的剖析,达到了很高的认识水平,令人赞叹不已。

《我是谁》:内我与外我

《化身博士》是以魔幻的形式对人性所作的深刻反思。它象征性地揭示了人的心灵世界的复杂,相当于一篇以艺术形式写成的哲学论文,具有形而上性质,因而与具体生活的外在形态相距甚远。那么,生活常态中的人的心灵状态又是如何呢?

日常生活状态下的人,心中时时刻刻也都有本我与超我的矛盾冲突,只不过表现得不像化身博士那么极端那么尖锐。但是如果认真地加以反思,每个人都可能感受到它的存在,具体表现于内我与外我的不一致之中。

内我,即主体自我感觉、自我认识中的自己,是隐藏于内心深处的我;外我是通过行为表现于外的别人眼中的我。这二者可能一致,可能不一致,而更多情况是不一致。请看一首诗。

我是谁?
我是谁? 他们也常常告诉我——
我镇静地、愉快地、从容地,
迈步走出监牢,
就像一个乡绅走出自己的庄园。

我是谁? 他们常常告诉我——
我习惯于自由地、慈祥地、清楚地,
对狱卒谈话,
似乎是我在发号施令。

我是谁? 他们常常告诉我——
我曾平静地、微笑地、自豪地,
忍受那不幸的日子,
好像常胜不败的人。

我真的像别人所说的那样呢?
还是仅仅像我自己对自己的认识那样呢?
紧张、渴望、懊丧,犹如笼中之鸟,
呼吸艰难,好似一双手扼住我的喉咙,
渴望色彩、鲜花、鸟鸣,
渴望柔声细语,睦邻友好,

预料有巨变而辗转反侧,
为远方的朋友无可奈何的战栗,
困倦而徒劳地祈祷、思考、做事,
萎靡不振,随时准备向这一切告辞。

我是谁?是这个人还是另一个人?
难道我今天是一个人,明天又是另一个人吗?
难道我同时是这两种人?在别人面前道貌岸然,
而在自己面前却是卑劣的懦夫?
或者,在我的内心世界里,我像一支败军,
仓皇逃避已获得的胜利?

我是谁?这孤寂的问题对我发出嘲弄。
然而,不管我是谁,
啊,上帝,你知道,
我都是你的!

(本诗及作者介绍见安希孟:《朋霍费尔的狱中诗》,《文论报》2000年8月1日)

这首诗的作者朋霍费尔是二战期间因反抗纳粹而惨遭极刑的德国新教牧师。他温文尔雅、彬彬有礼,对人友善,热爱和平,热爱自己的国家和文化,有强烈的正义感。他坚决反对希特勒政权的侵略扩张政策,因而被捕入狱。面临生死考验,他选择了反抗,因而也就选择了死亡,终于在盟军解放柏林前夕被残忍地杀害了。

朋霍费尔在敌人面前表现得镇定、愉快、坚毅、勇敢,以蔑视法西斯迫害证明自己是一位真正的勇士、一位倔强不屈的人。然而谁能想到,在他的内心深处竟然也充满着焦虑、恐惧、紧张、不安,也有畏惧和胆怯的一面。由此看来,在朋霍费尔身上有两个"我":一个是表现于外的众人眼中的"我"(外我),一个是自我审视自我省察中的"我"(内我)。这两个"我"有明显的反差与矛盾,但我们不能据此说一个真一个假。事实上这两个"我"都是真的,是一个真实的人的两面。朋霍费尔有后一面,说明他是一个真实的人;有前一面,证明他是一个勇敢的人。一个内心胆怯的人竟主动选择了死,由此可见他的选择是理性的,可见他的意志和信念的一面更强大,因此他赢得了人们的尊敬。

不仅如此,更可贵的是,朋霍费尔不像有的人那样有意识地隐瞒心中胆怯的这一面,而是敢于正视它,并大胆坦露它,所以他的勇敢是双重的。人们不因为他心中曾有的胆怯而鄙视他,相反因为他敢于大胆地自我解剖自我暴露而格外尊敬他。

面对别人告诉我的那个"我"(外我)和自我体认中的"我"(内我)的不一致,朋霍费尔十分困惑,发出"我是谁"的疑问。这疑问难道只是朋霍费尔的吗?当然不是。事实上这是一个天问,一个哲学之问,一个生命之问,一个人人都可能有的疑问。对人的心灵世界洞察甚深的哲人们早就发现了人身上有两个"我"——外我与内我,而且常常不一致。

歌德曾说,各人的生性里都有一种一旦公开说了出来,就必然招到反感的东西。""如果人们想想自己肉体上或道德上的情况,通常都会发现自己是有病的。

我国一位学者说得更坦率,社会生活中的个体与个人独处(独自面对自己的良心、自己的上帝、自己的宇宙……)时的个体,反应、表现何其悬殊!一个人可以是一个良好的公民、模范的丈夫、优秀的父亲和贤妻良母,但独处时刻的扪心自问却不免发现自己是个罪人。每个人在不同程度上都是一尊神秘莫测的两面之神！

一个人身上既有"外我"又有"内我"而且常常不一致,是否说明人人都是伪君子呢？当然不是。判断一个人是否伪君子有两条标准:一是内心阴暗却"说"得漂亮(而不是"做"得漂亮);二是不敢承认自己内心的阴暗,而是千方百计掩饰它、美化它。朋霍费尔正是在以上两点上与伪君子区别开来,他不但敢于承认自己的阴暗面而且在精神上战胜了它,通过行为表现出了自己的伟大。

《人生的枷锁》:主我与客我

在日常生活中,常常可以听到这样的话:"情不自禁""不由自主""身不由己"。由于说惯了也就不觉得这里有什么深意,但稍加反思就可发现,这些话中隐含着人类心灵的又一秘密:主我与客我。

主我即主体的自我意识,客我即为主我所感知的身心状态。在人的精神结构中,主我代表理智、理性,客我代表感情、欲望;主我代表理想、追求,客我代表现实、存在;主我是醒着的,客我是睡着的。主我是一种有意识的自控力量、主宰力量,它常常给客我以提醒、规劝和引导。一般来说,主我支配客我,客我服从主我。但也有主客矛盾冲突的时候,此时主我管不住客我,客我不听主我指挥,于是有"情不自禁""不由自主"之说。

这里笔者想起英国作家毛姆的长篇小说《人生的枷锁》中的主人公菲利普。菲利普是医学院学生,在一家点心店认识了女招待米尔德丽德。米尔德丽德其貌不扬,瘦长的个子,狭窄的臀部,胸部平坦像个男孩,嘴唇苍白,皮肤发青,患有严重的贫血症,对待顾客冷若冰霜,傲慢无礼。按理说,她没有一点优势吸引男人的注意,然而菲利普却喜欢她。菲利普主动和她接近,想尽办法讨她的好,但她冷冷淡淡,心不在焉,拒人于千里之外。

菲利普自尊心一次次蒙受屈辱,一次次决心不再去见她,但他的决心往往坚持不了一天。到了第二天吃茶点的时候,他只觉得站也不是坐也不是。他尽量去想别的事情,可就是控制不了自己的思绪。菲利普恨死了米尔德丽德,他知道自己为她神魂颠倒实在傻透了,他知道自己最好的对策就是以后再不去找她。他狠了狠心决定再也不去那家点心店,可到时候他还是身不由己地去了。他只好一再痛恨他自己。

菲利普对自己管不了自己感到不可思议。他心想:她一无情趣,二不聪明,思想又相当平庸,身上那股狡黠的市井之气他也很反感,她没有教养,也缺少女性特有的温柔,而且胸无点墨,词汇贫乏,假充斯文,总之她俗不可耐,没有一点讨人喜欢的地方,可为什么自己偏偏爱上这样一个女人,这怎能不叫他厌恶、轻视自己!

厌恶也罢,轻视也罢,事实上他已欲罢不能。他感到这就像当年在学校里受到大孩子的欺凌一样,虽然拼命反抗直到筋疲力尽,四肢疲软,但最后还是束手就擒,听凭他人摆布。他现在迷恋上这个女人,又产生了那种疲软瘫痪的感觉。任她有种种缺点,他一概不在乎,甚至连那些缺点他也爱上了。他只觉得自己受着一股奇异力量的驱使,不断干出一系列既违心又害己的蠢事来。他生性酷爱自由,所以十分痛恨那条束缚他心灵的锁链,他诅咒自己竟如此控制不了自己的情欲。(书名《人生的枷锁》大约即由此而来)

菲利普对自己的认识是透彻的,他的理智是清醒的,他知道自己应该怎么做:"他热切地想从令人困扰的情欲中挣脱出来;这种可恨的感情只能叫人体面丢尽,他必须强迫自己不再去想她。"

但眼里看得破,心里忍不过,他下的决心依然做不到,而且,眼见着越陷越深,事情越来越糟糕。菲利普在精神上、钱财上的极大投入没能打动米尔德丽德的心。她明知菲利普深爱着她,却跟一个庸俗不堪仅仅只是许愿让她过好日子的小商人私奔了。小商人有家有室,等玩够了就把米尔德丽德甩了。走投无路又怀孕了的她只好来求菲利普。

此时的菲利普和一个叫诺拉的女作家同居。诺拉温柔多情,善解人意,对菲利普一往情深,让菲利普饱受伤害的心灵尽享温暖。但他一见米尔德丽德,立刻冷酷地中断了与诺拉的关系,又接纳了米尔德丽德。"纵然她无心无肝、腐化堕落和俗不可耐,纵然她愚蠢无知、贪婪嗜欲,他都毫不在乎,还是爱恋着她。他宁可同这一个结合在一起过痛苦悲惨的日子,也不愿同那一个在一起共享鸾凤和鸣之乐。"菲利普帮助米尔德丽德安家、生孩子,照管她们母女的生活。即使这样,菲利普的付出仍打动不了米尔德丽德的心。当菲利普的好朋友勾引她时,她又毫不犹豫地离开了菲利普;而且,他们出走用的还是菲利普的钱。

总之,菲利普为恋爱该付出的都付出了,倾其所有,尽其所能,包括物质和精神。这是一场极其不平衡、不和谐、不可思议的爱情。菲利普对此十分清楚,但他就是不能自拔。在理智上,他清醒地知道绝不该爱这样的人,"然而在感情上却认为,哪怕是天塌地陷,也得把她占为己有"。这就是说,他的主我管不住客我,主我在客我面前无能为力,他的主我和客我分裂到了可怕的病态程度。

当然,我们可以说菲利普年轻幼稚,理智不健全,所以管不住自己,等将来长大了,思想成熟了,就不再有主我与客我的矛盾了。这样说或许有可能,但也不一定。因为我们发现,在"长大"了的成年人那里,甚至在理智、理性高度发达的作家、思想家、精神伟人那里,也免不了主我与客我的矛盾。请看以下两首中国的诗词:

临 江 仙

苏 轼

夜饮东坡醒复醉,归来仿佛三更。家童鼻息已雷鸣。敲门都不应,倚杖听江声。长恨此身非我有,何时忘却营营?夜阑风静縠纹平。小舟从此逝,江海寄余生。

浣 溪 沙

王国维

山寺微茫背夕曛,鸟飞不到半山昏。上方孤磬定行云。试上高峰窥皓月,偶开天眼觑红尘。可怜身是眼中人。

以上两首词中,苏轼感慨"长恨此身(客我)非我(主我)有",王国维感慨"可怜身(客我)是眼(主我之眼)中人",都是在感叹主我管不了客我。本来,两人在主观意识中都想凌空高蹈,远离红尘,在没有现实人际纷扰中寻求心灵的宁静、人格的独立。但是,客我身处现实的社会关系网之中,不得不为现实的切身利益而营营于世,与世沉浮。主我想控制客我而不能,这实在是人生的无奈,人人都躲不开的沉痛而悲哀的无奈。

由此可知,主我与客我的矛盾冲突不只是发生在菲利普身上,而是发生在每个人身上。作为一种心理张力,它无处不在无时不有,它深潜于每个人的心灵结构中。

《犀牛》:个我与他我

这里的"个我"指的是具有独立人格和与众不同的独特个性的"我";"他我"则与之相反,指缺乏独立人格和独特个性,以"他者"的思想为自己的思想,随波逐流,消解于社会、公众、舆论中的"我"。

以"他我"为自我的人格类型自古有之,如封建及其他社会里具有奴性人格的人即是。在现代,失去自我,以他我为自我的现象仍未消失,在某些情境中反而更加严重。以金钱为中心高速旋转的社会机器和高度发达的文化传媒,很容易使渺小的个人失去自我、失去个性,个人淹没在他者之中。在西方现代艺术中,法国荒诞派作家尤奈斯库的一个代表剧作《犀牛》,就典型地隐喻了上述判断。

《犀牛》的故事发生在外省一个小城。星期天,出版社校对员贝兰吉和朋友让在广场边咖啡店喝咖啡,突然附近街上出现一头飞奔的犀牛,所有人为此惊讶不已。第二天上午,人们在出版社办公室议论城里出现的犀牛时,某科员太太跑来为其生病的丈夫请假,说自己出家门时被一群犀牛追赶,犀牛现在已到楼下。接着是楼梯倒塌,犀牛嗥叫。正在混乱之际,某科员太太说犀牛是她丈夫变的,于是不顾别人的阻拦,嘴里喊着"亲爱的",翻身从窗口跳到犀牛背上奔跑而去。

下午,贝兰吉前去探望卧病在家的朋友让,就在他们两人辩论人该不该变成犀牛时,让头上起疱,皮肤变绿,声音变粗,转眼间变成犀牛。贝兰吉想去报告警察局,但在每一个出口都看到成群的犀牛,没办法他只好从倒塌的后墙逃出。

几天后,贝兰吉病了,他的情人苔丝和同事狄尔达来看望他,告诉他科长和城里的许多人包括社会名流、红衣主教都变成了犀牛。在这股势不可挡的潮流之下,狄尔达惶恐不安,口里喊着"我的责任责成我追随我的上司和同志们",随即跑进犀牛群。

只剩下贝兰吉和苔丝。贝兰吉烦恼不安,苔丝劝他:"存在着那么多的现实！选择适合你的那种现实吧。逃避到幻想中去吧。"这一对情人试图用爱情的力量抗拒潮流,声称要做现代的亚当和夏娃。可是满世界都是奔跑的犀牛,苔丝心中感到孤独和恐怖,虽然贝兰吉恳求她与自己一起"拯救人类",但她却无奈地宣布自己"不能再坚持抵抗了",终于离他而去加入了犀牛的队伍。

世界上只剩下贝兰吉一人没有变成犀牛,他的精神近乎发狂。绝对的孤独感使他意识到:"谁坚持保存自己的特征谁就要大祸临头!"他后悔自己没有跟着变成犀牛。但为时已晚,他已别无选择,只能坚持到底:"我是最后一个人,我将坚持到底！我绝不投降!"

《犀牛》以现代寓言的艺术手法揭示了在汹涌澎湃的社会潮流面前,个人坚守自我的艰难。犀牛刚出现时,人们以为荒诞不可思议,决不会想到要变成犀牛。可是一旦有人变为犀牛并有人追随的时候,各种各样的人都开始随波逐流,争先恐后地变成犀牛,以变犀牛为美、为荣,人的世界转瞬间成了犀牛的世界。要想抗拒几乎是不可能的事情。正如心理学家勒庞在《乌合之众》中所说,人一到了群体之中,智商就会严重下降,为了获得群体认同,个体愿意抛弃是非,用智商去换取那份让人倍感安全的归属感。

《犀牛》的故事当然是荒诞的(所以成为荒诞剧的代表作),距现实生活的形态可能太远,因而读者虽感到惊心动魄但体会可能不真切。下面笔者以一则我们身边的真实资料来继续印证上述观点。

我国当代文学史上具有广泛影响的长篇小说《青春之歌》的作者杨沫,晚年出版了《自白——我的日记》。关于此书,作家说:"我保持了它的真实性,既不美化自己,也不丑化自己。我就是我!"我们绝对相信作家的真诚,从日记中可看出作家严格遵守了真实的原则。唯其如此,她的日记才有可信性。

让我们介绍两则日记内容。

其一:"我心里常常矛盾,又想做点合适的衣服,又觉得应当俭朴","我隐约感到,自己思想中已经有腐蚀的小虫在蠕动。有些地方追求享受,讲究穿戴。革命者的气概在减少。这很可怕。帝国主义、修正主义正在身旁,虎视眈眈,随时可能袭击我们,世界上还有无数劳动人民在受苦受难;一个共产主义者,不能把全副心力放在党的事业上,以人民的苦乐为苦乐,而过多地去想自己的生活,等等,这是该引起警惕的;前些天想买个地毯,后来终于克制住没有买"。

其二:杨沫多病,有一次婆婆到她家去,她因为照顾老人过于劳累而再次犯病,对此她写道:"这次给我的经验教训很深刻才是。我热情地为别人,为生活,喜做对别人有好处的事。其实,这是一种小资产阶级的任性与自我欣赏。因而'养病'这主要任务总是完不成。我恨自己这种性格。"在另一篇日记中又说:"不知该怎么责备自己才好:病屡次复发,不认真严肃地重视病的存在,这真是党性不强,自由主义的表现。"

读着以上日记,现代青年人恐怕不大相信,可能认为这太虚伪太矫情,而只有从那个时代过来的人才会真的相信,杨沫说的全是实话,她的自我解剖是真诚的,一点不假。

用现代思想观念去阅读以上日记,谁都会感觉到杨沫内心的严重冲突甚至分裂,感觉到她内心深处有两个"我":个我与他我。在杨沫这里,他我的内涵表现为政治思想、社会时尚、极左思潮。它可以让一个想做点合适衣服(这要求是多么合理而可怜啊!)的女性硬是感到自己正在蜕化变质,正在变成修正主义;可以让一个人将养病这种个人私事也上纲到"党性不强,自由主义"上,甚至将热心为别人做事说成是"小资产阶级的任性与自我欣赏"。

当然,杨沫的例子与当时那个特定的时代思潮有关,是特定时空范围内的特例。不错,事实确实是这样。不过,即使时代和社会变了,政治思潮社会时尚对人的影响不那么大了,但是只要人生活于社会中,他/她就永远摆脱不了时代、社会对自身的影响。

事实上人们受社会和他人影响应该说是正常的、有益的,没有人可以拒绝来自他人的影响;问题是千万不可让他人遮蔽了自我,不可让他我消解了个我。如今,改革开放了,社会环境宽松了,思想自由了,个我可以充分发展了。但是,从各种媒体传来的信息铺天盖地一样地包围过来,使你目不暇接,你不得不接受各种思想各种信息的影响。在这种情况下须十分警惕被他我所碾压,成为丧失自我的人。

当然,如果喜欢读书,读多了见识广了,也许会形成自己的思想;但如果是不喜欢读书或读书甚少的人,他的思想和价值观就由他身边的人所决定,因为他内心空虚无所依傍,只能模仿身边的人,身边流行什么自己就随大流,这样就永远没有自我,永远找不到自己。

"歌德之谜":今日之我与昨日之我

以上我们从几个方面把"我"作为一个静止的对象进行了结构分析(这仅仅是有限的几方面),由此可看到"我"的构成的复杂性。不过,这只是从静态看出的复杂性。"我"更复杂的表现在于,每个人具体的"我"都生存于活生生的现实关系中,这些关系每时每刻都在发生着永无休止的变化,那么受制于环境的"我"也在随时发生着永无休止的变化。今日之我非昨日之我,此时之我非彼时之我。

当然这些不断变化的我完全可能保持相对的完整与统一,但也可能发生"革命性"的质的变化,变得让人认不出是谁来。歌德曾说人的一生要经历许多次蜕变,少年时期,闭门造车,叛逆性;青年期,狂妄自大,目中无人;中年期,老成持重,故步自封;到了老年,心浮气躁,反复无常!如果像这样念你的碑文,那绝对是人!

歌德还说过,人生是在不断变化的,每一阶段都有某种与之相应的哲学。儿童是现实主义者,青年人是理想主义者,成年人是怀疑主义者,老年人是神秘主义者。

歌德本人就是不断变化的典型。我国老一辈美学家宗白华曾描绘过"歌德之谜"的真相。他说歌德给人的第一个印象就是歌德生活全体的无穷丰富。第二个印象是他一生生活中一种奇异的谐和。第三个印象是许多不可思议的矛盾。这三种相反的印象却是相互依赖的,但也使我们表面看来,没有一个整个的歌德而呈现无数歌德的图画。首先有少年歌德与老年歌德之分。细看起来,可以说有一个莱布齐希大学学生的歌德,有一个意大利旅行中的歌德,与席勒交友时的歌德,艾克曼谈话中的哲人歌德。这就是说歌德的人生是永恒变迁的……歌德是众所周知的少有的天才,他有极为丰富的精神世界,或许他的频繁的人格变迁具有某种程度的特殊性,但是,一生不断在变化却是人人共同的,没有永远不变的人。

那么,"我"到底是"谁"呢?说了半天,这问题仍一言难尽。根据以上分析,我们可以笼统地说,"我"是一个有多侧面多层次人格因素构成的、有机完整的、永远在不断发展变化着的活的精神体。

婚外恋的困境
——列夫·托尔斯泰:《安娜·卡列尼娜》

《安娜·卡列尼娜》是托尔斯泰名著中的名著,在托尔斯泰三大名著(另两部为《战争与和平》《复活》)中,它在艺术表现上最为完美,被人们谈论最多,最为读者所偏爱。

小说的故事情节主要围绕"两段婚姻"展开。一段是安娜的,一段是青年地主列文的。作品展示得最为充分,在读者中影响最大的是安娜的故事。安娜是一个美丽聪慧、充满生命活力的贵族女性,她不满于刻板乏味的婚姻而与青年军官伏伦斯基相爱了。他们的爱情遭到安娜丈夫卡列宁和整个贵族社会的拒绝,于是他们陷入生存困境。万般无奈之下,安娜精神崩溃,以自杀结束了悲剧的人生。

《安娜·卡列尼娜》插图

关于安娜悲剧的意义,我国外国文学史论著中早有定评,安娜是一个坚定地追求新生活,具有个性解放特点的贵族妇女形象,她的悲剧是她的性格与社会环境产生尖锐冲突的必然结果。安娜无法在这个虚伪冷酷的环境中继续生存,只能以死来表示抗争,用生命向那个罪恶的社会提出了强烈的抗议和控诉。安娜的悲剧从根本上说,是由那个罪恶的社会造成的。安娜行动的社会意义,一方面是反对旧的封建礼教,反映了资产阶级个性解放的要求,另一方面也是向贵族社会的虚伪道德挑战。用社会历史视角分析作品,这些论断应该说是准确的,笔者对此不存异议。笔者试图换一个视角,即从人生视角对作品作一些其他涵义的解读。

道德困境:追求个人幸福与遵守社会道德规范的两难选择

安娜的悲剧,不用说,首先是社会悲剧——那个时代陈腐伪善的上流社会容不下她,致使她走向毁灭;如果换一个时代,社会进步了,文明程度高了,安娜的悲剧就可能不至于发生。关于这一点,不用细说读者即可认同。但是,这仅仅是可能而未必是必然,换一个时空点,安娜所面临的生存环境可能相对比较宽松,安娜的行为所激起的社会冲突也许不至于像她所遇到的那样尖锐。但是,冲突的激烈程度可以缓和,但矛盾本身却依然存在,在某种条件下甚至也同样可以激化,以至于发生与安娜相同的悲剧。这就是说,托尔斯泰借安娜命运所叙写的既是一个特定时代的社会问题,更是一个超越时代的人生问题。或者与其说是社会问题,不如说是更具普遍意义的人生问题——一个任何文明社会人们都可能遇到的人生问题,即追求爱情(也可以泛化为个人幸福)与遵守社会道德规范的两难选择问题。

我们知道,爱情来自人的天性,是人所共有的天然权利,是人类追求幸福的一个重要方面。社会道德是为了让人们在一起生活得更好而需要共同遵守的生活契约,因而对爱情应该承认、理解和保护,当然也要对它加以规范、调节和制约。从理论上说,社会道德规范与爱情、与个人幸福应该是一致的而不应该是矛盾的。但在实际生活中两者却常常是矛盾和冲突的。

例如一对男女结婚之后,谁也不敢保证在以后漫长的人生旅途中就不会遇上一个比自己的丈夫(或妻子)各方面都更优秀更完美因而更让人动心的人。一个男人欣赏一个女人的聪明、美丽与善良,一个女人欣赏一个男人的胸怀、学识和智慧,从人性角度来看,应该说是完全正常的。常言说爱美之心人皆有之,爱美爱优秀是人类美好的天性。可以说正是爱美的心理机制把人类一步步引向更高境界。但是问题也就由此而生:如果双方的感情仅仅停留于欣赏与爱慕,社会道德可以认可,如果超越了这一点,由欣赏、爱慕走向婚外恋情乃至于劈腿出轨,社会道德规范就要出来干涉。

具体到安娜来说,她聪明、美丽、感情丰富,对感情生活要求很高,但是与丈夫结婚十年,却没有感情,不知爱情为何物。命运让她与年轻潇洒、风度翩翩的皇家军官伏伦斯基相遇,后者对她一见倾心,疯狂追求。经过一段痛苦的犹豫,两人终于不顾一切坠入爱河,从而上演了一段惊动整个上流社会的、轰轰烈烈的爱情。

安娜的爱情源自生命意识的觉醒,伏伦斯基的爱情虽然有某种程度的虚荣心理,但总的看也出于真实的情感,源于对安娜高雅气质的倾慕。应当说,他们的爱情是自然的,同时也是真诚的、热烈的,甚至可以说是痴迷的,因而也是感人的,是可以理解值得同情的,然而却不为社会所认可。因为安娜是已婚女人,已婚女人应当维护神圣的婚姻、家庭,应当自觉地尽妻子和母亲的义务,总之应当无条件地遵守社会为你制定的伦理道德规范。安娜做不到这一点,于是受到社会舆论的谴责,从而进入追求爱情与道德,或者说是追求个人幸福与遵守社会规范的两难困境之中。

《安娜·卡列尼娜》插图

安娜所遇到的困境,以不同的外在形式相同的内在实质在不同时代不同社会反反复复地重演着。20世纪70年代末我国作家张洁的小说《爱,是不能忘记的》中,女作家钟雨的遭遇就是一例。钟雨年轻时不懂爱情,轻率地嫁给一个不值得爱的人,离异后带着一个小女孩生活。后来爱上一个有思想有魄力的老干部,对方也爱上了她。双方心灵相通、相互欣赏,因而产生爱情。然而老干部已有一个虽然没有爱情却平静和睦的家庭,因而他们的相爱只能停留于精神苦恋的层面而不能谈婚论嫁建立家庭,否则就与道德规范相冲突。她和他都清醒地意识到这一冲突的危险性和严峻性,因而严守规范,把"爱"控制在情感领域而从不越雷池半步,演出了一场爱而不能结合的人生悲剧。

同安娜一样,钟雨的悲剧也是源于爱的困境。一方面,她与老干部的爱是"合情"的,正如作者借作品中人物之口对他们进行辩护时说的:"一个人对另一个人产生感情原没有什么可以非议的地方,她并没有伤害另一个人的生活……"但另一方面,他们的爱情却不"合礼"——社会规范不予承认,因而他们必须压抑甚至扼杀这种感情。正如作者借作品中人物之口所说:"为了另一个人的快乐,他们不得不割舍自己的感情……"总之,"爱"没有错,社会规范也没有错,但两者却是相互冲突相互否定的。这就是悲剧,真正的悲剧。它符合黑格尔所说的悲剧的主要特征:双方都有理由,而双方却是相互冲突相互否定的。张洁用艺术的形式揭示了"爱的困境"——追求个人幸福与遵守社会道德规范的矛盾与冲突。

也许我们可以说,安娜和钟雨的爱情经历中,社会道德规范都过于陈腐僵化,扼杀人性,因而需要破除,需要建立新的规范以取代它。这话确有道理。然而,无论社会规范怎样变化,只要它仍然是社会规范,就必然与人们追求爱情、追求个人幸福的愿望有相冲突的地方。只要二者之间发生冲突,由这种冲突导致的人生困境就不会消亡。

为什么呢?这当然与冲突双方的性质不同有关。爱情(以及其他一切纯属个人性质的欲望)是一种最具个人性的感情,它的本性要求自由,要求独占,要求随心所欲而不顾及其他,表现为非理性的特征;而社会道德规范代表的则是社会意志,体现的是群体利益,它表现出的是社会理性的特征。对个人而言,社会规范具有冷酷无情的强制性,它们强行统治着人们的灵魂,人们必须履行它,无权拒绝它,不论人们愿不愿意,也不论值不值得。当个人感情、个人幸福与社会规范发生矛盾时,为了保障社会生活的稳定有序,后者往往以权威的姿态要求前者压抑自己,服从乃至于放弃自己。这就造成二者的尖锐冲突。

个体感情、个人幸福与道德规范的关系,实质是个人与社会的关系。个人与社会相互依存相互渗透,既对立又统一。社会文明程度高,二者和谐统一的一面占主导地位,反之则冲突的一面占主导地位。但无论如何,二者之间永远相互纠结,不可分离。也就是说,个人幸福与某些社会规范之间的对立永远不会消除,由此造成的人生困境也就永远存在。

面对上述人生困境,谁也没有两全其美的办法。不是哪个人乃至整个人类的智慧不够,而是因为困境的本原性、根本性——困境之所以为困境,就因为走不出,能走出就不叫困境。这里没有两全,只有两难。

文学家、道德家、思想家托尔斯泰对此也束手无策,一脸无奈。一会儿,他觉得安娜应该顺应自己内心的呼唤,大胆追求幸福的爱情;一会儿,他又认为安娜背叛了丈夫,抛弃了孩子,破坏了家庭,是有罪的。从道德观念出发,他谴责安娜,"申冤在我,我必报应"正是他理性的声音。但在感情上他又真诚地同情安娜——他笔下的安娜光彩照人,魅力四射,所到之处无不让人倾倒,连列文(寄托托尔斯泰理想人格的艺术形象)一见安娜也认为她是一个非同寻常的女人,从前他曾严厉谴责她但现在却衷心为她辩护,为她难过,而且唯恐伏伦斯基不能理解她。托尔斯泰的笔锋处处为安娜说话,诱导读者理解安娜、同情安娜。

这里,矛盾的根源不是作者没有是非,没有立场,为价值相对主义,而根本原因是托尔斯泰也陷入了上述的人生困境中。托尔斯泰对安娜态度的暧昧、矛盾、摇摆不定,正反映了他对这一困境的深刻理解。他是一个忠实于生活的艺术家,他不愿对生活作简单化处理,没有主观上武断地肯定一个否定一个。这正体现了托尔斯泰现实主义的创作深度,体现了他作品的思想和艺术深度,也是他的作品具有超越时空的永恒的思想价值和认识价值的原因所在。那些把他的矛盾解释为他的软弱性、不彻底性的人,才是十足的浅薄。

顺便说一句,在《安娜·卡列尼娜》接受史上,无论哪个时代哪个国度的读者,对安娜的态度都充满了矛盾。这当然与文本的艺术描写有关,与作者的态度有关,但是从根本上说,深层原因来自上述人生的根本困境。

面对困境,角色没有办法,作者没有办法,读者也没有办法。过去的人没有办法,现在的人没有办法,将来的人也未必就有办法。当然,社会发展了,文明程度更高了,困境变得不那么僵死可怕、不近人情了;但只要"个人"与"社会"这一矛盾存在,追求个人幸福与遵守社会规范的困境就会存在。因为人性要求解放(自然性)也要求约束(社会性),要求自由(自然性)也要求规范(社会性)——这是人性的悖论;文明和规范给人类带来幸福和快乐,也必然给人类带来约束和压抑——这是文明的悖论。人类什么时候能走出悖论的魔圈呢?

心理困境:跟着感觉走,还是跟着理念走

安娜与卡列宁的矛盾冲突,通常解释为阶级矛盾——不同阶级的思想冲突,即安娜代表新兴资产阶级,卡列宁代表腐朽顽固的封建阶级。不过,细读文本,给人的感觉主要不是所谓的阶级矛盾,而是因为他们的性格不同、活法不同:安娜,一切听命于自己的情感,跟着感觉走,是一种感性化的活法;卡列宁,一切听命于理念,跟着理念走,是一种理性化的活法。

安娜在书中第一次亮相是在莫斯科火车站上。她的美貌、妩媚的姿态所显示的风韵以及脸上现出的异常亲切温柔的表情,一下子吸引了伏伦斯基的注意,他转过身去看她,她也向他回过头来。"在这短促的一瞥中,伏伦斯基发现她脸上有一股被压抑着的生气,从她那双亮晶晶的眼睛和笑盈盈的樱唇中掠过,仿佛她身上洋溢着过剩的青春,不由自主地忽而从眼睛的内光里,忽而从微笑中透露出来。她故意收起眼睛里的光辉,但它违反她的意志,又在她那隐隐约约的笑意中闪烁着。"(草婴译,《安娜·卡列尼娜》,上海译文出版社 1982 年版,第 79 页。下引只注页码)

这段描写突出了安娜身上压抑着的生命活力。这一点作者在以后的描写中不断加以强调,意在强化读者对安娜生命之美的印象,从而给人以暗示,这股生命力应该得到释放,就像花儿应该开放一样。

接着安娜出现在舞会上,她的单纯、自然、雅致、快乐而充满生气的风度引起了所有人的注意,人们感到她身上有一种与众不同的像魔鬼般媚人的东西,这股魔力紧紧抓住了伏伦斯基,她也被他的英俊多情所吸引,她隐隐感到自己的心中萌生了不该有的爱情。她的本意是要为嫂嫂的妹妹吉娣和伏伦斯基撮合,没想到他看上了她,而她也看上了他。这让她感到心慌意乱,她朦胧意识到必须赶快逃避,第二天一早慌慌张张离开了莫斯科。

在火车上,安娜心中反复重温舞会上的往事,觉得一切都是美好的、愉快的,想起伏伦斯基时一会儿感到羞耻,一会儿感到温暖。下火车后,见到尾随而来的伏伦斯基,听到他明显表示爱意的话,她心情复杂:"他对她说的话,正是她内心所渴望而她的理智所害怕的。她什么也没有回答,但他从她的脸上看出了内心的斗争。"(第 131 页)

伏伦斯基的判断是准确的,从此后,安娜的内心陷入了紧张激烈的矛盾冲突之中,冲突使她每时每刻不得安宁。

回到彼得堡后,她意识到同他相爱的危险后果,因此她试图躲着他,尽量与他少见面。但是不见又感到怅然若失,魂不守舍,一见他就立刻燃烧起生命的热情,他的追求成为她生活的全部乐趣。她嘴上说这事该结束了,否则心里不会平静,但语气却显得很勉强,他能一下子听出这话不是出于内心。"安娜竭力想理智地说出应该说的话,但结果只把脉脉含情的目光停留在他身上","她嘴里这么说,她的眼神所表示的却完全是另一种意思"。当他们彼此占有了对方时,她一方面内心充满犯罪感,对自己厌恶而恐惧,一口一个请上帝饶恕,一方面又忘情地沉醉于爱情的幸福中……

安娜当时所处的上流社会,外遇和风流韵事已成普遍的风习,人们(包括夫妻之间)对此习以为常,心照不宣,谁也不以为耻,反以不顾一切冒着生命危险把已婚妇女勾引到手为荣耀。安娜与这一套习俗绝缘。一开始,她的理性让她感到自己的外遇是不好的,于是总是不自觉地加以掩饰。但她又分明意识到了自己的掩饰,意识到掩饰的虚伪和自欺,因此常常不由自主地脸红。她试图压抑自己,但终于压抑不住,又不愿虚伪自欺,于是宁愿受丈夫和社会的谴责,也要公开自己的隐私。她对丈夫说:"我爱他,我是他的情妇。我看见您就受不了,我怕您,我恨您……您高兴怎样对付我就怎样对付我吧。"(第268页)在社会的强大压力下,她不愿屈服,她有支撑自己的精神力量:"我是一个活人,我没有罪,上帝把我造成这样一个人,我需要恋爱,我需要生活。"(第365页)

就这样,在她与他关系发展的每一时刻,她的心都游移徘徊于感情与理智、感性与理性的张力场之中。而游移徘徊的结果,她总是听从于自己内心的真正呼唤,每一次她都让感情战胜理智,让感性冷落了理性。也就是说,她始终是"跟着感觉走",听从"心"的指引。安娜愿意服从生命意志的支配,她活在她的感性里。这里我把安娜的活法称为"感性化生存"。历来肯定安娜的人都说她真诚、率直、不虚伪、无自欺,指的就是她敢于听从内心的呼唤,敢于按照自己的本真愿望生活。

当然,这样说并不是否定她精神结构中理性因素的存在。事

《安娜·卡列尼娜》插图

实上,她的内心深处始终都回响着理性的声音——没有理性的声音就没有她内心的冲突,就形不成心灵的张力场。只是,理性的声音始终压不住发自生命本源的生命意志的力量。安娜产后病重,神志昏迷,她感到自己快要死了,这是上帝对自己罪孽的惩罚,因而对自己的行为表示忏悔,希望得到宽恕,希望丈夫和情人握手言和。这时她的道德情感占了上风,但一俟病愈神志恢复正常,她仍然忍受不了无爱的婚姻生活,仍然要求离婚。离婚不成,干脆而毅然决然地离开家庭,勇敢投入了情人的怀抱,出国旅行去了。看来,即使是上帝,最终也抗不过安娜按本真愿望生存的内在力量。

与安娜的感性化生存相反,卡列宁活在强大的理性规范中。社会的、宗教的、伦理的道德规范已经潜移默化到他的精神结构中,深入他的骨子里,成为他性格中不自觉的、无意识的心理因素。

卡列宁的性格特征与他的生活经历、生活环境有关。他从小失去父母,在叔叔的抚养下长大。叔叔是一位大官,曾做过沙皇的宠臣。家庭生活背景以及后来年纪轻轻官场得意的经历,养成了他为人处世一切遵从社会规范,符合道德理念的性格特征。或者也可以说,是社会规范、道德理念把他改造驯化了,使他成了一个非礼勿视、非礼勿听、非礼勿动的正人君子。

例如,当安娜与伏伦斯基频繁接触,并且被卡列宁本人发现时,他并不觉得有什么异常和有失体统。因为,"卡列宁不是个好猜疑的人。猜疑,他认为是对妻子的侮辱,而对妻子是应该信任的。至于为什么应该信任,应该完全相信他那位年轻的妻子会永远爱他,他没有问过自己;但他对她从没有不信任过,因为一向信任她,并且对自己说应该信任她"。(第182页)上述这段引文中,叙述人一再提到他对妻子的信任是他认为"应该"这样。"应该"一词意味着他对妻子的信任不是来自自己的感受自己的判断而是来自理念。宗教信仰和社会规范要求对人应该信任而不应该胡乱猜疑,这是一个正人君子应该具有的基本品质。他的修养决定他不认为安娜与伏伦斯基在公众场合亲密接触有什么不应该。但是,当"他发觉客厅里人人都认为他们的行为有些异常和有失体统,这才觉得的确有些不成体统。他决定就这事同妻子谈一谈"。(第182页)

关于这一点,历来的评论认为是卡列宁虚伪的证据,意思是他本人对安娜的不忠不在乎,而是社会舆论让他在乎,他要在公众面前装样子。笔者认为这种指责有失公正。因为叙述人明明白白告诉读者卡列宁真的并不认为安娜与伏伦斯基的接触有什么异常和有失体统,而不是说他发现安娜不忠而装作不在乎。准确地说他对妻子的"问题"是"视而未见"——肉眼看见了而观念没看见。只是当他发现客厅里"人人都认为"他们有"问题"时,他才从"观念"里醒过来回到现实中。这只能说明他忠厚而迂腐,是一个按理念生活的老实人,而不能说明他虚伪。

由于卡列宁满头满脑都是观念、理念、理性、规范,是应该怎样不应该怎样,而从不会设身处地地从感情出发替别人、替自己想一想。因为,"在思想感情上替别人设身处地着想,这对卡列宁来说是一种不习惯的精神活动。他认为这种精神活动是一种有害的危险的胡思乱想"。（第184页）。如今，问题出来了，他才发现长久以来被堂皇的观念、理念所忽略了的人的思想感情，这才想到自己的妻子也是一个人，一个活生生的人："他第一次生动地想象着她的个人生活、她的思想、她的愿望。"

然而，一旦想到她可以而且应该有她自己的独立生活，他害怕极了。他视人的思想感情为不可测的深渊，他害怕俯视。他习惯于在观念、理念层面上考虑问题，在这里，问题明晰而简单。关于怎样处置安娜的问题，他脑子里立刻蹦出来的是"良心""义务""责任""权利"："她的感情之类的问题是她的良心问题，同我不相干。我的义务是明确的。我是一家之长，我有义务指导她，因此对她也负有部分责任。我应当指出我所发觉的危险，警告她，甚至行使我的权利。我应当把我的意见向她说出来。"（第184页）

说什么呢？他的头脑里还是像平时起草公文一样清楚地组织好了即将对安娜谈话的形式和顺序。"我应当说出下列几点：第一，说明舆论和面子的重要性；第二，说明结婚的宗教意义；第三，如有必要，指出儿子可能遭到的不幸；第四，指出她自己可能遭到的不幸。"——就这样，一件最复杂最具私密性质的夫妻间的感情问题，被卡列宁当作官场公事大而无当地处理了。他只会用"脑"而不会用"心"，或者说他只有"脑"而没有"心"，于是他失败了。

卡列宁的失败是必然的，因为他将公式套在了最不应该套的东西上。他不理解也不善于想到别人的情感，他只知道"道德""道德"，这让谁能受得了？！安娜表示："我恨就恨他的道德！"她说："我明明知道他是一个不多见的正派人，我抵不上他的一个小指头，可我还是恨他。"（第526页）

安娜的话让我想起一则有趣的小资料。续拍电视连续剧《西游记》正在热播之时,央视一谈话节目披露,有人在某地向年轻女性做过一个社会调查,内容是如果在唐僧师徒四人中选人生伴侣,你将选谁?回收的九十八份有效卷中,孙悟空十票,沙僧十四票,猪八戒七十四票,唐僧为零。

这一结果颇耐人寻味。按理说,四人中唐僧道德最为纯洁高尚和坚定,任何诱惑对他都不起作用。与之相反的是猪八戒,他好色贪财,好吃懒做,差不多浑身都是小毛病。然而人们偏偏喜欢猪八戒而不喜欢唐僧。这里充分透露了人性的一个小秘密:男人不坏(当然不是大坏),女人不爱;对道德高尚却不近人情的人敬而远之,对浑身都是小毛病即人性弱点的人亲而近之。

对于上述人性倾向,法国启蒙主义理论家狄德罗在他的哲理小说《拉摩的侄儿》中借人物之口做过犀利的剖析,比起讨厌的德行来,恶习和他们的琐屑的个人要求是更一致的,因为德行会从早到晚地向他们唠叨,给他们为难;……人们歌颂德行,但人们却憎恨它,躲避它,它是冷冰冰的,而在这世界上人们必须使自己安乐舒适。并且,这样就必然会使我们脾气变坏;你晓得为什么我们常常看见虔诚的人这样冷酷,这样可厌和这样的难以亲近吗?因为它们勉强要实行一件违反天性的事。……德行令人肃然起敬;而尊敬是不愉快的。德行令人钦佩,而钦佩是无乐趣的。这段精彩的人性分析可以向我们解释人们为什么不喜欢唐僧而喜欢猪八戒,也可以解释安娜为什么明明知道卡列宁是一个少有的好人而又那么讨厌他。

我认为卡列宁的失败不在于人格的卑鄙而在于性格的迂腐,在于他的活法。他被通行的观念、理念、规范所异化,成为被抽干了生命意志的木乃伊,正如安娜在激愤中所骂的,他是一架做官的机器,他不是人,他是块木头。被消解了生命意志的木乃伊偏偏遇上一个生命活力四处奔涌的情种,悲剧当然是注定的。

跟着感觉(感情)走和跟着理念走是两种相互对立的活法,或者说是处于两个极端的生存策略。感情和理智,感性和理性,是一个健全的心理结构所必须具备的心理因素。人生在世,必须同时具备两种心智并且让它们相互谐调才会有理想的人生。偏执一端,必出毛病。安娜和卡列宁的性格及活法,就处于两个极端上。卡列宁固然可怜可悲,安娜又怎样呢?——这样说似乎有提倡折中主义、中庸之道的庸人哲学之嫌。写到这里,笔者也困惑迷惘,不知所措了。感情与理智、感性与理性谐调的人生到底什么样呢?其分寸怎样掌握呢?"理论上都是开阔地,可是一行起军来啊……"这,或许永远是说起来清楚做起来糊涂的大问题,是每个人终生都必须在实践中认真摸索认真解决的大问题。人生,也许就是这样,哪有那么容易的事呢?!简单容易,清楚明白,一眼透底,还叫人生吗?!

感情困境:爱把爱送上了绝境

安娜的悲剧,毋庸置疑,最根本的是为陈腐虚伪的社会所不容,她无路可走,终于走向毁灭。但事情似乎也并非如此简单。换个角度观察,也有安娜个人的原因。这就是,她把爱情理解得过于简单,过于纯粹,爱得过于偏执,以至于走向爱的专制,窒息了爱的空间,亲手用自己的爱把自己的爱送上了绝路。

爱是安娜行为的动力源泉,是她人生的全部目的和意义,是她唯一的精神支撑。为爱,她义无反顾,牺牲了对于女性至关重要的一切,包括名誉、家庭、儿子。她的行动够大胆、够决绝了。她做了一般平庸的人想做而不敢做的一切,因而人们一直称赞她为勇敢的女性。值得欣慰的是,她的爱也得到了相应的回报——伏伦斯基对她的爱也是真诚的、强烈的、不顾一切的。

托尔斯泰笔下的伏伦斯基出身贵族,聪明,有钱,是一名宫廷武官,前程似锦,而且相貌端正英俊,性格沉着刚毅而又和蔼可亲,善于与人相处,在社交场合落落大方,雅致洒脱,是贵族姑娘理想的追求对象。安娜的出现激起他强烈的爱情,他立刻放弃原来喜欢的贵族姑娘而开始热烈地追求安娜。为了能留在彼得堡和安娜经常见面,他放弃了一个前程远大的职务。他的家人知道后,对他的草率表示不满,出来干涉他们的恋爱,他对此感到非常愤恨。他认为他同安娜的爱并非一时的冲动,不是上流社会流行的风流韵事,而是严肃的、认真的。他把安娜看得比他的生命还要宝贵,把和安娜的爱情看作他的全部幸福所在,如果没有这个,就根本谈不上幸福或不幸,甚至根本就活不成。所以他表示,用不着别人来教训他们该怎样生活,他们对自己的行为负责。"不管我们的命运怎样,将来又会变得怎样,这是我们自作自受,决不会埋怨谁。"(第233页)

当他与安娜的恋情在社会上闹得满城风雨,人们开始用飞短流长伤害安娜时,他对安娜的爱更加坚定。他知道"她是一个正派女人,把爱情献给了他。他也爱她,因此在他看来,她应该获得与合法妻子同样的甚至更多的尊敬。要他用言语,用暗示去侮辱她,或者仅仅不向她表示一个女人应得的尊敬,那是宁可砍掉自己的手也不干的"。(第380页)为了把安娜带出尴尬的境地,使她少受一些伤害,他情愿牺牲他本来很看重的功名而毅然退伍。后来,为了安娜,为了他们的幸福,他又把安娜带到国外,带回乡下。

我们叙述这些是为了证明《安娜·卡列尼娜》文本中的伏伦斯基对安娜的爱情是真诚投入、认真负责的。过去的文学史著作及有关评论中常常把他说成是花花公子,风流成性,他对安娜的爱只是为了猎艳,为了虚荣,他不理解安娜,对安娜不负责任,始乱终弃。意在说明安娜不幸遇上了一个品行低劣的浮浪子弟,如果遇上一个品行高尚肯负责任的好人,就不会有这场悲剧。我认为这种观点首先是没有根据的,因为它与作者的艺术描写完全不相符;其次是肤浅的,因为它把极为深刻的社会、人生问题道德化(仅仅归结为个人品质),把复杂问题简单化了。

安娜与伏伦斯基的爱情,虽然双方都是认真的、投入的,双方都愿意为对方牺牲自己的一切,然而毕竟最后还是出现了极为严重的隔阂和冲突,以至于安娜竟然以自杀相报复,演出了一幕惨烈的人间悲剧。发生如此大的转折,就他们二人来说,都有责任,而安娜负有更大的责任。

导致这一转折的原因,首先来自社会的压力。整个社会拒绝他们,尤其拒绝安娜。为了使他们的关系正常化,安娜必须离婚。而安娜最初由于高傲不想向丈夫主动提出离婚;继而是提出要求后遭到冷酷的拒绝(卡列宁要借此报复她、惩罚她)。这就把安娜及她与伏伦斯基的关系置于死地,没有任何解决的办法。由于不能离婚,安娜与伏伦斯基的女儿在法律上属于卡列宁,而且他们所生的任何一个子女都不能继承伏伦斯基的财产。这让伏伦斯基非常苦恼,让安娜焦躁万分。安娜失去了一切,只剩下唯一的精神支柱——伏伦斯基的爱情。伏伦斯基也明白这一点。他对陶丽说,安娜处境的困难谁也没有他体会得深,是他造成她这样的处境,他愿意用自己的爱情给安娜以慰藉。

但长期的艰难处境让他们彼此都忍受不了,逐渐失去了耐心。尤其是安娜,总想把伏伦斯基留在身边,不让他离开一步,否则就起疑心,怀疑他对自己不忠,爱上了别的女人。伏伦斯基出外参加地方选举几天,安娜就忍受不了,写信说谎骗他早点回来。伏伦斯基感到安娜的爱情像一张密密实实的网,把他罩得死死的,让他失去了人身自由和心灵自由。于是他们开始为一些琐碎小事不停地争吵,为对方说话的语气之类而闹意气。本来是一句话可以化解的矛盾,因为赌气谁也不让谁。伏伦斯基每次外出他们都要争吵,弄得双方长久不愉快。

伏伦斯基想,我什么都可以为她牺牲,就是不能牺牲我男子汉的独立性。他感到了爱情的沉重与可怕,开始害怕爱情。当安娜以"爱情"的名义指责他时,他心里痛苦地叫道:"天哪,又是爱情!"事情到了这一步,爱情就走向了它的反面。他们的关系生于爱情又毁于爱情,是爱把爱送上了绝境。

这样说并不意味着他们之间真的已经没有了爱情。事实是,即使他们彼此争吵,互相伤害得最厉害的时候,他们也仍然互相深深地爱着对方。但是,这时候愈爱愈恨,愈爱愈吵,直至互相不能容忍,安娜走向绝路。安娜正是太在乎伏伦斯基,所以才疑神疑鬼,对他苛刻;而伏伦斯基也特别在乎安娜,安娜死后他精神崩溃,行为失常,六个星期跟谁也不说一句话,一心想的是自杀。

安娜和伏伦斯基因彼此深爱而导致悲剧给后人留下哪些启示呢?

首先,正是爱把爱给毁了,这一惨痛的事实让人叹息让人思考。它让我们想到,在相爱的情侣中,仅仅有爱是不够的,还需要理解和宽容。无论多亲密热烈的爱情关系,也会有矛盾和冲突,有了矛盾和冲突,就需要用理解和宽容来化解。爱一个人,就意味着心灵相通,就必须时时刻刻站在对方立场上设身处地为对方着想;千万不可以自我为中心,让别人都围绕自己转,总是埋怨别人不理解自己,不为自己着想。有了隔阂要及时沟通,不可逞强使性,否则往往把小事闹成大事,最后导致意想不到的结果。爱情固然属于非理性的范畴,但又绝对不能排斥理性。完全没有理性制约的情感是疯狂的,很少有不走向悲剧的。

其次,爱需要执着但不可偏执,偏执就走向专制,就让双方失去自由。关于这一意思,作家史铁生说过一段值得所有恋人思考的话。他说心识加执着,可能产生的最大祸患就是专制。恶的心识自不必说,便是善的执着也可能如此。比如爱,'爱你没商量'就很可能把别人爱得痛苦不堪,从而侵扰了他人的自由和权利。但这显然不意味着应该取消爱,或者可爱可不爱。失却热情(执着)的爱早也就不是爱了。没有理性(心识)的爱呢,则很可能只是情绪的泛滥。这意思是说,爱以自由为基础,相爱的双方要理解并尊重对方的自由——身心的自由,切不可以"爱"的名义剥夺对方的自由。

再次,恋爱是一种激情,激情是一种非理性非正常状态,这种状态不可能长久持续。要求恋人永远像激情状态下那样示爱,是不现实的。因为相对来说,毕竟激情状态是短暂的,而生活却是长远的、日常的。

当然,这些道理都是过于理性过于冷静的,而安娜是一个"跟着感觉走",过于感性化、情绪化的人,她绝不会去想那么多。正是这样的一个人,又偏偏处于一种无法走出的绝境中,而且自尊心又特别的强,以至于强到精神过敏其实是过分脆弱的地步,所以安娜的种种不理智也应该是可以理解的。但不管怎么说,她的不理智给她带来了极大的灾难,让她本来就很糟糕的生存处境更加糟糕,以致走向死亡。这一结局太震撼人心,太让人惋惜让人不能接受了。总之,安娜留下的教训是深刻的、多方面的,值得我们认真思考认真吸取。

沉沦犯罪后心灵复活超越时代的精神价值
——列夫·托尔斯泰:《复活》

《复活》是列夫·托尔斯泰最后一部长篇小说,被公认为是他世界观转变后创作的最重要的作品,是他晚年思想与艺术探索的结晶。

小说的主要故事是:贵族青年军官聂赫留朵夫到姑姑家探亲,爱上了半是养女半是奴仆的喀秋莎·玛丝洛娃,临回部队的前夜,他占有了她,塞给她一点钱一走了事。从此,玛丝洛娃开始了

《复活》插图

不幸的命运:怀孕后被主人赶出家门;孩子出生后病死;几番给人当女仆遭到侮辱;万般无奈之下沦为妓女。一次,玛丝洛娃被人诬告犯了杀人罪而被投入监狱。在法庭上,作为陪审员的聂赫留朵夫发现被审判的罪犯竟然是玛丝洛娃,知道她的犯罪与自己当年的行为有关,于是良心发现,痛下决心要为自己赎罪。他找律师为她上诉,为昭雪她的冤案四处奔走,失败后自愿随玛丝洛娃流放西伯利亚,并且为了她的幸福决定和她结婚。玛丝洛娃为他的行为

所感动，为了他的幸福决定不接受他的牺牲，拒绝了他的求婚。最后，他们两人在精神和道德上都走向了"复活"。

关于这部小说的思想内容，历来的文学史有基本的共识，即认为小说对现存的制度和现实生活中的一切虚伪、荒谬与不人道、不道德的东西进行了无情的、毁灭性的揭露和否定；作者"撕下一切假面具"，对沙皇俄国时代的一切国家制度、社会制度、教会制度和经济制度作了强烈的批判。这种社会批判的深度和力度以及对社会各阶级描写的表现力，是超过作者以往任何一部作品的。当然小说也有消极的一面，那就是关于怎样消除社会黑暗，托尔斯泰提出的方案是：不以暴力抗恶，道德上的自我修养，宽恕，爱，甚至爱仇敌，帮助敌人。这些拯救社会、拯救人类的宗教道德药方，当然是空想的和虚幻的，对无产阶级革命具有消极作用。

很明显，以上评价的立场或价值尺度都是社会的、阶级的、政治的。从社会、政治视角观察《复活》，以上的归纳概括是准确的、深刻的，笔者同意这些公认的结论。但是，对这部世界名著的探讨，只能用社会的、历史的、政治的视角吗？当然不是。这里，笔者想从人生视角对《复活》作一些新的思考。

从人生视角思考《复活》，笔者感兴趣的是男主角聂赫留朵夫内在的精神生活，是他由纯洁到沉沦到犯罪再到复活的完整的心路历程。当然，聂氏的心路历程肯定有其特殊性、偶然性的一面（这些与他的出身、经历及他所生活于其中的特定的时代和社会等因素有关），但毫无疑问，也有其普遍性的一面。时代和社会可以不同，具体的人生际遇可以不同，但无论何人处于何种时代何种社会都有一个如何面对诱惑的问题；面对诱惑，就有一个沉沦乃至犯罪与否的问题；沉沦之后又有能否"复活"的问题。由此看来，聂赫留朵夫所面临的问题其实是所有人（起码是许多人）都可能面临的问题。因此,考察一下聂赫留朵夫的精神之路,对于现代人或许不是多余的。

纯洁清白的年轻人是怎样走向沉沦的——成长的干扰

1. 圣洁的青春

在托尔斯泰笔下,聂赫留朵夫青年时曾是一个纯洁善良、道德高尚的人。他从所受教育中独自领会了生活的全部美丽,领会了人在生活里所应该做的工作的全部意义,看到了人本身和全世界都有达到无限完美的可能,因此专心致志于这种完美,不但满怀希望,而且充分相信能够实现他所想象的全部完美。一句话,他崇尚完美,追求完美,视完美为他的精神信仰。在他心里,真诚地把为道德要求所做的牺牲视为最高的精神快乐。在大学里,他读过斯宾塞的《社会静力学》,其中关于土地私有制的理论在他心里留下了强烈的印象,他第一次理解了土地私有制的种种残忍和不公正。但他本人却是大地主的儿子,他正在享受着土地私有制的罪恶所带给他的利益。怎么办?为了追求道德的纯洁和精神的高尚,他毅然决定不再享受土地方面的财产权,把他从父亲名下继承的土地送给农民。

在男女关系方面,他也是一派天真无邪,纯洁得可爱。他姑姑家的女仆喀秋莎·玛丝洛娃纯真活泼,热情开朗,唤起了他的爱情。只要看到喀秋莎,甚至只是远远地看见她的白围裙,一切东西在他眼里仿佛都被太阳照亮,一切都变得更有趣,更快活,更有意义,生活也变得更快乐。甚至只要想到世上有喀秋莎这样一个人活着,他就无比快乐。聂赫留朵夫对喀秋莎的爱慕,仅仅是潜意识中的,"如同一般纯洁的人一样,聂赫留朵夫连自己也不知道就爱上了喀秋莎,他的爱情无论对他自己还是对她,都成了避免堕落的重要保障。他不但没有在肉体上占有她的欲望,而且一想到居然能够跟她发生那样的关系,反而感到害怕"。(汝龙译,《复活》,人民文学出版社1979年版,第64页,下引只注页码)

2. 成长的干扰

然而,仅仅三年过去,聂赫留朵夫就完全变成了另一个人。原先他是诚实而富有自我牺牲精神的青年,乐于为一切美好的事业献身;如今他却成了荒淫无度的彻底的利己主义者,专爱享乐。原先,女人显得神秘而迷人,是唯其神秘才迷人的生物;如今,除了他的家属和他朋友的妻子以外的一切女人,他认为无非是一种他已经尝试过的享乐的最好工具。原先他不需要钱用,他母亲给他的钱连三分之一也用不完,他能够放弃他从他父亲名下继承的田产而把它送给农民;可是现在,母亲每月给一千五百卢布,他还是不够用,甚至为了钱常常跟母亲进行不愉快的交涉;原先他认为他的精神的存在才是真正的我,如今他却认为他那健康而活泼的兽性的我才是他自己了。

《复活》插图

为什么会发生如此大的变化呢?叙述人交代的原因是,首先是因为他已经不再相信他自己而开始相信别人。他感到相信自己,生活下去就会过于困难,不利于他那追求轻松的快乐的兽性的我;而相信别人则与之相反。换句话说,坚守自我、坚守崇高纯洁的精神追求，就不能使本能欲望得到满足，而他由于年轻，抵挡不了享乐的诱惑，终于放弃了高尚的精神生活。

另一个原因是，"他相信自己，就总是遭到人们的责难，而他相信别人，倒会博得他四周的人们的赞扬"。（第64页）比如，聂赫留朵夫思考上帝、真理、财富、贫穷等问题，阅读有关这些问题的书籍，议论这些问题，他四周的一切人就都认为这不合时宜，多少有点荒唐可笑；可是等到他看长篇小说，讲猥亵的故事，看无聊的轻松喜剧，大家倒都称赞他、鼓励他。每逢他认为必须节俭他的用度，穿陈旧的军大衣，不再喝酒，大家就认为这是脾气古怪，有点标新立异；可是临到他花一大笔钱置办猎具，铺张奢侈地生活，大家反而称赞他风雅。他本来保持着童贞，打算照这样保持到结婚的那天，他的亲属却为他的健康担忧；后来他母亲听说他从他的同事手里把一个法国女人夺过来，从而成了真正的男人时，她甚至并不为此难过，反而高兴。聂赫留朵夫达到成人年龄之后认为拥有土地是不公正的，因而把他从父亲名下继承来的田产送给农民，这一举动却使他的母亲和亲属大惊失色，从此他成为亲戚不断责难和讥笑的对象；可是等到聂赫留朵夫开始大肆挥霍和赌博花掉很多钱时，他母亲不但不心疼，反而认为这是人之常情，甚至觉得趁他年轻，照这样在上流社会里继续混下去也未尝不是好事。

起初，聂赫留朵夫极力硬顶，然而这种硬顶过于艰苦，因为凡是他在相信自己的时候认为是好的事情，别人都认为是坏的；反之，凡是他在相信自己的时候认为是坏的事情，他四周的一切人倒认为是好的。最后，聂赫留朵夫屈服了，不再相信自己而相信别人了。他这样否定了自己，在最初的一段时间里是不愉快的，不过这种不愉快的心情没有保持很久。在这段时间里聂赫留朵夫开始吸烟喝酒，很快就不再体验到那种不愉快的心情，甚至感到颇为轻松了。

后来,聂赫留朵夫加入了禁卫军,这是只有家财豪富、门第显贵的军官才能加入的特殊团体。在这里,除了一些例行公事、装模作样的所谓工作之外,就是跑到军官俱乐部里或者最昂贵的饭馆里去吃饭,特别是喝酒,挥霍掉许多不知从哪儿弄来的钱;然后就是戏院、舞会、女人。这样的生活对军人是一种特别厉害的腐蚀。"自从聂赫留朵夫担任军职,开始像他的同事那样生活以后,他也就落进这种利己主义的疯魔状态里去了。"(第66页)

叙述人(这里可等同于作者)分析聂赫留朵夫走向沉沦有两个原因:一个是主观的——坚守精神追求的意志不坚定;一个是客观的——恶劣的环境影响太强大。当然这两个原因是相互关联的。而这两个原因中,作者显然更强调后者。

对聂赫留朵夫"沉沦"原因的分析,其实来自托尔斯泰自身的切身体验。托尔斯泰在《忏悔录》中叙述过自己年轻时有几乎与聂赫留朵夫相同的精神历程。他回忆道,青年时代,我真心诚意想做一个好人,但我年轻,有多种欲望。当我追求美好的东西时,我茕茕一身,十分孤单。每当我企图表现出构成我最真诚的希望的那一切,即成为一个道德高尚的人,我遇到的是轻蔑和嘲笑;而只要我迷恋于卑劣的情欲,别人便来称赞我,鼓励我。虚荣、权欲、自私、淫欲、骄傲、愤怒、报复——所有这一切都受到尊敬。沉湎于这些欲望,我就像一个成年人了,我便感觉到别人对我是满意的。在打仗的时候我杀过人,为了置人于死地而挑起决斗。我赌博,挥霍,吞没农民的劳动果实,处罚他们,过着淫荡的生活,吹牛撒谎,欺骗偷盗、形形色色的通奸、酗酒、暴力、杀人——没有一种罪行我没有干过,为此我得到夸奖,我的同辈过去和现在都认为我是一个道德比较高尚的人。

3. 在考验中成长

艺术中的聂赫留朵夫和生活中的托尔斯泰,青年时本来都是善良纯洁、正直无私的,然而后来,他们都曾走向过沉沦。他们的演变难道是个别的和偶然的吗?当然不是。通过考察历史我们发现,聂赫留朵夫的生活轨迹曾经在一代代人身上发生过;观察现实,这一过程仍然在许多人身上发生着;由此预测,将来这一历程还会在一些人身上重演。也就是说,聂赫留朵夫的精神演变过程有着某种普遍性和代表性,这里似乎蕴含着一个人成长过程中某些规律性的东西。

一个人的成长,从某种意义上讲是没有终结的,永远处于一种未完成状态,此所谓活到老学到老。但从历时性角度看,大体上可以划分为几个阶段:出生——接受教育(学校的、书本的、家长的)——走向社会。当然,这种划分只是相对的,因为人从一出生就与社会接触,就在接受社会的教育,可以说就开始了社会化的过程;而人长大进入社会之后仍然在读书,仍然在接受书本的教育。也就是说,历时性阶段划分中暗含着"书本"和"社会"两种共时性因素。

学校教育、书本教育相对比较单纯、透明,灌输的是人类文明的精华,是真善美的理念,是纯洁崇高的道德精神。而此时受教育者的心灵基本上是纯净的一张白纸,最容易接受老师和书本灌输的一切,让学校教育抢先画上最新最美的图画。聂赫留朵夫纯洁向上的道德观念,正直热情的灵魂,正是在这一阶段形成的。

然而人总有一天是要离开学校走向社会的,或者在接受书本教育的同时总是免不了与社会相接触。社会远不像学校、书本那样单纯,社会的特点是"混沌",是"复杂",是善恶交织、美丑并存。社会是人们现实的具体的生存环境,其中流行的时尚、观念、舆论等像空气一样充溢于每一空间,生存活动于其中的人一举一动、一言一行、一呼一吸,无不受到它的强大影响。这种情况下,从学校、书本中得到的单纯透明的精神理念,往往敌不过混沌复杂的生活本身的力量,尤其是敌不过生活中某些"恶"的力量。因为"恶"与人性中本能性欲望相通,"恶"为本能欲望的实现提供理论根据和现实渠道,使其得以释放和满足,所以"恶"往往具有强大的"魅力",能征服并控制生活中的一些人,形成一种潮流肆虐横行,让单纯透明的青年人抵抗不了它的诱惑,不得不放弃无奈的抵抗。抵抗失败,随之而心安理得地陶醉其中。聂赫留朵夫走的就是这条路,他沉沦的过程其实就是社会中的"恶"的力量战胜他心中"善"的力量的过程。

聂赫留朵夫的沉沦,自然有其特殊的因素——沙皇俄国时期社会的黑暗,贵族圈子里道德的堕落与腐化。但排除这些特殊原因,我们从人生、人性角度,得出的具有普遍意义的结论是,一个人成长的环境永远不可能是纯净单一的,一个人成长的道路永远不会是笔直平坦的,必然会受到来自外部社会现实和自身内部某些导致人走向沉沦的因素的干扰。这种干扰是必然的而不是偶然的,是永远的而不是特定时期的,是普遍的而不是特殊的。谁也不可能将社会和人心内部那些干扰因素排除干净。从人性角度看,人性中"恶"的因素来自本能;从人生角度看,人间戏剧注定有各种角色,真善美与假恶丑相互依存,相伴相生,没有了一方另一方也就不存在。本真生存总是混沌的、复杂的。这是唯一的世界,舍此绝不可能另有一个纯净、单一的世界。正所谓人间是天堂的地狱、地狱的天堂,无论天堂还是地狱其实都在人间。

"世界"的这种性质,决定人的成长必然会受到干扰。为了人的健康成长,社会方面应该尽可能地净化、优化环境,为人的成长提供优越的客观条件;从个人方面讲要有抗干扰的自觉意识和能力。人的成长过程说到底其实就是一个经受干扰,在干扰中经受心灵的冲突与磨难,最终战而胜之的过程。不经受干扰的成长是绝对没有的。不经受干扰的成长是虚幻的、脆弱的,经不起考验的,或者说,未经考验的成长是靠不住的。欧洲小说中从修道院里出来踏入社会的女孩子,没有不上当受骗、饱受磨难的。因此,不能希冀纯净,不能害怕干扰,不能躲避考验。圣徒是经过地狱、炼狱才成为圣徒的,健康理性的人是在战胜了各种各样的诱惑才成长起来的。

艺术中的聂赫留朵夫和生活中的托尔斯泰,都经过了漫长的精神跋涉,战胜了各种各样的诱惑,走出了沉沦,一步一步走向精神高地,灵魂完成了由沉沦、犯罪到"复活"的朝圣历程,从而给我们留下了无尽的启发。

沉沦犯罪的心灵是怎样走向"复活"的

1. 决心忏悔

天下事,真的是无奇不有。聂赫留朵夫诱奸喀秋莎之后十年,鬼使神差,阴错阳差,上帝又安排他们在法庭上见面:前者是陪审员,后者是"罪犯"。

在这种特殊的场合下相见,聂赫留朵夫心灵上受到了极大的震撼。十年前,当他犯下那桩罪恶时,"在人的心灵深处,最深的深处,他知道他的行为极其恶劣,卑鄙,残忍",从此不敢正眼看别人,再也不敢自视为一个优美、高尚、慷慨的人了。然而为要继续理直气壮,兴致勃勃地生活下去,他又非把自己看成这样的人不可。要做到这一点,只有一个办法,就是不去想它。他真就这样做了。忘却帮了他的忙,使他获得了心理的平衡。

然而现在,这种惊人的巧遇使他想起了一切,硬逼着他承认他自己没有心肝,残忍,卑鄙。当然,这只是他的内心活动,如果现在就要他公开承认这一切,还远远说不上。目前他所考虑的只是千万别让外人知道这件事,她或者她的辩护人千万别把这件事和盘托出,千万别弄得他当众出丑才好。总之,喀秋莎·玛丝洛娃的出现,一下子把聂赫留朵夫从忘却和自我欺骗中硬拉出来,他的内心深处开始了从未有过的激烈斗争:

我是坏蛋,我是流氓,否则做不出这样恶的事!

难道我真是坏蛋,难道我确确实实是坏蛋?

然而不是我又是谁呢?而且不止这一桩罪恶,例如现在仍和某县贵妇人有着丑恶而下流的关系,等等。

结论:我就是坏蛋、流氓!"随他们(别人)爱怎样评断我就怎样评断我好了,我能够欺骗他们,可是我欺骗不了我自己。"

既然如此,他就下了最大的决心,不管付出什么样的代价,也要从虚伪的自我欺骗状态中走出来,用实际行动去赎自己的罪恶,拯救自己的灵魂。"对玛丝洛娃,我要做我所能做的一切事情来减轻她的厄运,如果必要的话,我就跟她结婚。"聂赫留朵夫这样下决心,也这样付之于行动了。他开始为平反玛丝洛娃的冤案而四处奔走,直至枢密院和沙皇那里,最后以失败而告终。

聂赫留朵夫这样做,确实付出了巨大的代价。首先是名誉的损失。聂赫留朵夫身为公爵,他所生活的贵族圈子极为重视自己的名誉,甚至把它看得比生命还重要,当时贵族的决斗常常为此而起。但聂赫留朵夫毅然冲破了这层心理障碍,宁愿忍受舆论的讽刺和嘲笑,也要坦白承认自己的罪过,对一切人说老实话。他不冉顾及所谓的面子,坦然面对一切人。其次他拒绝了一门所谓门当户对的婚姻——一位公爵的女儿在执着地追求他,但他认为自己不配和她结婚,只是平白无故地打扰了人家。再次,为了跟随玛丝洛娃流放,他到乡下果断放弃了自己的田产,把自己占有的土地最大限度地让利于农民。还有,他真的放下贵族架子,结束以往荒淫奢侈的生活,真心诚意地跟随玛丝洛娃一起来到生存条件极为恶劣的西伯利亚。一路的疲惫劳顿,物质条件的简陋艰苦,他从无怨言。终于,他的真诚忏悔有了回报。玛丝洛娃理解宽恕了他,重新爱他,为了他而改掉了所有恶习,同样为了他而不愿接受他的牺牲。两人精神上都走向了"复活"。

2. 反复与动摇

当然,聂赫留朵夫的心灵朝圣之路,也并不是一帆风顺的,而是经历了几次反复,几次动摇。

第一次动摇发生在他在法庭上看到玛丝洛娃,良心受到极大冲击决心忏悔之后。这时他一边决定悔过,一边犹豫:过去多次有过道德上自我完善的尝试,但每次都失败了,"那么何必再试一次呢?又不是只有你一个人这样,大家都是这样的,生活本来就是这样嘛"。(第138页)但精神已经觉醒的他,意识到决不能再回到过去,尽管他实际上是一个什么人和他希望成为一个什么人之间的差距那么大,可是只要努力,一切事情都是可以做到的。于是决定"不管要我付出什么样的代价,我也要冲破这种束缚我的虚伪。我要承认一切,对一切人说老实话,做老实事"。

第二次动摇是在监狱里见到玛丝洛娃之后。那时的玛丝洛娃,在长期的不正常生活中形成了一种"世界观":世界上所有男人无非是一群好色之徒,想尽一切办法只是为了占有她,而她认为自己应该反过来想尽一切办法利用他们,所以她第一次与聂赫留朵夫相见就提出要钱,只是为了买酒喝。这时的她已丧失了人的一切尊严,以前的她已经死去了。面对精神死亡了的玛丝洛娃,聂赫留朵夫犹豫了。他想,为这样的女人牺牲自己值得吗?你去救她,无非是把一块巨大的石头吊在自己脖子上,这块石头会把自己压死。你不如把钱给她,把现在你身边的钱统统给她,然后向她告别,从此一刀两断,岂不更好?他感到他的内心生活目前仿佛放在摇摆不定的天平上,只要稍稍加一点力量上去,就能使天平往这一边或者那一边歪过去。犹豫之中,他向灵魂里的上帝求援,上帝果然立刻响应他,鼓励他下定决心拯救她。

第三次动摇是在他为玛丝洛娃的案子而到彼得堡活动之时。贵族圈子里的各种生活,尤其是与情意绵绵的贵妇人交往,都让他感到舒适、惬意,这使他忽然对自己目前所做的一切感到怀疑:"我要到西伯利亚去,这我做得对吗?我丢掉了我的财产,这我做得对吗?"(第 395 页)"万一这一切都是我的胡思乱想,我没有力量照那样生活下去,我对我做得对的事后悔了,那可怎么办?"他没有力量解答这些问题,心里生出一种很久没有感到过的苦恼而绝望的心情。经过思想斗争,他又断然否定了自己的怀疑,并为此感到羞愧。

第四次动摇是在他听说玛丝洛娃在医院同一位医生调情的事(事实上玛丝洛娃是冤枉的)之后。他想,像自己这样一位上流社会的人,任何一个出身高贵的姑娘都会认为嫁给他是一种幸福,他却情愿做这样一个女人的丈夫,可是她呢,不但不感恩,反而越变越坏,既然这个女人已经无可救药,我还要跟她拴在一起吗?还有必要为她做出如此重大的牺牲吗?既然她有了这种行为,我岂不是自由的吗?随她去吧!"在他的灵魂里,两种感情,恶与善的感情,受了侮辱的自尊心与对这个受苦的女人的怜悯心,正在交战。结果,后者战胜了。"他"心里生出一种他以前从未经历过的宁静的欢乐心情、一种心平气和以及热爱一切人的心情。聂赫留朵夫感觉到玛丝洛娃的任何行动都改变不了他对她的爱情,这就使得聂赫留朵夫喜气洋洋,把他提高到他从未经历过的高度上去了。随她去跟那个医生调情吧,那是她的事。他爱她并不是为他自己,而是为了她,为了上帝"。(第421页)

就这样,在以实际行动忏悔和赎罪的朝圣路上,虽然他有过一次又一次短暂的犹豫和动摇,有过内心搏斗,但每一次都是善战胜了恶。经过一次反复,他的决心也就愈发坚定一次,终于完成了灵魂的"复活"。

3. 为了上帝

这是一个极为艰难的长途跋涉的心路历程,是什么力量吸引着、支撑着聂赫留朵夫把自己的灵魂越来越"提高到他从未经历过的高度上去"的呢?

毫无疑问,是因为他有明确清醒的坚持要过纯洁高尚心灵生活的精神追求,而追求的目标是走向上帝。与一般贵族不同,聂赫留朵夫始终把道德上的自我修养看得极为重要,这是他能走向上帝的内在根据。为了追求纯洁高尚的精神生活,就在他经受诱惑,走向沉沦乃至犯罪的时候,他仍然会在内心深处自我反省。他把这种反省称为"灵魂的扫除"。

所谓灵魂的扫除,指的是这样一种精神状态:往往经过很长一段时间的间隔以后,忽然,他感到他的内心生活疲沓了,有时甚至停顿了,就着手把堆积在他灵魂里的垃圾统统清理出去。在他的心灵深处,良心所要求他过的生活和他的实际生活,或者说他希望自己成为一个什么人和实际上他是一个什么人之间,始终形成一个张力场,他总是在这一张力场中徘徊游移。结果,他总能游移到纯洁高尚这一边。促使他做到这一点的动力是什么呢? ——是上帝。

例如当他第一次心灵搏斗,即决定是否承认自己的罪恶,是否公开以自己的实际行动为自己赎罪时,他心中一种力量告诉他,算了吧,你不承认别人也不知道,况且又不是只有你一个人这样,生活本来就这样;另一种力量告诉他必须忏悔,否则灵魂不得安宁。为了善的一面能胜利,他请求上帝保护他:"主啊,帮助我,教导我,到我的心里住下,清除我心中的一切污垢吧!"(第139页)他这样祷告的同时,他所要求的就已经实现了。住在他心里的上帝,已经在他的思想感情里醒过来。他感到了上帝的存在,因此不但感到自由、勇气、生活的快乐,而且感到了上帝的全部威力。此后,在他每一次动摇之时,上帝都及时出现,帮助他,引导他。他感到,在上帝面前,凡是人能做的最好的事,一切最好的事,他觉得他自己都能够做到。事实证明,他也的确做到了,他没有辜负上帝的期望,他终于在灵魂上成为一个圣者。

通过《复活》的艺术描写我们知道,聂赫留朵夫的所谓上帝,其实并不是一个有意志、有实体的人格神,而是一种纯洁完美、至高无上的精神偶像。这种意义上的上帝不能为人谋现实的福利,不能显现什么圣迹,而是存在于人的内心之中,你追求它,它就存在,你放弃了追求,它也就不存在。说到底其实是人自己,是人自身精神追求的人格化,是一种纯洁的道德象征。

聂赫留朵夫心灵"复活"的精神价值

看到这里,不知读者诸君对聂赫留朵夫的心路历程有何感想。也许有人会说,聂赫留朵夫的为人简直太好了,他的精神境界实在太高了,超凡脱俗,不食人间烟火,让常人高攀不上。既如此,其意义就打了折扣。尤其在商品化、世俗化的社会里,这种人早已失去意义。

以上是笔者的猜测,以常情常理度之,大致不差。对此,笔者表示理解,却并不同意。我是这样想的:诚然,聂赫留朵夫的精神境界高于社会一般道德水平线,即高于常态太远,因而不具有普遍的比照、效仿价值,社会无法以他的境界来要求每个成员。但我们也不能据此就断言生活中没有这种人。不多是肯定的,但不是绝对没有。退一步至一万步,就说聂赫留朵夫不具有普遍效仿价值,也不能说聂赫留朵夫形象就丧失了现实意义。恰恰相反,聂赫留朵夫的真正价值不在于让人效仿,而在于让人仰望。"不现实"恰恰是他的优点而不是缺点,是他的真正价值和意义之所在。

道理其实很简单:一个人、一个民族、一个社会的精神构成是复杂多样的,因而精神需求也是复杂多样的。既需要有指导现实行为的思想,也需要有引导精神向往的思想;既需要有切近生存的可以照着"做"的思想,也需要有远离生存的体现精神追求的思想。前者"实",后者"虚"。前者具有付诸行动的实践价值,可以在现实生活中贯彻落实;后者只具有精神感召价值,它对现实的意义是间接的而不是直接的。在人类的精神坐标上,代表精神追求的思想,在水平的维度上,处在超前的位置上,表现为强大的吸引力,吸引人们向着理想境界前进;在垂直的维度上,则处在超拔的位置上,表现为一种强大的提升力,提升人的思想不致向下沉沦与堕落。

现实生存的人每时每刻都在心中响应着一个声音:怎么办,应该怎么办?这时候各种思想都会微笑着向你招手,争相哄劝,召唤你跟它走。就一般人的一般趋势而言,愿意往"低"处走,即愿意选择能为世俗生活的满足提供辩护提供根据的思想(聂赫留朵夫最初走向沉沦就是受了这种思想的影响);但与此同时,洞察世故人心的思想家们也告诉我们,人的内心深处同样有追求卓越即往"高"处走的倾向(如聂赫留朵夫坚持要过纯洁精神生活的愿望)。

这种倾向导致对世俗乃至庸俗的自我不满,因而又向往崇高向往理想向往美好。这就是人类虽然总是摆脱不了世俗(乃至庸俗)却永远向往崇高的人性方面的根据。

例如西方生活于现代和后现代思潮中的人们早已否定和蔑视了崇高和理想,他们在世俗的"平面"中感到了轻松。然而也正是这个轻松成为他们生命中不能承受之"轻",使他们感到了空前的精神空虚,于是又转而真诚地呼唤重建富有价值感的精神家园。西方人走过的精神轨迹给我们的启示是深刻的。

平心而论,聂赫留朵夫所体现的精神高度,现实生活中的平常人是很难模仿很难达到的,因而不具有规范行为的实践性,不具有广泛普及的现实性。它的根本意义在于,作为一种精神境界虚悬于人们心上,无形中起着一种警示和提醒作用。古人说的"高山仰止,景行行止;虽不能至,然心向往之",指的就是这种作用。理想境界对人类思想具有强大的感染力、感化力、吸引力。有史以来人类就在理想境界的追求中一步步迈向文明的新台阶。对于理想境界,人类只能逐渐靠近却永远不能达到,它可望而不可即,永远虚悬在人类精神追求的前方或上方,牵引和提升着人类进行精神爬坡。说到底,理想境界的设置原就是为了树立一个崇高的目标,从而引出不断追求的过程。

仔细想一想人类历史上那些超拔高蹈的思想,以及体现理想境界的文艺作品所起到的不都是一种感召作用吗?冉阿让的宽善情怀,平常人很难企及,但平常人一想起冉阿让,心中一般都会有所感动,都会不自觉地变得更多一些同情心和怜悯心。现在我们讨论的聂赫留朵夫真诚的忏悔,那种舍弃一切、追求道德自我完善的崇高行为,一般人也不容易做到。但心中有了一个聂赫留朵夫作参照,当你做了错事时,大约会主动多一分自我谴责,自我忏悔,因而灵魂多一分净化。总之,理想境界的价值就像是精神的砝码,在心灵的这一端压上它,另一端就会从陷溺沉沦中逐渐翘起来,由一边倒变成相对的平衡。我们完全可以肯定的是,一个心中悬着崇高境界并心向往之的人,与一个根本不知理想、崇高为何物而只是一味沉溺不知反省的人是绝对不一样的。

总之,正像自然界需要生态平衡一样,精神界也需要"心态"平衡。既需要有务实的思想,也需要有超拔务虚的思想。只有两方面都存在,才能形成一个张力场。在这一张力结构中,两端相互制衡相互补充,这才是健全的精神状态和心灵状态。只有一方面,精神天平必然失去平衡,导致精神病态。一个人如此,一个民族、一个社会亦如此。

行文至此,笔者想起一则资料。20 世纪 80 年代末有人曾在美国读者中调查他们最喜欢的作家和作品,其中托尔斯泰名列前茅,《复活》自然也在其中。20 世纪末美国读者仍然喜欢托尔斯泰,我想恐怕主要不在于或不完全在于他揭露了沙皇俄国时代社会的腐败、统治者的罪恶。这些东西具有特定的时空性,随着时代的变迁,其意义在逐渐减弱、淡化,然而聂赫留朵夫沉沦——犯罪——复活的精神历程却是超越时代、超越社会、超越民族的。人们外在的生存环境因时因地因人而异,但人们内在的精神困境却永远相近相通。所以,聂赫留朵夫的形象至今仍有现实意义,而且还有将来意义。后现代氛围中的美国人当然没人再去模仿聂赫留朵夫,但沉沦中的人想一想聂赫留朵夫,心中仍不免有所震动。这点小小的震动当然不足以改变人们的生活模式和轨道,但起码能让人对自己的生活和精神状态有所反思、有所清醒,因而内心有所变化,这就够了。一部小说,你能指望它救世吗?!

癌症病人濒临死亡时的生命之思
——列夫·托尔斯泰:《伊凡·伊里奇之死》

《伊凡·伊里奇之死》是托尔斯泰著名中篇小说([俄]列夫·托尔斯泰著,林楚平译,《家庭的幸福》,浙江人民出版社1983年版,下引此书只注页码),伊凡·伊里奇是作品主人公。

作品写俄国沙皇时代高级法官伊凡·伊里奇患癌症直到死亡这段时间痛苦复杂的心路历程。作品发表后,得到文学乃至医学界的广泛赞誉。法国作家莫泊桑读后感慨地说,我明白了我的全部事业都毫无意义,我整个十大卷作品都一文不值。俄国医学杂志郑重其事地号召每个医生都要读一读这篇小说:"每一个医生,不管他属于哪一科,都应当用最专注的心情来读完这篇就这个题目而言世界文学作品中再没有比它更为出色的小说,这样,他就会懂得癌症患者所体验到的那种无穷无尽的恐惧和思虑。"(第1页)

莫泊桑的赞叹和俄国医学界的推崇大体都是从作品反映生活的真实性出发,惊叹没有患过癌症,更没有亲历死亡威胁的托翁,怎么可能对于癌症病人的肉体尤其是精神痛苦体会得那么深切,把握得那么准确!托尔斯泰在生活真实性方面所达到的成就,在20世纪得到了进一步验证。20世纪美国有位生死学家叫萝丝,她把临终者的心理分为五个阶段——否认、愤怒、磋商、忧虑、接受。而托尔斯泰笔下主人公的心理竟然完全与现代医学的临床结论相符合,由此足见托翁现实主义笔力的深刻与透辟。

然而,作品的价值却远远不止于此,甚至主要并不在此。——这方面更科学更权威的记录应该由医生来完成。我认为这篇作品的真正价值是,作者借助于题材所传达出的对于"死"这一人生重大庄严的事件的哲理思索。而且,这一思索至今仍有鲜活的现实意义,甚至还可以断言,对后世的人也永远具有启示意义。因为它探讨的问题,是所有人都必须共同面对的问题,不论国籍、民族,也不论社会、时代……

在笔者看来,作品永久性的启发意义主要在于以下几方面:

及早树立死亡意识——从"死亡"中提取幸福

伊凡·伊里奇是法院的一名高级官员,一生勤勉做事,谨慎做人,过着轻松、愉快而正派的生活。然而,正当他人到中年、事业有成之时,却忽然得了不治之症。最初,他以为只是一般性的小毛病,没怎么在意。病情始终不见好转,任何治疗都于事无补,他意识到这并不是阑尾或肾脏的问题,而是生和死的问题。他明确知道,死神已经驾临自己面前了。当清醒明确地意识到自己将会死、将要死的时候,他第一个反应是,激烈狂躁地拒绝它。他想,理论上讲人是会死的,但这里的"人"是抽象的,是别人,而我是个活生生的人,我不该死。他对自己也会死的现实不理解,不接受,坚决拒绝,情绪始终处在绝望之中。

认为自己不会死也不该死,然而死却实实在在来到面前,无论如何也躲不开,迫使你不得不接受它。设身处地想一想,这是多么尖锐的冲突,多么惨痛的现实,多么让人难堪的情境啊!因此,伊凡的恐惧、痛苦、慌乱、迷惘可想而知。

伊凡的痛苦是双重的,或者说是加倍的,因为他压根没有意识到自己也会死而死神却突然袭击了他。他猝不及防,毫无心理准备,因而万分不情愿。也就是说,他比那些早就意识到自己会死的人更难以接受将死的现实。

伊凡的心态,我们非常理解。体察人生我们发现,具有伊凡这样心态的人简直太多了。请问生活中那些正高高兴兴活得得意的人,有哪个会认为自己和死有关系呢?这大概是人性使然。求生怕死是人之本能,是"上帝"造人时植入人生命密码中的一种固有倾向。这种倾向渗透于意识乃至无意识之中,让人天生害怕死,拒绝死。当然,从理性层面看,人长大后看见别人会死就应该意识到自己将来也会死,但这种意识因为与生命固有倾向相排斥,所以会一闪而过不留痕迹。但是,死亡对每个人都是一个必然降临的节日,所以,与其不承认死而死却坚硬地存在,倒不如爽快承认它,勇敢直面它;与其怕死怕得要死,被死神追得狼狈不堪最后终究逃不脱,倒不如反身迎向它,坦然接受它,在最高的精神层面豁达地与之达成和解。

伊凡的精神纠结给我们的启发是,每个人都应该及早树立自己随时都会死的意识,知道死不仅是别人的事,而且也是自己的事,死是每个人最后的归宿,是生命完满的自我实现。死亡意识的确立,必须是清醒的、自觉的,即必须在理性层面、意识层面理解死、接受死,让"死"作为一个影子,时刻立在自己心中,与生命相伴而行,而不只是飘忽的一闪念。

死亡意识的确立对我们生命的意义极其重大,甚至说它会改变我们的一生。

首先,它让我们真切感受到现在是在"活着",而"活着"其实就是一种幸福,是死神对我们的一种恩赐。因为,与你一起出生的人,曾经与你一路同行的人,已经有那么多被死神召走了,而你,现在还健康而快乐地活着,这不是死神对你的恩惠是什么?!难道该死去的就一定是别人而不是你吗?那可不一定。但现在的事实是,他们死了而你却活着。这一习以为常你可能丝毫也不曾觉察的事实本身就说明,你其实是一个幸运的人。问题是人们往往只看到自己的不幸而意识不到自己的幸运,所以你一定要意识到活着本身就是一种幸运、幸福。而提醒你这一幸福的就是死亡意识。

其次,死亡意识让人体会到生命的无比宝贵。我们常常说生命是宝贵的,这句话说多了也说泛了说滥了没有任何实际意义了。要让这句套话具有沁人心脾的真正意义,必须借助于死亡意识的帮助。死亡意识告诉我们,人有生必有死,生命只是一个有限的、不可逆的过程,过去了也就过去了,永远不可挽回了,因此你必须珍惜它。生命过程,是生和死相互重叠同时逆向进行的过程。从这面看是递进的加法,从另一面看是递减的减法,活一天离死近一天。这就是说,人一生下来就是被判了死刑但缓期执行的死刑犯,人活着的每一天都是生命的倒计时,人活命的过程同时也是走向死亡的过程。正因为生命有限、短暂、不可重复,所以才是宝贵的;否则,如果生命可以无限延长,永远不死,那么还有什么宝贵,还值得珍惜吗?!

最后,死亡意识的确立,可以让我们对死亡持一种理性的态度,可以化解死亡所带来的巨大痛苦。既然死亡不可避免,是每个人的宿命,那么就不必害怕,不必躲避。理性让人理解,让人平静,让人豁达,让人获得尊严,获得精神的自由和解放。

对垂死者的临终关怀——濒死之人需要什么?

身患绝症濒临死亡之人生理上受病痛折磨,痛苦不堪;精神上面临死亡的威胁,恐惧焦虑,所以情绪往往极度沮丧,惶惶不安。

这时候病人不但需要得到生理上的治疗,更需要得到心理上的抚慰。然而现实的状况却往往不令人满意。

具体到伊凡·伊里奇来说,他得了病,希望尽快了解病情,希望医生把他的病认认真真当回事。但是医生却摆出煞有介事的架势,用一大堆复杂而晦涩的科学术语,漫不经心地敷衍他,让他对自己的病情疑神疑鬼,越发不安。在他眼里这是一个生死攸关的问题,但在医生眼里却只是个司空见惯的医学问题。医生的冷漠让他痛恨不已。

回到家里,他希望家人知道他是病人,然而家里没有人真正关心他,他们关心的只是自己的快乐。他看到他的家人,尤其是他的妻子和女儿整天忙于拜客,对他的情况漠不关心,对他的唉声叹气毫不理解并因此生他的气,仿佛全都怪他自己似的。

在工作单位里,他注意到,或者自以为注意到人们对他采取了一种古怪的态度,他觉得人们都好奇地打量他,仿佛他是一个即将腾出位置的人。还有他的朋友们会突然善意地拿他的情绪来开玩笑,好像他那可怕的疾病正是打趣开玩笑的好题目似的。这让他十分郁闷乃至愤怒。

伊凡明白地知道,"他的身体里正发生某种可怕的,新的,在他一生中最最重大的事情,而且这事还只有他自己才明白。他周围的人都不理解或不愿理解这一点,还认为世上万事万物都在照常进行哩。没有什么比这更使伊凡·伊里奇痛心的了"。(第32页)他感到"他必须总是独自一人生活在深渊的边缘上,没人了解他,怜惜他"。

总之,身患重病之人渴望周围的人能够理解他,然而没有人能够真正理解他。为此他感到孤独,感到忧伤。

身患绝症的人还渴望人们真诚地对待他,而不是想方设法欺骗他。他周围的人都知道他的病无可救药,却都用谎言欺瞒他,说他只不过生点小病,只要好好吃药,很快就会好的。这些话,说的人不信,听的人更不信,但他不得不生活在谎言中。他感到死亡是人生中庄严的大事,然而却被人们漫不经心地淡化到似有若无。"这使他感到莫大的痛苦。"

紧跟撒谎而来的是虚伪。因为谁都不理解他的境况,所以他的妻子对他永远只是埋怨,怨他不按时吃药,不按医生说的办;女儿只顾谈恋爱,对于疾病、苦痛和死亡感到受不了,因为这会打搅她的幸福。但大家又都装作对他很关心。一家人在病房里围着他问这问那,而内心里却急于看演出。妻子说要请医生,请求伊凡别反对,口口声声说是为了她自己才这么做的,但让人听来却好像那么难以令人置信,所以必须从反面去理解似的。伊凡对此厌恶极了:"他只觉得他已被虚伪之网层层裹住而撕掳不开了。"

身患绝症之人心理脆弱,特别希望有人亲他疼他。但最使伊凡感到痛心的莫过于没有一个人像他希望的那样疼他。有时候,经过一阵持续痛楚之后,他最希望(虽然他不好意思承认)有人会像疼爱孩子那样疼爱他。但他又知道,他原是重要的官场人物,平时高高在上,不苟言笑,人们对他总是敬而远之,所以想让人亲近他几乎是不可能的。

虽然如此,他仍然这样巴望着。在接近他的所有人中,最能安慰他的莫过于仆人盖拉西姆。盖拉西姆无微不至地伺候他,常常整夜陪伴他,和他聊天,不让他寂寞。小伙子最能体谅病人的心,只有他尊重、理解、怜悯病人,给病人带来了莫大的精神安慰。

透过重病中的伊凡的表现我们知道,对待垂死的病人,临终的精神关怀比肉体上的治疗更重要。这些关怀包括同情、理解、真诚、疼爱、耐心陪护、精神交流,等等。

向死而生——他"以一种全新的方式回顾了自己的一生"

持续不断、永无休止的疼痛,让伊凡·伊里奇苦不堪言,他觉得他的疼痛总也没有尽头,无人能够代替他,他忍不住伤心地哭:哭自己孤立无援,哭可怕的孤独,哭人心的狠毒,哭上帝的残酷。他不明白上帝为什么如此可怕地折磨他。生命如此痛苦,活着还有什么意义,为什么还要活着?由此,他的灵魂深处展开了一场无声的自我对话,自我反思。在反思中他感到过去的愉快生活,一点也不像过去看来那么好了,尤其是结婚和当了公务员之后,美好的东西越来越少了。他感到自己婚姻的失败和公务员生活以及为金钱而忙碌的一生毫无意义。

伊凡·伊里奇本来在忍受着肉体上的巨大痛苦,但是,当他意识到自己一生过得没有价值和意义时,精神上的痛苦压倒了肉体上的痛苦。痛苦中的他执着地追问一个问题:要是我的全部生活都错了,那又怎么样?

就这样,伊凡·伊里奇临终前,"以一种完全新的方式回顾了自己的一生",结论是:一生过得并不是那么回事。除了年轻时一度萌生过对某些社会现象的反抗冲动之外,"所有其余的一切则都是虚妄"。这一认识使他的痛苦加剧了十倍,他急于弄明白,如果过去的一切都做得不对,那么什么又是对的呢?人的一生究竟应该怎样度过呢?对这些形而上的终极问题,伊凡没有时间也没有能力弄明白了,他怀着极大的迷惘和困惑离开了人世,把永恒的天问留给了后人。

伊凡·伊里奇在生命即将走向终点时开始反思自己的一生,提出人到底应该怎样"活"的问题,让我们深受感动。可惜他的反思开始得太晚了,这问题应该提在人生开始的时候。然而人从青年、中年到老年,都在一种盲目力量的支配下匆匆忙忙地活,活在令人眼花缭乱的生活欲望中,可能从来没有想过该怎样活的问题。这真的令人遗憾:刚刚踏上人生之路,或正行走在人生之路上,本该提出"怎样活"的问题的人,却往往意识不到这是一个问题;而当明确意识到这是一个问题时,人生之路却即将到头,没有机会再活了。人生为什么竟是如此的颠倒呢？难道不能把这一顺序倒过来吗？

古今圣哲早已发现了这一"颠倒",他们竭力要把这一颠倒的问题颠倒过来,为此,他们提出要早早地思考死反思死,借助于对死的反思认识人生规划人生。如苏格拉底说,未经省察的人生没有价值。柏拉图说,哲学是死亡的练习。现代存在主义哲学家雅斯贝说:从事哲学即是学习死亡;学习如何去生,和学习如何去死,实际上是一回事。海德格尔更明确地提出,向死而生……

这些圣哲贤人生在不同时代,有不同的思想背景,却面临共同的生死问题。我想,虽然他们的话可能各有具体内涵,但基本精神、基本思路是一致的,那就是,人终有一死,生命是有限的,如何让有限的生命更有意义和价值,是必须在死亡远未到来之前就认真思考的问题。也就是说,思考死其实是思考如何生。死是生命的消解,是"生"的破坏性因素;而面向死亡思考人生,以临终者的眼光透视人生,可以发现什么才是有价值有意义的东西,由此看,死又是"生"的建设性因素。对死的思考让人成长,促人成熟。遗憾的是,伊凡·伊里奇对生的反思来得太晚了,这是作为后来者的我们应该吸取的教训。

对幸福问题全方位的诗性思考
——梅特林克:《青鸟》

《青鸟》(李玉民译,载《梅特林克戏剧选》,外国文学出版社1983年版,下引此书只标页码)是比利时著名象征主义戏剧作家莫里斯·梅特林克的代表作。梅特林克早年在巴黎学习法律,同时酷爱文学创作。在巴黎学习期间,他受到象征主义文学运动的深刻影响。1889年他出版一部诗集和一部五幕悲剧《玛莱娜公主》,得到象征主义大师马拉美的高度赞赏。前辈的褒奖极大地鼓舞了梅特林克,从此他一心一意投入戏剧创作之中,先后创作了十几部戏剧,其中《青鸟》最为著名。由于《青鸟》的极大成功及深远影响,梅特林克得到瑞典文学院的高度评价。1911年,瑞典文学院以"多方面的文学活动,尤其是他的著作具有丰富的想象和诗意的幻想",授予他诺贝尔文学奖。

《青鸟》是一部童话剧。剧情大致如下:

蒂蒂儿和米蒂儿是一对小兄妹,他们的父亲是个樵夫。圣诞节前夜两个孩子做了一个梦:他们正在窗口看富有的邻居如何过节时,长得很像邻居贝兰戈太太的仙姑贝丽吕娜,进来请他们去寻找青鸟,因为她家女孩得了重病,只有青鸟才能治好女孩的病。她送给孩子们一顶具有魔法的小绿帽,只要转动一下帽子上的钻石,就能看到一切东西的灵魂。蒂蒂儿转动钻石,火、水、光、牛奶、面包、糖、猫、狗全变幻为人形,跟随小兄妹俩一起出发寻找青鸟。

他们先来到记忆国,在那里见到了早已死去的爷爷、奶奶和几个弟弟妹妹。蒂蒂儿发现爷爷家养着一只青鸟,就把它取走了,但一离开爷爷家,笼中之鸟就变成了黑色。他们又来到黑夜之宫,看到了威胁人类生存的各种灾难,也看到了亿万只青鸟,他们抓了很多,但一离开黑夜之宫,青鸟就全死了。他们又来到森林,在那里遭到了以老橡树为代表的动植物的围攻,它们扬言要杀死小兄妹,正在危急关头,光明赶到解救了他们。接下来他们在墓地也一无所获,便在光明的引导下来到了幸福园。

在幸福园,他们首先见到的是大吃大喝的最肥胖的幸福,然后又认识了各种各样亲切可爱的家庭幸福。最后他们来到了未来王国,那里聚集着许多等待出生的孩子,他们都在准备一种出世时带给人间的礼物,大多是发明创造,也有疾病和祸害。当时间老人打开通往人间的大门,把当天该出生的孩子送上航船时,光明声言已捉到了青鸟,但一出来青鸟就变成了粉红色。

小兄妹回到家中,众精灵向孩子们告别。光明说,也许青鸟并不存在,但大家总算尽力了。

圣诞节的早晨,蒂蒂儿的母亲把兄妹俩从睡梦中叫醒,他们还兴奋地沉浸在梦中寻找青鸟的记忆中。这时,女邻居贝兰戈太太来借火种,谈起了小孙女儿的病,说她想得到蒂蒂儿的鸟。蒂蒂儿爽快地把自己鸟笼里的斑鸠给了女邻居,小姑娘的病很快就好了。蒂蒂儿好心地想教小姑娘怎样喂鸟,小姑娘本能地不想放手,就在他们推拉之时鸟飞走了。小姑娘大哭,蒂蒂儿安慰她说他去把它抓回来。然后,他走到前台对观众说,有谁抓到了青鸟请送回来,因为青鸟关系着生活的幸福。

《青鸟》是一部童话剧,但同时又是象征主义戏剧的代表作。对于该剧的思想意蕴,历来论者从不同角度作过多种阐释,当然也各有道理。但就其中心主旨来看,很明显,作为核心意象的"青鸟"象征幸福,寻找青鸟象征着人类对幸福的追寻。也就是说,《青鸟》所传达的主要是作者对幸福的理解,体现了作者的幸福观。

幸福在哪里?

《青鸟》的故事情节曲折复杂,分为六幕十二场。戏剧第一场,圣诞节之夜,西方人渴望幸福最强烈的晚上,兄妹俩接受仙姑的委托前去寻找青鸟,寻找幸福。他们在记忆之国、黑夜之宫、森林等地都没有找到青鸟,没有找到幸福。后来,当黎明到来,彩霞满天、阳光普照的时候,他们来到了(梦幻中的)人世间——幸福园。幸福园的建筑高大雄伟富丽堂皇,陈设奢华无比。"在命运的守护下,人的各种欢乐、幸福都聚集在里边……"(第372页)

这里有大吃大喝的最肥胖的幸福,富翁的幸福,产业主的幸福,虚荣心满足了的幸福,不渴还喝的幸福,不饿还吃的幸福,不困还睡的幸福,一无所知的幸福,什么也不懂的幸福,无所事事的幸福……在这里,光明告诉蒂蒂儿:"随着钻石的法力达到各个花园,你还会看到许多……在尘世上能够找到的幸福,比人们想象的要多得多,但是,大部分人却根本发现不了……"(第380—381页)例如,各式各样的家庭幸福。"家庭幸福领队"告诉蒂蒂儿:"我们一直在你的旁边!我们吃饭、喝水、睡觉、喘气、过日子,全是和你在一起的呀!"(第382页)

在家庭幸福成员中,有身体健康幸福,新鲜空气幸福,爱戴父母幸福,蓝天幸福,森林幸福,阳光幸福,下雨幸福,观看星星幸福,春天幸福,落日幸福,冬天炉火幸福……家庭幸福领队还告诉蒂蒂儿,他们当中最美好的是思想纯洁幸福,思想纯洁"几乎算是无限明快欢乐的兄弟,是我们里头脑最清醒的"。(第383页)在"无限欢乐"成员里,有公正、善良、完成工作、理解、欣赏美、爱……而"爱"当中,最纯洁的是母爱,母爱是无与伦比的最大欢乐。"母爱"把小兄妹俩搂在怀里,尽情亲吻他们,告诉他们"凡是喜爱自己孩子的母亲,全都是富有的,没有穷苦的,没有长得丑的,也没有老的……她们的爱,永远是最美好的欢乐"。(第387页)

总之,在幸福园里,蒂蒂儿兄妹没有想到竟然会有如此之多从来不曾发现的幸福。他们有点不相信,怀疑这只是在天上才会有,而一旦回到地上或许就会不一样。"母爱"看出了他们的怀疑,亲切地告诉他们:"在那里(人间、尘世——引者注)和在这里(梦幻世界),是一样的事啊。我就是在那里的,咱们就是在那里的呀……你到这里来,没有别的意思,就是要知道,就是要了解,你在那里看见我时,应该怎么看。你明白了吗,我的蒂蒂儿?你以为是到了天上,其实,不管在哪儿,只要我们在哪里拥抱,哪里就是天上。"(第388页)

"只要我们在哪里拥抱,哪里就是天上",这就是说,只要有爱,人间即是天堂,地上即是天上。幸福在人间,幸福在人与人的相爱中。

经历了一番梦幻,小兄妹明白了幸福就在人间、就在自己身边的道理,于是梦醒又回到原来的家里时,感受就完全不一样了。蒂蒂儿告诉父母:"还是原来的屋子,可是好看多了……全都粉刷了,翻新了,全都亮晶晶的,干干净净的。"(第420页)当然,不是屋子变了,而是他们的眼光变了,他们从自己平凡的日常生活中发现幸福了。蒂蒂儿由衷地感叹:"天哪,我多幸福,多幸福,多幸福哇!"(第420页)

肥胖幸福的可怜相

在幸福园,蒂蒂儿兄妹最先见到的是肥胖幸福们。幕启时的舞台上,他们就在珍馐美馔中大吃大喝,在野味酒瓮间横躺竖卧。这批幸福自称"连一分钟喘口气的时间都没有……整天得喝,得吃,得睡"。除此之外一无所知,无所事事。他们是蒂蒂儿兄妹要寻找的幸福吗?当然不是。当蒂蒂儿问他们青鸟在什么地方时,"最肥胖的幸福"不屑地回答说:"据我所知,它是不能当下酒菜的。不管怎么说,在我们的餐桌上的菜中还从来没见过。这就是说我们看不大上眼。"(第377页)肥胖幸福的话表明,青鸟不在他们这里,他们不是真正的幸福,青鸟与肥胖幸福不同类。

《青鸟》插图

虽然肥胖幸福并非真正的幸福,却具有吸引力。他们轻而易举地就把随同蒂蒂儿寻找青鸟的狗、糖、面包等拖上筵席,同他们一起大吃大喝。肥胖幸福们也热情地邀请蒂蒂儿兄妹入席,小兄妹有点动心。但代表人类理性的"光明"却洞若观火,他提醒小兄妹:"不要接受,什么也不要接受,怕的是你忘记了自己的使命……";吃了肥胖幸福们的东西"会摧毁你的意志。要想尽到职责,就必须做出点牺牲"。(第376页)当肥胖幸福们死乞白赖硬要把小兄妹拖上筵席,强迫他们幸福时,"光明"命令小兄妹扭动钻石,让钻石的光亮照穿他们的真相。这时,舞台上的一切全变了样:"筵席的长桌倒了,消失了,没有留下一点痕迹。随着光线渐渐明亮,肥胖幸福们的锦绣华服、桂冠,以及可笑的面具全部脱落,碎成破布,掉在呆若木鸡的客人脚下。肥胖幸福们像泄了气的皮球,眼看着瘪下去。他们面面相觑,在陌生光线的刺激下直眨眼皮。他们终于看清了自己的真正面目:赤裸着身,丑陋,干瘪,一副可怜相。"(第379页)

这段滑稽可笑的情节出尽了肥胖幸福们的洋相!作者意在告诉观众,吃喝玩乐等所谓的幸福是低层次的物欲满足,绝不是真正的幸福,真正的幸福在于精神的追求、精神的享受;而这是肥胖幸福们无论如何不能理解的,所以他们对青鸟充满敌意,不屑一顾。只知吃喝玩乐的肥胖幸福们经不住钻石光芒的照射,即经不住人类理性意识的思考,经不住精神的考验,所以说此类幸福绝非真正的幸福。人类的职责或使命是,态度坚决地拒绝"肥胖幸福"的诱惑,耐心执着地寻找象征真正幸福的青鸟。

幸福是需要提醒的

蒂蒂儿兄妹在幸福园里看到了那么多日常生活中的幸福,诸如身体健康幸福,新鲜空气幸福,爱戴父母幸福,日出幸福,下雨幸福;看到了日常生活中那么多"无限欢乐",如公正是欢乐,善良是欢乐,工作是欢乐,理解是欢乐,等等。这些幸福和欢乐,本来就在我们身边、我们眼前,为什么我们总是视而不见,没有一点感觉呢?

这是因为对幸福缺乏一种清醒而自觉的意识,缺乏对幸福的真正理解,缺乏一个跳出生活之外反观生活的视点。正如苏东坡所说,不识庐山真面目,只缘身在此山中。看来,要想发现身边日常生活中的幸福,需要转换一下视角,拓宽一下视野。剧中的蒂蒂儿扭动钻石,即换了一种眼光,场上的一切顿时变得无法形容的明亮清澈,被一种神奇般的光亮所照亮。肥胖幸福们现了原形,原先看不到的幸福也联翩而至,扑面而来。蒂蒂儿惊叹:啊!多美的花园!多美的花园啊!他以为自己来到了什么新地方。代表理性意识的"光明"告诉他:"咱们没有换地方。是你的眼睛换了视野……现在,咱们看到了事物的真相。"(第380页)

如此看来,"身在福中不知福"是人类生活中一种很普遍的状态。要克服这种状态,必须对幸福的真谛有深刻的悟解,具有发现并体验幸福的清醒的自我意识。

对幸福有清醒而自觉的意识,用当代作家毕淑敏的话说即"提醒幸福"。她在一篇名为《提醒幸福》的散文中认为,幸福是一种心灵的震颤,它像会听音乐的耳朵一样需要不断的训练,需要不断的提醒。她说,幸福就是没有痛苦的时刻,它时时围绕在我们身边,但我们往往感觉不到它。为什么?因为幸福绝大多数是朴素的,它不会像信号弹似的,在很高的天际闪烁红色的光芒。它披着本色的外衣,亲切温暖地包裹起我们。幸福常常是朦胧地,很有节制地向我们喷洒甘霖。你不要总希冀轰轰烈烈的幸福,它多半只是悄悄地扑面而来。你不要企图把水龙头拧得太大,使幸福很快地流失,需要静静地以平和之心,体验幸福的真谛。

只要善于感悟,你就会发现普通的日常生活中有无穷无尽、享之不完的幸福。幸福就在我们身边,就在我们身上。这些既浅显又高深的道理其实就是禅意、禅理,有道是"高僧只说平常话","平常心是道"。不过,这些道理非要有些人生阅历,经历过一些人生苦难的人才能悟出;有特别聪敏的心灵才能悟出。梅特林克具有超人的悟性,所以写出了《青鸟》。

总之,同样的境遇,换一个视角体验,感觉可能大不一样,说明幸福常常不与外界境遇同质同频,幸福只是人心灵的感觉。你只要有一颗善于发现和体验幸福的灵魂,你的幸福可能就享之不尽,幸福就永远与你同在。你真的明白了这些道理,可以肯定,你的一生就生活于幸福中,这个幸福不是外界给你的,而是来自你内心深处的领悟,因此可以说是永远靠得住的幸福。

幸福需要不停寻找

蒂蒂儿兄妹在梦幻中不停地寻找青鸟,终于没有找到,醒来后不好意思地向仙姑表示歉意,说自己没有找到青鸟。但经妈妈的提醒,蒂蒂儿发现他寻找的青鸟原来就在自己家里:"唔,真的,我的鸟,在哪儿呢?……嘿!那不是鸟笼子吗!……这不正是我们寻找的青鸟吗!我们跑出去老远,它却在这儿!嘿!真是妙极了!"(第419页)

象征幸福的青鸟一送给邻居的小姑娘,她的病一下子就好了,能下地走路了,能跑能跳了。但转眼间,青鸟又从他们手中挣脱飞走了。小女孩失声痛哭,蒂蒂儿劝她不要伤心,答应再把青鸟找回来。于是他走到台前,对着观众说,如果有哪位找到了那只鸟,请把它还给我们好吗?为了我们今后的幸福,我们需要青鸟。(第424页)

蒂蒂儿面向观众说的话是全剧最后一句话,可以视为作者点明题旨说给观众听的话。其意是说,幸福不是一旦到手就可以一劳永逸永远占有的东西,它一经到手就可能变色,可能飞走,因此你必须继续寻找。从某种意义上说,人生就是不断寻找青鸟即不断追求幸福的过程。追求幸福的过程,也就是不断地发现、感悟、体验幸福的过程。幸福不是一个固定物,也没有一个确定的界线或一个终极的点。它是一种灵魂中微妙的感觉,毋宁说幸福是一个目标——一个可望而不可即的目标,你追寻着,感悟着,它就存在;你放弃了追寻,没有了感悟,只剩下贪婪的占有,它也就不再存在。也就是说,幸福永远存在于你追寻、感悟幸福的过程中。

行善受困好人难做的困境如何解决
——布莱希特:《四川一好人》

世界上有许多现象不可思议,如好人得不到好报,行善反而无法生存,等等。从道理上讲,这无论如何说不过去,但它却又是很常见很普遍的现象。德国剧作家布莱希特(1898—1956)的名作《四川一好人》讲的就是这种现象。

《四川一好人》的故事梗概大致如下:三位神仙走遍天下寻找好人而不得,后来来到中国四川首府,好不容易找到一位好人,这就是妓女沈德。她在房东"如果明天早上不把房租凑够就得滚蛋"的威胁下,宁愿放弃一个赚钱的机会而收留了怎么也找不到住处(谁也不愿接待)的三位神仙。神仙十分感动,为了报答沈德的好心,留给她一千块银圆让她维持生计。沈德用这笔钱买下一间烟店。她乐善好施,喜欢周济穷人,于是很快招来一批街坊邻居、街头乞丐、包括曾因交不起房租而把她撵到街头的老房东。这批不三不四的人在她的小店白吃白喝白住,还向她讨烟借钱乃至于讹诈。

沈德的小店刚开张就已面临危机。就连这批人也感到这样下去不行,问沈德"你这样开店,用不了三天就得关门大吉","你这个人太好,好过了头。你要是想保住这个铺子,就不能菩萨心肠,有求必应"。这时,沈德又好心救了一个名叫杨逊的失业飞行员并爱上了他。为了帮他找到工作,她借了二百元钱给他并打算卖掉自己的小店。但这小子却无情无义,不但不知感谢,反而利用她对他的爱情向她行骗。

就在烟店将要倒闭破产之时,沈德从那帮寄食者的暗示中受到启发(他们世故老辣富有社会经验),摇身一变幻化为一个青年男子,自称是沈德的表哥崔达,出来收拾残局。崔达冷面无情,下令"白给白送的施舍应当停办","但仍让每一个人都有新的机会,诚实做人,勤劳发家"。他借款租房开办烟厂,雇用原来那批人进厂做工。他管理手段严厉,斤斤计较,不滥施恩。烟厂迅速发达,崔达很快成为烟草大王。此时他又开始暗中给穷人施饭发粥,继续慈善事业。但他的冷酷无情使人们怀念仁慈和善的沈德,有人怀疑是他谋杀了沈德,把他告上法庭。

在法庭上,三位神仙施计成了法官。在审问崔达时,他没有办法,只好摘下面具脱去套衣,恢复沈德的本来面目。面对法官和众人的质问,沈德说:"我就是沈德。崔达就是我,沈德也是我。神明告诫,要做好人又要活,恰似落雷,把我劈成两半。不知何故,厚人又厚己,不能同时做;助人又助己,我力难胜任。""一颗婆心千斤重,把我压入地下藏。我一狠心当财主,威风凛凛酒肉香!你们世界肯定不对头,为啥好人受严惩,坏人得犒赏?"面对沈德的困惑和疑问,神仙也不知怎么回答,只好说些"只要你人好,一切都好办"之类不着边际的空话赶快逃身。

《四川一好人》明显是一出寓意剧,它不像传统的戏剧那样用逼真的情节引导观众产生真实的幻觉,从而进入角色体验剧情;而是用近乎荒诞不经的情节提出问题,迫使观众进行理性思考。本剧提出的问题就是沈德的困惑:怎样才能既行善又能生存;怎样才能既当好人,又能活下去。或者说,为什么好人不得好报?为什么要想行善必须以"恶"作手段?对于这一困惑,布莱希特也不知怎

么办,他把问题留给观众。剧本结尾的《收场白》中,作者通过演员之口直接面向观众说话:

> 尊敬的观众,
> 现且莫烦恼:
> 结局不合理,
> 我们明知道。
> 原浮想,是段金色的传奇佳话,
> 到头来,结尾却是这般糟,
> 同人自感惆怅出意料。
> 还有那,闭幕后惹起的诸多问题,
> 仍得靠大伙在家般地自由去品嚼。
> …………
> 唯靠诸位解难题:
> 请即亲自想仔细,
> 帮助好人好到底,
> 能够采取啥方式。

布莱希特在剧本里提出的问题,在有些人那里也许不成为问题。如有人把《四川一好人》中提出的问题归纳为资本主义社会的罪恶,认为只要推翻了资本主义制度,问题就可以迎刃而解。这当然也是一种思路。以上"困境"的存在确实与社会环境的恶劣有关,推翻了资本主义制度肯定为摆脱以上"困境"提供了极为有利的客观条件。但以上"困境"似乎不单是一个阶级问题、政治问题,也不单是某一个特定时代的社会问题,而是一个超越时空、普遍存在的社会现象。

行善受困、好人难做的现象,在涉世未深、满脑袋书本教条的人看来完全不可理解,因为它背离常理,怪异荒诞,让人无法接受;但是,在饱经沧桑、阅尽人间百态的人眼里,见怪不怪,反常也是正常。因为你的"常理"是人设的,体现的是人类的理想和愿望。但社会是谁你是谁,"天地不仁,以万物为刍狗",客观世界包括人间万象自有规律。它黑白相融,善恶难辨,并不因为你是好人而格外开恩照顾,也不因为你的善行而特意给予奖励。所以,上述困境自古以来在人间普遍存在。

　　这方面例子不胜枚举。好巧不巧,就在本文修改之时,笔者从网名为"@天理杂谈"发的视频里看到一个当下发生的真实案例。视频页面提示语是:让环卫工免费吃饭却被彻底寒了心。善良应该留给值得的人!

　　故事是:一对年轻夫妻在街头做大锅菜,同时也利用网络带货。他们看到附近四个环卫工人很辛苦,收入不高,于是邀请他们免费在这儿就餐。对此善举他们也不避讳,说这样做既是公益也为了流量。不久之后,一到饭点不知道从哪儿呼呼啦啦跑来几十个人排队吃饭。有人给附近老人换上环卫工的衣服来这儿蹭饭;有的一人打几份,自己吃不了送给附近认识的朋友,拿免费的饭到处送人情。无奈之下夫妻俩只得收费两块钱。因为便宜,人还是成群结队地来。这种吃法让小俩口受不了。

　　还有一点让他们受不了。吃饭时一大群,走后地上乱七八糟都是垃圾还得他们去打扫。在他们打扫的时候,那些所谓的环卫工在一边说说笑笑,没一个人过来帮忙。当有人夸这两口子的时候环卫大妈直接怼回去,说他们不是真好,是要利用我们,目的是要带货。带货不假,两口子带着兄妹四人带的货不是自己的饭菜,而是大蒜、辣椒、粉条、酱油之类的农产品,一单只赚几毛钱。即使如此,有网友还指责他们竟然收环卫工的钱,太令人失望了,你是什么钱都敢收啊!

食客的贪婪和网友的指责让小两口十分寒心,无奈中他们表示从此不再免费,给环卫工打七折。有网友得知整个事件真相后打抱不平,激愤地评论说:"狗不能喂得太饱,人不能对他太好,善门易开难关,请把你的善意收回去,因为善良是应该留给值得拥有善良的人。"

如果有人对事件的真实性提出质疑,可以亲自看看视频。视频里有身穿黄色环卫工装的人排长队打饭和满地垃圾的活动画面作证。

行善受困、好人难做的现象,无论在哪个时代都是不合理不公平的。出现这种局面,原因是复杂的:既有社会管理方面的,也有人性方面的。

具体到《四川一好人》,沈德经营小店的时候乐善好施,对于穷人不设任何条件普施爱心,对于周济对象的身份没有资格审查,于是很快招来一批不三不四的人来小店白吃白喝白住,还向她讨烟借钱乃至于讹诈,很快小店濒临倒闭,慈善进行不下去。沈德吸取教训,摇身变为崔达,建立一套严格的管理制度,不滥施恩,给每个人工作机会,鼓励他们诚实做人,勤劳致富。结果烟厂迅速发达,崔达成为烟草大王,慈善事业得以继续下去。

烟店(后来变烟厂)的经营者是同一个人,慈善对象是同一批人,为什么前后结果大不一样呢?原因是沈德单凭善良愿望广施爱心,没有严格的管理制度,结果被居心不良的人所利用,所以失败。沈德的教训揭示了人的劣根性:好吃懒做,爱占便宜,堕落摆烂,不知感恩。

人性有善好与恶坏两面,两面中哪一面在现实中占主导地位,全靠外在的力量的影响,如法律、制度、纪律等的约束与管理。在好的制度下,呈现善好的一面;在制度缺失或坏的制度下,呈现恶坏的一面。正如毛泽东主席所说,人是生活在制度之中,同样是那些人,实行这种制度,人们就不积极,实行另外一种制度,人们就积极起来了,人是服制度不服人的。邓小平同志也指出,制度好可以使坏人无法任意横行,制度不好可以使好人无法充分做好事,甚至会走向反面。沈德的失败和崔达的成功充分说明了制度建设的重要性。不要指望人在任何时候任何情况下都释放善好,要建立科学合理公正的制度保障人性释放善好而不释放坏恶。

布莱希特在《四川一好人》中对于"好人困境"不知如何解决,直到剧终还在利用演员向观众征求走出困境的办法,反映了剧作家思想认识的局限。现在我们可以根据中国成熟的国家治理的经验给他以圆满的回答。

金钱对良知的考验
——迪伦马特:《老妇还乡》

一边是巨额的金钱,一边是道德、良知、人格、尊严。如果发生矛盾冲突,二者不可兼得之时,你选择哪一个?

以上问题,理论上不成为问题,当然也就无所谓两难选择。因为毫无疑问应该选择体现崇高精神价值的道德、良知、人格、尊严,否则,难道还有其他选择吗?!但是,在具体现实的世俗生活中,它却是一个实实在在的严峻考验,一个分量沉重的两难选择。

在两难选择中,有人坚守精神的纯洁,选择道德良知、人格尊严这一极,表现出崇高的精神境界;但无可否认的是,也有相当一部分人在这一考验面前不顾道德良知,丧失人格尊严,演出了一幕幕令人心酸令人感叹令人痛心的人间喜剧或悲剧。这样的例子在现实生活和文艺作品中俯拾即是,瑞士当代剧作家弗里德里希·迪伦马特的名作《老妇还乡》(1956年)表现的就是这种考验。

《老妇还乡》的故事发生在欧洲中部某国一个名叫居伦的小城。故事开始时这个小城正面临一场灾难性的经济危机:工厂倒闭,国库空虚,市政厅只剩下一台破打字机,保险柜里一个子儿也没有,没有一个人纳税,小城最宝贵的历史博物馆三年前已卖给了美国,贫困和饥饿威胁着全市居民。

正在这时,一位出生于小城而如今是世界上最富有的老妇人要回乡访问,全城人为此欢呼雀跃,把摆脱危机的唯一希望寄托在她身上,希望她慷慨捐助,救济小城。

这位老妇人名叫克莱尔·察哈纳西安,45年前与本城青年伊尔热恋并怀了孩子,但这时的伊尔却变了心并设计诬害了她,使她蒙受不白之冤,被迫流落他乡沦为妓女。后来她嫁给美国最为富有的石油大王,从此成为拥有油田、铁路公司、广播公司及游乐场的亿万富婆。这次回小城的目的是要报仇雪恨,"讨回公道"。她宣布向小城捐赠十亿镑,五亿给市政府,五亿由市民均分。但有一条件,那就是必须处死伊尔。用她的话说即"我要让居伦城谋杀一个人,我要拿他一个人的尸体来换取繁荣"。

老妇人45年前的遭遇令人同情,45年后老妇人要求讨回公道,应当说可以理解。但她公然用钱来买仇人的生命,用钱来唆使小城人亲手谋杀他们中的一员,却是对法律和道德的公然嘲弄,对小城人的公然侮辱。小城人意识到她的要求的可怕性质,所以理所当然地拒绝了她。市长很威严地当众表态:"我们并不是野蛮人。我现在代表居伦城的全体公民,拒绝接受你的捐赠;我以人类的名义拒绝接受。我们宁愿受穷,也决不能让我们的手上沾上血迹。"市长的话大义凛然,赢得市民雷鸣般的掌声。

但是,掌声过后,面对十亿镑的诱惑,小城人却不能不动心。不知不觉之间,小城人包括市长的生活悄悄地开始发生变化:人们竞相赊账购置物品,如洗衣机、电视机、高档衣服,有的准备出外旅行,到外地看演出,其中,伊尔的儿子也买了漂亮的小汽车。人们渴盼那笔巨款,已经开始预支可能到手的那笔天上掉下的财富。此时,法律与尊严在人们心里已失去分量。

伊尔越来越明白人们已心照不宣地要以他为牺牲品,便要求警察局以"挑唆谋杀罪"逮捕老妇人。警察局却奉命去进行全市性的所谓"抓黑豹"的围猎活动,伊尔进一步明白人们"要抓的是我,是我"。他要逃离本地,全城人都去车站为他"送行",他明白自己已逃不掉。市长暗示伊尔自杀,以免去小城人谋杀同胞的罪名,但他拒绝了。

最后,在全市公民大会上,集体表决一致同意接受贵妇人的捐款。市长在宣布表决结果时,市长和全体市民一致高呼:我们绝不是为了钱,而是为了主持公道,为了良心。我们绝不能纵容罪恶行为。让我们除掉那个犯罪的人……

既然接受了捐款,就必须立刻交出伊尔的生命。于是,在众人包围之中伊尔被当众杀害。向外界宣布的是,一位老公民对贵妇人的慷慨捐赠过分激动,心脏衰竭,当场死亡。

从实际生活角度讲,《老妇还乡》的故事纯属编造,子虚乌有,是作家为了传达自己的思想而精心虚构出来的荒诞故事;但从艺术角度讲,它具有无可置疑的真实性。我们说它真实,依据在于,它深刻揭示了一种残酷的生活真相,或者说深刻揭示了人性中某种"顽固"的弱点:面对金钱等现实利益诱惑,道德、良知、人格、尊严等显得脆弱无力,不堪一击。

对于小城人人性中的这一弱点,城中有的人是十分清醒的。例如中学校长,他是小城中知识层次最高的人,而且是具有人道主义信念的人,他曾坦率地向伊尔剖析过全体市民和自己的内心隐秘:"他们一定会弄死你的。从一开始我就断定他们会那样做,尽管居伦城的人谁也不肯承认这一点,你在很久以前也已经完全明白了。这诱惑实在太大,而我们的贫穷的处境也实在太难以忍受了。我现在更知道了另外一些情况,那就是我自己也会参与这个谋杀活动的。我现在清楚地感觉到,我正在慢慢变成一个杀人凶犯。我的人道主义的信念是完全软弱无力的,它并不能阻止我走上这条路。正是因为我完全了解这些情况,所以我也变成了一个酒鬼。伊尔,我也和你一样感到非常害怕,而且心中的恐怖不亚于你。"校长的话道出了小城人之所以对捐款由拒绝到接受的秘密,道出了道德、良知、信念等在金钱面前的无奈和无力。

值得一提的是,作者迪伦马特认为,发生在居伦城的故事并不只是居伦城的故事,而是到处都可能发生的故事;居伦城的市民也不是一群恶人,而是和我们一样的人。所以他要求演出时"绝对不能使他们具有恶人的形象"。作者的意思是,这是人性的弱点,这样的悲剧(迪伦马特称之为"喜剧")具有广泛性、普遍性。

如果用传统的社会政治眼光看问题,《老妇还乡》的故事发生于资本主义社会,我们可以说作品的思想意义在于揭露了资本主义制度的罪恶,谴责或抨击了资本主义社会里人们道德堕落的现实,等等。这当然不错,事实确实如此。但从人生角度看,事情却并不那么简单。事实上,金钱等原欲与道德、良知、人格、尊严的矛盾是除共产主义之外的任何时代任何社会任何阶级任何民族中的任何人,在现实生活中随时都可能遇到的沉重话题。

在这一话题面前,每个人都面临严峻的考验,类似居伦城的悲剧随时随处都可能发生。因此,面对金钱财富与道德良知、现实利益与精神信念的冲突,每个人都必须严肃对待,都必须交出一份慎重的答卷,躲是躲不掉的。有人以为金钱与良知、利害与信念的矛盾只属于资本主义和资产阶级而自己可以置身其外,这种想法是大睁两眼不看现实,不敢面对真切实在的人生,其实质是想逃避它的考验,是一种精神上人格上的怯懦。

将一切无价值的撕破给人看
——马克·吐温:中短篇小说

马克·吐温是19世纪后期美国杰出的小说家。他出身贫寒,12岁开始外出独立谋生,先后当过印刷所学徒、报童、排字工人、水手、矿工、新闻记者,由记者开始走上文学创作之路。马克·吐温作为美国批判现实主义文学的奠基人和代表,其创作触角扎根于社会现实的方方面面。他眼光犀利,思想深刻,对社会对人性

马克·吐温

都有独特的发现,笔锋以幽默和讽刺见长,将一切无价值的撕破给人看,留下了丰富而宝贵的文学遗产,被福克纳誉为"美国文学之父",也有人称他为"美国文学史上的林肯"。2006年,马克·吐温被美国权威期刊《大西洋月刊》评为影响美国的一百位人物中第十六名。

马克·吐温一生创作了大量作品,包括小说、剧本、散文、诗歌,代表作有小说《百万英镑》《哈克贝利·费恩历险记》《汤姆·索亚历险记》等。本文以几篇中短篇小说为例,从人生视角提取其作品至今不朽的精神价值。

《败坏了赫德莱堡的人》:容易受诱惑是普遍的人性弱点

年轻时读马克·吐温的短篇小说集《竞选州长》(人民文学出版社 1979 年版),其中的每篇作品都精彩,而最让我难以忘怀的是《败坏了赫德莱堡的人》。它让人笑,大笑,却笑得沉重,笑得苦涩。

小说讲述了一个精心编织的故事。

赫德莱堡是美国某地一个小村镇,其最大特点是远近闻名的道德模范村。人们普遍认为该村村民最诚实、最清高。这个名声已经保持了好几代,它迫切希望这种光荣万世不朽。它对摇篮里的婴儿就开始教以诚实的原则,在青年人发育时期完全不让他们与一切诱惑相接触,为的是让他们的诚实变得坚定而巩固,成为深入骨髓的品质。赫德莱堡的好名声让邻近市镇的人很是嫉妒。

然而曾几何时,赫德莱堡终于很不幸地得罪了一个很不好惹的外乡人。他看破了赫德莱堡的真相,决心设计报复他们。经过苦思冥想,他终于想出一条败坏它的妙计。

几个月后的一天晚上,他扛着一个口袋出现在银行老出纳员爱德华·理查兹家的门口。老头不在家,其妻子玛丽接待了他。他说,我是外国人,马上要回本国去,以后就永远不再来了;有件事想拜托你们代办,这件事就写在口袋的纸条了上。他说完转身消失在夜幕中。老太太被好奇心所勾引,拿出条子看。条子上写道:这是一袋金币,折合四万美元,我是用它来报答恩人的。几年前,我是一个输得精光的赌徒,在我倾家荡产之际村里一位高尚人救了我,他给了我钱,还给我说了一句让我灵魂得救从此重新做人的话。如今我发了大财,要来回报恩人,但我不知他是谁,请求你们帮助我寻访。办法是,我把恩人那句话密封在口袋里,谁如果说自己是救过我的人,就请说出那句话加以对证,然后把这袋金币交给他。如果公开寻访就请把这张纸条拿到报上去发表,自本日起三十日内,请申请人于星期五晚上八点到镇公所公开认领。

十一点钟,外出打工精疲力竭的老头回来,老太太讲了口袋的来历,两人激动、兴奋,认为这是赫德莱堡莫大的荣耀,为了给赫德莱堡添光彩,他们决定用公开的办法寻访,于是立刻把纸条拿到了报馆。报馆主笔兼东家柯克斯也兴奋异常,立刻吩咐交邮差送走。

从报馆回来的理查兹老头与妻子讨论是谁把二十块钱给了外乡人,他们一致认为肯定是固德逊,这正是他的作风,镇上不会再有第二个人。可是固德逊已经死了,他又没有后人,那么这袋钱该给谁呢?很明显,谁也不应该得。那么,我们要是不把这消息透露出去,这笔钱不就属于我们了吗?反正送钱人是外国人,明说以后再也不会回来。想到这里,老两口面对无人认领的钱袋心动了,后悔了,后悔不该把这事张扬出去,所以老头去报馆想追回那纸条。

与此同时,同样的一幕也在报馆主笔柯克斯家里上演着。柯克斯夫妇和理查兹夫妇一样,先是激动、兴奋,冷静下来后醒悟,面对无人认领的金钱也心动了,后悔了,他赶忙出去想把那张纸条追回来。两人街头相遇了,然而一切都晚了,邮差已经提前寄走了。

两人感到万分遗憾,苦恼得要命,无精打采走回家去。回到家里,他们的妻子都马上跳起来,迫切地问怎么样,当得知已无可挽回时,就丧气地坐下了。两户人家里随即发生了内容相同的激烈争论——女人们愤恨地埋怨男人做事莽撞欠思考,眼睁睁丧失了一个千载难逢的发财机会。可是,一切都来不及了,后悔也晚了。女人们伤心地痛哭起来。

既然纸条已追不回,那就开始想已死去的固德逊给外乡人说的那句值钱的话吧!于是理查兹夫妇上床开始搜肠刮肚地猜测那句话是什么。"这时候柯克斯夫妇也吵完了嘴,言归于好了,现在正在上床——去想,在床上翻来滚去,心里发烦,老猜不透固德逊当初向那个倾家荡产的流浪汉说的是一句什么话;那句宝贵的箴言,价值四万元现金的箴言。"

以上是小说的第一节。作者详细描写了两对夫妇尤其是理查兹夫妇面对诱惑时的心态,让我们看到了发生在他们灵魂深处的秘密。接下来,作者的笔锋离开两对夫妇的"点"而指向了"面"——全村人的反应。

外乡人重金回报恩人的消息在报上发表之后,"不可败坏的赫德莱堡"这个名称立刻传遍全美国,千百万人都在谈论着这件事。赫德莱堡人更是惊异、快乐、扬扬得意、互相握手、彼此道贺。大家沉浸在无比自豪和欢欣的情绪之中。

一个星期过去了,大家开始平静。然后发生了一种变化,人人脸上开始现出了苦恼不堪的神气,人人都变得精神恍惚、郁郁不乐、若有所思。全村人都在苦苦思索、猜测死去的固德逊可能对外乡人说的那句话。三个星期过去。在这三个星期里,村里没有了往日的热闹,街头空虚寂寞,人们也不串门儿,一个个坐在家里唉声叹气,愁眉苦脸,都想猜出那句话。

一天晚上,全村十九家有头脸的人忽然都收到了信封不同字迹不同然而里面内容却相同的信。信中通过编织的故事向他们透露了那句话("你绝不是一个坏人:快去改过自新吧"),然后说,如果你不是应得这笔钱财的人,我相信你会毫不苟且地把应得的人寻访出来。这真是天大的喜讯!十九户人家全在自己家里秘密地狂喜,他们谁也没有想过自己是不是应得这笔钱的人,反正固德逊已死,这笔钱不要白不要。第二天大家见面,全都喜气洋洋。这十九家人已经开始计划怎么花这笔钱:买地、买马、买股票、盖房子、建别墅、旅游……

小说第三节把焦点集中在镇公所。按外乡人要求的办法,凡申请认领那笔钱的人都必须把自己说的那句话写出来密封交与柏杰士牧师,然后由牧师当众启封钱袋,以核对是否相符。柏杰士牧师一下子收到十九封同样的信。公开认领那天晚上,镇公所灯火辉煌,人挤得水泄不通,讲台上坐满各路贵宾和新闻记者。一袋黄金放在桌子上,人们贪婪地望着它。

认领开始了。牧师将信一一念出,这些人一个个都咬死只有自己是该得这笔钱的人,而别人都是冒牌。于是互相指责互相咒骂互相攻击,会场上闹得沸反盈天,乱成一窝蜂。赫德莱堡有脸面的人在全世界面前丢尽了脸。一个不可败坏的市镇,终于被败坏了——还了它的真面目。

马克·吐温的幽默和辛辣在世界文学史上是出了名的,《败坏了赫德莱堡的人》让我们有机会再次领略他的风格。原作实在太精彩了,拙笔难以再现其神韵,我建议读者有机会一定读一读原文。

那么,马克·吐温通过这篇小说想要告诉我们什么呢?外国文学史的传统观点是:"作者通过一袋金币的故事,无情地撕下了资产阶级诚实和道德的外衣,暴露了他们拜金主义和伪善的本质。"以阶级观点看,这样解说当然不能说是错误的。但是,总觉得与作品主旨有些错位。细读文本可以感觉到,马克·吐温的目的似乎并不单单是要揭露特定的某个阶级的外衣和本质,而所讨论的是人,是普遍的人性弱点,如,容易受诱惑,或者说在诱惑面前经不住考验。

对于这一弱点,我们很难将它像帽子一样简单地往资产阶级头上一扣,然后轻松地躲到一边看笑话。事情并不这么简单。小说中理查兹夫妇干了一辈子,到老仍家境贫穷,以至于深更半夜还不得不在外打工补贴家用,他们是资产阶级吗?他们一辈子为人正派,做事谨慎,自律甚严,正如老头自己所说,诚实已成为他们的第二天性。但即如这样的人,面对诱惑的时候仍然免不了动了心,可见"容易受诱惑"是他们内心隐蔽很深的弱点。对此,老头的妻子玛丽老太太在痛苦的自省中有过一段坦率的自我剖析:

"啊,我知道,我知道——一辈子老在受诚实的教养、教养、教养,教个没有完——从摇篮里就教起,要诚实呀,不要受一切诱惑呀,所以这全是虚伪的诚实,一旦受到诱惑,就经不起考验,今晚上我们已经看清楚了。老天爷有眼睛,我对自己那种像石头一样坚实的、无法败坏的诚实从来没有丝毫怀疑过,可是现在……现在,只受到这第一次真正的大诱惑,我就……爱德华,我相信这个镇上的诚实都是像我的一样,糟透了;也像你一样糟。这是个卑鄙的市镇,是个冷酷和吝啬的市镇,它除了这个远近闻名和自命不凡的诚实之外,根本就没有丝毫美德;我敢发誓,我确实相信如果有那么一天,它这种诚实受到大诱惑的时候,它那堂皇的声誉就会垮台,好像一座纸房子一样。这下子我可把老实话说出来了,心里倒觉得痛快一点。我是个骗子,一辈子向来就是,可就是自己不知道。以后谁也别说我诚实吧——我可担当不起。"

玛丽的丈夫理查兹临终时神志清醒地对牧师说:"我本是清白的——虚伪的清白——和其他的人一样;我也和其他的人一样,遭到诱惑的时候就摔跤了。我签署了一份谎言,申请过那个晦气的钱袋。"

从玛丽和她丈夫的自白可以看出,容易受诱惑并非资产阶级的专属特性,而是普遍的人性弱点。关于这一点,作者有明确的提示。作品结尾写道:经过这次事件,州议会决定将这个镇改名,并将多少年代以来刻在这个镇官印上的格言("请勿让我们受诱惑")删去一个字,改为"请让我们受诱惑",以此作为对后来人的警示。

人啊,并不一定都是自己所认为的那样的人,未经诱惑考验的道德优越感是脆弱的、靠不住的。所以,面临诱惑如何应对,并非只是资产阶级的事情,而应该是所有人一生中时刻都可能遇到的严峻考验。千万别把自己撇得太清,认为自己是永远不会受诱惑的人,这种盲目的自信往往会不知不觉中毁掉一个人。反观历史,对照现实,看是不是这样?!作品告诉人们,加强道德自律,战胜各种各样的诱惑,是每个人毕生的修身任务。

《竞选州长》等:社会通行潜规则

马克·吐温自下层社会起步,阅历丰富,对社会生活的方方面面都有独特的观察与深刻的认识。他笔下的人间万象,给人的感觉是总有两个层面——阳面和阴面,表层和深层。阳面、表层的生活,流行一套冠冕堂皇的阳规则、明规则,而阴面、深层的生活,即实际生活中通行的则是一套人人心知肚明的潜规则、暗规则。在这里,人是双面人,事是双面事。

如竞选,即候选人依法进行的争取选民支持的活动。按照法律明示的规则,各党派推出候选人,候选人在各自政治力量的支持下,组织竞选班子,筹集竞选费用,拟定竞选纲领,利用报刊、广告、电视、广播和在竞选地区发表演说等各种各样的方式,向选民讲解自己的政治主张,许下诺言以取得选民的信任,从而获得选票。这是制度规定的明规则。可是,实际的竞选活动并不按明规则运行,而是暗中通行一套潜规则。马克·吐温著名短篇小说《竞选州长》讲的就是这类故事。

几个月前,"我"被提名为独立党的纽约州州长候选人,与共和、民主两党候选人同台竞选。"我"的优势很明显——声望比他们两位都好。那两位近几年对各式各样可耻的罪行已经习以为常、不可救药了。可是,开始竞选后的形势却让"我"感到不妙——"有一股不愉快的浑浊潜流'搅浑'我那快乐心情的深处。"原因是,报纸上发表各种各样莫名其妙的文章攻击"我":某报纸说"我"某年某月在某地被三十四个证人证明犯了伪证罪,说"我"企图霸占一个贫苦寡妇的香蕉园,其实那地方"我"压根儿没去过。某报纸揭发"我"在蒙大拿的时候,偷过穷伙伴们的贵重物品,受过伙伴们的惩罚,而实际上"我"一辈子也没有到过那儿。这种恶毒的指控接二连三:有人揭发"我"曾诬蔑过某党德高望重的领袖已故的祖父;有人说揭发"我"是酒疯子;共和党主要报纸说"我"有大规模贿赂行为;民主党报纸将一桩大肆渲染的讹诈案硬栽到"我"头上。与此同时,纷至沓来的匿名信对"我"又是谩骂,又是威胁;社会上谣言四起,有人指控"我"烧毁了一个疯人院,里面所有病人都烧死了;有人指控"我"为了夺取叔父的财产,竟然把他毒死了;更有甚者,有人组织九个刚学走路的小孩子闯到"我"的演讲台上抱住"我"的腿叫爸爸。

一时间,"我"的头上雨骤风狂,巨浪滔天,"我"成了罪恶昭彰、为人不齿的大坏蛋。"我"想反驳,可是,从何说起?枪林弹雨从阴沟射来,如何躲避?黑恶势力如此猖狂,哪是"我"一个人能抵挡得了的?算了,惹不起就躲吧!于是"我放弃了竞选。我偃旗息鼓,甘拜下风。我够不上纽约州州长竞选所需要的条件,于是我提出了退出竞选的声明"。就这样,一个堂堂正正、忠直耿介的好人被潜流卷进深渊,淹死了。

我们当然知道作者使用了夸张的手法,但我们也知道他的夸张是有根据的、合理的。《竞选州长》让我们看到美国政治生活中公正规则的虚妄,看到"潜规则"力量的强大。一个半世纪过去了,美国现代政治生活中的"潜规则"依然存在。关于这一点,无须多说,看一看前几年美国流行的电视连续剧《纸牌屋》就知道了。

再如纳税,即根据国家各种税法的规定,按照一定比率,公民把收入的一部分缴纳给国家。纳税是公民的义务,是非常规范、有章可循的事情。可是在实际操作中却并非如此。实际生活中,收税人和纳税人,各有各的潜规则。短篇小说《神秘的访问》反映的就是这一问题。

这篇作品中,狡猾的收税员千方百计哄骗纳税人报出自己的收入,故意利用纳税人的虚荣心诱惑他们说出超出实际收入的收入,并防止他们在起誓的时候撒谎。而狡猾的纳税人呢?则另有一套"潜规则"加以应对。办法是,谎报自己的损失以及开支,尽量减少、缩小纳税的金额。如,"我"报给收税员的年收入是21.4万元,必须付给政府一万多元所得税,这让"我"很心疼。"我"向一位熟悉其中潜规则的大富翁求助,他巧妙地利用"免税表",七扣八扣,立马把"我"的盈利收入一下子降到一千多元。扣除一千元免收所得税后,必须缴纳所得税的收入只余下二百多元了——差不多可以说是全部免缴了。那位大富翁历来就是这么对付政府的。他住的是皇宫似的大厦,吃的是豪奢的饮食,开支非常之大,然而他却是个没有收入的人,可以免缴税的人。由此可以看出,潜规则下,国家严肃的税收成为一件荒诞不经、滑稽可笑的事。

《我给参议员当秘书的经历》揭示的是政坛上的潜规则。"我"给参议员当秘书,代他处理各种信件,回答各界民众诉求。参议员要求"我"对民众提出的问题要灵活应付,信要写得含糊其词,避免作出实质性回答,最好是说了等于没说,让他们感到莫名其妙,抓不住任何把柄。而"我"不懂这些潜规则,不会圆滑世故,不会说谎哄人,只管直话直说,实话实说,得罪了许多人,让参议员被动难堪,他大为光火,所以把"我"辞退了。而"我"也"决计不再给参议员当私人秘书"。因为"这种人实在太难伺候了"。

《一张百万英镑的钞票》:拜金主义的漫画像

《一张百万英镑的钞票》也是马克·吐温最著名的短篇小说之一,讲述了一个一无所有的办事员手握一张面值百万英镑的钞票闯伦敦的故事。

两个伦敦富翁兄弟,闲极无聊想出一个匪夷所思的游戏,让一个聪明、诚实却一无所有,而且是外地人的穷光蛋,手握一张面值百万英镑的钞票独闯伦敦,看他的命运会怎样。哥哥说他会饿死,因为不能证明他是它的主人,会被逮捕。弟弟认为他会混得很好。于是两个人打赌。人群中扒来拣去,发现"我"——亨利·亚当斯是他们所需要的合适人选。

"我"是旧金山某矿业经纪人手下的小办事员,驾游艇驶出太远而漂入大海,被开往伦敦的双桅船所救,以工作代替船费到达伦敦。口袋里只剩一元钱,一天后一无所有,饥饿所迫,竟对路旁泥污中的烂梨垂涎欲滴。正在走投无路、万般无奈之际,他们把钞票借给"我"用一个月。

饥饿中的"我"立刻跑到一个廉价饭店里大吃一通,付钱时才发现这是一张价值五百万美元的百万英镑钞票,吓了"我"一跳,老板也吓呆了。"我"让他找钱,他百般告饶,无论如何不敢碰它一下。他贪婪地盯着看,怎么也看不够。老板极为和善地说很愿意把饭钱记在账上,无论等多久还都行,还随时欢迎再来继续赊账。老板把"我"当成一个故意穿破衣服开玩笑的阔佬了。

"我"到服装店想买一套当废品处理的衣服,店员看我穿得不像样子,根本不想搭理,还刻薄地奚落、挖苦、嘲讽"我"。"我"被逼急了拿出那张钞票,店员脸上的笑容一下子凝结起来,变得灰黑难看。老板知道后责怪他有眼不识泰山,立刻拿出为外国某亲王定做的衣服让我穿,并当场吩咐为"我"量尺寸定制全身高档衣服送到家里去,并可以无限期地、永远永远地延迟付钱。

　　就这样,"我"到处去买需要的东西,老是叫人家找钱。不出一个星期,"我"把一切需要的东西和各种奢侈品都置备齐全,并且搬到一家最豪华的旅馆住了下来。早餐"我"照顾最早吃饭的那家濒临破产的小饭店,于是它出了名,顾客多得应接不暇,老板感谢"我",拼命借钱给"我"花,推都推不掉。

　　很快,"我"就成为全世界最大都会的有名人物之一,成为大小报纸报道、议论的对象。在报纸上出现的时候,"我"位置一步步上升,直至被排到一切王室之外的公爵之上。除了全英大主教之外,"我"比所有宗教界人物都要高出一头,一举一动都被记住、被传播,走到哪儿都被一大堆人围着。到剧院看戏被无数望远镜观看,"我"成为全社会明星中的明星。

　　因为这张钞票,"我"被美国公使安排坐宴席首座,高于公爵之上,还被一位仙女一样的姑娘爱上了。还因为这张钞票,让朋友以"我"的名义去兜揽矿山股票,转瞬间获利二百万,"我"分得一百万,成了名副其实的百万富翁。一个月结束了,借给"我"钱的富翁回来了,"我"还了钞票,成了他的女婿。

　　《一张百万英镑的钞票》的故事幽默奇特,极富想象力。作品以虚构的情节,为英国(表面是英国,实质也是美国及一切资本主义社会)社会活画出一幅形似神更似的漫画像,揭露了整个社会拜金主义的疯狂,把金钱对人性的扭曲刻画得淋漓尽致。

关于这篇作品的主题,以往传统的说法往往是嘲讽了资产阶级什么什么,这固然不能说错;可是细读作品却觉得概括过于偏狭了。事实上,作品的嘲讽并不仅限于资产阶级,而是包括所有阶层,上至王公贵族,下至普通百姓,芸芸众生。作者嘲讽的拜金主义和势利之心,毋宁说是普遍的人性弱点。作为人性弱点,难道仅仅存在于当时的英国社会吗?当然不是,而是超越特定时空的普遍存在。想一想,是不是?

《他是否还在人间》:势利眼不识艺术美

《他是否还在人间》讲了一个关于艺术的让人哭笑不得的故事。

作品把19世纪法国著名大画家米勒编进了虚构的故事里。说米勒年轻时候和其他三位青年画家一起在法国乡村,过着极为快活也极为贫穷的生活,穷得整天吃萝卜,最后终于到了连萝卜也吃不上、连账也没处赊的地步,大家活不下去,只有等死了。

这时,一位叫卡尔的小伙子想出一个绝妙的主意。他声称自己的意见是以人类历史上各色各样的、早已为大家公认的事实为根据的。他说:"有许多艺术家的才华都是一直到他们饿死了之后才被人赏识的。这种事情发生的次数太多了,我简直敢于根据它来创出一条定律。这个定律就是:每个无名的、没人理会的艺术家在他死后总会被赏识,而且这种一定要等他死后才行,那时候他的画也就身价百倍了。"根据这种世相,卡尔提出为了大家不饿死,就需要他们四个人中死去一位。抽签结果选定了米勒去死。然后其他三人带上米勒的画及种种草草勾勒的习作,出发到各地搞宣传造势。

他们故意把米勒说成是人人都知道的伟大画家,但可惜他不久就要去世了。结果,人们一听说是大画家的画,立刻刮目相看。米勒曾打算只换一块牛排的画一下子就卖了八百法郎。那张米勒要价八法郎都没人要的《晚祷》,很轻易地就卖了两千两百法郎(叙述人在这里插叙说,没想到后来会有一天,整个法国都抢着要把这张画据为己有,居然有人以五十五万法郎的现款抢购去了。——这是19世纪马克·吐温时代的事儿,现在21世纪,这幅画不知又要涨到何等天价)。于是他们几人成了富翁。

宣传造势极为成功,米勒的几十张画和习作,卖了近7万法郎。米勒的情况已经报道到世界各地,铺天盖地都是米勒的信息,米勒已经轰动一时。他们感到一切都完全成熟了,于是有一天他们宣布米勒"逝世"。葬礼盛况空前,轰动全球,全世界的上流人物都赶来表示哀悼。

马克·吐温不愧是喜剧大师,他就这样真真假假,亦庄亦谐,既让人笑破肚皮,又让人心中流泪。他以幽默的笔调画出了势利眼们的荒唐和可笑。势利者根本不懂艺术,对于艺术之美,他们的眼是瞎着的,换句话说是有眼无珠,有眼不识金镶玉。他们对艺术的所谓"兴趣",无非是附庸风雅,跟风趋势,满足虚荣心。艺术品对他们来说,只是会升值的商品,是"潜力股",他们看重的只是艺术品的金钱价值,而非审美价值。

以势利之眼对待艺术,不只是米勒和马克·吐温时代所独有的,而是自古以来非常普遍的现象;时至今日更疯狂、更离谱。例子就不用列举了,俯拾即是。而且可以肯定,这种现象在将来,将来的将来,也好不到哪儿去。势利眼将与艺术市场相伴相随。

读马克·吐温的作品,浑身每个细胞都在激动,大脑每根神经都在欢笑,真叫痛快!他的语言幽默、犀利,对社会丑恶的批判是尖锐的,对人性弱点的剖析是深刻的。别管社会现象多么纷繁复杂,世道人心多么隐曲幽暗,马克·吐温都独具慧眼,抓住要害,把无价值的撕破给人看,让那些肮脏龌龊无处遁逃。由于挖掘的是事物的深层奥秘,具有深刻的哲学意义,所以马克·吐温的作品永不过时,永远具有魅力。

四面八方看《城堡》
——卡夫卡:《城堡》

谈论20世纪西方文学,无论如何避不开卡夫卡。卡夫卡似乎是进入20世纪西方文学的第一座牌坊,我国评论界一般把他作为现代主义小说家中第一位重要人物。谈论卡夫卡,无论如何避不开《变形记》和《城堡》(前者是他的著名中篇,后者是他最著名的最后一部长篇)。鉴于《变形记》已为广大读者所熟悉,这里讨论一下他的《城堡》。(汤永宽译,上海译文出版社1997年版,下引此书只注页码)

《城堡》封面

《城堡》作为现代小说,其故事情节与传统小说大不一样。传统小说的故事情节往往具有传奇性、戏剧性、典型性,具有引人入胜的魅力,可供概括和转述。而《城堡》的情节特别细小而琐碎,也可以说冗长而沉闷,人物对话占很大篇幅,几乎无法转述。勉强转述的话,大致如下:

一个冬天的后半夜,主人公K踏着积雪来到了城堡所管辖的一个村庄,投宿在一家客栈里。刚睡下不久,城守的儿子把他叫醒并告诉他,在这儿过夜或住下需要伯爵发的居住许可证。K声称自己是伯爵亲自聘请的土地测量员,但他拿不出确凿的证件,不足凭信。于是,为了这张许可证,K开始了紧张的、无休止的奔忙。

第二天一早,K走出客栈向山上眺望,城堡的轮廓清晰可见。他向城堡走去。他走啊走,虽然方向正确,可就是无法靠近它。等他回到客栈,天已经黑了,有两个自称是城堡派来做他助手的人向他报到。通过他们与城堡联系,可城堡回答说"任何时候都不能来"。这时,一个叫巴纳巴斯的信使给他送来了城堡克拉姆部长的一封信,信上说K的上司是村长,巴纳巴斯负责K与城堡的联系。

K来到巴纳巴斯的家中,结识了他的两个妹妹阿玛丽亚和奥尔珈。K陪奥尔珈到旅馆买啤酒,打算在这里住下来但遭到拒绝,因为这儿是专门为城堡里的先生们保留的旅馆。在旅馆的酒吧间,K遇到了克拉姆部长的情妇弗丽达,两人一见钟情,私订终身。

第三天,K去找城堡管辖下的村长,向他展示了克拉姆部长给自己的信,对于这封信村长作了模棱两可的解释,并坚持说村里不需要土地测量员。失望之余,K接受村长的安排当了乡村学校的看门人。接下来的几天,K继续为留在城堡而做了多方努力,但终于毫无结果,K身心交瘁疲惫不堪……小说没有写完。据作者的挚友布罗德回忆,卡夫卡曾跟他谈到过构思中的小说结尾:K在不懈的努力后终于精疲力竭而死。这时城堡当局才传来话:虽然K提出在村子里居住的要求缺乏合法的根据,但考虑到某些其他情况,准许K在村中居住和工作,但不许进入城堡。

"故事"大致如上。那么,它的思想意蕴,即"本文通过××反映了××"呢？自卡夫卡进入评论界的视野以来，人们从不同文化立场，对《城堡》进行了多角度多侧面的解读，因而读出了言人人殊的内涵。最主要的有以下几种。

从神学立场出发，有研究者认为"城堡"是神和神的恩典的象征，K所追求的是最高的和绝对的拯救；也有研究者认为卡夫卡用城堡来比喻"神"，而K的种种行径都是对既成秩序的反抗，想证明神是不存在的。持心理学观点的研究者认为，城堡客观上并不存在，它是K的自我意识的外在折射，是K内在真实的外在反映。存在主义的观点认为，城堡是荒诞世界的一种形式，是现代人的危机，K被任意摆布而不能自主，他的一切努力都是徒劳，从而代表了人类的生存状态。社会学的观点则认为城堡中官僚主义严重，效率极低，城堡里的官员既无能又腐败，彼此之间充满矛盾，代表着崩溃前夕的奥匈帝国的官僚主义作风，同时又是作者对法西斯统治的预感，表现了现代集权统治的症状。马克思主义文艺观则认为，K的恐惧来自个人与物化了的外在世界之间的矛盾，小说将个人的恐惧感普遍化，将个人的困境作为历史和人类的普遍的困境。从形而上学的观点看，K努力追求和探索的，是深层的不可知的秘密，他在寻找生命的终极意义。实证主义研究者则详细考证作者生平，以此说明作品产生的背景，指出《城堡》中的人物、事件同卡夫卡身处的时代、社会、家庭、交往、工作、旅游、疾病、婚事、个性等有密切关系。

近年来我国著名女作家残雪从精神世界（灵魂）的奥秘角度解说《城堡》，把"城堡"视为神秘的精神王国的象征：K生活在巨大的城堡外围的村庄里。与城堡那坚不可摧、充满了理想光芒的所在相对照，村子里的日常生活显得是那样的猜疑不定举步维艰，没有轮廓。混沌的浓雾侵蚀了所有的规则，一切都化为模棱两可。

为什么会这样？因为什么？因为理想（克拉姆及与城堡有关的一切）在我们心中，神秘的、至高无上的城堡意志在我们的灵魂里。……而城堡是什么呢？似乎是一种虚无，一个抽象的所在，一个幻影，谁也说不清它是什么。奇怪的是它确确实实地存在着，并且主宰着村子里的一切日常生活，在村里每一个人身上体现出它那纯粹的、不可逆转的意志。K对自身的一切都是怀疑的、没有把握的，唯独对城堡的信念是坚定不移的。（残雪，《灵魂的城堡》，上海文艺出版社2004年版，第191—192页）残雪的解读醒人耳目，自成一说。

各种解说各有道理，说明《城堡》本身具有开放性和多义性，其丰富的精神意蕴具有无限可深入性和无限可解释性。如此说来，《城堡》就像一块阳光下的蛋白石，在不停的转动中折射出不同的光彩。这正是现代艺术的典型特征：作品的永远未完成性。这种未完成性，狭义是指作品本身处于未完成的、正在制作过程中的状态（如卡夫卡，他的主要作品《城堡》和《审判》都未写完，许多作品只是片段）；广义是指，现代艺术离开评论家和读者对它的创造性解读，就是尚待完成的。这些作品作为文本只是一个诱因，一种召唤，作者用全部生命所表达出来的精神内涵，有赖于读者精神触角的探索，否则便等于不存在。

《城堡》永远未完成，因而永远在"召唤"读者的参与，永远在激发读者参与解说的积极性。正是在上述观念的支配下，本书也"积极参与"一次，也来谈一谈对它的理解和感受。

官僚体制的本质——"他们所要做的就只是维护那些遥远而不可望见的老爷的遥远而不可望见的利益"

从现有掌握的资料来看，卡夫卡写《城堡》，动机未必就是有意识地揭露资本主义的黑暗和罪恶,即未必有意着眼于政治批判。但是,《城堡》的故事层面毕竟有着社会的影子,有着时代的印记,与现实生活在内在实质上有相通相同的地方,所以读者从社会政治层面进入文本,自然有其道理。

从社会、政治视角看《城堡》,笔者同意目前国内外文学界的一个共识,即作品揭露了官僚统治的罪恶:重重叠叠的官僚体制统治着城堡。层层的管理机构中,上级与下级互相推诿,什么事也办不成。腐败的官僚机构,僵化的行政官员具有无上的权威,决定和控制着人们的命运。K的不幸命运是官僚统治一手造成的,他的悲惨遭遇,是生活在强暴统治下人类生存状况的写照。城堡里的官员专横跋扈,谁得罪了他们,就会招惹灾祸。阿玛丽娅因拒绝委身于官员,结果弄得全家在村里无法生存。城堡及其行政官员,象征着奥匈帝国的官僚体制,统治人民又远离人民。在它的统治下,没有自由,没有希望。任何正当要求都不会实现,人们只能在痛苦与绝望中孤独地死去。

关于官僚体制的本质,作品中的人物K,从自己的不幸命运中似乎也有所认识。例如,K为了进城堡而先去找村长,虽然没有碰到多大困难就达到了目的,但是一经接触,他就发现村长随和外表下面的冷漠,认识到了村长等官员的实质——"像他们这样严密的组织,他们所要做的就只是维护那些遥远而不可望见的老爷的遥远而不可望见的利益。"(第63页)

K的认识当然代表着作者的认识,这一认识一针见血、入木三分。一切官僚制度的实质,说到底其实就是为了维护其自身的利益,至于老百姓的死活,他们是根本不予考虑的。因而,虽然"城堡"就在眼前,但是无论你做怎样的努力,就是无法接近它。这一写意之笔,正是官僚体制高高在上,神秘莫测,与大众之间有一条不可逾越的鸿沟,大众永远难以接近的艺术象征。

人生目标遥不可及——"目标是有,道路却无"

在《城堡》里,K 的全部愿望只是能够取得一个在城堡居住的合法身份,有一个赖以生存的饭碗。这一愿望应该说是可怜的、卑微的,然而对 K 来说却又是至为重要的。这是他全部的人生目标,为此他进行了可以说是艰苦卓绝的努力。但是,目标就在眼前,道路却走不通。永无休止的努力,永无休止的不能如愿,这种局面,谁都会感到无奈和厌倦,K 也一样。但是,厌倦归厌倦,努力归努力——

> 因此,他又走起来了,可是路实在很长。因为他走的这条村子的大街根本通不到城堡的山冈,接着仿佛是经过匠心设计似的,便巧妙地转到另一个方向去了,虽然并没有离开城堡,可是也一步没有靠近它。每转一个弯,K 就指望大路又会靠近城堡,也就因为这个缘故,他才继续向前走着。尽管他已经筋疲力尽,他却决不愿意离开这条街道。再说这个村子居然这么长,也使他感到纳罕,它仿佛没有个尽头似的。(第 11 页)

这段描述,似实似虚,可视为象征,可视为隐喻。它其实是一种人生感受的概括,一种人生困境的意象化表现。即"目标是有,道路却无"(卡夫卡语);目标近在眼前,可就是无法接近;虽经努力,徒劳无功。这里把小人物对人生的焦虑感、困顿感、厌倦感、无可奈何感,乃至于绝望感,传达得非常形象、非常典型、非常到位。

"目标是有,道路却无",正是作者卡夫卡的人生体验。卡夫卡的一生，在他自己看来，也是不断努力不断失败的人生。一生中他曾在不同方向上进行过无数次的起跑、冲刺，都没有达到设定的目标。比如，学习钢琴、手风琴、语言、日耳曼文学、希伯来语、园艺、木工、文学、婚姻的努力，等等，这些在普通人似乎并不难实现的目标，在卡夫卡这里却总显得遥不可及。因此他感到自己就像K一样，向着美好的前景去努力，最后总是回到老地方。所以他认为，这种表面看来是向前运动的生活，到头来总是劳而无功一事无成。直到1922年，即他逝世前两年写《城堡》的时候，卡夫卡的生活状况依然没有好转。此时的他，一生的主要精力已经耗尽，健康已经无可挽回；保险公司的饭碗，使他苦恼了一生终于不能不扔掉了；在恋爱、婚姻问题上烦恼了七八年，最后也已成为泡影……疲乏、疲乏、疲乏，厌倦、厌倦、厌倦，可能就是卡夫卡此时的主要感受。他说，不断运动的生活纽带把我们拖向某个地方，至于拖向哪里，我们自己不得而知，我们就像物品、物件，而不像活人。

　　内心的焦虑和不安，一生不断努力不断失败的痛苦体验，终于酝酿出一部杰作——《城堡》。作品既是作者自己人生体验的总结，也是对一种普遍的人生困境的总结。因为，这种人生感受太有代表性、典型性和普遍性！芸芸众生，谁活着没有一个目标，可是又有多少人圆满地实现了自己的目标？！相比之下，成功者少，失败者多；得意者少，失意者多（古人说不如意事常八九）。其实目标并不高远，但是千回百转，就是接近不了它，直让人抱憾终生，死不瞑目。这似乎就是众多小人物的生存真相。所以无论中外读者，凡读过《城堡》的，几乎没有人记不住其中的一种超验情境并为之怦然心动。这就是：目标就在眼前，可就是走不到它。

命运的荒诞性——"荒唐可笑的纰漏可能决定一个人的命运"

《城堡》插画

为了一份赖以生存的工作,为了获得在城堡住下来的权利,K 手持城堡官员克拉姆的信去找村长。貌似和善的村长友好而又冷漠地接待了他。K 问起城堡招聘土地测量员的事,村长说村里根本不需要土地测量员,因为小国的边界早已划定。K 大吃一惊,希望这中间发生了什么误会,要求村长予以澄清。村长说没有误会,村里确实不需要这样一个人。

村长叙述了事情的经过:多年前,上面(记不清哪一个部门了)来了一份文件,命令村里招聘一个土地测量员,并且指示市镇当局为他的工作准备好必要的计划和措施。那时候我们怀着感激的心情回复我刚才提到的那道命令,说我们不需要土地测量员,但是这个答复似乎没有送到原先颁发命令的那个部门——我不妨把它叫作 A 部——而是错误地送到了另外一个部门,B 部。这样,A 部没有得到答复,而不幸我们的完整的复文也没有送到 B 部;是我们没有把那道命令的本文附去呢,还是半途遗失了,谁也不知道——但肯定不是在我这个部门遗失的,这我敢保证,——总之,B 部收到的只是一封说明信,信里只是说明随信附回的这道关于招聘一个土地测量员的命令,很遗憾,是一道无法实施的命令。

在这时候,A 部却正在等待着我们的答复,关于这件事,他们当然是留下了一份备忘录的,但是即使在工作效率最高的机构掌握之下,也难免常常会发生这种无可厚非的情况,那就是我们的通信员一心以为我们会回答他,他在收到复文以后,就会把土地测量员找去,或者要是需要的话,再就这件事情写信给我们。因此他从来没有想到去翻阅一下备忘录,这件事情就整个儿给忘得干干净净。可是,在 B 部里,这封信送到一位以办事认真出名的人手里。这人看完信莫名其妙,就把这封没头没脑的信给退了回来,要求我们把信件补全。如今,从 A 部第一次发来命令到现在,好几个年头过去了,但 B 部那人十分较真,非要把事情弄个水落石出不可,可他又不亲自来调查。就这样,这件事只好不了了之。

以上村长啰啰嗦嗦的叙述可能让读者不耐烦,过程太复杂了,让人记不住。但这就是官僚机构处理公务的真相:漫不经心,公文旅行,貌似负责而实际不负责。招聘土地测量员的事明显是官僚机构运转过程中的差错,就连村长也不得不承认:"像在伯爵大人这样一个庞大的政府机关里,可能偶尔发生这一个部门制定这件事,另一部门制定那件事,而互相不了解对方的情况……因此就常常会出现一些细小的差错。"(第65—66页)

一件细小的差错!村长说得何其轻描淡写,漫不经心!在他看来这一切都很合理,很正常。然而正是这些对于官僚机构来说"细小的差错",却像一只只无形的手,冥冥中支配着小人物乃至公共事务的命运。作为受害者,K 对此非常敏感,他立刻看到了这里面的可怕:在某些情况下,荒唐可笑的纰漏可能决定一个人的命运!

从《城堡》的具体情节出发,就事论事地说,K 的尴尬处境是官方的失误,应由官方负责,但他们谁也没有责任,因而谁也不会负责。由此看,K 的命运可以视为对官僚体制的批判。但是,走出"城堡"的具体情境,从人生视角看问题,人的生活中由小小的"差错"（或非差错，总之是细小的原因）而导致人生命运发生巨大变化（包括向好坏两个方向变）的事，不也是常见的吗？细小的"因"导致了重大的"果"，偶然的"因"导致了必然的"果"，不也是事物因缘流变的常态吗？

一边是漫不经心的，谁也捉摸不透的，无从把握的细小的原因，一边是关乎人的命运的重大的结果，二者的轻重实在不成比例。这，就是我们所谓的命运的荒诞性！

个体生命面临的生存困境——"小说抓住了存在的一种可能性"

熟悉卡夫卡小说的读者，大都能感到他的几部长篇小说不是在写实，而是在表意。但是他笔下具体的艺术描写往往又很逼真，总让你往"实"里想；可是从"实"的角度看又让你感到不是那么回事。这种情况，用现代艺术眼光看就是所谓"本体象征"。

本体象征是一种整体象征，它与以怪异故事为外壳的寓言象征（如卡夫卡的《变形记》）不同，它是以艺术家自己发现、构建的一个平实的世界，来与世界整体对应，从而把艺术世界里的一切，来从整体上隐喻整体世界。由于它执着于、并固守着现象本体，因此称作"本体象征"。换句更容易理解的话说就是，寓言象征由于外层表象的怪异荒诞，使人一看便知这是艺术的假定性形式，作者这样写是"别有用心"，因此眼光很快就由外层转向思索作者所"别有"的"用心"。而本体象征的形象外壳看起来一点也不怪异荒诞，而好像确有那么回事，但艺术家的目的又绝对不是想向读者讲一个生活中确实发生过的娓娓动听的故事，而是想通过一个貌似真实的故事暗示出一个更深远的哲理。《城堡》就是这样一部作品。

那么,《城堡》的故事作为整体象征,表达了什么意蕴呢？作者的同乡米兰·昆德拉的话或许可以给我们一些提示。

在《小说的艺术》中,昆德拉论到卡夫卡时说过,在卡夫卡那里,所有这些都是明确的:卡夫卡的世界与任何人所经历的世界都不像,它是人的世界的一个极端的未实现的可能。当然这个可能是在我们的真实世界背后隐隐出现的,它好像预兆着我们的未来。因此,人们在谈卡夫卡的预言维度。但是,即便他的小说没有任何预言性的东西,它们也并不失去自己的价值,因为那些小说抓住了存在的一种可能(人与他的世界的可能),并因此让我们看见了我们是什么,我们能够干什么。

从存在角度勘察人与世界的关系——人与他的世界的可能,是昆德拉指示给我们走进卡夫卡艺术世界的入口。在这里我们发现,《城堡》可以说象征了个体生命面临的普遍的生存困境。前面我们所分析的几点,无论官僚体制的遥远和冷漠,人生目标的难以实现,还是人的命运的荒诞感,都和人与世界的根本性矛盾有关。与"个人"相比,"世界"是既定的历史和现实,是传统的积淀和延续,是由千万条线路纵横交错的复杂之网,总之是一个强大的、庞大的既定性存在。个人在它面前,永远显得可怜、渺小、无能为力,感到无法支配自己的命运,因而会产生沮丧、无奈、荒诞乃至绝望的现代性人生体验。

当然,从社会政治层面看,这肯定与特定的社会制度、社会现实有关;但无可否认的是,从人生视角看,它也与人的根本性生存困境有关,与人的本真的生存状态有关,也就是与人与世界的根本性矛盾有关。弱小的卡夫卡对此极为敏感,在生命临近结束的前两年,他呕心沥血,把上述人生感受融汇于最后一部长篇小说中,因而为我们揭示了人与世界关系的一种真相。这种真相具有超越时间和空间的普遍性。所以,卡夫卡的时代过去了,但他所留下的对于"世界"的真切感受,仍与现代读者产生共鸣。

别因为脚下的六便士而忘了天空的月亮
——毛姆:《月亮和六便士》

英国作家毛姆的长篇小说《月亮和六便士》,以法国著名画家保罗·高更(1846—1903)的生平为素材,经过艺术加工塑造了一位特立独行的艺术天才——思特里克兰德。由于他的卓然超世,使他在许多地方让人感到怪异和不可思议,用第一人称叙述人的话说,这是"一个我一直感到迷惑不解的性格"。(傅惟慈译,《月亮和六便士》,外国文学出版社1981年版,第263页,下引此书只注页码)

毛姆

"迷惑不解",不仅是与思特里克兰德有深入交往的叙述人"我"的感受,也是读者的感受。那么,他到底在哪些方面让人感到迷惑不解呢?

成功人士40岁离职抛家去追梦

思特里克兰德是伦敦证券交易所的经纪人,40岁左右,忠厚老实,不善社交,有稳定的经济收入;妻子和蔼可亲,殷勤好客,喜欢文学,是能干的家庭主妇和贤妻良母;两个孩子聪明可爱,健康漂亮。在外人看来,思特里克兰德是一个典型的成功人士,其温馨幸福、平静安详的生活状态让人无比羡慕。

《月亮和六便士》插图

但是,突然有一天,思特里克兰德出走了。他的出走,没有征兆,没有留言,让家人和他的朋友感到震惊,留下一团谁也猜不透的谜。妻子和周围人认为他有了外遇,与情人私奔了。然而经过调查,发现他的出走与女人毫无关系,而是因为他要画画儿。思特里克兰德说自己从小就梦想当个画家,可是父亲一定要让他做生意,因为父亲认为学艺术赚不了钱。思特里克兰德服从了父亲的意志,在生意场上一直做到40岁。40岁,人到中年,放弃养家糊口的职位,抛弃温馨可爱的家庭,重新转向一个毫无把握、前途未卜的行业,在"我"看来是一种荒谬悖理的行为,但是思特里克兰德却意志坚定,毫不犹豫。40岁转行不是有点晚了吗?是有点晚了!但现在不转,以后不是更晚了吗?于是思特里克兰德义无反顾,转行学画画儿。

突然放弃收入丰厚的职业,毅然抛弃妻子和孩子,难道心里就没有一点犹豫和痛苦吗?没有!想到过家人的痛苦吗?想过,但他说"事情会过去的"。接受思特里克兰德妻子委托到巴黎寻找他的叙述人"我",对他的冷漠无情感到吃惊,被他的态度搞得心慌意乱,于是进一步质问:"你这样对待她说得过去吗?"回答:"说不过去。""你有什么不满意她的地方吗?""没有!""那么,你们结婚十七年,你又挑不出她任何毛病,你这样离开她不是太岂有此理了吗?""是太岂有此理了。"

虽然如此,他依然坚持不回家。因为他觉得自己为家庭已经做出最大牺牲,已经尽了义务,妻子和孩子应该独立生活,自己也该寻找愿意过的生活了,否则此生就没有机会了。于是他把家里的生活安排好之后,悄悄出走。他明知道为此会惹得妻子不满和周围人的议论,但也顾不得那么多了。思特里克兰德的行为正应了人们常说的一句话:走自己的路,让别人去说吧!

追梦时千辛万苦浑然不觉

铁心学画画儿之后,他只身来到巴黎,在专为穷人开设的小旅馆里租了一间房。这是一座破烂的小楼,多年没有粉刷过,龌龌龊龊,肮脏的窗子全部关着,楼里又闷又暗,散发着污浊的霉味。思特里克兰德房间里没有一件东西不是肮脏、破烂的。人们想象的浪荡浮华一点儿没有。不仅住房破旧,穿的衣服也是旧的,邋里邋遢,一顶圆帽早该洗了。他这样子绝不是装的,而是真的没钱,不得不过极为清苦的日子。

对于他的日常生活,叙述人的描述是:"我的总印象是,这个人一直在同各式各样的困难艰苦斗争;但是我发现对于大多数人说来似乎是根本无法忍受的事,他却丝毫不以为苦。思特里克兰德与多数英国人不同的地方在于他完全不关心生活上的安乐舒适。叫他一辈子住在一间破破烂烂的屋子里他也不会感到不舒服,他不需要身边有什么漂亮的陈设。我猜想他从来没有注意到我第一次拜访他时屋子的糊墙纸是多么肮脏。他不需要有一张安乐椅,坐在硬靠背椅上他倒更舒服自在。他的胃口很好,但对于究竟吃什么却漠不关心。对他来说他吞咽下去的只是为解饥果腹的食物,有的时候断了顿儿,他好像还有挨饿的本领。从他的谈话中我知道他有六个月之久每天只靠一块面包、一瓶牛奶过活。他是一个耽于饮食声色的人，但对这些事物又毫不在意。他不把忍饥受冻当作什么苦难。他这样完完全全地过着一种精神生活，不由你不被感动。"（第99页）

当他把从伦敦带来的一点钱花完以后，他没有沮丧气馁，而是开始寻找一些挣钱的门路。他曾给那些想领略巴黎夜生活的伦敦人当向导，为药品广告作翻译，还当过粉刷房屋的油漆匠。看到思特里克兰德过的这种生活，"我"问他：回顾过去的五年，你认为值吗？后悔过吗？他回答说值，而且一分钟也没有后悔过，如果让他重新选择他还会这样。

不为名利为心安

放着现成的安逸幸福的日子不过，心甘情愿去冒险，为的是什么呢？这是理解思特里克兰德的关键所在，也是解释他一切"反常"行为的关键所在。思特里克兰德自己的解释是这样的：

"我告诉你我必须画画儿。我由不了我自己。一个人要是跌进水里，他游泳游得好不好是无关紧要的，反正他得挣扎出去，不然就得淹死。"

他的语音里流露着一片热诚，我不由自主地被他感动了。我好像感觉到一种猛烈的力量正在他身体里奋力挣扎；我觉得这种力量非常强大，压倒一切，仿佛违拗着他自己的意志，并把他紧紧抓在手中。我理解不了。他似乎真的让魔鬼附体了，我觉得他可能一下子被那东西撕得粉碎。（第61页）

这个在思特里克兰德身上的"魔鬼"不是别的，就是天才艺术家身上那种不可抑制的创作欲。他有独特的个性,对这个世界有独特的感受和理解,他想把这种东西表达出来。"我"感到他被一种神秘的力量抓住了,正在被利用来完成这种力量所追逐的目标,他好像被符咒逮住了一样。

思特里克兰德分明有所追求,那么他在追求什么呢?同是艺术家(作家)而又与思特里克兰德私交很深的"我"感到,"他在追求一种我不太清楚的东西,或许连他自己也知道得并不清楚。过去我有过的那种印象,这一次变得更加强烈了:他像是一个被什么迷住了的人,他的心智好像不很正常。……他生活在幻梦里,现实对他一点儿意义也没有。我有一种感觉,他好像把自己的强烈个性全部倾注在一张画布上,在奋力创造自己心灵所见到的景象时,他把周围的一切事物全都忘记了。……他对自己的画从来也不满意;同缠绕住他心灵的幻景相比,他觉得这些画实在太没有意义了"。(第100—101页)

他追求的是"心灵幻景"的表达或宣泄,这就是他理想的艺术境界。怎样才能找到这种心灵的幻景呢?思特里克兰德说,他希望到一个包围在无边无际的大海中的小岛上,住在一个幽僻的山谷里,四周都是不知名的树木,寂静安闲地生活在那里。"我想在那样一个地方,我就能找到我需要的东西了。"(第102页)

由于一个偶然的机会,思特里克兰德如愿以偿,终于来到与欧洲文明世界隔绝的南太平洋一个名叫塔希提的岛屿上。在这里,他与丛林、幽谷、椰树、大海为伴,与当地土著女人爱塔组建了一个家庭,一心一意钻进了他的艺术中。没有钱花、衣食无着时,他跑去干活,不管多脏多累他全不在乎;干一阵子,等攒够了买油彩和画布的钱的时候,他又跑回丛林去作画。只有在塔希提,思特里克兰德才找到了可心可意的环境,他在四周处处可以看到使灵感开花结果不可或缺的事物;仿佛是,他的精神一直脱离他的躯体到处漫游,到处寻找寄宿,最后在这个遥远的土地上终于进入了躯壳。

后来,思特里克兰德不幸得了无法治愈的麻风病,他知道自己将不久于人世了,但他一点也不恐慌,而是全神贯注地作画。他要利用自己屋子的四面墙,从地板一直到天花板精心绘制一幅巨画。他忍着疾病带给他的巨大痛苦,默默无言地工作着。他心里非常清楚,这是他一生最后一个机会了。临死之前,他决心把自己对宇宙、自然、人生的理解,把他的慧眼所看到的世界用图像表现出来。

病菌侵蚀了他的神经,他的声音哑了,眼睛瞎了。眼瞎之后,他总是一动不动地坐在那两间画着壁画的屋子里,一坐就是几个钟头。他用一对失明的眼睛望着自己的作品,也许他看到的比他一生中看到的还要多。他对自己的命运从来没有抱怨过,也从来不沮丧。直到生命的最后一刻,他的心智一直是安详、恬静的。他郑重嘱咐爱塔,在他死后放火把房子烧掉,而且必须亲眼看着房子烧光,在每一根木头都烧掉之前不能走开。就这样,按照他的遗愿,他死后,爱塔把屋子浇上煤油,在熊熊烈火中一幅伟大的艺术杰作化为灰烬。

用生命创造的艺术杰作被烧毁了,思特里克兰德临死又给世人留下一个大大的"迷惑不解"。一般艺术家往往追求的是名和利,至少是其中之一,但思特里克兰德对这些全不要,这不是很怪吗?!是怪!但对思特里克兰德来说却又很自然。他的创作没有世俗目的,而是为了慰藉那颗骚动不安的心。"我"对思特里克兰德充满理解。我感到,"他在创作这些巨画时也许终于寻找到心灵的平静;缠绕着他的魔鬼最后被拔除了。他痛苦的一生似乎就是为这些壁画做准备,在图画完成的时候,他那远离尘嚣的受折磨的灵魂也就得到了安息。对于死他毋宁说抱着一种欢迎的态度,因为他一生追求的目的已经达到了"。(第281页)"我想思特里克兰德也知道这是一幅杰作。他已经得到了自己所追求的东西。他可以说死而无憾了。他创造了一个世界,也看到自己的创造多么美好。之后,在骄傲和轻蔑的心情中,他又把它毁掉了。"(第285页)

总之,他追求的是灵魂的安宁,既然创作过程已经慰藉了他那颗永不安宁的心,他的"自我"得到了"实现",一切对他就无所谓了。他追求的是灵魂归宿也可以叫精神家园,而不是世俗人追求的名和利。他的生命燃烧了,在燃烧中他的生命发光了也升华了,安息了也再生了,就像烈火中涅槃的凤凰一样。

艺术天才的复杂与玄妙

以上就是思特里克兰德跌宕起伏的一生。读完《月亮和六便士》,读者脑子里首先蹦出的判断就是——这是一个怪人。说他怪,因为他的思维违反常情常理,他的为人有违社会道德,他的艺术不属于人世尘寰,是某种原始的、令人震骇的东西,既美丽又可怕。然而他却是一个天才,"怪"是天才的外衣和标志。作为天才,他有独特的个性和强烈的自我意识,他能在有形的事物上模模糊糊地看到某种精神意义,这种意义非常奇异,他要用艺术的形式把它表现出来。但是,现成的形式不能表达他的感受,因此必须独创。

这是一种真正独特的创造,创造者追逐的是"某种远非血肉之躯所能想象的伟大的东西",这是一种"对某种无法描述的事物的热烈追求"。看着这样一个人,叙述人"我"有一个奇怪的感觉,他整个肉体外形只是一个外壳,里面蕴藏着的是一个"脱离了躯体的灵魂"。这样的人,创造是他的使命,是他与生俱来的宿命。

在他面前,世俗的一切都不重要——家庭、地位、名誉、爱情,最后连他自己的肉体,他都像躲避瘟疫一样地逃避,直到在塔希提岛上才找到自己艺术梦想的归宿。总之,天才是作为精神而且是超前的精神而存在的,所以与社会、与世俗、与现实格格不入,总是让人感到"迷惑不解"。

前面我们说过,毛姆也是一个艺术家,他对于艺术天才与世俗社会的矛盾,对于天才艺术家的不幸命运有着深刻的理解与同情,他的小说让我们充分看到了这一点。那么,《月亮和六便士》的意义仅仅就在于此吗?通读全书我们发现,并不尽然。透过思特里克兰德的行迹,作家还有更感兴趣的东西,他想借助于思特里克兰德思考人性,探索人性的奥秘。

小说开头第一节,作家就借叙述人之口说,"在我看来,艺术中最令人感兴趣的就是艺术家的个性"。(第1页)"探索一个艺术家的秘密颇有些阅读侦探小说的迷人劲儿。这个奥秘同大自然相似,其妙处就在于无法找到答案。思特里克兰德的最不足道的作品也使你模糊看到他的奇特、复杂、受着折磨的性格;那些不喜欢他的绘画的人之所以不能对他漠不关心,肯定是因为这个原因。"(第2页)正是这个原因,使得那么多人包括毛姆本人(在作品中转化为叙述人"我"——暗含作者),对思特里克兰德的生活和性格充满了好奇心和浓厚的兴趣。正是在这种好奇心的驱使下,毛姆写出了这本书。

一般来说,艺术史上有显赫地位的艺术天才,在人们心目中的形象往往是单纯透明的,那就是崇高和伟大。他们的巨大光环遮蔽了他们作为一个活生生的人的存在,他们成了抽象的高不可攀的神人。但事实上并不是这回事。毛姆深深明白这一点,因此他在书中除了描述思特里克兰德的艺术创造活动之外,还用大量篇幅描绘了或者说揭露了他身上的卑鄙和丑陋。他的缺点弱点,如果出现在一般人身上,人们不会感到迷惑不解,而出现在艺术天才身上就让人迷惑不解,因为人们对艺术天才不自觉地理想化、神圣化,有了固定的人格模式,有了特高的期望值。

为了打破这种神化和神话,毛姆剖析了思特里克兰德性格中的多侧面,还了他作为一个"人"的真面目。剖析的结果,借助叙述人之口传达出来:"我觉得思特里克兰德这个人既伟大,又渺小。"(第150页)"思特里克兰德是个惹人嫌的人,但是尽管如此,我还是认为他是一个伟大的人。"(第210页)也就是说,思特里克兰德作为日常生活中的普通人,其人格是卑微的、渺小的,但作为一个天才的艺术家,却又是伟大的。换句话说,思特里克兰德在为人上讨人嫌,在道德上是小人,但在艺术上他有天才的创造,所以从艺术上看他又是伟人。他是一个人性中有诸多缺点弱点的艺术天才。

思特里克兰德的怪异性格体现了人性的复杂,这种复杂深深吸引着以人为研究对象的文学家,包括毛姆。在作品中,毛姆有一段对作家创作心理的剖析:

> 作家对那些吸引着他的怪异性格本能地感兴趣,尽管他的道德观不以为然,对此却无能为力……他喜欢观察这种多少使他感到惊异的邪恶的人性,自认这种观察是为了满足艺术的要求;但是他的真挚却迫使他承认:他对于某些行为的反感远不如对这些行为产生原因的好奇心那样强烈。……说不定作家在创作恶棍时实际上是在满足他内心深处的一种天性,因为在文明社会中,风俗礼仪迫使这种天性隐匿到潜意识的最隐秘的底层下;给予他虚构的人物以血肉之躯,也就是使

他那一部分无法表露的自我有了生命。他得到的满足是一种自由解放的快感。（第187页）

这段话表明,艺术形象身上某些令人"感到惊异的邪恶人性",在潜意识层面上其实与作家是相通的。这不是别的,而是人性——文明底下深层心理中共通的本性。喜欢研究人性的毛姆想告诉读者的正是这一点。

如果我们把思特里克兰德与他的生活原型高更进行对比,就更可以看出毛姆剖析人性的初衷。辞去证券交易所的工作改行学画画儿,这一点二人是共同的。不同的是,高更辞职后没有抛弃家庭,只是一心学画。为生活所迫他带领全家四处奔波,艰苦挣扎,困窘无奈之下,只好投奔丹麦岳父家,后因忍受不了岳父家人的歧视,愤而离家重返巴黎,从此开始漂泊不定的生涯。在外流浪期间,他思念妻子和孩子,时时渴望与家人团聚,但因经济贫困而终不能如愿,这使他抱憾终生。总之,高更没有思特里克兰德"坏",思特里克兰德的"坏"是毛姆为了强调人性的复杂而精心设计的。

我们说毛姆写《月亮和六便士》的兴趣,更主要的是剖析人性,还有一个证据是,作者在写到书中人物时,总是有意识地表现其性格中体现的人性的复杂。例如写到思特里克兰德妻子时,叙述人有这样两段感慨:"我那时还不了解人性多么矛盾,我不知道真挚中含有多少做作,高尚中蕴藏着多少卑鄙,或者,即使在邪恶里也找得着美德。"（第48页）"那时我还没认识到一个人的性格是极其复杂的。今天我已经认识到这一点了:卑鄙与伟大、恶毒与善良、仇恨与热爱是可以互不排斥地并存在同一颗心里的。"（第76页）

总之,毛姆是一位严肃的人性考察者和人生思索者,他以犀利的眼光深入一位天才艺术家的性格深处,让我们看到了他灵魂的全貌,看到了真实的人性和人性的真实。毛姆在书中称赞一位思特里克兰德的崇拜者"既是一个艺术研究者,又是一个心理——病理学家。他对一个人的潜意识了如指掌。没有哪个探索心灵秘密的人能够像他那样透过普通事物看到更深邃的意义"。(第8页)我认为,把这段赞词呈献给毛姆,他也是当之无愧的。

人生启示

读完《月亮和六便士》,脑子里充满了对主人公的疑惑和赞叹,充满了作者对人性的剖析和艺术的见解。那么,从人生角度看,作品给我们带来了哪些启发,或者说人生启示呢?

首先,主人公的人生轨迹让我们想到,人生在世,别因为脚下的六便士而忘了天空中的月亮。

便士是英国货币的最小单位,相当于中国的"角""分"。《月亮和六便士》书名来自当年《泰晤士报(文学增刊)》评论毛姆长篇小说《人生的枷锁》主人公菲利普的文章。文中称菲利普"和许多年轻人一样,为天上的月亮神魂颠倒,对脚下的六便士视而不见"。月亮象征着崇高理想、梦想,象征着虽然清贫却心安神宁的灵魂;六便士象征着世俗的鸡虫得失与蝇头小利,也象征着满眼只见物质而心灵空虚。菲利普是毛姆带有自传性的人物,所以对上述评价颇为自豪。毛姆感到这一象征与自己想要表达的思想相吻合,与思特里克兰德的性格相吻合,于是就把这一说法用作书名。书名体现了作者对思特里克兰德精神价值的理解,体现了作者的思想倾向或创作意图,体现了作者的人生观和价值观,同时,也是作者想要带给读者的人生启示。

作品中除了思特里克兰德之外,还描写了一个和他有相同性格和经历,远赴埃及的阿伯拉罕的故事。讲完这个与思特里克兰德的传奇有异曲同工之妙的故事之后,叙述人说了这样一段话:"我很怀疑,阿伯拉罕是否真的糟蹋了自己。做自己最想做的事,生活在自己喜爱的环境里,淡泊宁静、与世无争,这难道是糟蹋自己吗?与此相反,做一个著名的外科医生,年薪一万镑,娶一位美丽的妻子,就是成功吗?我想,这一切都取决于一个人如何看待生活的意义,取决于他认为对社会应尽什么义务,对自己有什么要求。"(第246页)

这段话可理解为作者(化身为叙述人)借助于思特里克兰德和阿伯拉罕的故事对人生意义的追问。字面上看,作者没有明确的倾向,但疑问句中暗含的倾向其实很明显,即推崇的生活态度、生活模式是前者而不是后者。

作者的这种倾向,在对思特里克兰德的生活作评价时有过非常明确的表露。思特里克兰德人到中年,事业成功,家庭幸福,日子祥和安宁,让人羡慕。可是,叙述人对此却不以为然。他说:"我总觉得大多数人这样度过一生好像欠缺一点什么。我承认这种生活的社会价值,我也看到了它的井然有序的幸福,但是我的血液里却有一种强烈的愿望,渴望一种更狂放不羁的旅途。这种安详宁静的快乐好像有一种叫我惊惧不安的东西。我的心渴望一种更加惊险的生活。只要在我的生活中能有变迁——变迁和无法预见的刺激,我是准备踏上怪石嶙峋的山崖,奔赴暗礁满布的海滩的。"(第29页)正是由于这种精神向往,整个文本在叙述人客观冷静的语气下面,其实暗藏着对主人公性格的赞赏和钦佩之情。

别因为脚下的六便士而忘了头顶上的月亮,体现了作者毛姆所肯定、所赞赏的人生观和价值观,是毛姆借助艺术作品对读者的温情呼唤。其实,这又何尝不是读者和大众内心的一种倾向呢?!

但艺术归艺术,现实归现实。现实中人往往是人在江湖,身不由己;身在世俗,很难超脱。不过,难以超脱是一回事,而内心向往又是一回事。现实越难以超脱,精神向往就越是强烈。现实中,人很难像思特里克兰德那样决绝地一走了之(所以他被世俗中人视为怪人),但是对能够决绝地一走了之去寻梦的人从心里表示欣赏和钦佩。换句话说,思特里克兰德其实是世俗中人内心深处那个不安分的自我,他的所作所为替世俗中人从心理上圆了白日梦。正如挂冠归去,毅然脱离官场的陶渊明,之所以千百年来为人钦敬,就因为他为想脱离但不敢脱离官场的人圆了他们的白日梦。

司马迁在《孔子世家赞》中借用《诗经》之语赞颂孔子:高山仰止,景行行止;虽不能至,心向往之。虽然我们不能、不敢像思特里克兰德那样决绝,但只要你欣赏他,就说明你心里还有梦想,你在精神上就有必要的张力和空间,你就没有被灰暗沉重的"六便士"完全压倒。学佛的人喜欢说,虽然没去当和尚,但不可没有当和尚的心。是啊,只要有这颗心在,灵魂就没有死去。当你为"六便士"压得喘不过气时,艺术作品告诉你不妨看看头顶上的月亮,让你心里为之一亮,这就够了,艺术的作用在你心中一亮的时候就实现了。从某种意义上说,艺术就是射进沉重现实的一束灵光,就是灵魂的呐喊,也是灵魂的自由和解放。

其次,作品通过对主人公性格的剖析启发我们,人性是复杂而玄妙的,切不可把人看得太简单。一般来说,读者大众看人的时候容易把人看得很表面、很简单、很抽象。毛姆在作品中揭示了人性的复杂与玄妙,意在告诉读者,人其实并不像你看到的那么简单,看人的时候,要深入内心,每个人的内心深处,都是一个复杂玄妙的宇宙。

以冷静的头脑在不断试错中探寻适合自己的人生之路
——毛姆:《人生的枷锁》

毛姆的自传体小说《人生的枷锁》(江苏人民出版社 1983 年版,下引此书只标页码)中的主人公菲利普,是个有思想、有个性、有主见的年轻人。他中学是在教会学校上的,成绩优异,校长、老师和他的伯父都希望他继续读下去,将来当个牧师。但他厌恶了教会学校的学习生活,拒绝了所有人的好意,中途放弃学业到德国去留学。留学回国,经别人介绍来到伦敦一家公司的会计师事务所当实习生。永远算不完的枯燥数字和永远做不完的琐碎事务让他无比心烦,他感到这种生活毫无意义,觉得是白白浪费青春。朋友来信劝他去巴黎学艺术,这与他的内心愿望不谋而合。但他对巴黎并不了解,趁一次公务的机会,他对巴黎作了实地考察;再反思自我感觉,他深信自己是块做大画家的料子,这才决定辞掉事务所的工作到巴黎去学画。

然而他的监护人即当牧师的伯父坚决反对他学画画,反对他去巴黎。理由有二:一是他认为一个人不管干什么都得有始有终,而不该朝三暮四,见异思迁;二是他认为画画不是个正经行业,巴黎是个邪恶的城市,在那里学画既不体面也不道德。菲利普决心要去,他的理由是:"也许,我混不出什么名堂来,但至少得让我试试。总不至于比待在那个讨厌的事务所内更没出息。我感到自己还能画上几笔,自觉在这方面还有几分天赋。"(第211页)于是,他不顾伯父的反对,在伯母的资助下毅然到巴黎开始了学习艺术的生涯。

在巴黎两年,菲利普从最基础的素描学起,循序渐进,刻苦认真,从不敢荒废自己的学业,画画技艺有很大进步。他一度也曾非常自信,相信自己有艺术家的气质,终有一天会成为大画家。但冷静思考时又对自己的成绩深为不满,感到学到一定程度后想要再有所突破非常困难,他开始对自己的艺术才华有所怀疑。此时,有两件事更加深了他的怀疑:一是他送往巴黎艺术展览会的作品被冷冷地退了回来,一幅也没有被选中;二是他的女同学范妮·普赖特自杀。范妮家境贫困,学画极为勤奋刻苦,但终因缺乏艺术细胞而一事无成,在贫病交加中自尽。菲利普为范妮料理后事,她的形象在他脑际萦绕,怎么也忘怀不了:范妮勤学多年到头来竟是白辛苦一场。论刻苦,比诚心,谁也赶不上她;她真心相信自己有艺术才华。可是在这方面,自信心显然说明不了什么问题,学艺术的人哪个不自信?自己也曾相当自信,可又能怎么样呢?自己会不会重蹈范妮的覆辙呢?他进入了严肃的自我分析、自我解剖。

这一解剖,立刻剖析到最为根本的问题上:"他不能不看到,自己对艺术的感受毕竟有异于他人。一幅出色的美术作品能直接扣动劳森(菲利普的朋友——引者注)的心弦。他是凭直觉来欣赏作品的。即使弗拉纳根(菲利普的朋友——引者注)也能从感觉上把握某些事物,而菲利普却非得经过一番思索才能有所领悟。菲利普是靠理性来欣赏作品的。他不由得暗自感叹:假如他身上也有那种所谓'艺术家气质'(他讨厌这个用语,可又想不出别的说法),他就会像他们那样,也能借助感情而不是借助推理来获得美的感受。他开始怀疑自己莫非只有手面上那么一点巧劲儿,至多也只能靠它依样画葫芦。这实在毫不足取。他现在也学别人的样,不再把技巧放在眼里。最要紧的是如何借画面表达作画人的内心感受。"(第301页)菲利普拿自己的画和劳森的作对比,意识到自己不过是劳森的忠实翻版而已。"他感到自己毫无匠心,不堪造就。他是用脑子来作画的,而他心里明白,有价值的美术作品,无一不是心灵的结晶。"(第302页)

这就是问题的要害。作画需要艺术家的气质,而所谓艺术家的气质,主要表现为直觉、感觉、感情、内心感受、灵感和创造,而不是理性和思考,更不是忠实地模仿。菲利普所缺乏的正是搞艺术最需要的,这就让他从根本上对自己的天资、自己的能力丧失了信心。

这一反思让菲利普非常痛苦。他想,既然人生在世只有一次,那就不可虚度此生。当然他并不认为只有发财致富,名扬天下,才算没有枉活一世。可是究竟怎样才算无愧于此生,他自己一时也说不上来。也许应该阅尽沧桑,做到人尽其才吧。可是既然自己的"才"不在绘画上,那么又在哪里呢?看来他需要重新考虑自己的人生道路,他该转行了。

《人生的枷锁》插图

转换人生方向,重新设计自己的人生道路,是件非常严肃的事情,单靠自己的智慧可能是不够的。为了慎重,菲利普又诚恳地征求朋友们的意见,尤其是特意向他所尊敬的老师富瓦内请教。他把自己的画拿给老师看。老师认真看后坦率地说:从你的画里我看不到横溢的才气,只看到勤奋和智慧,你永远也不会超过二三流的水平。"要是你想听听我的忠告,我得说,拿出点勇气来,当机立断,找些别的行当碰碰运气吧。……等你追悔不及的时候再发现自己的平庸无能,那才叫痛心呢,但再痛心,也无助于改善一个人的气质。"(第313页)

自我反思,加上朋友尤其是老师的劝告,促使菲利普下定决心结束了在巴黎的学艺生涯,回伦敦进了大学的医学院,改学适合自己气质的医学了。

从中学到大学,从少年到青年,菲利普一路走来一路摸索一路选择,甚至是一路挫折和失败,终于在不停的试错中找到了适合自己资质的事业,找到了真正属于自己的路。作为读者,我们衷心地为他庆幸为他祝福,因为,毕竟他是幸运的。

掩卷而思,现实生活中的我们都能像菲利普那样终于找到适合自己的路吗?未必!青少年时期是人生的起步期,脚下可走的路太多太多。这是上帝赋予年轻人的权利——给你千条路,同时给你绝对的自由,随你的高兴任意选择吧!同时,这也是上帝给年轻人布下的困境——路有千条,谁知道哪条最适合你?你不知道,你的父母、老师、亲戚、朋友都不知道,知道的只有上帝,但他老先生缄口无言,不告诉你。无奈你只有自己去摸索。面对千条路,你战战兢兢不知该走哪一条,唯一知道的是不同路会导致不同的人生结局。你的处境如英国诗人弗劳斯特在《没有走的路》一诗中所写:"路到渐黄的树林分两股,/我呀,一个人,只能走一股;/伫立林中,我多时踟蹰……"

不知如何选择也要选择,生命车站不留人。不选择也是一种选择,面临选择你无论如何逃不过。人生列车呼啸而过,你必须匆匆乘上一趟赶快走。但这趟车是否适合你,很不好说。终于有一天,你也许感到了不合适,但拿不准到底是不是真的不合适;拿准了你也不知道该不该下来;知道该下来也未必知道该在哪一站下来。

一切的一切,都让你犹豫让你徘徊。你很想找人参谋参谋,听听别人的意见。这个人说,该放弃时就放弃,放弃也是一种美;那个人说,既然选择了就应该坚持到底,千万不可见异思迁,半途而废,有道是坚持到底就是胜利。两种意见都有道理,而且似乎都是绝对真理。于是,你终于还是茫然,还是犹豫,进不是退不是不进不退也不是,你"旱"在了困境中。

困境中的你是否可以想一想毛姆笔下的菲利普?菲利普在会计师事务所感到不合适,毅然下"车"了;学画两年,又感到不合适,又坚决下"车"了,不过这一次他下得很慎重。首先是经过了深入的自我剖析,确认自己的思维类型不适宜吃艺术这碗饭。——这是这次选择的最重要的前提。然后广泛征求意见,深思熟虑后作出新的人生抉择,避免了一事无成的不幸命运。

由此我们想到,对于生活中流行的"真理",如"既然选择了就要坚持到底","坚持到底就是胜利",等等,要作具体分析。任何真理都是具体的,都与事物的具体性、特殊性、复杂性相联系,而不是抽象的、空洞的、没有具体内容的。脱离具体条件泛泛谈"坚持",很可能给人以误导,把人引向死地。

记得 20 世纪 80 年代某报纸讨论文学创作问题,某青年发表文章说自己一定要沿着文学创作这条路顽强地走下去,他的标题是《碰死南墙不回头》,想来勇气可嘉,但如此偏执也让人担心。文学创作和菲利普的画画一样,不是谁都适合去做的。现实生活中坚持写作一辈子,到头来一事无成的人并不少见。看来,不分主客观条件盲目鼓吹"坚持",不知贻害了多少人。因此,应该从具体情况出发,实事求是,因势利导,该放弃的就放弃,此路不通他路通,人不一定非要一条道上走到黑,在一棵树上吊死。

当然,对于"该放弃的就放弃"也不能绝对化,也要作具体分析。该放弃的"该"是什么意思?标准、根据是什么?都要从实际出发作具体分析。

《人生的枷锁》插图

总之,人生选择是个大学问,抽象的大道理都好说,都会说,都能说,然而一落实到具体问题上情况就变得特别复杂。正如一首外国军歌所唱的:纸上都是开阔地,可是一行起军来啊……不过,正因为复杂、有不确定性才叫人生呀,才有魅力呀!一览无余,一眼见底,还叫什么人生,还有什么魅力?!

祝愿每个年轻人都像菲利普那样,以冷静的头脑、勇敢的精神,在不断的试错过程中探寻适合自己的人生之路,找到能发挥潜能,自己真心喜欢从事的事业。

人生有无意义
——从毛姆的《人生的枷锁》说起

人生有无意义,换句话说人为什么而活着,实际上是在追问人活着的理由、人生存的根据。这实在是人类自我意识觉醒以来,精神生活中最为重大最为迫切的形而上问题。由于它的本源性、根本性,称它为人生第一问题也不为过。它无一例外地摆在每个人面前,迫使每个人思考它解决它,包括不识字或识字很少的文盲半文盲。因为当他们遇到烦恼感到活得很累之时,也会冷不丁冒出一句沉痛的感慨:活着有啥意思呢? 这一问,问的就是生存的意义。普通人之外,古今中外人类最智慧的头脑都参与了这一问题的思考。结果如何呢? 结果言人人殊,人类仍在迷茫中。那么,文学家们都有过哪些思考呢? 本文试作粗略的梳理。

从终极视角看,人生是无意义的

《人生的枷锁》是英国著名作家威廉·萨默赛特·毛姆的代表作。这是一部带有明显自传色彩的小说,作者把自己青少年时期的生活经历,尤其对生活对人生的感受和思考,经过艺术的改造和加工,放在小说主人公身上,使人物成为作家的影子和代言人。

作品主人公菲利普·凯里自幼失去双亲,在伯父(教区牧师)的抚养下长大。他患有跛足的先天残疾,周围人的歧视和嘲笑,使他的心灵备受伤害。为了摆脱不幸,他把希望寄托在上帝身上。

因为他曾在《福音书》里看到,而后又在牧师布道时听到过关于"信心能移山"的信条,他相信上帝能够帮助他。他天天怀着无比虔诚的心情,不畏严寒,赤裸着身子,跪在冰凉的地板上向上帝祷告,祈求开学前残疾能够不治而愈。然而跛足依然如故,于是他开始怀疑上帝的存在,朦胧地看出了宗教的虚妄。长大后有了明辨是非的判断力,菲利普终于与上帝决裂。

青少年时期的菲利普聪慧、敏感,对身边一切事都善于思考,对未来充满憧憬,渴望掌握自己的命运。由于不满教会学校的生活,中学未毕业他就毅然离开学校到德国留学。回国后他到伦敦会计师事务所当见习会计,因厌烦琐碎无聊的工作,辞职到巴黎学画。在巴黎两年,他发现自己的艺术才能有限,又弃画学医,后来当了一名医生。就这样,菲利普青少年时代辗转于欧洲大陆和英国之间,频繁变换人生方向,经历了各种各样的环境,体验了各种各样的人生。

这期间,他刻苦读书,潜心研究前人讨论人生的哲学著作,生活中又经历了苦恋与失恋的痛苦折磨以及亲朋好友的悲欢离合,饱尝了人生的酸甜苦辣。无论在哪里,他一如既往苦苦思索人生意义但始终一无所获。在巴黎学画时,他曾向落魄诗人克朗肖请教,克朗肖建议他去看一看图案绚丽多姿、色调神秘典雅的波斯地毯,说或许哪一天他会从中找到答案。菲利普希望明言,克朗肖笑而不答,特意指出除非你自己悟出其中的奥秘,否则便毫无意义。

从此以后,地毯的隐喻一直伴随菲利普。历经苦难之后的某一天,他忽然间悟出了其中的道理,不觉扑哧笑出声来。"啊,终于找到了答案。这好比猜谜语,百思不得其解,但一经点破谜底,你简直不能想象自己怎么会一下被这谜语难倒的。"答案最明显不过了:

生活毫无意义。地球不过是一颗穿越太空的星星的卫星罢了。在某些条件的作用下，生物便在地球上应运而生，而这些条件正是形成地球这颗行星的一部分。既然在这些条件的作用下，地球开始有了生物，那么，在其他条件的作用下，万物的生命就有个终结。人并不比其他有生命的东西更有意义；人的出现，并非是造物的顶点，而不过是自然对环境作出的反应罢了。菲利普想起了有关东罗马帝国国王的故事。那国王迫切希望了解人类的历史。一天，一位哲人给他送来了五百卷书籍，可国王朝政缠身，日理万机，无暇披卷破帙，便责成哲人将书带回，加以压缩综合。转眼过了二十年，哲人回来时，那部书籍经压缩只剩了五十卷，可此时，国王年近古稀，已无力啃这些伤脑筋的古籍了，便再次责成哲人将书缩短。转眼又过了二十年，老态龙钟、白发苍苍的哲人来到国王跟前，手里拿着一本写着国王孜孜寻求的知识的书，但是，国王此时已是奄奄一息，行将就木，即使就这么一本书，他也没有时间阅读了。这时候，哲人把人类历史归结为一行字，写好后呈上，上面写道：人降生世上，便受苦难，最后双目一闭，离世而去。生活没有意义，人活着也没有目的。出世还是不出世，活着还是死去，均无关紧要。生命微不足道，而死亡也无足轻重。想到这里，菲利普心头掠过一阵狂喜，正如他童年时当摆脱了笃信上帝的重压后所怀有的那种心情一样。在他看来，生活最后一副重担从肩上卸了下来，他平生第一次感到彻底自由了。

"啊，生活。"他心里喟然长叹道，"啊，生活，你的意趣何在？"

这股突如其来的思潮，以其无可辩驳的力量，向菲利普表明了生活毫无意义这一道理。在这同时，菲利普心中又萌生出另一个念头。他想原来克朗肖就是为了向他说明这一点才送给他波斯地毯的呀。地毯织工把地毯的格局编得错综复杂，并非出自某种目的，不过是满足其美感的乐趣罢了。正如地毯织工那样，一个人也是这样度过其一生的。倘若一个人不得不相信其行动是不由自主的，那么，他也可以以同样的观点来看待其人生。人生也不过是一种格局而已，生活既无意义，也无必要，生活只不过是满足一个人的乐趣而已。（第676—677页）

皇皇一部六十多万字的巨著，作者通过人物的经历探索人生，探索来探索去得到的结论竟是，生活没有意义，人生没有目的，看起来五彩缤纷热热闹闹，其实一切都和地毯的图案一样，随意编织罢了。这，难道仅仅只是青年菲利普的结论吗？不，这同时也是作者毛姆的结论。为了更明确清楚地表达自己的"发现"，后来他又写了一篇散文，题目就是《人生的意义》。正如标题所示，这篇文章是专门讨论人生意义的。毛姆说，如果我们不相信上帝的存在和精神不灭（这历来被认为是人生意义之所在），那么我们必须确定人生的意义是什么。"如果死亡终止一切，如果我既无死后有福的希望，又不怕祸患，那么我必须问自己，我到这个世界来干什么，既来了，应该如何为人。""这些问题中，有一个问题回答很简单，可是这回答太令人扫兴，大多数人都不愿承认。那就是：人生没有道理，人生没有意义。"得出这一结论，毛姆用的是终极视角。他说人类是在一颗小行星上作短暂的留居，这颗小行星只是宇宙中无数星系中的一颗，而行星所在的宇宙最后将达到终极平衡阶段，一切归于静止。而人，在这情况到来的亿万年以前早已不复存在了。"到那个时候,他是否曾经存在过,可能设想有什么意思吗?他将已成为宇宙史上的一章,有如记述原始时代地球上生存过的奇形巨兽的生活故事的一章,同样地毫无意义。"(《毛姆随想录》,百花文艺出版社1992年版,第41—42页。)

人生没有意义,这一悲观主义的结论其实并不只是毛姆个人的观点,而是无论古今也无论中外普遍流行的一种观点。例如我国最具人生深度的名著《红楼梦》,也持这一观点,其中的《好了歌》和《好了歌注》就明确表达了上述思想。类似的意思随处可见:

我国古人曾说"大事未明,如丧考妣;大事已明,如丧考妣。"这里的"大事",没有明指,但笔者认为所指肯定包括"人生意义"之类,——对于一个有点自我意识的人来说,还有比人生意义更大的事吗?!"大事未明"时,心中惶惶,如丧考妣;"大事已明"即明白人生终无意义,这时心情悲凉,同样如丧考妣。

钱锺书曾说:"目光放远,万事皆悲。"这里的"万事",笔者以为,也包括对人生意义的理解,而且是"万事"中的首要大事。

新时期以来我国广大青年喜欢的哲学学者周国平,最擅长以文学的笔法谈人生,他的语录体著作《人与永恒》中有一则关于"人生意义"的专论:

人生的内容:$a+b+c+d+\cdots\cdots$

人生的结局:0

人生的意义:$(a+b+c+d+\cdots\cdots)\times 0=0$

尽管如此,人仍然想无限制地延长那个加法运算,不厌其长。这就是生命的魔力。

(《周国平文集》第一卷,陕西人民出版社1996年版,第

78页）

上述观点,视角是共同的,即终极视角。他们把人放到宇宙（自然、造化、上帝、神等,叫什么都可以）大背景下加以审视,认为人和其他动物一样,无非一个生命而已,实在微不足道。况且,人总是要死的,人一死,生前的百般辉煌万般荣耀都化为虚无,还谈什么意义?!当然你可以说你的辉煌业绩将传之万代泽被后世,这当然不错!但终有一天太阳是要死寂的,地球是要毁灭的,在那一天远远没有到来之前,整个人类就从地球上消失了,到那时候,连人类和地球是否存在过都成了问题,个人乃至于整个人类的无论什么业绩还有什么意义呢?所以,从终极视角看,人生是无意义的。

从社会视角看,人生是有意义的

从终极角度看人生是无意义的,这一结论逻辑谨严,论证彻底,确有说服力。但我们并不只是生活于宇宙中,而是还生活于具体的现实的社会生活中,生活在错综复杂的人际环境中;而且人是动物,但并不仅仅是动物,而是有思想有意识有灵魂的高级动物;所以要考察人生的意义,就不能仅仅采用单一的终极视角,而必须同时采用社会视角。

社会视角也可以说是现实视角、世俗视角、日常视角。把眼光从遥远的宇宙、终极收回来投向现实的人的生存世界,发现人生是有意义的,而且时时、处处、事事都是有意义的。这个意义就是,心怀一个目标（或曰理想、梦想、希望、愿望……）并为之而努力奋斗,通过努力生存得更好些。"目标"代表着人的欲望,是人活着的内在动力。实现目标,满足欲望,这就是人生的价值和意义。

"目标""欲望",何其抽象！但落实到每个人的时候就有了非常具体的内涵,因而也就有了不同的"人生意义"。

　　《荷马史诗》中的英雄们,纵横驰骋,捐躯沙场,为的是个人荣誉、国家荣誉,为的是美人。《红与黑》中的于连认为人生来就应该为个人的荣誉、地位、财富、女人等一切现世幸福而奋斗。《红与黑》的作者司汤达,直言不讳称自己是一个自我中心论者,在他心目中,"利己"是人的本性,谋求个人幸福是人生的最高目的和人类一切行为的唯一动机,为荣誉、地位、财富和爱情而奋斗,是人生无可争议的伟大事业。巴尔扎克笔下的人物为了金钱不顾一切,金钱成了他们活着的最大动力。我国几代人所熟知的《钢铁是怎样炼成的》主人公保尔的名言是:"生命属于人们只有一次。他的一生应当这样度过:当他回首往事时,他不因虚度年华而悔恨,也不因碌碌无为而羞愧。这样,在临死的时候,他就能够说:'我已把自己的整个生命和全部精力都献给了世界上最壮丽的事业——为全人类的解放而斗争。'"

　　诸如此类,还可以无休止地罗列下去,但在常识面前,这些显得很没有必要。随便翻开哪部文学作品看看其中的人物,或者稍稍反思一下个人或他人的生活,就会明白人们都在为某种目标而活着。他们视这些目标为他们生命的意义。总之,在社会、现实、世俗的层面上,人们所追求的目标是多种多样的:或为国家、为民族、为集体、为大众,或为理想、为事业、为责任、为义务,或为爱情、为家庭、为父母、为儿女,或为名、为利、为金钱、为地位……对这些目标,这里不作道德判断,留给读者去评价。从本文的题旨出发,我们要说的是,不同的目标体现了不同的人生观和价值观,体现了不同的人生意义。不管哪种意义,都是一种意义。总之,从社会、现实、世俗层面看,人生是有意义的。

人生意义的悖论

这里出现矛盾了:从终极视角看,人生是无意义的;从社会视角看,人生是有意义的。那么人生到底有意义还是无意义呢? 应该说,这里没有"到底",只有矛盾;没有唯一,只有悖论:即人生是有意义的无意义,无意义的有意义。

有人不习惯于理解悖论,对悖论之"悖"难以接受,只想把问题简单化,找一个单纯唯一的结论,这是一种过于天真和肤浅的思维习惯。事实上,对人生世事乃至万事万物有过精细观察和分析的人,每每在最深层处发现悖论。悖论不是文字游戏,而是存在的真相。

悖论体现了存在的复杂和矛盾,体现了存在的奥秘和深度。正是悖论,才让人感到人生的困惑和迷惘。如果只是"有"或"没有"如此简单的结论,那还有什么困惑和迷惘? 推一个公认的智者,让他为我们作一个明确的判断,"有"还是"没有":如果"有",它是什么;如果"没有",又是为什么,这样岂不省心! 何苦让古今中外的智者和非智者无一例外地永远迷惑呢?!

但是,悖论就是悖论,悖论不是哪个人凭空设置的,而是宇宙、世界、自然、人生本有的,先验的,与生俱来与死俱去的。谁也无法像做加减法一样把它加上或消解掉,你只要活着就必须与之打交道。想避避不开,想逃逃不掉,它注定与你终生相伴,直至离开世界的那一天!

意义悖论的人生启示

人生是有意义的无意义,无意义的有意义,这一悖论又有什么意义呢? 换句话说,对我们的人生有什么启示呢?

简单说,对我们的启示是,人生既不可悲观颓废,亦不可过分执着,在悲观颓废与过分执着之间,要寻找一个恰当的平衡点,人生智慧就蕴藏于这一平衡点之中。还有一点就是,以无意义为背景,做有意义的事;以出世之心,做入世的事业。

人生无意义论容易导致对人生的悲观态度,容易使人堕入颓废的深渊,容易让人破罐子破摔,放弃人生的热情和追求;认为人生有意义,顺理成章的事就是追求意义的实现,为意义的实现而拼搏,而奋斗。追求、奋斗当然是好事,但需要清醒的是,一味强调拼搏容易导致对目标的过分执着,过分执着即痴迷,痴迷的结果导致人生异化、丧失自我。这样看来,悲观颓废和过分执着二者各有所偏,都导致了自身的片面性。

怎么办?专注于人生思考的哲学家周国平先生对此作过深入的分析和讨论。他认为一味的执着也和一味的悲观一样,同智慧相去甚远。悲观的危险是对人生持厌弃的态度,执着的危险则是对人生持占有的态度。所谓对人生的占有倒未必专指那种唯利是图、贪得无厌的行径,而是指凡是过于看重人生的成败、荣辱、祸福、得失,视成功和幸福为人生第一要义和至高目标者,即可归入此列。因为这样做实质上就是把人生看成了一种占有物,必欲向之获取最大效益而后快。但人生是占有不了的,所以我们宁愿怀着从容闲适的心情玩味它,而不要让过分急切的追求和得失之患占有了我们。在人生中还有比成功和幸福更重要的东西,那就是凌驾于一切成败福祸之上的豁达胸怀。在终极的意义上,人世间的成功和失败、幸福和灾难,都只是过眼烟云,彼此并无实质的区别。也就是说,我们不妨眷恋生命,执着人生,但同时也要像蒙田说的那样,收拾行装,随时准备和人生告别。入世再深,也不忘它的限度。这样一种执着有悲观垫底,就不会走向贪婪。有悲观垫底的执着,实际上是一种超脱。

关于悲观、执着、超脱三者之间的关系,周国平认为超脱是悲观和执着两者激烈冲突的结果,又是两者的和解。由于只有一个人生,颓废者因此把它看作零,堕入悲观的深渊;执迷者又因为把它看作全,激起占有的热望。两者均未得智慧的真髓。智慧是在两者之间,确切地说,是包容了两者又超乎两者之上。人生既是零,又是全,是零和全的统一。用全否定零,以反抗虚无,又用零否定全,以约束贪欲,智慧仿佛走着这螺旋形的路。不过,这只是一种简化的描述。事实上,在一个热爱人生而又洞察人生真相的人心中,悲观、执着、超脱三种因素始终都存在着,没有一种会完全消失,智慧就存在于它们此消彼长的动态平衡之中。

这样的分析全面而辩证,窥得了人生的深度,提取了人生智慧,对我们确立和调整自己的人生态度,有明确的指导意义。

生命意义在于欢乐充实的人生过程

面对人生意义的悖论,或者说面对人生的尴尬,人类应该怎么办呢?为此,人类进行了不懈的精神探索,虽然找不到走出悖论的有效途径,却找到了对付悖论的人生态度。这就是:反抗虚无,挑战绝望,用顽强不屈的人生实践创造一个欢乐充实的人生过程。这,既是人生的态度,同时也是人生的意义。

作为个体生命,总有一天要死的;作为人类,终有一天也要灭亡。这是铁定的事实,是人类生存的大背景。有人不敢承认不敢面对这一背景,所以尽量回避,只沉醉于过一天"享受"一天。这是精神上的怯懦,是肤浅的乐观主义。有人承认这一背景却被吓倒了,因而心灰意冷,不愿再有任何作为。这是精神上的侏儒,是肤浅的悲观主义。两种人的共同点是被"虚无"的背景压垮了,因而活得沉重萎靡,活得轻如鸿毛,毫无意义。

后来人们发现,"虚无"作为背景是人的"宿命",是生命的前提,谁也避不开逃不掉,逃避的结果只能更痛苦更沉重更悲惨,所以与其消极逃避不如勇敢抗争。勇敢抗争的结果当然仍然免不了最后的虚无,但在抗争的过程中张扬了生命的意志,展现了生命的潜能。用欢乐充实的人生过程,赢得了生命的骄傲和尊严,让生命焕发出悲壮而热烈的辉光。人类的精神由此超越了悖论,化解了"尴尬",在壮美的生命历程中获得了大解放、大自由、大愉悦。

这不是个别人的偶然发现,而是许多思想家、艺术家的共识。本书前面在讨论《浮士德》的人生意蕴时,曾举罗丹的雕塑《行走的人》为例。"行走的人"没有头颅,没有双臂,只剩下结实的躯干和迈开的大步,活像一个有了生命的汉字——人。关于作品的意蕴,雕塑家熊秉明先生认为它表现了人超越自然力而岸然前行的精神状态,体现了一种任何自然的阻力都抵挡不住的主体精神力量。"行走的人"迈着大步,毫不犹豫,勇往直前,好像有一个确定的目的,其实并没有,不息地向前去即是目的。全人类有一个目的吗?也许并没有,但全人类孜孜地向前去,就是人类存在的意义。正如雨果所说,我前去,我前去,我并不知道要到哪里,但是我前去。总之,《行走的人》体现的是一种人生态度,一种豪迈的、雄健的、高昂的人生态度,一种面向虚无勇敢地跨进去的决绝的人生姿态,一种伟大而又高贵的人类精神。

继承罗丹的思想并进一步升化、发扬的是20世纪在西方产生了广泛影响的"存在主义"。存在主义有代表性的思想家和文学家众多,观点极为复杂,但在人生态度方面有一个基本点是共同的,即面对虚无进行勇敢的反抗。加缪在散文集《西西弗的神话》中,以生动的艺术形象集中传达了这种思想。

西西弗是古希腊神话中风神的儿子,生前得罪了宙斯,死后被罚在地狱做苦役:将一块巨石推上山顶,但每当快到山顶时,由于本身的重量,石头又滚回山脚,于是他必须重新开始,如此往返不已,永无穷尽。

在诸神看来,没有比这种无用而又无望的折磨更厉害的惩罚了。但西西弗对此并不悲观,当石头又滚下山去他不得不重新下山,朝着那不知尽头的痛苦走去时,他的心态是镇定而自信的,他的脚步是沉着而稳重的,他的内心是充实而坚定的。他明知永无成功的希望却敢于蔑视自己的命运,敢于向诸神发出挑战。加缪说,对于西西弗,"我们总是看到他身上的重负。而西西弗告诉我们,最高的虔诚是否认诸神并且搬掉石头。他也认为自己是幸福的。这个从此没有主宰的世界对他来讲既不是荒漠,也不是沃土……他爬上山顶所要进行的斗争本身就足以使一个人心里感到充实。应该认为,西西弗是幸福的"。

正是在这勇敢的抗争过程中,西西弗感到了欢乐和幸福,他在这无望的努力过程中获得了存在的意义,因为他以此证明他高于他的命运,他比他的巨石更强大。在存在主义者看来,西西弗的命运是一个象征,既象征了人类的命运也象征了人类对命运应采取的态度,象征了人生的意义。

对于人生的有限、人生的荒凉和虚无,鲁迅先生也有独特的深刻体验,因此有惟"黑暗与虚无",乃是"实有"的警句。但面对"黑暗与虚无",鲁迅没有因此堕入虚无主义、悲观主义与遁世主义,而是明确宣布"偏要向这些作绝望的抗战"。散文诗集《野草》中有一篇戏剧体作品《过客》,其中"过客"的形象比较典型地体现了鲁迅的上述思想。

黄昏时分,衣衫褴褛困顿不堪的过客,从荆棘丛生瓦砾遍地之处走来。他既不知自己从哪里来,也不知自己到哪里去,他知道前面是坟,但坟后是什么却又不清楚。他又渴又饿又累,迫切需要休息,却休息不下来,他总是听见前面有声音在催促他继续往前走。于是,谁也留不住他。浓重的夜色中,过客向野地里踉跄地闯进去。过客的形象绝对是一个面向虚无进行"绝望的抗战"的硬汉,未知前途却偏要走,知其不可为而偏要为之,不计成败,不避虚妄。过客面向虚无悲壮地、决绝地、义无反顾地往前走,于是走出他人生的全部意义,给人们留下了宝贵的精神启迪。

思索存在的奥秘
——米兰·昆德拉:《不能承受的生命之轻》

作家米兰·昆德拉曾把小说分为三类:叙事的小说(巴尔扎克、大仲马)、描绘的小说(福楼拜)、思索的小说。他把自己的小说定位于第三类。思索的小说不等于哲理小说。哲理小说用小说图解哲学,即先有一个哲学观点,因其抽象不便于为人接受,所以借助文学手段把它传达出去。在这里,"哲学"是目的,是出发点和落脚点,而"文学"则是工具,从艺术上看不具有独立存在的价值。而思索的小说则是从"存在"出发,通过某些基本情境或情境的组合,将哲学的体悟和诗的感受融汇进去。换句话说即通过小说的方式思考哲学问题,追问人在世界中存在的可能性,揭示存在的奥秘。简言之,哲理小说是"思之诗",思索的小说是"诗之思"。

米兰·昆德拉

昆德拉雄心勃勃,要以自己的创作思考人的生活,思索"存在"的奥秘,完成以概念和逻辑为手段的哲学所完成不了的任务。昆德拉这样说了,也这样做了,他以自己出色的小说创作实践了自己的诺言。《不能承受的生命之轻》(许钧译,上海译文出版社2003年版,下引此书只注页码)就是其中的代表作。这里,笔者以这部小说为例,略窥一下昆德拉是怎样通过小说揭示"存在"的奥秘,讨论人生的哲理的。

他为什么面对墙发呆?——生命的轻与重

昆德拉说,小说不研究现实,而研究存在。存在并不是已经发生的,存在是人的可能的场所,是一切人可以成为的,一切人所能够的。小说家发现人们这种或那种可能,画出"存在的图"。

——这是昆德拉的小说观。要理解他的小说必须先理解他的小说观;要理解他的小说观必须先理解其中的关键词——存在。

存在是存在主义哲学的核心范畴。由于存在主义是个复杂的哲学体系,解说起来比较困难,不容易为一般读者所了解,这里避开理论的旁征博引,借用具体实例来说明什么是"存在"。

中国历史上有过一个著名的政治、军事、外交会议——鸿门宴。论当时实力,项羽强而刘邦弱。项羽的智囊范增深知这次会议意义重大,深知刘邦"龙虎"本性,于是竭力怂恿项羽借机杀了刘邦,以免留下祸患。但刘邦一见面满脸堆笑,项羽心太软,犹豫之下没杀他,等于放虎归山,几年后刘邦反过来灭了项羽,建立了汉王朝。从此中国历史按照西汉东汉魏晋隋唐宋元明清这一线索延续下来,有了现在的一切,有了现实的你我他。但是,历史并非只有这样一种可能,而是还有多种可能。

例如,假若项羽深刻领悟了谋士的话下决心杀了刘邦,那么肯定没有了汉王朝。没有了汉,也就没有了后来一系列的王朝排列顺序。当然,可以肯定的是,在中国这块大地上,历史还在延续,但顺序变了;这块土地上还有人,却是另一批人而非这一批人。总之,项羽的一念之变就会影响中国的历史进程;不仅如此,世界的历史也会跟着变化,因为中国在世界格局中毕竟是举足轻重的啊!

但是,中国历史将会是一种什么样的顺序,世界历史又会是一个什么样的格局呢？没有人知道。已经实现了的"可能"叫现实,没有实现的"可能"叫"存在"。存在中蕴含着无数可能性,而只有一种"可能"转化为现实。人们能看见的、已经发生过和当下正发生着的是现实,而现实背后掩盖着的无限可能即存在。

在《不能承受的生命之轻》中,女主角特蕾莎的母亲年轻时很漂亮,有九个男人向她求婚。九个男人各有千秋,一个个跪倒在她的身旁,围成一圈。她像公主一样,站在中间不知道该选择哪一个。结果她糊里糊涂选择了被认为是最有男子气的一个,由于这人做爱时故意不小心才有了女儿特蕾莎。如果她选择了另外的其他人,她的命运就是另外的安排。而"另外"是什么,没人知道,"另外"隐在"存在"中。

每个高中学生都将面临命运不止一次的抉择:他(她)文理科都好,可文可理亦可工;在文科中,他(她)既想学中文又想学法律还想学外语;关于学校,可 A 可 B 可 C;……这一切可能中,每人每次只能选一种,你选择了这一种,同时就意味着丧失了另一种乃至无数种。你的命运本来有无限的可能性,结果一路走来你只实现了一种,其他无数隐藏在"存在"中,你永远不会知道了。这就是人生永恒的遗憾！

总之,人每时每刻都生存于"存在"中,面临"存在"的多种可能,你每时每刻都面临选择。选择意味着占有又意味着失去,意味着满足又意味着遗憾,意味着自由又意味着限制(只能选一个而不能多个)。这里包含了多少人生的悖论、人生的荒诞啊！

在存在的无限可能背景下,只能活一次；只能有一种选择的人生,显得非常无奈非常可怜非常的"轻"。对这种生命之轻,人们总是非常的不甘心,感到怎么也"不能承受",于是生出反抗之心,即总想追求"重",想探索人生的多种可能性。

探索(显现)人生多种可能性的途径很多,但最好最有效的是文学艺术(小说、戏剧、电影、电视剧等)。这正应了德国人对文学的理解——什么是文学?文学就是让看不见的东西被看见。

在《不能承受的生命之轻》中,昆德拉将关于存在的上述思想,浓缩在一个典型"情境"(或者说意象)中。这个情境是:男主人公托马斯"站在公寓的一扇窗户前,目光越过庭院,盯着对面房子的墙,他不知道他该做什么"。(第7页)

"他不知道他该做什么",是说他走到了一个人生的十字(或多向)路口,面临至少两种选择,他不知该怎么办。

托马斯困惑的具体情境是:女主角特蕾莎从乡下小镇只身来到布拉格找他,他同她做了爱,她得了病,在他家住下,他耐心照顾她,对她产生了"一种无法解释的爱"。他感到她就像是个被人放在涂了树脂的篮子里的孩子,顺着河水漂来,好让他在床榻之岸收留她。她在他家待了一个星期,流感一好,将回到她居住的小镇。是留她还是不留她,托马斯犯了难:如果建议她留下,她肯定会高兴地来到他身边,为他献出整个生命。但是"这份责任令他害怕"。要么放弃?这样一来她还得回到乡下小镇做女招待,那他就再也见不到她了。就这样,"他是想她来到他身边,还是不想?"他目光盯着对面的墙,茫然不知所措。

他不知道想留她到底是出于疯狂,还是爱情。他弄不清自己到底想要什么。他责备自己的犹豫,但同时又为自己的犹豫作辩护:

> 人永远都无法知道自己该要什么,因为人只能活一次,既不能拿它跟前世相比,也不能在来生加以修正。

和特蕾莎在一起好呢,还是一个人好呢?

没有任何方法可以检验哪种抉择是好的,因为不存在任何比较。一切都是马上经历,仅此一次,不能准备。好像一个演员没有排练就上了舞台。如果生命的初次排练就已经是生命本身,那么生命到底会有什么价值?正因为这样,生命才总是像一张草图。(第9页)

托马斯面对着墙发呆的情境,后来又出现于在请愿书上签字问题上。他儿子和一位主持正义的记者请他在一份呼吁释放政治犯的请愿书上签名。不签,他会就此失去儿子,成为儿子眼中的懦夫,也可能会给自己留下内疚;签了,救不了政治犯,只能牺牲自己,还会给特蕾莎带来麻烦。

那么,他该怎么做?签还是不签?

对这个问题也能以如下方式提出:是大声疾呼,加速自己的死亡好?还是缄口不言,以换取苟延残喘好?

这些问题是否只有一个答案?

他再次冒出那个我们已经知晓的念头:人只能活一回,我们无法验证决定的对错,因为,在任何情况下,我们只能做一个决定。上天不会赋予我们第二次、第三次、第四次生命以供比较不同的决定。(第264页)

面临签与不签的两难选择,托马斯不知到底应该怎么办。这时,"我再次看到他出现在小说开端的形象。他站在窗边,看着院子对面楼房的墙"。(第262页)面对墙发呆,是一种典型的人生情境。昆德拉说托马斯这一人物就产生于这一情境。

面对"存在"的多种可能,生活中人只能选择一种(一次),只能让一种可能变为现实。对此大不甘心的人类想出了文学,试图借小说中人物去实现另外的可能性——正如昆德拉所说:"我小说中的主人公是我未曾实现的可能性。"(第263页)如果把可能性的实现与否作为一条线,那么现实中的我们在线的这边,小说人物就在那边,小说要探寻的奥秘仅在另外一边开始,小说不是作家或任何人的自传,而是对于陷入尘世陷阱的人生的探索。(第263页)但遗憾的是,一个小说人物也只能探索一种可能性,"存在"中的无限可能性还是隐在无形中,隐在"无底深渊"中,还是"不在场"。

这些隐形的无限,让人感到神秘,感到敬畏,永远激发人的探索欲。这可能就是人类永远"不能承受"只有一次性的"生命之轻",而渴望认识、体验、把握具有无限可能性的"生命之重"的本体论原因吧!

命运"非如此不可"吗?——偶然是轻还是重

托马斯是首都布拉格医术高明的医生,特蕾莎是乡下小镇酒吧的女招待,两人身份有别,天高地远,谁也不知道谁,彼此都生活在对方的黑暗中。宇宙何其广也,天地何其大也,两人各自驾着命运之舟在其中默默地航行。从概率论上讲,两人飞行轨道相交叉的可能性接近无限小,几近于等于零。然而,忽然有一天,命运竟然让他们的生活轨道交叉了,相爱了,从此相伴终生,这不能不说是一个奇迹。

是谁导演了这出喜剧呢?说不清!如果一定要说,只能说是上帝(非人格神,泛指人无法掌控的超人力量,如造化、造物主、宇宙、神),是上帝通过一系列偶然把他们牵在一起,"偶然"是他们的月下老人。

有一次,托马斯看着已经酣然入睡的特蕾莎,忽然想起若干年前在谈及无关紧要的话题时她对他说过的话。他们当时谈到她的朋友Z,她声明说:"如果我没有遇到你,我肯定会爱上他。"当时,这番话曾将托马斯抛入莫名的忧郁之中。确实,他突然醒悟到,特蕾莎爱上他而不是Z,完全出于偶然。除了她对托马斯的现实的爱,在可能的王国里,还存在着对其他男人来说没有实现的无数爱情。托马斯意识到对人的生命极为重要的爱情,原来并不是建立在"非如此不可""一定如此"的根基上,而是"别样亦可"。换句话说即是,对人生关系重要的那些东西(爱情、事业、友谊、机遇等)并不具有必然性而是充满偶然性。偶然,是生命的某种秘密,是"存在"显现真相的一种迹象。

托马斯开始回忆他们是如何走到一起的:

> 七年前,在特蕾莎居住的城市医院里,偶然发现了一起疑难的脑膜炎,请托马斯所在的科主任赶去急诊。但是,出于偶然,科主任犯了坐骨神经痛病,动弹不得,于是便派托马斯代他到这家外省医院。城里有五家旅馆,可是托马斯又出于偶然在特蕾莎打工的那家下榻。还是出于偶然,在乘火车回去前有一段时间,于是进入旅馆的酒吧。特蕾莎又偶然当班,偶然为托马斯所在的那桌客人提供服务。恰是这六次偶然把托马斯推到了特蕾莎身边,好像是自然而然,没有任何东西在引导着他。(第42—43页)

以上六次偶然只是让他们相遇,让他们的生命轨道有了交叉点,但是,相遇并不一定产生爱情,不一定走进对方的生命。那么,是什么原因让他们由相遇走向爱情走进对方的生命呢？偶然，还是偶然：

> 托马斯出现在酒吧，这对特蕾莎来说绝对是偶然的征兆。他独自坐在桌旁，面前摊放着一本书。他一抬眼，看见了她，微微一笑，说："来一杯白兰地！"
>
> 这时候，广播里正播放着音乐。特蕾莎到吧台拿了一瓶白兰地，伸手拧了拧开关，调大了收音机的音量。她听出是贝多芬的曲子。她是在布拉格的一个弦乐四重奏小乐队到这个小镇巡回演出后，才知道贝多芬的。
>
> ——从此，贝多芬对她来说成了"另一面"的世界的形象，成了她所渴望的世界的形象。此刻，她正端着给托马斯的白兰地酒从吧台往回走，她边走边努力想从这一偶然之中悟出点什么：偏偏就在准备给一个讨她喜欢的陌生男人上白兰地的一刻，怎么会耳边传来了贝多芬的乐曲呢？
>
> 偶然性往往具有这般魔力，而必然性则不然。为了一份难以忘怀的爱情，偶然的巧合必须在最初的一刻便一起降临。

（第58—59页）

然后他们俩交谈，她告诉他六点钟下班，他告诉她七点钟乘火车走。下班后他在小公园的黄色长凳上等她，临走给了她一张名片。最后一刻他给她的远不只是一张名片，还有所有偶然巧合（书、贝多芬、数字六、小公园的黄色长凳等）的召唤，是这一切最终给了特蕾莎离家出走和改变自己命运的勇气。也许还是这些偶然巧合，唤起了她的爱情，成了她一生汲取不尽的力量之源。

如果再往上追，特蕾莎生命的来源也纯粹是偶然。她母亲面对九个求婚者不知所措,结果与其中一个极偶然的结合于是有了特蕾莎……再一代一代地往上追呢,偶然无穷无尽,无穷无尽……直至造化本身,直至存在的无底深渊!

中国人常说"千里姻缘(其实可泛化为一切事)一线牵",话语中充满了对命运的神秘感、惊奇感、宿命感。想一想,这里的"一线"即神秘莫测的"偶然",是无数不可把握不可预测玄玄乎乎的偶然成就了一个必然(姻缘)。托马斯故事的叙述人与我们中国人深有同感,所以他对命运也感慨万端:"我们每天的生活充满了各种偶然性,确切地说,是人、事之间的偶然相遇,我们称之为巧合。两件预料不到的事出现在同一时刻就叫巧合。他俩的相遇,便是巧合。"(第62页)人生如同谱写乐章,人在美感的引导下,把偶然的事件变成一个主题,然后记录在一个生命的乐章中。人生,命运,由无数偶然构成。(第63页)

偶然,意味着随机,意味着随时可以变化可以消失,意味着分量之轻而让人不愿接受:"从苏黎世回到布拉格后,托马斯一想到他和特蕾莎的相遇是因为六次难以置信的偶然巧合,心里就不痛快。"(第58页)但是,事情还可以从另一面去想,即对偶然还可以有另一种理解——"如果一件事取决于一系列的偶然,难道不正说明了它非同寻常而且意味深长?""在我们看来只有偶然的巧合才可以表达一种信息。凡是必然发生的事,凡是期盼得到、每日重复的事,都悄无声息。唯有偶然的巧合才会言说,人们试图从中读出某种含义。"(第58页)

这就是说,偶然的巧合方式可以有千万种,但为什么偏偏是这样一些偶然而不是另一些偶然组合在了一起? 这一切不可解释,而只能说是一种奇迹,用佛家的话说即"缘分"(因缘和合)。缘分即无数因素阴错阳差偶然、随机的组合,无限可能中"上帝"只呈现给你一种可能,反过来说,无限可能隐伏着而只有一种可能显现了,你不觉得无比神奇无比珍贵吗?!

在这里,"偶然"让我们窥得了"上帝"(造化、造物主、宇宙、神)的真面目,让我们对它的神秘感到无限尊崇、无限敬畏,对它所创造的所有作品,我们没有办法拒绝,只有接受并感恩。

或许是受了冥冥之中的神启,托马斯直觉地领悟到了"神恩"的力量。眼看着酣睡中的特蕾莎,他心里反反复复出现一个神奇的意象:她是一个被人放在涂了树脂的篮子里顺水漂来的孩子,漂到他的床榻之岸是为了让他收留她。

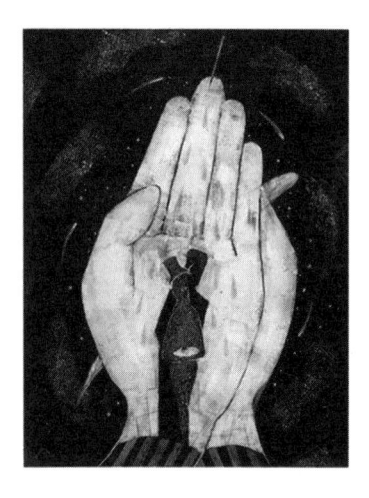

这个意象是个著名的典故,出自《圣经》。埃及王害怕在埃及生活的以色列人口膨胀威胁埃及的生存,遂下令凡在埃及生下的以色列男孩一律杀掉。摩西出生后,父母亲不忍他被杀害,就把刚满三个月的他放在涂了油脂的草篮里,丢在河边草丛中。埃及法老的女儿正好到河边洗澡,对这个孩子非常喜爱,

《不能承受的生命之轻》插图

遂收养为自己的儿子。长大后的摩西成了以色列人的领袖,率领本族离开埃及,拯救了灾难深重的以色列民族。

在基督教文化传统中成长的托马斯,脑中出现这个意象似乎暗喻着他理解了"神"的意志,——从我们的角度说即理解了偶然性中所启示的命运的深意,愉快地接受了偶然的命运安排,而且极为珍惜——"他什么都不在乎,只在乎她。她,六次偶然的结果;她,是主任坐骨神经痛生成的花朵;她,是所有'esmusssein!'(非

如此不可!)的对立面;她,是他唯一真正在乎的东西。"(第260页)

昆德拉从偶然中看出如此深意,把它提高到"神"的高度去理解、去尊重、去接受,你说"偶然"是轻还是重?

灵与肉是可以分离的吗? ——性与爱情的轻与重

特蕾莎像是篮子里的孩子,顺水漂来被托马斯收留。托马斯想到的这一比喻何其温情何其浪漫何其富有诗意!然而当他们走到一起步入婚姻之后,两人之间的矛盾冲突却从来没有中断过。原因是,他们的爱情观有着极大的差异。

托马斯在遇到特蕾莎之前之后,都是一个风流成性花花公子式的男人。他曾结过婚,不到两年离异,婚姻生活给他留下的唯一东西就是对女人的恐惧。但他又渴望和需要女人,在渴望和恐惧之间,他选择了性友谊,即只和女人有性关系而不投入任何感情。这种态度要求他一生与爱情绝缘,因为爱情最基本的特征是真诚的感情投入。托马斯向特蕾莎解释说,爱和做爱完全是两码事。他试图让她相信他跟多个女人风流与他对特蕾莎的爱情毫不矛盾,他希望特蕾莎接受他的灵肉分离的爱情观。

但特蕾莎坚决拒绝接受他的观点。她把事情看得太认真,她无法明白肉体之爱的轻松和不把肉体之爱当回事带来的乐趣。她真想学会轻松!但她就是做不到。她认为爱情首先是灵魂的呼应,是灵与肉的统一,爱的标志就是忠诚。当然,在理智上她也承认他是爱她的,也知道他那些不忠的行为不值得大惊小怪;但感情上无论如何不能接受他与众多女人保持性关系。她痛苦得连连做噩梦:她梦见自己光着身子,跟着一群赤身裸体的女人一个接一个地绕着游泳池走,穹顶上悬挂着一个篮子,托马斯站在上面吼叫着逼她们唱歌、下跪,稍有不慎,他就朝她开枪,把她打倒。

梦境说明了特蕾莎的苦恼所在:他把她和所有女人看作一样,所有女人的身体都是同样的,同样的下贱,都是没有灵魂的可供泄欲的机器。她感到:她来和托马斯生活在一起,就是为了表明她的肉体是独一无二的,不可替代的,是有灵魂的。而他呢,却在她和所有女人之间画了一个等号,他用同样的方式拥抱她们,对她们滥施同样的抚爱,他又把她扔回到她原以为已经逃离的世界。

总之,特蕾莎看重的是灵魂,是感情,是独一无二不可替代的精神性的东西,但在托马斯这里她感受不到,因而她嫉妒、牢骚、失望、绝望、痛苦不堪!

特蕾莎的嫉妒、痛苦对托马斯无疑是一种压力,一种沉重的精神负担:"他和特蕾莎之间的爱情无疑是美好的,但也很累人:总要瞒着什么,又是隐藏,又是假装,还得讲和,让她振作,给她安慰,翻来覆去地向她证明他爱她,还要忍受因为嫉妒、痛苦、做噩梦而产生的满腹怨艾,总之,他总感到自己有罪,得为自己开脱,请对方原谅。"(第35页)

后来,由于苏军入侵布拉格,他们一起流亡到苏黎世。即使在国外,托马斯依然故我。特蕾莎忍无可忍,一气之下留下一封信只身回了布拉格。

现在,特蕾莎走了,他自由了,再也不用受累了,剩下的只有美好了:"他跟特蕾莎捆在一起生活了七年,七年里,他每走一步,她都在盯着。仿佛她在他的脚踝上套了铁球。现在,他的脚步突然间变得轻盈了许多。他几乎都要飞起来了。此时此刻,他置身于巴门尼德的神奇空间(轻与重的二元对立之间——引者注):他在品尝着温馨的生命之轻。"(第36页)

特蕾莎的出走解除了压在托马斯心上的沉重负担,他感到轻松了。那么,"他是否想给住在日内瓦的萨比娜(与托马斯关系最好的一个情妇——引者注)打电话?是否想跟近几个月在苏黎世结识的某个女人联系?不,他丝毫没有这份欲望。一旦他同别的女人在一起,他非常清楚,对特蕾莎的怀念会给他造成无法承受的痛苦"。(第36页)

特蕾莎出走留下的生活空间托马斯并没有利用,他反而出现了精神的忧郁。"因忧郁而造成的这份奇异的迷醉持续到星期天的晚上。到了周一,一切都变了。特蕾莎突然闯入他的脑海:他感受到她在写告别信时的那种感觉;他感到她的手在颤抖;他看见了她,一只手拖着沉重的行李箱,另一只手用皮带牵着卡列宁(他们养的狗——引者注);他想象着她把钥匙插进了布拉格的那套公寓的锁眼里转动,当门打开的那一刹那,扑面而来的是废弃的凄凉气息,而此时,这气息直钻进他的心扉。"(第37页)

——如此细腻的感觉是什么感觉?是"同情心"!这里的同情,不是居高临下的怜悯,而是感同身受的心灵感应,是设身处地站在对方立场上感受、体验、思考问题。在这种同情心中,他与她心心相印,心有灵犀一点通,在想象中体验了她所可能有的全部感情,于是对她有了更多的理解。对特蕾莎的"同情"让他"感到从未有过的沉重。重得连俄国人的千万吨坦克也微不足道。没有比同情心更重的了。哪怕我们自身的痛苦,也比不上同别人一起感受的痛苦沉重。为了别人,站在别人的立场上,痛苦会随着想象而加剧,在千百次的回荡反射中越来越深重"。(第37—38页)

沉重的心情让他忍受不了,他决定离开苏黎世,立刻回到特蕾莎身边去,于是他不顾一切回了布拉格。此时辞职,关系重大,回去说不定要面临政治迫害,而且找不到工作。院长好心劝他留下来,但托马斯去意果决,对院长反复说:非如此不可!非如此不可!

让我们简单梳理一下托马斯的心理路线——特蕾莎的爱情让他感到沉重,他总想摆脱;特蕾莎的离开还了他自由,他感到了轻松;有了自由空间他没有利用,相反却无比怀念特蕾莎,设身处地的"同情心"让他理解了她,他渴望重新获得特蕾莎的爱情,情愿回归爱的沉重。(回到特蕾莎身边后,他仍无法改掉老毛病,即他又从沉重中求轻松。这是后话)就这样,托马斯在性与爱情问题上,由重求轻,由轻返重,来回摇摆,游移于轻与重之间。莫非这里真的是一个"围城"——城里的人想出来,城外的人想进去?莫非这里真的是人类情感生活的永恒陷阱?男人与女人之间,难道真的如有人所说,存在着"最亲密的敌人"之间永无休止的斗争?

　　小说中,托马斯在特蕾莎痴情的感召下,渐渐改掉老毛病,断绝了与所有情妇的关系,尊重特蕾莎的意愿,与她一起远离城市,来到偏僻的乡下小镇,过起了田园牧歌式的幸福生活。

　　在艺术中,作家大笔一挥把他们送到了理想的田园美境,进入了"灵"的世界,消弭了困扰托马斯多少年的"肉"的诱惑,但是,又有谁能把现实生活中的托马斯和特蕾莎都送到那里去呢?

特蕾莎为什么发晕?——人都有软弱的时候

　　关于特蕾莎,作品中写到她时曾一再提到过她的一种人生体验:发晕(又译为"晕眩")。按照昆德拉的创作理念,"发晕"是关于特蕾莎形象的一个关键词。

　　那么,发晕是一种什么感受?它是怎样产生的?

　　特蕾莎出身社会底层,母亲生下她并非因为爱情而是由于和某个男人做爱时的不小心。母亲厌恶丈夫,毅然抛下他和女儿走了,另找了一个品质同样恶劣的男人。父亲死后,特蕾莎无人照料,才又回到母亲身边。特蕾莎就在这样的家庭环境中长大。特蕾莎在中学是班里最有天分的学生,她一直想"出人头地",但母亲却让她辍学当童工,在一家小酒馆里端盘子。为了母亲的爱,她随时准备奉献一切。她操持家务,照顾弟妹,日子就在洗洗涮涮中度过。在这个家里,不存在什么羞耻心。母亲穿着内衣在房间里走来走去,有时候连胸罩也不穿,夏天时甚至一丝不挂。特蕾莎洗澡时继父总往浴室里闯,特蕾莎把浴室门锁上,引来母亲大骂。在母亲眼里,女儿想保卫自己的尊严比丈夫的无耻更不能接受。母亲赤身裸体在房间走,女儿害怕对面楼上人看见赶紧拉上窗帘,结果母亲竟然在公众场合嘲笑她。母亲寡廉鲜耻,在公众场合大声擤鼻涕,大声放响屁,讲自己如何做爱,宣读女儿的日记。"她坚持要女儿和她都活在一个没有羞耻的世界里。在这个世界里,青春和美貌了无意义,世界只不过是一个巨大的肉体集中营,一具具肉体彼此相像,而灵魂是根本看不见的。"(第 56 页)

鄙陋粗俗的生存环境让特蕾莎痛苦不堪,她决心有一天要逃脱这个可怕的世界,从中救出自己悲伤惶恐的灵魂。她从镇上图书馆借来许多书,这些书尤其是小说成了她反抗环境的唯一武器。后来,托马斯出现了。上帝赐给她一个机会,她及时抓住了。从此她走进了他的生活,改变了自己的命运。

但托马斯对她用情不专,让她无比心烦。她愤怒,她抗争,但无济于事。她每时每刻担惊受怕,没有安全感,为此连连做噩梦,毫无办法。对她来说,他是强大的,她是弱小的,她能怎么样呢?久而久之,特蕾莎感到无可奈何,无力抗争了。"发晕"的感觉就此产生——

一个不断要求"出人头地"的人,应该料到总有一天会感到发晕。发晕是怎么回事?是害怕摔下去?但是,站在有结实的护栏的平台,我们怎么还发晕呢?发晕,并非害怕摔下来,而是另一回事。是我们身下那片空虚里发出的声音,它在引诱我们,迷惑我们;是往下跳的渴望,我们往往为之而后怕,拼命去抗拒这种渴望。

　　赤身裸体的女人绕着游泳池一个接一个走着,灵车里的那些尸体因为特蕾莎和她们一样死去而高兴。令特蕾莎害怕的是"底层"——她曾逃出来的地方,却又神秘地诱惑着她。她之所以发晕,是因为她听见了一声十分温柔的呼唤(差不多是欣喜的),要她放弃命运和灵魂。也就是要她与那些没有灵魂的人结为一体。在她软弱的时刻,她真忍不住想回应这声呼唤,回到母亲身边去。(第73页)

　　……她忍不住想回到母亲的身边去。她越是感到虚弱,这渴望就越强烈。托马斯的不忠突然间让她明白了自己的虚弱无助。正是这份无助的感觉,让她感到发晕,产生了一种强烈地往下堕落的愿望。(第74页)

　　虚弱无助之感让她发晕,发晕之感让她想放弃抗争。在国外期间,不断打来的陌生女人的电话让特蕾莎精神一度崩溃,她一气之下不辞而别,一个人突然出走,回了布拉格。在火车上,她脑子里不断涌出跟母亲在一家小酒店打工时某厨师对她的骚扰。当时她无比厌恶,但此时她想让他来吧,他说想和我睡觉我就和他睡。她想堕落,她想沉沦,她想破罐破摔,她想毁灭自己。她恨不得一下子抹去和托马斯在一起的七个年头,放弃眼下的一切,重回底层去。对她这种心态,叙述人评述说:"这就是发晕,一种让人头晕眼花的感觉,一种无法遏止的堕落的欲望。""我可以说发晕是沉醉于自身的软弱之中。意识到自己的软弱,却并不去抗争,反而自暴自弃。"(第94页)

所幸的是,特蕾莎并没有像她"发晕"时希望的那样堕落下去,相反,无论多么痛苦,以至于痛苦得在噩梦中死去,还在整月不睡地苦苦等待托马斯,唯恐在睡眠时错过了他回来的时间。她执着的坚持终于感动了托马斯,他终于彻底断绝了和所有别的女人的来往,按特蕾莎的意愿来到了乡下,过起宁静的田园生活。

可怜的特蕾莎终于得救了。她的得救靠的是她想过健康美好生活的强烈愿望,靠的是困难时顽强坚持下去的意志。她终于没有沉沦,没有堕落,没有放弃自我。但她一度曾有过的强烈的"发晕"的精神状态,也让我们深表理解和同情。因为美好愿望和不如意现实之间,往往有着遥远的距离,有着数不完的困境(有道是"不如意事常八九")。面对困境,人往往会有软弱的时候,往往会感到孤独无助,感到人生有所追求真的太难,实在难以支撑,不如撒手放弃。这当然就是昆德拉所谓"发晕"的感觉。由于人生困境的普遍性和坚持追求的艰难性,可以肯定,发晕的感觉一定不是为特蕾莎所独有,而是一种具有普遍意义的人生感受。现代人挂在嘴上的口头禅——活着真累,渴望躺平,好想佛系——就是绝好的证明!

想坚持又无力,想放弃又不忍,这就是想发晕的状态!进入这种状态的人一定要记住,发晕可以理解,但发晕之后,千万不要真的堕落,真的放弃,真的躺平,一定要像特蕾莎那样顽强坚持到底。坚持就有希望,不放弃追求就会得救——如无他救,也能自救!正如西方人所说,凡自救者恒被救之!

附录一

"人生"应当成为文艺研究的独立视角之一

把"人生"作为文艺研究的一个独立视角,似乎是一个不值一提的常识性问题,其实不然。因为在我们的传统观念中,人生问题与社会问题是合而为一浑融一体的,人生问题即社会问题,社会问题即人生问题,于是,"社会"遮蔽了"人生","人生"淹没于"社会"的汪洋大海中。

事实上,人生问题与社会问题既相互交叉又相互区别。就其交叉来说,是指任何人都在特定的社会中生存,其人生也在社会生活中展开和完成,离开了社会,人失去生存环境,也就无所谓人生;而社会是由众多人组成,社会生活也就是众多人的活动,离开一个个具体的人和人生,也就无所谓社会生活。就其区别来说,"社会"具有特定的时空性,一定时间一定地域内人的生存活动构成特定社会的生活内容。时空变迁,社会生活内容也随之发生变化,此所谓"此一时也彼一时也"。而"人生"则不受特定时空的限制,具有永恒不变的性质。

如人生意义、人生价值、人生困惑、人生困境、人生命运、生老病死,等等;再如感情与理智的矛盾,灵与肉的冲突,出世与入世的两难,人的欲望无限而实现欲望的能力却有限,人与人之间有沟通的要求却永远不能彻底沟通,人永远在追求理想却永远达不到理想,人都不想死却又不得不死,诸如此类,都是人生的基本问题。它不以时代、民族、职业、贫富等的不同而不同。换句话说,只要是人都不得不共同面对的问题即人生问题。人生问题具有永恒性、共同性、普遍性、超越性。人生问题与生俱来与死俱去,只要人存在,人生问题就与之共在。"人生"与"社会"的关系,打个比方说,人类的生存是一张网,这张网的经线是"人生",纬线是"社会";经线永远贯穿始终,而纬线却不断变换色彩,这就有了每个时代每个社会每个人各不相同的生命内容。

文学艺术以人的生存活动为表现对象,文艺学以文艺作品为研究对象。文学艺术作品生动具体地表现出人的生存之网的复杂,而我们的文艺研究却往往只看到了其中的"纬线"而忽视了贯穿其中的经线,这不能不说是一个极大的疏忽和遗憾。

造成这一疏忽,既有理论上的原因,也有历史的原因。从理论上说,中国现当代文艺理论的资源主要有:西方现实主义文艺理论,俄国以车尔尼雪夫斯基、别林斯基、杜勃罗留波夫为代表的革命民主主义文艺理论,马克思主义文艺理论。以上几家理论的共同点是强调文艺与社会生活的关系,认为文艺是对社会生活的反映和批判。从社会历史原因看,中国近现代社会现实要求文艺对社会生活承担责任,要求文艺促进社会生活的变革。这些都是合理的,应当予以肯定。今后文艺还应当继续承担这一使命。但是仅仅要求文艺反映"社会",文艺学研究仅仅局限于社会学视角,已经远远不够。社会学视角已经暴露出极大的片面性和局限性,现在我们应该拓宽视野,把"人生"作为基本视角引入文艺学的研究之中。

如猪八戒,社会视角视他为小生产者和小私有者的典型,而人生视角则可以视他为表现人性弱点的典型。猪八戒好色,自私,贪吃,懒惰,贪小便宜,爱弄小巧,搬弄是非,但也能吃苦耐劳,憨厚拙朴,等等,这些都是普通人常见的性格特点,其缺点因其普遍性而可视为人性的弱点。从人生视角看猪八戒,既可以从创作角度解释这一形象为什么塑造得成功,也可以从接受角度解释为什么虽然有那么多缺点,却又大受读者、观众的喜爱(据央视披露,有人在某地向98位青年女性作调查,如果在唐僧师徒四人中选伴侣,你选谁?结果唐僧得票为0,孙悟空14票,沙僧10票,猪八戒74票)。

再说孙悟空,社会视角视他为敢于向统治阶级和一切黑暗势力反抗和斗争的叛逆英雄;但从人生视角看,人们则通过他体验到一种大胆破坏一切规范的乐趣,体验到在想象中宣泄压抑的快感。孙悟空、鲁智深、小燕子(《还珠格格》里角色)等形形色色以反叛和无法无天为内容的作品之所以受欢迎,大抵都与人们宣泄的要求有关。

再如《白蛇传》,从社会视角看到的是歌颂爱情的忠贞,批判破坏爱情的封建恶势力。从人生视角则可以从白娘子形象的塑造上(美女蛇,有美与可怕的两重性),看到一般男性深层心理中对女性既爱又怕的矛盾心态——总之,同一个作品同一个形象,换一个角度看问题,可能会看出另一番新天地。

因此,"人生"应当成为文艺研究的独立视角之一。这一视角将极大地开阔文艺研究的视野,更逼近文学艺术的本质,从文学艺术中发掘更深层的精神内涵;同时也更有利于人类对自身生命的认识,从而极大地丰富我们的人生智慧,使我们活得更清醒更自觉更幸福更快乐,更有价值和意义。

(本文原载于《文艺报》2001年1月13日)

附录二

文学艺术与终极关怀

社会主义精神文明建设,是一项全面的综合的精神文化工程,需要文化各领域尤其是社会科学和人文学科各部门的协同努力。文艺学作为人文学科的一个重要部门,也应当主动自觉地承担一份光荣的使命。在精神文明建设工程中文艺学可以大有作为的地方很多,笔者认为,它应该更多一点对人类精神生活的思考和研究,对人类心灵情感世界的关怀,尤其是终极关怀。简单说,应该更多一点对终极关怀精神的研究和倡导。

终极指存在的本原,属于本体论的范畴。"哲学本体论具有三重基本内涵,即:追寻'世界的统一性'的终极存在(存在论或狭义本体论);反思作为'知识统一性'的终极解释(知识论或认识论);体认作为'意义统一性'的终极价值(价值论或意义论)。"(孙正聿,《哲学导论》,中国人民大学出版社2000年版,第91页)关怀即关心、关注的意思。由于文艺学研究对象(文学艺术)的特殊性质,决定了文艺学终极关怀的对象,主要不是终极存在和终极解释,而应该是人类生命存在的终极价值。

人类生命存在的终极价值,也可以说人类存在的终极意义,这是世间万物,唯有人才苦苦追问的一个至大至深的根本精神问题,因为它关乎人为什么而活着,即人类生存的根据问题。这就是说,终极关怀是人类精神生活中深邃而强烈的形而上需求,是人的本质特性。终极关怀所以产生,从根本上说是人的哲学本质使然。人之所以为人,从哲学上看,并不在于人"活着",而在于追问"为什么而活着",即追问生命的意义。这是人活着的理性依据。对意义的追问是终极关怀的基本内容,生命的意义是人类生存的最基础最必要的精神支撑,是人类自身在世界中安身立命之本,是人的精神家园。

终极关怀所指向的全都是关于人的生存的根本问题,如人的自我认识(我是谁,我从哪里来,又到哪里去)问题,人的处境(人与人、人与自然、人与社会的关系)问题,人生价值、人生意义及人的根本困境等问题。所有这些问题既是哲学、宗教关心讨论的对象,也是文学艺术关心思考的对象。自文学艺术产生之日起,文学家艺术家们就一直在用自己的创作思考着那些与生俱来与死俱去的终极问题。可以说,对终极的思考像一条红线贯穿于文艺史的始终。文艺史从某种意义上可以说是人的心灵史,人的灵魂、人的精神生活的发展史,终极关怀之路的探索史。一部文艺史充分证明,除了现实关怀之外,终极关怀也是文学艺术的一种非常重要的精神价值。

既然终极关怀也是文学艺术非常重要的精神价值,那么以文学艺术为研究对象的文艺学就应当重视对它的研究。然而,传统的文艺学却往往忽视了这一点,终极关怀基本没有进入理论家的视野。传统文艺理论更多地把眼光投射在现实关怀上,即特别关注文艺当下的社会参与作用,关注文艺作品的历史意义和现实意义,关注文艺对社会人心的教化与濡染。这当然是不错的。过去如此,现在如此,将来还应该如此。但仅仅关注文艺学的现实功利方面的价值,从理论视野上看,还显得不够阔大和全面。因为它忽视了文艺现象本身更深层更带有本质意义的价值,即精神价值或曰终极价值,忽视了接受主体更深层次的精神需要,即对终极关怀的渴求。这就使文艺学的研究往往缺乏应有的哲学深度,往往容易消失在一般意识形态中,其自身更为本质的属性往往被阉割、被遮蔽。这是非常遗憾的事情。如今,时代的发展向文艺学提出了新的更高的要求,即要求文艺学关注自古以来文艺现象中一直蕴藏着的深层的心灵生活,关注人类灵魂中深层的精神吁求并对此作出应有的回应。换句话说即要求文艺学多一点对人的终极性精神关怀。——当然,这样说并不意味着文艺学可以不必考虑对人的现实关怀,而是说,现实关怀历来是文艺学的基本要旨,早已成为文艺理论的基本常识,无须再加以强调,而在我国目前的文化背景下,明确地强调一下文艺学对人类的终极关怀似乎更有必要,更有现实意义。

  首先,终极关怀价值的提出,为市场经济条件下人们的精神生活提出了一种更高的呼唤。在现代社会中,生存竞争十分激烈,人们尤其是青年人往往会面临精神追求与生存竞争的冲突,结果导致现代人精神处境的两个特点:一是虚无主义,表现为信仰失落,心灵空虚;二是物质主义,物欲横流,追求享受。在此背景下,终极关怀问题的提出和强调,可以给人一种开阔的眼光,使之不致沉沦于劳作和消费的现代化漩涡,使心灵生活有一个更高的方向和定位。也就是说,在社会层面上,有助于抑制虚无主义和实用主义的盛行。虚无主义、实用主义、消费主义、享乐主义等不良社会风气的深层原因是缺乏精神信仰,缺乏内在的精神支撑和灵魂凝聚力。社会主义精神文明的建设是一个综合工程,需要多方面努力,但无疑,强调一下以终极关怀为主要内容的深层精神意蕴的作用,是这种努力的一个重要方面。

其次,终极关怀问题的提出,对中国传统文化重实用而轻精神的倾向是一种必要的反驳。几千年的中国传统文化的一个明显特征是重实用价值而轻精神价值,即使人生哲学也主要讨论怎样处世做人,怎样处理人际关系而自己不至于得祸。客观地说,中国文化重实用自有道理,有值得肯定的一面。但其弊病是容易眼光短浅,缺乏真正的灵魂生活,因此没有敬畏之心(不相信有神圣东西),没有绝对命令意义上的自律。终极关怀问题的提出,有助于国人提高对精神价值的认识,提高精神生活的深度。

再次,终极关怀问题的提出,有利于提醒作家艺术家多一点终极关怀意识。受上述传统文化倾向的影响,我国作家的注意力一般集中在现实关怀层面上,重视作品的社会政治、思想、伦理、道德作用。这是应该充分肯定的,也可以说是一个优良传统。但不能把这一点绝对化,否则将导致庸俗社会学,导致以政治功利取代文学。这种教训不能不认真吸取。终极关怀问题的提出,将弥补上述倾向之不足,提醒作家多一点终极关怀意识,更多地关注一些人的内在精神生活。同时也能增强读者的终极关怀意识,提醒读者把注意力深入作品更深层的精神意蕴。

我们提出应该重视终极关怀,那么"终极"有没有一个确定的边界和固定的地点呢?没有。也就是说,它并没有一个明确的、统一的、人类共同认可的结论,毋宁说它存在于人类前行的地平线上,你能看见它却永远走不到。它是一种神圣的、只可探索而不可界定、只可仰望而不可一步即到的精神存在。它似乎很玄其实不玄,它既在人的生活之外又在人的生活之中,准确地说它就在人的精神追求之中。你追求着,它就存在;你放弃追求,它就不存在。终极关怀与人类永远相伴相随,永远存在于人类执着前行的路途上。

如果对上述说法不满意，一定要给"终极"定一个方位的话，那么我们可以说它永远存在于人类精神领域的上方或前方，对人的精神始终起着提升或牵引作用，使之不至于过分向下沉沦（沉溺于沉重的肉身和物质的享受）或向后倒退（倒退到兽性的人——无道德无灵魂的一般动物）。"终极"和"现实"在人的精神空间中形成了上下前后两个张力场，人类就在这两个张力场中游移。少了哪一个支点，人类生活都会失去平衡。人类所追寻的精神家园其实就在这二者的和谐与平衡中。现代生活使人更多地沉溺于物质和欲望而忽视或失去了终极关怀这一端，所以才导致了现代生活的某些扭曲、异化和灾难。在这种文化背景下提出终极关怀问题，其实质是呼唤重新树立起"终极"这一端，让"精神""灵魂"这些被冷落的字眼重新恢复神圣性，企图通过它的存在重新形成一种张力场，让人们的精神生活有一个崇高的目标，让精神文明的构成中多一种重要的元素。

（本文删节后发表于《人民日报》2004 年 2 月 10 日）

后　记

　　本书从人生视角解读文学,从文学中汲取人生智慧,是笔者从读书实践中获得的一种感悟。笔者长期在大学文学院讲授文学理论,职业要求阅读古今中外大量文学作品。阅读过程中每当从书中体验人生况味,发现人生哲理,领悟人生智慧,往往心中一亮,仿佛醍醐灌顶豁然开悟,心情兴奋激动,惊讶于生活中遇到的人生问题在文学作品中早就出现过;感觉这些问题就是超越时空的人类生活"公因式",古今中外相通相近。于是想,能不能把自己感悟到的人生经验、人生智慧从作品中提炼出来,作为现代人的借鉴呢? 人生短暂,实践体验的空间有限,生存智慧往往不够,但从文学作品中学习借鉴,岂不是一种明智?! 于是有了"从人生视角解读文学,借助文学透视人生"的想法。

　　有了想法就付诸实践,读读想想写写,积累到一定程度就为学生开设"文学与人生"通识课。这门课先是开在文学院,然后开到全校去,再后来讲到社会上各类培训班去。所到之处皆受欢迎,不是课讲得好,而是文学作品的精髓入了听众的心。他们说,原来觉得文学是讲故事供人消遣娱乐的,没想到里面还有高深严肃入心入肺接地气的人生道理,看来"文学是人学"之言不虚。

　　讲课之余写书。一是把"人生视角"作为理论倡导,写进《文学欣赏导引》《文学与人生》《文学修养读本》等书里;二是身体力行,落实到对具体文学作品,尤其是文学名著的解读分析中,其成果主要集中于目前这套书里。

　　文学殿堂宏伟阔大,从人生视角解读文学,有无限广阔的发挥空间,有永远做不完的事。目前笔者所做的,借用一句大众语,只是万里长征的第一步。此后,我还会沿着此路继续走下去,同时希望、盼望、呼吁更多的同人投入这项工作。从文学中学习人生经验,汲取人生智慧,首先是自己获益,自己快乐,自己成长;而后把解读心得与读者分享,读者获益,读者快乐,读者成长,何乐而不为!

　　感谢我曾供职几十年的河南大学文学院!感谢听过我的课的历届同学们!感谢所有关心、支持我的朋友!感谢本书所有读者,茫茫人海、书海中你我相遇,算我们有缘。